「十三五」国家重点图书出版规划项目

「中国近代日记文献叙录、整理与研究」

（项目编号：18ZDA259）阶段性研究成果

中国近现代稀见史料丛刊 【第七辑】

吴庆坻亲友手札

张剑 徐雁平 彭国忠 主编

王凤丽 整理

本辑执行主编 张剑

凤凰出版社

图书在版编目（ＣＩＰ）数据

吴庆坻亲友手札 / 王风丽整理. -- 南京 ： 凤凰出
版社，2020.9
　（中国近现代稀见史料丛刊. 第七辑）
　ISBN 978-7-5506-3235-6

　Ⅰ．①吴… Ⅱ．①王… Ⅲ．①书信集－中国－近代
Ⅳ．①I265

中国版本图书馆CIP数据核字(2020)第150034号

书　　　　名　吴庆坻亲友手札
整　理　者　王风丽
责　任　编　辑　韩凤冉
装　帧　设　计　姜　嵩
出　版　发　行　凤凰出版社(原江苏古籍出版社)
　　　　　　　　发行部电话025-83223462
出版社地址　江苏省南京市中央路165号,邮编:210009
出版社网址　http://www.fhcbs.com
照　　　　排　南京凯建文化发展有限公司
印　　　　刷　苏州市越洋印刷有限公司
　　　　　　　　江苏省苏州市吴中区南官渡路20号,邮编:215104
开　　　　本　880毫米×1230毫米　1/32
印　　　　张　11.625
字　　　　数　302千字
版　　　　次　2020年9月第1版
印　　　　次　2020年9月第1次印刷
标　准　书　号　ISBN 978-7-5506-3235-6
定　　　　价　98.00元
　　　　　　　　(本书凡印装错误可向承印厂调换,电话:0512-68180788)

存史鑑今

袁行霈題

袁行霈先生題辭

「音实难知，知实难逢，逢其知音，千载其一乎！」（《文心雕龙·知音》）今读新编稀见史料丛刊，真有恰逢知音之感大。

傅璇琮谨书
二〇一三年

傅璇琮先生题辞

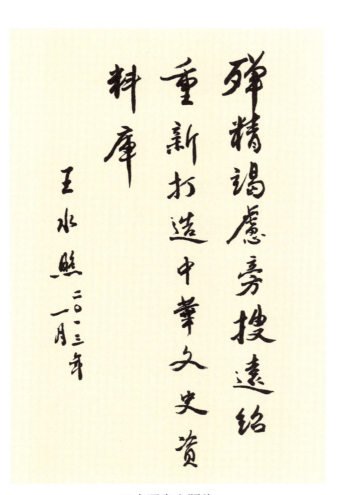

殚精竭虑旁搜远绍

重新打造中华文史资

料库

王水照 二〇一三年一月

王水照先生题辞

吴子脩親友手札

鲁大东

鲁大东题签

《中国近现代稀见史料丛刊》总序

在世界所有的文明中,中华文明也许可说是"唯一从古代存留至今的文明"(罗素《中国问题》)。她绵延不绝、永葆生机的秘诀何在?袁行霈先生做过很好的总结:"和平、和谐、包容、开明、革新、开放,就是回顾中华文明史所得到的主要启示。凡是大体上处于这种状况的时候,文明就繁荣发展,而当与之背离的时候,文明就会减慢发展的速度甚至停滞不前。"(《中华文明的历史启示》,《北京大学学报》2007 年第 1 期)

但我们也要清醒看到,数千年的中华文明带给我们的并不全是积极遗产,其长时段积累而成的生活方式与价值观具有强大的稳定性,使她在应对挑战时所做的必要革新与转变,相比他者往往显得迟缓和沉重。即使是面对佛教这种柔性的文化进入,也是历经数百年之久才使之彻底完成中国化,成为中华文明的一部分;更不用说遭逢"数千年来未有之变局"、"数千年未有之强敌"(李鸿章《筹议海防折》),"数千年未有之巨劫奇变"(陈寅恪《王观堂先生挽词序》)的中国近现代。晚清至今虽历一百六十余年,但是,足以应对当今世界全方位挑战的新型中华文明还没能最终形成,变动和融合仍在进行。1998 年 6 月 17 日,美国三位前总统(布什、卡特、福特)和二十四位前国务卿、前财政部长、前国防部长、前国家安全顾问致信国会称:"中国注定要在 21 世纪中成为一个伟大的经济和政治强国。"(徐中约著《中国近代史》上册第六版英文版序,香港中文大学 2002 年版)即便如此,我们也不能盲目乐观,认为中华文明已经转型成功,相反,中华文明今天面对的挑战更为复杂和严峻。新型的中华文明到底会怎样呈现，又怎样具体表现或作用于政治、经济、文化等层面，人们还在不断探索。这个问题，我们这一代恐怕无法给出答案。但我们坚信，在历史上曾经灿烂辉煌的中华文明必将凤凰浴火，涅槃重生。这既是数千年已经存在的中华文明发展史告诉我们的经验事实，也是所有为中国文化所化之人应有的信念和责任。

不过，对于近现代这一涉及当代中国合法性的重要历史阶段，我们了解得还过于粗线条。她所遗存下来的史料范围广阔，内容复杂，且有数量庞大且富有价值的稀见史料未被发掘和利用，这不仅会影响到我们对这段历史的全面了解和规律性认识，也会影响到今天中国新型文明和现代化建设对它的科学借鉴。有一则印度谚语如是说："骑在树枝上锯树枝的时候，千万不要锯自己骑着的那一根。"那么，就让我们用自己的专业知识与能力，为承载和养育我们的中华文明做一点有益的事情——这是我们编纂这套《中国近现代稀见史料丛刊》的初衷。

书名中的"近现代"，主要指 1840—1949 年这一时段，但上限并非以一标志性的事件一刀切割，可以适当向前延展，然与所指较为宽泛的包含整个清朝的"近代中国"、"晚期中华帝国"又有所区分。将近现代连为一体，并有意淡化起始的界限，是想表达一种历史的整体观。我们观看社会发展变革的波澜，当然要回看波澜如何生，风从何处来；也要看波澜如何扩散，或为涟漪，或为浪涛。个人的生活记录，与大历史相比，更多地显现出生活的连续。变局中的个体，经历的可能是渐变。《丛刊》期望通过整合多种稀见史料，以个体陈述的方式，从生活、文化、风习、人情等多个层面，重现具有连续性的近现代中国社会。

书名中的"稀见"，只是相对而言。因为随着时代与科技的进步，越来越多的珍本秘籍经影印或数字化方式处理后，真身虽仍"稀见"，化身却成为"可见"。但是，高昂的定价、难辨的字迹、未经标点的文本，仍使其处于专业研究的小众阅读状态。况且尚有大量未被影印或数字化的文献，或流传较少，或未被整合，也造成阅读和利用的不便。因此，《丛刊》侧重选择未被纳入电子数据库的文献，尤欢迎整理那些辨识困难、断句费力、裒合不易或是其他具有难度和挑战性的文献，也欢迎整理那些确有价值但被人们习见思维与眼光所遮蔽的文献，在我们看来，这些文献都可属于"稀见"。

书名中的"史料"，不局限于严格意义上的历史学范畴，举凡日记、书信、奏牍、笔记、诗文集、诗话、词话乃至序跋汇编等，只要是某方面能够反映时代政治、经济、文化特色以及人物生平、思想、性情的文献，都在考虑之列。我们的目的，是想以切实的工作，促进处于秘藏、边缘、零散等状态的史料转化为新型的文献，通过一辑、二辑、三辑……这样的累积性整理，自然地呈现出一种规模与气象，与其他已经整理出版的文献相互关联，形成一个丰茂的文献群，从而揭示在宏大的中国近现代叙事背后，还有很多未被打量过的局部、日常与细节；在主流周边或更远处，还有富于变化的细小溪流；甚至在主流中，还有漩涡，在边缘，还有静止之水。近现代中国是大变革、大痛苦的时代，身处变局中的个体接物处事的伸屈、所思所想的起落，藉纸墨得以留存，这是一个时代的个人记录。此中有文学、文化、生活；也时有动乱、战争、革命。我们整理史料，是提供一种俯首细看的方式，或者一种贴近近现代社会和文化的文本。当然，对这些个人印记明显的史料，也要客观地看待其价值，需要与其他史料联系和比照阅读，减少因个人视角、立场或叙述体裁带来的偏差。

知识皆有其价值和魅力，知识分子也应具有价值关怀和理想追求。清人舒位诗云"名士十年无赖贼"（《金谷园故址》），我们警惕袖手空谈，傲慢指点江山；鲁迅先生诗云"我以我血荐轩辕"（《自题小像》），我们愿意埋头苦干，逐步趋近理想。我们没有奢望这套《丛刊》产生宏大的效果，只是盼望所做的一切，能融合于前贤时彦所做的贡献之中，共同为中华文明的成功转型，适当"缩短和减轻分娩的痛苦"（马克思《资本论》第一卷第一版序言）。

《丛刊》的编纂，得到了诸多前辈、时贤和出版社的大力扶植。袁行霈先生、傅璇琮先生、王水照先生题辞勖勉，周勋初先生来信鼓励，凤凰出版社姜小青总编辑赋予信任，刘跃进先生还慷慨同意将其列入"中华文学史史料学会"重大规划项目，学界其他友好也多有不同形式的帮助……这些，都增添了我们做好这套《丛刊》的信心。必须一提的是，《丛刊》原拟主编四人（张剑、张晖、徐雁平、彭国忠），每位主编负责一辑，周而复始，滚动发展，原计划由张晖负责第四辑，但他尚未正式投入工作即于 2013 年 3 月 15 日赍志而殁，令人抱恨终天，我们将以兢兢业业的工作表达对他的怀念。

《丛刊》的基本整理方式为简体横排和标点（鼓励必要的校释），以期更广泛地传播知识、更好地服务社会。希望我们的工作，得到更多朋友的理解和支持。

2013 年 4 月 15 日

目　录

整理说明

　　吴庆坻(1849—1924),字子修,又字敬疆,号稼如,晚号补松老人,别署悔馀生、蕉廊、横山老樵,浙江钱塘(今杭州)人。钱塘吴氏自明末迁杭至于民国,前后三百年,累世簪缨,诗礼承家。其高祖吴颢,乾隆二十四年(1759)举人,肆力于经史,编选《国朝杭郡诗辑》。祖吴振棫,嘉庆十九年(1814)进士,官至云贵总督,重辑补作《杭郡诗续辑》,著有《花宜馆诗钞》《养吉斋丛录》等。子吴士鉴,光绪十八年(1892)进士,位列榜眼,民国时曾任清史馆总纂,撰《晋书斠注》《九钟精舍金石跋尾》等,为晚清史学名家。

　　吴庆坻早岁随祖父宦游南北,历经川、陕、鄂、晋等地,蒙受其教,有志于经世之学。同治七年(1868)侍祖返里,同年俞樾来主杭州诂经精舍,乃入院肄业,广结师友,识见日增。此后数年,祖、父相继卒世,始终丁忧在籍。直至光绪二年(1876),参加本省丙子科乡试,中式第七名举人。是科中选,吴庆坻尤得座主王先谦的赏识,为感拔举之恩,终身以师礼敬之,自是师生之情笃厚。

　　光绪四年(1878),杭州名士吴兆麟倡组铁花吟社,其成员有沈映钤、盛元、夏曾传、丁丙等人。吴庆坻为吴兆麟族侄,故多与社集,诸老皆年长,而雅兴不减,前后经九年,洵为一时风雅。光绪十二年丙戌(1886),吴庆坻三十九岁,赴会试,中式第十九名,保和殿覆试,钦定一等第十名。本科主考祁世长、嵩申、孙毓汶,激赏其文,行谊遂相契合。至光绪十五年(1889),散馆授编修,充会典馆帮办,总纂中外图籍。在馆期间,交识友朋至多,诸如沈曾植、沈曾桐、冯煦、刘岳云等,京师乃人才荟萃之处,切磋砥砺,唱和社集亦多不乏。是年八月,其子吴士鉴应浙江乡试,中式第四十四名。光绪十八年壬辰(1892),吴士鉴再登进士第,得榜眼,父子同馆,士林称盛。

光绪二十三年(1897),吴庆坻出任四川学政,以次按临地方考试。二十六年庚子(1900),西太后挈光绪帝西奔,吴庆坻闻讯后,奔赴行在复命,原委具载自撰《庚子日记》。二十九年癸卯(1903),典试云南。同年出任湖南学政,次年以疾归。三十二年丙午(1906),又任湖南提学使。时科举已废,清廷新设学部,撤销各省学政,重新设立提学使司。正式上任之前,各省提学使奉命先往日本进行教育考察,学习相关的管理制度、教学方法等,为期三月。此次考察团计十六人,黄绍箕、刘廷琛、沈曾植等亦在列。即在本年六月,吴庆坻随考察团由沪出发赴日。又以在日行程活动录为《日本东京各学校参观笔记》,内容翔实,不失为清末教育史料。而后在湖南任提学使期间,吴庆坻著力发展教育,期于有成。若新式学堂经费无出,酌从牙厘、矿务等局拨得款额办学;又定盐捐为三路师范之用,创立优级师范学堂。在湘任职五年,兼署湖南布政司、提法司,士民皆颂其德。

宣统二年庚戌(1910),吴庆坻述职至京。辛亥后,移家沪上,与冯煦、沈曾植、陈夔龙、梁鼎芬、樊增祥等结超社、逸社,为文字之聚。越二年,归杭家居,不出。民国三年(1914),与沈曾植、喻长霖等受聘续修《浙江通志》,稿未成,于十三年(1924)卒于家,享年七十七。显然,结社唱酬、纂史修志成为吴庆坻晚年遗老生涯的两大寄托。

逊清的遗老们,故国之思始终萦绕心怀,虽有激进者奔走于复辟,更多的则是沉溺于旧典,或闭门纂述,或联吟结社,不外是寄身排遣的方式。吴庆坻之流隐归林下,远离政治,是末世之不得已,自况之下,所能为者惟寄情山水、诗书为伴,亦用谓自娱。吴庆坻主要参与了沪上的超社、逸社活动,集会之频繁,酬作之富盛,足见彼此心境萧索,同气相求,以此作为怡情释怀、甚至宣泄纾郁的载体,也在一定程度上满足了"文化遗民"的自我诉求。

吴氏专研经史,尤注意乡邦文献,为文服膺桐城义法,其诗亦醇雅冲和,合乎正则。现存诗文集主要有《补松庐文录》《补松庐诗录》《悔馀生诗》,另著有《蕉廊脞录》《补松庐杂钞》《辛亥殉难记》《庚子赴行在日记》《入蜀纪程》《使滇纪程》等;又编撰《吴氏一家诗录》《四川通省忠义总录》等。此外还曾参纂《杭州府志》,撰《艺文志》十卷,晚年又主持续修《浙江通志》,惜未成书。

此次整理的《吴庆坻亲友手札》,系上海图书馆藏近代名人手札一种,原封题"吴子修亲友手札"。这批手札汇集了吴氏百馀位师友函札,凡十四册,约七百通。当由其后人搜辑成册,之后赠予图书馆收藏。全套函札略经编次,除间有错乱者,每册内基本按作者归置一处,其中包括晚清政界、文坛诸多名家,如陈三立、易顺鼎、冯煦、陈夔龙、余肇康、朱祖谋、金武祥、宋育仁等,足见吴氏交游之况。内容上,手札所涉亦为广泛,交游酬答、论学评议、修史纂志、公事往来及日常请托等等并有所见,故于考察吴氏及相关师友的生平行止,以及晚清社会的政治变局、学术动态、教育发展等皆有裨益。

此次整理大体以原函次序编排,一册一卷,同一作者各函以数字标序,原有错装之处,酌加归并,尽可能地保持原貌。依《丛刊》体例要求,除个别人名字号保留原字外,其馀一律用通行简体。原札时有涂乙添改,整理本中正文用五号字体,注文用小五号,其他旁注及夹注则以"( )"标出,原删之字用"[ ]"标注,漫漶难辨的字用"□"替代。作者简介为便读者使用,按丛刊体例移至每人名下。囿于本人学识匮乏,少数人物无从考稽,暂阙以俟他日,亦祈望读者大家不吝赐教。

此书原为博士后出站报告,曾获导师吴格先生的诸多指导,深铭教诲。本书在整理过程中,多蒙上海图书馆历史文献中心黄显功主任、梁颖先生的关照和支持,以及古籍阅览室邹晓燕女史的指点、帮助;出版事宜幸得北京大学张剑先生、南京大学徐雁平先生的鼓励和推荐,并劳凤凰出版社韩凤冉编辑的悉心排版、校核,在此同致谢忱。

而在文字审订方面,硕导王培军先生、南通博物苑赵鹏先生及孙田博士、冯先思博士等匡谬正讹,惠我良多,谨识不忘。最后,特别感谢中国美术学院鲁大东先生慷慨书签,为小书增辉生色,实感荣幸。

卷一

李辅燿（1848—1916）

　　字补孝，号幼梅，又号和定，晚更名吉心，号定叟、怀庐主人，湖南湘阴人。李星沅孙，李桓子。同治九年（1870）优贡，光绪二年（1876）副榜。以中书改官浙江，先后任杭嘉湖道、宁绍台道、省防军局总办、温处盐厘金局监理等职，官浙三十年。曾于杭州孤山"小盘谷"置地筑墅，取名"西泠寓斋"，后令其子李庸捐赠予西泠印社。工诗，善书法，亦精治印。著有《海宁念汛大口门二限三限石塘图说》《玩止水斋遗稿》《读礼丛钞》等，又有日记存世，今人辑为《李辅燿日记》。见自撰《六十生挽诗》（《玩止水斋遗稿》卷三）、吴庆坻《通奉大夫二品顶带浙江候补道李君墓志铭》（《补松庐文稿》卷四）、李相钧《李公幼梅行述》等。

一

子修老兄同年大人左右：

　　奉惠笺，敬拜先德，欣喜感谢。此为掌故丛录第一美备之书，《竹叶亭》以下，瞠乎后矣。魏、夏二帅解职，当由铁公处奏，营伍废弛，而然升之督闽，计亦由铁之荐也。弟十六以后齿病大作，致未得趋叩。复请道安，馀容走谢。年小弟燿顿首。

二

子修仁兄同年大人阁下：

顷得晤教畅谈，快幸无似。归来适遇子开枉过，询知贵老师干臣先生为其嫡堂叔，嘉庆癸酉亦有世谊，辈行皆平等也。手此奉报，敬请道安。年小弟燿顿首。廿八日。

三

偶阅《天香楼随笔》，载徐仲昭诗中有三字韵十三首，有"马头五岳已过三"之句，与公游踪相合，刻一印奉赠，即乞粲存。徐名遵汤，别号十借居士，公知其人否？此颂子修仁兄同年著安。小弟燿顿首。端二日。

四

子修仁兄同年大人阁下：

奉示并寄谭文勤师挽幛，领悉遵照。小儿未入甄录，虚负厚望，愧愧。失此机会，从兹秀才康了矣。闻午帅请废科举甚力，以其时考之，恐非传讹也。复上，敬叩道履。年小弟期辅燿顿首。

五

补松主人左右：

奉书即致函，丁卯得复奉览。既有代者，尽可从容调理也。《醉石印稿》乞赐评语，以增声价。辱公言谢，似有误会，刻尚不敢自命为著作耳。此上，敬请道安。和定谨状。廿四日。

六

补松庐主人左右：

奉笺示并印石一封，敬已领悉。《醉石印稿》允赐宠评，心感心感。捉刀微劳，不足以报，惠润断不敢领，其实情也。湘绮老人《笺启》未蒙发下，容便走领。复谢，敬叩道履。和定居士和南。廿七。

七

子修老兄同年大人左右：

项归奉惠笺，敬承一一。昨日便道相告，非为专谒，今日晤介老，始知嫂夫人六旬大庆，失礼之处，抱歉抱歉，容补祝也。《醉石山农印稿》二册呈政，暇中乞赐评语数行，以为光宠，感幸感幸。此叩道安。年小弟期燿顿首。廿二夜。

八

补松先生左右：

偶然小极，一卧兼旬，日来稍可注视，犹未敢多弄笔墨也。印章刻就，呈乞斧削。《湘绮笺启》为其门人秦肇北假去，迟日奉缴。闻行期已定，已约伯新同作钱饮，藉以话别，想荷枉临，惜晚菘主人不得共谈耳。手此，敬叩道履。和定谨上。十七日。

再，萧叔衡处得汪培五书，交到赵笛人太夫子入祀名宦册稿一件，以备将来入志。此件应交存何处，伏乞检收酌集。又叩。

九

补松居士左右：

客秋送别后，日思寄书，卒卒未果。小春于役金阊，流连五十日，与珂乡诸大夫过从极乐，便迎筱宪于青江，即随节返浙，时则"荒村建子月"矣。醉灶日奉到惠笺，快如握手，置书几案，时复申诵。而自冬徂春，忽又维夏，尚未得只字奉答，忙乎懒乎，抑欲言之怀非一笔之所能尽乎。公固不能无疑，贱子亦未尝不自怪也。日前载拜琅缄，款款深情，豪无进责之意，尤令人悚歉不已。伏承苤履绥和，德门茀禄，欣颂无量。去腊归时，嘉湖水滨，桑落黄陨，枭无所蔽，敛翼归巢，弋者欣欣，遂有弢弓戢矢之乐。且约剑南铺张入告，旋不果行，则剑南所见远矣。清河酌取将材,极费考核,周庄主人有沮之者,弟谓善将将者无不可用之将,未见听许。浙中将材固少,东统兼西以后不免,犹吾大夫清河颇觉觖望,且知其于前统有师生之谊,更为中悔。然更易亦甚难其选,近者除薙一范一周,当可稍示惩儆。惟是夏雨生绿,众鸟复有托矣,恐仍不能无戒心耳。清河实心果力,能为人之所难,浙事其有豸乎。铁道沿城内东行,幸与民居尚无大碍,计都下已有确闻。介老力阻填河,大遭忌嫉,今日之事,尚何言哉。弟久处东城,已为乐土,此后恪恭震动,未能奠厥攸居,谋徙亦非宜事,窃窃忧之。春仲忽有权道之檄,殊出意外。一月得四十五日,亦暗合道妙,不曾做得一事,而可馀一月之食用,弱女虽非男,慰情聊胜无。清河相待之厚,极为可感,盖磐石移粮尽可不卸篆也。清河与弟素无渊源,去岁始见于吴门,甚蒙优睐,天下事之不可料者是一端也。然因此遂启人疑,亦惟兢兢自持,不改常度,藉可避谤。然知己之感亦不敢无所献替,幸蒙密采,不致张扬,丁卯桥头覆辙殊可鉴耳。《清尊后集》修甫诗歌最多,同人皆不能及,若以牛耳属公,当更有奇文共赏。弟之打油腔厕入奚囊,忽加称许,东方左徒无辜被谤,能不呼冤乎。朽木既不可雕,太璞犹可自完。诵长公"明年投劾亟须归,莫待齿摇并发脱"之句,令人有浩然之志,况齿之已摇,发之已脱乎。贳郎殊不足惜,债帅乃不相容,顾托词于"一半句留是此湖",毋乃为西子所笑。在苏曾恳子泉为小儿筹负米之资,果尔则消摇于吴越之间,其为乐不可胜言矣。我公侻于致子泉书中一言及之,感幸且终身耳。耘云同年倾慕已久,始闻之范诚轩,继闻之吴存甫,每思以一书通候,而自愧无一长可取,反不如人徒以寒暄之言溷禁近之耳,毋亦等于"未同而言,其色赧赧乎"。辱蒙记注,深切感惭,先乞代致拳拳,后当一陈款款也。瀛眷北行,正当料简护照,极便之事,不烦丁宁,冶亭兄晤中已道达一切矣。雨水过多,春花已歉,蚕事尤为可虑。敝省水灾闻甚可怕,未识围田若何。去岁已是歉收,何堪再失农望,况是人心不靖、隐忧正无已时,故林之思,其何能想。贱目日益昏蒙,值此湿蒸,尤为大苦,强作数行，仍是卖冰糖葫芦儿声口而已。敬请台安，诸惟心照，并颂绅斋世兄侍祉。和定居士顿首。四月廿一日。

凤师常有书至，字里行间，精神流露，不似老年人笔墨，想见康强。惟颇以不谙新学自谦，时有退志，时局如此，守旧自非所宜耳。瞿、张两公，晤中亦论及，鄙劣恐未能如凤师之关切也。无益三放宁台道，殊出意外。益三尚未服满，计不开列，故其闻信愕然，不解其故。当是高相卿开缺，奏内附片，密举旗下衣冠照常，一时未及详考耳。然见益三时，犹询其何以得缺，则是主人翁不肯居功之盛德公心也。益三本非干进之流，况在制中，尤其决无此意。用人如此公道，斯诚大局之幸。益三已据实禀明，未知主人翁如何入告，若能破格改为署理，则宁波一道交涉事件办理可称得人。即通省归其总理，亦未尝不可，此最可喜之事也。同日又叩。

十

补松居士左右：

昨夕复笺，忽然感慨不能成寐，枕上得打油腔一词，录奉齿粲。

卅年候补，才晓得，副榜难成正果。假作痴颠顽到老，毕竟有些不妥。猴子装官，狗熊代马，好像真家伙。被人看破，问从何处藏躲。

却是九弟枢臣，三哥太宰，都愿提携我。无奈天生穷贱骨，自折自磨自挫。旧债新逋，男婚女嫁，欲了如何可。忽然想起，冰叶糖葫芦叶儿啰叶。

和定戏草。

十一

补松居士左右：

廿一日邮递一笺，次日闻提学湖南之命，为之狂喜。敝省学界毁誉参半，究不知其所以然，今得我公为申画之，当化嚣凌为肃穆矣。闻尚须东渡沧溟研考学校，三月大治，然后履新。他山之石，可以攻玉,益知学问之道无穷期也。江墅铁路轨道,城内外均经府县履勘,似均可行,以地势自较,填河为便,未知将来若何定局。子曰"如之何",佛云"无可说",其今日之谓乎。我公何时出都,计可回浙一行,甚以为盼。数日来湖上,聚会颇多,尚觉舒适,官闲无一事,乐得不衫不履,且使此身暂谢束缚,安得长谢束缚耶。护照已为请得,交冶庭兄矣。幸叔翁近患牙疼,时复少眠,然精神却甚好。蓝老游兴大佳,泛舟富春江,当即十日句留,归来必多诗画。老子婆娑,羡而且妒,刘云樵见之,恐叔叔然也。忽忽数行,敬叩大喜,并颂绡斋世兄侍祉。和定顿首。四月廿七日。

十二

补松庐主人左右:

久聚难为别,昨今两次走送,皆不得晤,翻恨前此踪迹之犹疏也。顷归奉手书,并承书画雅扇之贶,竭目力读之,益令黯然魂销矣。公词如此之工,则公之深于情已可概见。弟不工词,亦思学步,未知三年能成声色否①。君画笔真是秀绝,究是外家轨范,将来自有火候,无意中得此瑰宝,喜出望外,心谢不已。寄凤石师书,今日始倩人代缮,敬乞携交。恨儿辈皆不工楷,不能为我代劳,尚烦到处求人;更恨双眸如雾,不能信手拈来。老大之伤,岂有他哉。函中大意,馈贫之粮重在清河,更乞公一言为重。凤师关爱最切,想荷允许也。相见何时,弥用怅惘,平安渡海,早锡佳音。敬颂行安。绡兄同福。年小弟期耀顿首。廿三亥刻。

十三

子修大公祖同年大人左右:

自去岁从者由东日返沪,满拟把晤于补松庐作十日之聚,乃瞻望

① 按:原札"色否"两字互乙,今改。

弗及，只切钦迟。日思贡书，而又裁笺复辍，亦不自知何以懒废至此。每与幸叔、迈盦诸老过从，动辄竟日谈论，而与公乃经年不得从纸上一见，岂非缺憾，犹幸箧中所储翰墨尚多，可抵晤言，一宝也。闻摄理旬宣，颂声答作，整饬学务，昔与芰卿同为学界所不认者，今且同一心悦诚服矣。张筱帅移吴，吴人有尼之者，辄复悒悒。弟即以两公之"以朝命为重"设词谏说，未见听许。盖筱帅亦真有看破红尘之意，年已望七，官至专阃，乞退得请，固明哲之旨也。珂乡近事计时有闻，始平甚洽，众望席未暖而又量移，报纸中论路政有暂任、兼任诸害，今日之事岂独路政为然。鄂中诸新政得以有成效者，非以南皮相国十八年之久任乎，亦可思矣。庄心老宦湘四十馀年，几同土著，民间丝粟细故无不周知，今开藩矣，指日建高牙矣。抚我十年，知岳云湘水必有祥光瑞霭，异于寻常者，日日为桑梓盼祷，非一人之私言也。磐石布政畿疆，行亦当来抚浙，六年之中，情形备悉，虽无心老之资格，而来路本自不同，在今日在本省升调至于此久者，缕计亦不多见。申甫廉访笃实辉光，当与我公有深契，心老计是新交，想亦必相投洽。三台吉曜，灿映湖湘，实令远道部民欣喜过望，恨不飞回一亲颜色，时复默坐凝想而已。玖老与夔相先后出京，每忆儿时所诵"去三年不反"与"去之日"两文，乃叹制艺一道何尝不与诗古文辞同一写照传神之笔。玖老之休，玖老之大福也，而劾玖老者乃不见容于乡里，利之为害大矣哉。弟自去秋九月到温，亦越十年，再寻旧迹，则风景大非昔比。自三次盐斤加价，商贩以成本过重，销路亦苦迟滞，复因连岁盐荒，闽中禁不出口，以致捐款转绌于前。茂如公私交困，托疾以去，此专重闽盐而忽于场盐之过也。温地本来产盐最富，若能悉数纳捐，可称浙中美利，任听走私，诚为可惜。然亦因加价之故，民间苦于食贵，群趋于私，则虽极力整顿，场盐终非减价不足以敌私。今日加之不遑，尚能议减乎，是非大府洞悉民隐，大力挽回，则亦长此淹延而已。弟虽能言之，而位卑则罪矣。刻下惟有尽能尽之心力，以期相安于无事，而反之此心不能无内疚也，幸此心尚未全乌耳。旧债未了，新累又已逾万，而小儿在吴间居已四年，小孙在比国均须接济，且系巨款，温局之优在浙已登峰造极，若此分泽，如何支持。所谓哑子吃黄连，尚何言哉。公知我者，故信草及之，非所愿言也。小孙在比考列正班，其校在黎业斯省，去岁六月即承李木斋钦使咨请岑帅给予官费，迄今未奉复准。日前来禀，谓吴挹清监督复为电请，未识可行否。我公爱弟至厚，敢乞于岑帅前代乞恩施，庶可稍纾鄙人之力。辱居门墙之列，知必仰邀鼎诺，终始成全。此子生长膏粱，居然能甘蓼藿，意颇怜之，他日或望有所成就，其报答师恩永无涯涘矣。附奉节略一纸，祈留意及之，感何可言。赵从九祖荫前蒙嘘植，得安仁盐局一差，嗣以改章销差，仍居湘潭厘局馆席，家累既重，苦无援引，惟有恳乞我公随时照拂，俾廉吏子孙不止冻饿，二天之德岂直赵氏衔感已耶。心老前弟亦为代求，益祈谈次及之。贱目年来益眊，得英医高德所制眼镜，稍见合光，然阴雨则仍苦茫茫也。手此，敬叩道安。恕不庄启。治年小弟辅燿谨状。四月十八日。

敬再启者，赵从九祖荫为先太老师笛人先生之孙，笛人先生入名宦祠，尚是公督学时奏请，恐日久偶忘，故再陈及。赵从九晋省叩谒，伏乞赏见为幸。再上横山老樵棐几。和定又叩。

十四

松隐先生左右：

昨奉惠教，并旧拓《韩仁铭》，领悉一是。承赐《九钟精舍金石跋尾》一册，谢谢。《韩仁》椎拓甚精，惜弟所藏本未在行笥，不得相较。金石之学，不求甚解，其有无"谓京"二字，不复记忆，致可笑已。绚斋考据精核，必有卓识。顷以目疾尚未细读，惟略翻目录，见有魏《张君残碑》，即眇一目视之，不觉狂喜。弟曾得一纸，不知其碑之所在，亦未详考，但视其字颇近曹真，知为魏碑无疑也。今得此文，诚为惬心贵当之作，乞绚斋暇中为[一]节书之。幸甚幸甚。又有建安六年残碑，无从考据，不知九钟精舍中有此拓否，并乞绚斋为一考之。弟目疾幸久不作，前日因受风就火，致浮热上炎，红泪不止，故昨未得作复，今日稍好，又弄笔墨，知非所宜，然兴到不能已矣。伯新将来结邻，过从较近密，亦客中乐事。敬颂著安。饰待叩。

十五

辛丑年，刘鹤生持一帖来，云是其友江右曹君求售者，视之〔在〕则王大令所书范大夫鸿冥堂记也。以曹君窘况，即助以金去，实不知此帖所自出。王大令小楷中固无此种，而其文亦并不按切"鸿冥堂"题义，且亦非晋人文字。范大夫之鸿冥堂在何处，亦不可考。文中"白傅登临"及"至于科第，尤细细也"等语，何所取义。文衡山有题识数行，无考据语，题池署签确系珊林先生手笔，亦无一字征考。十年以来，请教诸著录家，皆不得知其端委。汪子渊丈考据最精，诗苏曾询之，亦不能答此，与两般秋雨同一疑团，久不能释。伏祈贤乔梓一为祛其惑也。再上补松老人枭几，饰待又叩。

再，魏《张君残碑》不知何时出土。弟所藏者，从舍间楼上敝篋中检出，此篋在楼大约已逾四十馀年，弟无意中始见之，据此则非近时所生，或已出复没后又显耳。又及。

十六

《韩仁铭》奉缴，乞检入。考据金石，未有学问不敢作跋尾也。偶书"九钟精舍"一额，以赠䌷斋，谛视仍不惬意，然吾技止此，姑以就正，有道付之摧残可耳。此上补松老人，饰待叩。

十七

一病又半月矣，诸事懒废，遂少通讯。刘葆良忽以湘军志见惠，得此差足遣闷，而又慊于湘绮老人之北去，则反益其闷，遁世无闷可谓难矣。顷接翁笠渔来书，有司徒世兄寄尊处缄，因不知住址，属弟代呈，即请检入。此上补松老人。饰待。十二月九日。

十八

复示敬悉。视得赵氏《续访碑》，录有吹角坝摩崖一则，另纸奉览。王象之《舆地碑目》何处可查，乞示知，以益荒陋，幸甚幸甚。此叩补松老人著安。饰待和南。初十夜。

赵氏《补寰宇访碑录》：

吹角坝摩崖　八分书　四川綦江

建安六年二月丁丑朔廿二日。石归遵义郑珍，辨为建安七年《卢丰碑》。今审拓本，石系断阙，且首行明是"六年"，次行有"严季男"名六行，有"以灾致祀"字，必非卢碑，仍依王象之［碑］《舆地碑目》书此。

十九

补松老人左右：

新岁往还相尤，致为钦系。弟近以左臂剧痛，乞灵按摩，似较药石为胜，总不能求速效耳。前请代求高君刻印，原文"双宋石斋"，诗荪易为"宋双石"较雅，乞便中寄语照改，幸甚。朱桂卿兄寓址何处、门牌号数，统祈详示以寄，女孙媛将往谒也。此叩道安。饰待和南。正月晦日。

二十

悔馀老人侍右：

知白嘉招，以风雨峭寒，致不得攀清话、饫精馔，恨甚。先君全集盖廑有存者，小儿前日检来，兹特送，请察收。小儿于前日挈其妇子先归，明晨可抵汉矣。此叩道安。饰待和南。三月五日。

二十一

悔馀老人左右：

春寒拟于严冬，毋亦人心之所感召乎。弟虽急切思归，而孔兄尚未认可,且风声甚恶,亦藉此稍作回翔。惟病体客居,实无佳趣耳。邮架中如有《明史》,祈检文衡山传,假我一读,即奉赵也。病寒不得趋谈,怅怅。此颂道履。饰待叩。三月廿三日。

二十二

补松老人左右:

　　别来忽两月矣,每忆行时未曾明告,生平不愿作此等欺人之语,乃以病躯不任迎送之劳,而至契诸公又不能憝然舍去,是以出此诡道,至今思之,犹雨汗也。方将寄书,适砥庄回湘,交到手翰,捧诵之下,尤觉惭惶。公之爱我乃若是之真耶,作伪心劳,益可感矣。弟于四月十八登舟,七日而返故里,亦云迅矣。江山如昔,市廛已非,人民之心,则更可知。归来仍如在沪时,终日闭门,少接宾客,病声震于里闬,戚友皆能谅我,无[能]多枉顾,大半寄语,从容相见,极为可感。小园芜秽不治,久为里中齿冷。读公书翦芜濬渠一言,大约此中委曲悉在朗抱,言之可愧。迩日稍稍修理,亦不过略见眉目,亭亭出水之姿,今年决无可望,明年春分乃可分种。特世变方亟,未知明年在何处耳。弟之归也,未尝以家乡为乐土,近日风声鹤唳,时复有闻,则亦处之泰然,无所尤悔。儿辈请暂避居乡间,以访惊扰,亦姑待之,无可无不可,固先圣之所许也。如何如何。高君印篆意致甚佳,费神,谢谢。湘中谈碑友亦甚难得,恐此印亦少用处。草草奉布,敬叩道安,无任依仰。饰待草堂谨上。六月十九。

　　逸老得两见,对竹饮酒外,绝不谈他事。葵翁未回城,闻平江置产颇受暗损,有俟将产售去得行移归之说,未知的否。亲家亦有未尽可信者,然[则]在今日,亦何足怪。黄觐老前患外证,颇耽惊,恐近已大愈,尚未相晤。湘绮先生主持孔会,陈程老携杖而游,均健于鄙人,可无愧欤。再叩悔翁,起居万福。定叟又上。

二十三

补松居士左右：

久不寄书，索居益病。自十月下旬，忽右手无力，午飱未半，遽尔失箸，足力亦因之大弛，幸心境尚明，急进再造丸，得不加剧。时固[以]心跳脉停，日服平脉平脑之药，西医谓此仍是心房之病，不与风痰相涉，故仍用平脉补心之药。两月以来，渐能执笔，如小儿之画字，亦复有趣，不识将来能追踪半庵否。偶一体会用笔，极力向右方可显出笔画，否则全斜向左，一片模黏矣。若天气和暖，或从倔强中讨出一境界，亦未始非国民之幸福也。一笑。黄鹿泉官滇归来，谈及孟琁残碑，以佳拓见赠，并有跋尾一首。病榻无聊，日录数十字，遂得五纸以寄绚斋世兄，可与所著相发明。谈碑之乐，千里犹一室耳。葵翁尚在平江，觐老健在，不轻出外，皆未得见。唯陈程老常扶杖相过，弟甚愧之。敝省景象无可说，以待尽之人，日惟饰巾而已，亦不必说矣。小园已公议出售，九鼎已移，一邺安恃，更有何说乎。止老计必常晤，当作书寄之。闻诸公诗兴甚豪，曷胜健羡。弟眠食幸照常，多说话则舌微见强，毋亦多口之取憎乎。肃贺新禧，不尽所怀。年小弟吉心顿首。绚斋世兄台候多福。腊月廿六日。

二十四

悔馀同年侍史：

自客冬寄书后，忽已改岁，且过上元矣。春和伏祝起居佳胜，庭阶集祜，定如心颂。弟以两目如在雾中，心常惴惴，腊杪忽见翳障，转觉稍安，盖既现热象，即是虚炎，亦尚可施治调理。廿馀日来，似有微效，或不致暗中消灭，然未可大意也。半日小步，半日静坐，不读书则自无病，殆亦反老还童之说欤。闻葵翁曾入城一行，惜不得一见。去岁，所生儿已承大宗，此大慰心事。湘绮先生归仅一见，未敢深谭。寿筵甚丰，闻野老少在会者，晚岁花团锦簇，更为寿者相也。录得所撰黄新家传一首,奉寄乞检入。弟眠食无恙,差足告慰,不能久视,且此敬叩道安,馀容续布。弟吉心顿首。正月十九日。

二十五

悔馀同年左右:

自正月杪奉到复书后,入春奇寒,蛰穴益邃,非不起之证,以恋衾恒不起也,则笔墨可知矣。入夏阴雨日多,稍可出户,而四月十七乃有安坐而晕跌之事,殆食烟而毒中之。醒后,两臂两腕痛不可触,幸无他苦,且亦无伤痕。西医谓不药可愈,惟以静心为治,盖仍是心经之病。一月以来,吃饭睡觉俨然豕也。痛虽未除,而可执笔作字,但得此手尚存,则友朋之情可不隔绝,即大幸事,他可不论矣。求贤之书日见于报,紫阳所陈珂里诸君子,言之亲切有味,公意云何。止公果有允言,殆为虚下之计乎。大师命驾,媪相随车,遂为馀兴部铺叙之助,史料未储,部料乃富,德盛不狃悔,何狃悔之不已耶。葵翁自平江返省,精采如旧,惟步履稍衰,刻仍居乡,今春得男,大可喜也。久雨盛涨,若不放晴,恐非赈粥可了。大有之后,极为忧之,雨窗试书,藉以告慰。敬叩道履。䌹斋世兄侍祉。年小弟吉心谨上。五月廿五日。

二十六

柏研香都护、颜小夏方伯、支绝卿提学、杨伯新观察、潘祝年太守、吴镜江司马,皆戊申同岁生。客夏于佛生日七人公醵,饮于水竹居,无主无宾,竟日嬉弄,极欢尽醉,惜公未与斯会耳。研香约同摄影,并有题句,弟勉步韵兹录寄吟坛一笑。

旧闻洛下会同庚,我辈于今尚后生。待到廿年重聚首,只知文宴不知兵。

难得清和浴佛天,佛生天地本齐年。南山自有松苓酒,多事人间祝寿筵。

堂上刚逢九九年，研香太夫人年八十一，同辈中无此福分也。白头孺子羡君先。愿从阿母瑶池上，分乞蟠桃尽得仙。

年小弟李辅燿上子修齐年大人阁下。戊申四月初九日，寄于温州寓斋。

正封函间，适接比国留学监督吴揖青兄书，云已电尊处为运辰求请官费，未奉覆电，其意甚可感，尚求我公终始成全，铭泐无既。修甫顷已到，温裕通事不能了，不意修甫遂至倾家，极为悯惜。经商乃为人累，何其冤也。想同此慨叹耳。弟燿再叩。四月廿三日。

二十七

子修仁兄同年大人左右：

前日奉谈为快，送上越南阮鸿胪诗札卷，乞题求书纨扇，并费清神。感谢感谢。榆翁馆事，蝉联公私，两有裨益也。东瀛印泥颇适用，附奉一器，察入为幸。此上，敬请台安。年小弟辅燿顿首。十三日。

敬再启者，湖南试用从九品赵祖荫，仁和笛人先生之孙也。笛人先生，讳光裕，以即用知县到湘，为浏阳令有声，浏人至今歌诵之。先君癸卯乡举，出笛人先生门下，六十年来往来不绝。笛人先生归道山后，家无馀资，两世叔亦相继谢世，长孙云吉旅食江皖间，近亦不得消息。小酉（祖荫字）以微官久滞湘潭厘局，盖其未禀到时，即司事于此也。数年以来，屡索弟书为之设法，弟以当道无与赵家有关爱之人，即使为之说词，亦不过寻常请托视之，况当道除心安观察外，他皆不能以肺腑相告者，是以迟回审慎，不敢轻议。今幸春帅莅湘，我公视学，皆与笛人先生有同乡之谊，梓里先贤，湘城廉吏，想二公询考嘉懿，当亦必有肃然起敬者。其子孙穷困一微员耳，拯其贫乏，调剂优差，大府一言，司局立刻奉行矣。然非我公详达，春帅亦无由得知，弟感念师门情词迫切，惟我公怜之，感同身受矣。年小弟燿再叩。七月廿四日。

二十八

补松庐主人左右：

走以久病借居宝石山病院，不问世事。昨闻台从锦旋，欣慰无既，因不敢低头多写字，成俳词一阕，用代柬候，录奉一笑，可与冰糖胡卢同作谈柄耳。

正相思、忽闻归里，令人欣喜神王。湖南糟到危而乱，惭见此邦官长。公何谅，挂一幅、蒲帆稳卸钱江上。湖山跌宕。问肇事饥民，乘风痞匪，可到乐官巷。　　蒙衰矣，新旧三年病障。难言磨折情况。冬春苟活时临夏，才被判爷签放。虽未丧，仍旧是、形销骨立如豸样。西医倚傍。待过了梅蒸，丢将铁拐，再作造庐访。

右调《摸鱼子》。返魂词人倚声。

二十九

悔馀先生同年侍史：

送上《黄楼词》一册，乞检览。兴到题识数言，亦阐扬幽滞之盛心也。且儿辈异日持此易米，可冀稍多升斗之获，则尤慈善长者所乐为成全者。如何如何。此叩颐安。饰待和南。九月五日。

三十

悔馀老人侍史：

辱枉顾，以他出失迎为歉。拙钞承题首，且为订讹，感谢感谢。稚子无知，接待失礼，尤为悚仄。示读吴季公书，所谋无成，此中自有分定，不可强求耳。原函奉缴，祈检入。今日在玖老处大谈，知其讼累已了，诬告陈子川两次来叩头认罪。据称，所闻之言仍是敝乡人口语，则亦曰残害同胞而已，可为一叹。匆叩颐安，馀容走诉。饰待叩头。八月廿九亥刻。

三十一

客岁侨居温州周仲明西园，于是已三至温州矣。仲明属题一联，因集白石、玉田二家词应之，录博一粲。

荷花池馆，蕉绿窗纱，倚阑干，我爱幽芳，来此共樽俎；东壁图书，南山杞菊，宜啸咏，重游倦旅，不忍负烟霞。

三十二

补松先生侍史：

昨辱枉过，失迓为歉。《尹宙碑》已录竟奉缴，乞检入。如有《韩仁铭》《武斑碑》褾册，并求假我一钞。明画《麒麟》奉上。沈度，华亭人，京师西郭外万寿寺大钟刻《华严经》一部，即其所书，此无意中从《宸垣识馀》中见之，并以附告。（另纸钞奉，以备采入札记。）此叩道履。饰待和南。十七。

西郭外万寿寺，近年敕建。大内出一钟，为成祖时少师姚广孝监铸，重八万七千斤，径丈有四尺，长丈五尺，铜质甚古。内外刻《华严经》一部，华亭沈度所书。铸时年、月、日、时皆丁未，今徙置之日为六月十六日，亦四丁未相符，事亦奇矣。

右《宸垣识馀》一则，吴长垣太初著。

三十三

悔馀先生侍史：

久不寄书，一困于矇，一误于懒，不知应指此身为何物也。春杪诗老书来，言公已振旅还乡，甚善甚善。名园本有清峭之致，今则更无冠盖之迹，尤见城市山林景象，补种青松几许，一老啸咏其间，其乐可羡。鄙人偶尔蹒跚废圃，辄用蹙蹙，不可以言，欲早售出，则将颓颓池馆犹可保存，否则不可思议，言之闷损。榆园曾集自少至老之小照为一幅，曰《我与我周旋图》，此五字曾于某书中见之，惜当时未及记载，无从翻视。顷检自冠后以迄于今，亦有数幅，谛视无一似者，即近十年中亦大不侔。拟仿为此图，而欲知其缘起，惟公博闻强记，敬乞示我，或从伯约昆仲处借钞其图记，如何如何。想此亦成人之美，公当乐为之乎。月笙、谨斋昆仲，时时得见否。清尊雅集近复有持其后者乎，思之令人不怡。湖上风景闻已大改观，虽不能至，心向往之。寓公尚有人否。敏斋已不复能见，豪直之气在朋辈中亦不多有，致为恻念。其居宅仍旧否，抑已易主。磐石之止园如何结束。黑师路稳于于家弄，计亦不复南渡。超览无归志，然归亦无味，不如安心作淞沪寓公，惟闻朋侪星散，未免寂寥寡欢耳。弟目瞆耳聋，年不如年，怡然安之所喜。鸡蛋、牛乳不曾改味，则不至死，若此二物不相入，则其行必速矣。严巡使来湘，禁绝新剧团，颂声大作，此中奸拐案屡见不一见，得此或稍戢，湘之福也。拉杂代面，敬叩道安，不尽所怀。年小弟吉心顿首。八月初六日。[①]

治年小弟李辅燿敬请子修大公祖仁兄同年大人台安。

乐官巷呈前湖南提学使司吴大人台启。五月十三日交来。宝石山善住阁李缄。（请片）

沈曾桐(1853—1921)

字子封，号同叔，浙江嘉兴人。沈曾植弟。光绪十一年(1885)举人，十二年(1886)进士，改庶吉士，授编修。甲午战败后，助其兄支持康有为开强学会于京师。三十四年(1908)，任广东提学使，迁云南提法使，未及之官，即逢国变。著有《芝峰诗草》。见《清代硃卷集成》、《清代官员履历档案全编》、《当代名人小传》卷下、《近世人物志》等。

[①]　按：后附名帖、信封各一。

一

来教谨悉。所事傥姑妄一行。十三当饬价造尊府，与纪纲同往。向来簿上注字不皆亲笔，或肯进付，亦未可定耳。《铁桥漫稿》便中乞检出，再著人走取。复上敬彊仁兄同年，弟桐顿首。

尊老爷。

二

宋培之同年近患目眚，昨有札来，从弟乞杭州白菊花，弟无以应之。尊处当有藏者，希见惠少许，以便转致。此上，即颂子修四兄同年大人开安。弟桐顿首。

汪兆镛（1861—1939）

字伯序，一字憬吾，自号慵叟，晚号清溪渔隐。广东番禺人，原籍浙江山阴。光绪十五年（1889）举人，两应礼部试不售。南归，以世习刑名学，乃客幕赤溪、遂溪、顺德各县。辛亥后，避居澳门，专事著述。工诗词。著有《孔门弟子学行考》《晋会要》《微尚斋诗》《微尚斋杂文》《雨屋深灯词》《己巳纪游草》等，辑有《碑传集三编》。见《微尚老人自订年谱》、张学华《诰授朝议大夫湖南优贡知县汪君行状》（《碑传集三编》附录）、张尔田《清故朝议大夫湖南优贡知县汪君墓志铭》（《碑传集三编》附录）、张元济《汪府君圹铭》（《张元济诗文》）等。

修老年伯大人执事：

十二月初间奉到大教，敬悉。先世遗书已蒙列目转送志局，感均殁存，并谂道体违和，近想颐养康复，至为翘系。承赐寄先督部公《养吉斋丛录》八册，再拜谨领。昔年义乌朱鼎父侍御谈及言掌故之学，以此书为最，而久未得见。先叔《旅谭》卷五载先督部公与周雨亭观

察遇于相见坡赋诗一事,未注见于何书,今获睹宏编,一代典章制度
巨纤毕具,珍藏什袭,钦幸奚如。先督部公碑铭传状必有杰作,可否
请检寄拜读。近拟与张汉三提法续辑光宣以来碑传,以继钱衍石、缪
艺风之[书]作。大著《辛亥记》已敬录数通矣,倘别有储藏能惠寄,尤
感。兆镛近患足疾未愈,左右手又复作痛,屡躯病废,日惟埋首故纸
堆中,以遣馀年而已。先金事公家传,乱后版片散失,近又采获数条
增入,刊成寄呈二册。隋《宁赞碑》在钦州,近年新出土,翁氏、阮氏
《粤东金石略》所未载,附上一通,均乞浏览。日月如流,此缄到时又
值岁除矣。敬颂年祺,虔请颐安,并陈谢,不一一。绷斋同年均此。
年侄兆镛叩头。辛酉十二月十八日。

周大烈(1862—1934)

　　字印昆,别号夕红楼,又号十严居,湖南湘潭人。光绪二十
一年(1895),陈宝箴巡抚湖南,曾聘其为陈衡恪塾师。后东渡日
本习法政,同学有陈敬第、姚华等。归国后,创丙午社、立宪研究
社等,宣传救国思想。宣统元年(1909),出任吉林自治区民政厅
长。民国后,任众议院议员、湖南衡阳道尹等职。晚年居京,以
吟咏自娱。著有《夕红楼诗集》《续集》,《桂堂故宫诗》等。见《周
大烈自题碑阴记》(《湘潭文献》1948 年第 26 期)、陈敬第《湘潭
周印昆墓志铭》(《桂堂故宫诗》卷首)、周俟松《湘潭诗人周大烈》
(《湘潭文史》第八辑)等。

一

子修先生大公祖大人钧鉴:

　　奉别后,于汉皋肃上一书,谅已邀鉴。开封、北京、奉天稍有延
搁,至前月廿始抵吉省,途中托庇平适。近维道躬多祜,勋望愈隆,不
胜心祝。女子师范,我公任使得人,教育根本,荷蒙培植,湘中之福

也。建筑工程，余君子昭必能仰承指示，于管理、教授、卫生都能合法，不使稍生障碍，未审年内能竣工否。大烈于廿三入居民政司署，接总科长事，五科两处总汇于斯。邓司使现又出巡中，力既不逮，情形更属生疏，甚觉竭蹶。去吉已年馀，重到亦不觉其有进步，日人亦无甚特别举动，察其用心，盖别有手段。日与我交通便利，全在奉天、大连轮舶，南满火车是也。现在增驻之兵与商及各项建筑，日异月不同，兵数尤多，一旦乘机而举，奉天为囊口，既握其口，吉林已在囊中，又何俟多费财力、人力别为设备，其计划可谓较矣。以大势论，内地固危险，此地之危险更速，且易发生。国令缩短期限，官制提前试办，诚不得不尔，然［放弃］专制既为放弃，政府之能力可知，变为立宪亦不过敷衍而已。敷衍而可图存，则朝鲜不亡于日本矣。救亡在精神不在形式，盖无中外古今之分，然则生丁今日，只能效阮生都哭路穷，又窃以为不然。此次回湘留十五月，一筹莫展，一事未为，独居深念时，往往私自叹息。既而思之，既为中国人，此时北走胡南走越，不可更不能，置时世于不问，自谋其力保其家，覆巢完卵又势不能得。与其坐以待亡，何若起而求所以不亡，纵或失败，亦不过亡而已。打穿后壁，根究到底，仍只有有一日做一日之一法，且中国文明优秀人种俱在也，五千年高尚之习惯犹存也。比之昔日之波兰、印度，近今之朝鲜、［高］交趾，实不可同年而语，其独立性与保守性直与英人同，日本万不能望其肩背。可下一断语曰："必不灭亡。"十年来，渡东瀛者万馀人，贤不肖极其参差，然对于日本之感情，则同一恶劣，二三年来更显然发见。日人报纸中，今年尤时时论之，遂生出支那人万不可再令入学一派议论，此种现象非少数人所能成，亦非个人道德与意见所能有，乃根于心性、出于种类者。即此一端，已为此种人不能灭亡之大原因。不过强极弱极、旧弛新张之过渡，青黄不接，不能不闹饥荒，见危症耳。其体质既尚完好，攻其内积，驱其外感，非甚难事，全在教育可以为。直接之教育固为急要，间接之教育亦为急要。直接者即学堂，间接者即政府。所谓立宪之预备，凡政治、法律各项事务，皆是今日立宪，无论政府、人民，均为程度不及。不及而即办，必不能有事实之结果，不及而不即办，程度永无能及之日。今日之立宪，设种种名目，办种种事业，功效所及到，唤起人民之思想，开通人民之知识而止，是故不能名之曰"国家之政治与事业"，只可谓之为教育。以教育目之，虽不到事实上去，自有思想与知识之功效在，持之又久，程度既高，虽欲无事实亦不可得。今日之立宪，以之为政治，谓为救急之方，则使人成悲观，嗟然自丧；视之为教育，谓为将来之计，则使人成乐观。多办一事，早办一日，确有一事一日之功能，目前之结果若何，非其所计。大烈之观念如此，只作布种子之人，不作获稻粱之想，且谓现时皆布种子之人，将来收获稻粱，亦不必问此处为某人所种，彼处为某人所种，如鸟之含来，如风之吹落，无端之凑合，亦无端而发生，更无从询考为谁氏。惟种子既布，稻粱必生，目的即为已达，目的达，夫又奚求。以此自课，则头头是道，更无路穷之日。暌隔万里，时时思念，我公知我，公必亦想念，聊布区区，以当面对，尚求有以教督之。肃此，敬请道安，伏乞钧鉴。治晚大烈谨上。十月廿五日。

二

子修先生大公祖大人钧鉴：

前十月廿五奉上一函，谅已邀道鉴。近维政躬多祜，勋望日隆，不胜欣祝。近日朝廷亟言改革，国民之请愿与议论更为急迫，外人之观察遂稍有变迁，英美德法创联监之说，意在排斥日俄，美德尤为剧烈。此虽出于彼之利害关系，非真爱我，我正将因为用之，亦大好机会也。此间恳殖事，锡帅已定章大办，惟三省联合必须另派督办呼应，庶能灵敏。陈帅电商，未蒙复允，恐将来结果不能完满。外人之经营则一无障碍，日异而月不同，真令人闷恼，而无解决之法。兹因人便呈上麻箸一束，微物表意，祈赏收为叩。肃此，敬请道安。治晚大烈谨上。十一月卅。

卷二

宋育仁（1858—1931）

字芸子，一字芸崖，号道复，别署问琴阁主、鸱夷逸客，四川富顺人。早年肄业尊经书院。光绪五年（1879）举人，十二年（1886）进士，改庶吉士，授检讨。十七年（1891），典试广西。二十年（1894）出使欧洲，驻英法意比四国使馆参赞。甲午战后，回川主持商务、矿务，创办《渝报》《蜀学报》。二十四年（1898）执掌尊经书院。后历任北洋造币总厂总参议、学部咨议官、京师大学堂教习、礼学馆纂修等职。民国后，任国史馆纂修，又任四川通志局总纂兼国学院院长。著有《问琴阁诗录》《文录》《词》，《泰西各国采风记》，《三唐诗品》等。见宋维彝等《先府君芸子行状》（《中华历史人物别传集》）、萧月高《宋芸子先生传》（《碑传集三编》卷三十五）等。

一

子修学使长兄同年大人阁下：

使节还辕，文政安谧，中和宣布，以慰遥心。弟去乡行迈，以六月息于鄂渚，七月既望始至都门，劳役简书，不蒙旌鉴。主政者视与外省奏调及自请赴会者同科，六月后一例扣资，名次遂退居十八。使才之荐，又以过时，辗转问于政府，始得赓续备召。时局奕棋，北风永叹，都中情形非蜀中所闻，蜀中影谣都中亦不闻也。大约举国皆以恩怨为同异，以同异为是非，如何可言，但宜作焦孝然耳。弟本无宦情，徒以稽古兴怀，一念经世，累系至今，空存皮骨，不能不为家计，决意改外，聊充吏隐。承公见知，商务果为外人摇夺，华洋合办，两道纷来，不在其位，付之一叹而已。蜀学得公整饬，计当日起有功。往年所派上舍第一严修，其人乃新调院生，以课礼乐为富强之本释义一篇特拔该生，次年遂以随任庆符学官未来住院，久之乃开其缺。窃疑前课非所自撰，而推求无轨，不能明也。今年在鄂，始闻从游两生言，严卷系成都举人陆慎言代作，陆与弟素不相闻。公主持学校，留意人才，请举此为荐。又副调生郑言涉学尚浅，亦昕向颇笃，往年未与甄别，因先应聘赴万县阅试卷，曾由监院申明告假在先，与孙树藩、邓文焯等事同一律，故未开除，后销假到院，历届皆有日程。今书来告为监院所开除，未知别有事端，抑即缘未与甄别之故。便附启闻，伏候裁夺。使臣瓜代在今腊明春，权望俱轻，而希者尤众，亦无情望此，存记听之而已。连圻元旱，四方麋骋，蜀中事实，望风便相闻。肃此敬布，即颂节安，为国为道自珍，不尽百一。年小弟宋育仁顿启。

　　再，前承雅命，以尊经主讲求之洞庭左右、大江南北。[属]愚蜀学创自南皮，而成于湘潭，两先生论学有异同，而湘潭知者稀，其所造诣实为深远，今未必肯来再临此讲。然愚以为崇学尊贤，礼聘所应先及，度必辞不赴，究或眷念旧游，惠然戾止，亦未可知。其次则黄仲弢前辈，近丁忧在籍，沈子培兄虽近届起复，然度亦不恋朝簪，均可推毂。学运凋零，此外闻见实稀，无从称举也。大义久沈，经术之支流亦不绝如线，言之伤怀，亦正如时局耳。湘潭王先生独明绝学，季平得其绪馀而歧于末路，季自述亦定与王先生异也。因附论及之。小弟育再拜。

<h2 style="text-align:center">二</h2>

子修学使长兄同年大人执事：

　　江楼祖帐，当途履满，须臾启节，不便展送江皋，至今歉念。久欲奉书候问，行旌为商务牵营，煤油事逼，英领事又照会欲办全川煤厂，急筹抵御，竭蹶图布置，甫有端倪，而弟病矣，敬承赐书，以慰忧疾。藉谂奉宣德意，独揭要领，张见多士，风行景从，黜虚崇实，缔造学林，翳维执事是寄。弟以菲质误撄时网，本为商务而来，又承乏于书院，勉尽所职，而才短事纷，兼以忧感失和，遂致一病累月，暑温化疟，转为便血，复患中虚，至今尚未能出户。仰承策励，益切惶惧。计自送学已来，已四阅月，前于五月已将诸生日记全收，拟略次等差，附函呈鉴。维书院旧习、书生成见，安常守近者多，或于经训概未有闻辄谈经济，又未免见异思迁，不安于学。酌其久远，因将按月堂课归入日课，从此届考校日课后，以本年六月为始，另出深浅各题，俾各安其所业，届三月一考次第。即以堂课奖银及月费扣存银拨奖常日，按月责成监院斋长稽查。有一月日课，每人按月加给津贴膏火银壹两，常住书院者，每人按月帮给火食银壹两，以经济加课为正课，仍依伦理、政事、格致三端发题。筦见日课业既有常，经济课引而稍进，就此将尊经改为二等学堂，化三门为四学，一伦理，虽目前进取仍不重，而中国根本所系须讲明。一经政，专主《周官》，推抉利弊，非一时能行，然窃观周孔孟之论治，皆一家机轴。刘、郭、吕、郑数生能知其意，欲令笃信者专讲。一时务，一格致，设四教习以董之，或不易书院之名，以教习为监院，治事监院如故，别添治学监院四员。而总受治于提学。日课由治学监院分门校阅，申送学辕，经济加课亦然；季课为治学提纲。督学兼掌院之事，其馀出纳仍责成旧监院照本年定章办理，则事庶可久。但教习难其人，如用治学监院名别须教职，仍名教习亦可，但须得尊辕札，俾得自达。伯谒现到学会甚勤，伦理一门实有心得。刘贡生光谟，勤求时务，笃实可为后进矜式。名山监生萧开泰，算学、格致［制］均长，惟现已就山西学堂之聘。曩刘幼丹前辈所言之沈颉兴，嗣得穰卿书，亦未能指实所谬，可否仍延此君，容复审计。黄孝廉英，格、算、制器皆不甚深，但为开风气计，或置副教习名目，以备一门。惟经政者知稀，刘立夫、郭煊俱笃信，能发明义蕴，吕典桢、郑崇光亦在伯仲。吕生年资较浅，郑生别经较浅。欲旁求教习能心知其意者，一时无有，无已仍以伯葛兼此，而置刘、郭二生为副教习，不知可行否，或但设副，如格致一门办法。弟退休之暇，尚可遥应，相与讨论，愚见以此门为守先待后，真脉之延，故郑重言之，其应何布置，尚乞鸿裁。昔闻盛意，窃维鲁质不足以塞明诏，并承懿问，爰诹瘁瘁愚贤经术宏矣，退而穷访冥搜伏处乡里者，实罕其选。惟绵州邓昶候选教职，二十年前同学尊经，知其留心经济，中间屡闻称于戴光，今访问于绵崔映棠，实堪经济之选。其次则刘光谟、仁寿举人杨道南，杨不及刘之博闻，而现在商务局，旧留京久，熟知时局，识见通朗，亦可备药笼一物。其已仕就所知者，则有山东知县仁寿毛澄、刑部主事曾光岷、江苏即用知县戴光。毛才识俱优，明达治理，曾知兵之选，戴长于理财，谨具以对。通饬最为明切，蜀守吏新来者皆知向方，切实奉行者必众，所梗者老吏耳。谨刊入报，并令将开报以来各届所出附卷申呈鉴阅。弟因病未能出户，已将谕函中意嘱两监院转达，崧师别无成见，遵即先改策论。惟择斋长校阅实难其人，至酌别去留，划分膏奖，厘剔冗款，弟既不敢越俎，崧老宽大易良，亦似未能独断。兼书院无扃试之严，课卷多代作之弊，非屡加考察，不能得实，似只能更之以渐。先举行改策论，设加课两端，且先就尊经改作学堂规模，齐鲁递变，俾相观摩，而以学会为联摄之枢纽，厘其冗款，挹彼注兹。学会本虚悬主会之名，崧老亦颇重其事，常来临会。愚见就此联贯，化书院为学堂规模，不易其名，而以学会为两书院公会，不就月课，设法专以日课为衡，令入学会能承专业者一，学程及格二，月计无旷业三，岁计有进境四，由掌院教习汇送提学，优与奖励。夫书院与学堂之分，一则泛习以冀弋科名，一在专学以求精所业，故重月课则难使学者有恒，重日课易使学者定志。如卓见以为可采，请即札薛、谢两监院为学会提调，则两院汇通俟还辕酌定。以上所荐，绵竹崔映棠本尊经旧学，于时务留心，亦系教职。或派为治学监院，或竟定教习、副教习名目，名列尊经，兼理学会，均由札委揭明，即以尊经束修分而为四。窃意学会之考成，必较胜于府县之录送矣。

"救时报"一节，义肫词挚，具见厚期诸生之至意，因传示列名诸生。吕生作此时曾呈阅，见题"思患预防"启诸生命意，系为内地会匪潜炽，故有积谷办团之议，请就分联学会告乡人，以国忧先防内患。其中言外国及交涉情形，原有失实数处，"夷狄"字样当令改之。（今更取阅，乃未改。）末段语虽过，当时因所言不过筑塞练团，塞是蜀所在州县皆有，官未办团时，民间亦常自酿资集团，平时皆有。遂未深求。今检重阅，始见有"救时报"字样，诘以册中仅一启两段，何以标此名，二字实为不妥，第不审老同年所见尚有别文否。除一启所言两端外，则非诸生所为也。列名十八人，李宾、黄泰清、王顺寅三人非院生，共杨先溁、郑崇光、张元勋三人系附学，以上诸生人俱安详好学，一闻钧谕，皆各知勉励。惟前月院生都永穌在彭联学会，渠欲用"保国"字样，弟与伯杰均谕以不宜，而都生退与伯杰争之不已，会病尚未传见再谕之也。日课考校名次清单附学者并列，注明附学勤进者数人，可造者数人，无取者亦数人，因在学会，虽质钝而勤，因听留学，以俾观摩，甄别除名。而仍呈日课兼有可采者，欲请奖优，以励向学，馀望酌尤甄采升降，为向学者劝、不敬业者戒。损病杂书，即叩政履绥安，诸恕不庄，统维亮察。年小弟宋育仁顿首。

三

子修学使老兄同年大人执事：

前力疾奉复德音，并由监院申送日记，计尘签阁。维奉宣圣泽，广业甄微，多士景从，文旆绥福，夙夜贤劳，因时节慎。弟入秋托荫就痊，精神暂复，卓筹极为倾佩，亟愿因此旧模及在此间助公立成学校。惟前拟四门分学，意即以院长岁修划分作四教习分修，因旧学所习之业，因本地所有之人而用。嗣与耘芝观察议及此事，耘芝谓初设分门教习，无人坐镇总持，亦恐纷歧；兼格致一项门类繁多，不免挂一漏万，不如专讲政治，如西国政治学堂，乃轻车而熟路。旋得阅京报所载，京师大学堂章程分博通、专门二学，分课二等，博通学为初级，专门学为上选，必先令学者将博通学程卒业，乃可进诸专门，适如意中所蕴，窃以为至当不易。其博通学十目，以经学为首，专门学亦以高等经学为首。弟前拟书院课程，分经学为四课，即合此意。专门学内有高等政治学，弟前函所议通经致用，经政一端，似符此旨。现在朝廷振作，迥异常途，外省学堂自当以京师为法，窃见请变通前议，遵仿京师大学堂章程，将尊经书院易名为经政书院或学堂。其博通学十目设分教习斋长或学长，取之书院上舍生可得，不足再取于外，如黄英即可任初级格致分教，崔映棠可任初级政治分教。其高等既专为经政，书馆即不必讲高等格致诸学，但列高等经学、高等政学为二纲，经列数目，政目较多，教习不必备，惟其人则不致以乏材为厄。尊经既如此改立，锦江亦不难仿行，且可留崧老一席，以资坐镇。崧老虽不长于经与政，然于伦理名实犹附，且资望所在，坐镇为宜。季平经学章句考订最钩深，而未遑推以致用，处之高等经学，恐学者囿于钩考，有诵言忘味之虑。前曾得南皮电，托弟转约伊赴鄂纂书，度须赴约，故前函未及。如不赴鄂，或由钧荐移就省城府芙蓉书院，亦全省首善，庶观时局不偏于承平考订、望古自娱之经学，进而寻求致用，则后来总教习之选也。窃尝论治经可分明伦、立政为两宗，学校不可分服古、入官为二事，宏论谓未言学先言试，终是沿袭之弊，于人材无补，谅哉谅哉。所谓真骨髓语本无多也，服膺斯言。请申一解，其原在经术之用久晦，求其用而不得，竟废之又似不可，故惟有聚而试以策论耳。学人因此亦误认为两橛，故有说经硁硁，而及其为政论政，又另起炉灶。学校之程不能分次第，则躐等之学得逞其聪明，而幸进愈多，人才愈少矣。刘岁贡光谟有书来，欲得潜溪书院（成都县），邓昶嗣闻于他友，其言经济仍属旧学，未审于时局新政，所主何如。前函所论，惟毛澄、曾光岷、杨道南可称事理通达，蜀士多旧学，能广见闻，进求治术，将来成者当不少。目前就学有根柢又谈经济者数人处之教习，俾教学相长，所仰执事鸿裁，主其进退，士林之幸也。月来朝旨督问商务，并设农工务之谕踵至，弟以偏僻省分本地之人，无权之任、无米之炊,经营创始,渐开风气,其难万状,绝非乐此或有所求,不过不肯负发愿初心,欲藉以明平生忠耿之志。今幸西邻之责言已沮,煤油可望有成,拟请督府复奏求另派京员接办,如不获请,即当自诣京师,陈商务开创就绪情形,求交代留京供职,非再有明旨交办,则报效无由。似此寄人篱下,动涉艰危,虽愿效涓埃,诚恐菁华易竭。同乡叔峤及同县刘君,现俱殊擢,参与新政,朝庸破格,足见振兴。前屡承鼎谕,欲以菲材应举,诚自愧不舞,且或愆期,顾万物维新,似非退隐之日,纵不怀魏阙,亦当耻圣明,得从盛举,以志弹冠,亦见平生知己,即亦不敢因辞也。弟商务经手尚有分司,无故则不敢擅离,有故则不难暂交代理,且俟朝廷后命也。苏生来执贽,有志于学,见藻鉴之明,已位置于书局,令其校刻时务书,(月费先拟仍三两,加校勘月一两五,共四两五。)便与所习相通,无扰学业。谨此奉复,延候衡裁先示书院事宜,便尊布置。即颂政安,祈恕不庄。年小弟宋育仁顿首。八月初一。

四

子修学使同年长兄大人执事:

环诵德音,怒增苑结,风雨如晦,鸡鸣不已。闻小雅之忠悱,念君子于平居,于心服思,不忘对此,万端交集,无词以报,沈吟至今。深维甄陶学校之至意,相期重远,自顾不肖,亦愿附于归教其乡之古谊,冀以承宣风泽,藉助涓埃。何意首途遂成背辙,灵修无望,圣道将湮,群疑塞胸,斯人谁与。畴昔之言,安知有今日之事,渺同隔世,如何可言。朝局之变,诚不敢妄测所由然。既复考试、罢学堂,开智之日浅,见深者愈稀,将经术或疑似新政之言,伦理有碍于彼教之论,元珠已失,七圣俱迷,处己且不知所从,何敢复言教士。商务见嫉外人,美法照会屡至,震撼危疑,至今未已,惨惨畏咎,不知所怀。屡欲乞假乞休,徒以既受任于前,不得委之而去,使才之举,所不敢承,而权轻任艰,诚如谕诲所论,感深知爱,以勖其心。任事今不敢言退隐,本其素愿特将辞不赴召,则以引疾为嫌,乃闻定兴因四川矿务论荐赖、曹二观察,请令不才勿与,既见明文,则不便留矣。承乏书院二年,于兹无善可言,徒为自苦,今请辞去,犹望及待还辕相见,一尽所怀。重蒙咨访拳拳,不敢谓真言有当,惟诸生浮支膏火一节,实靡士习。今年悉以征信册为断、日记册为凭,宿弊甫除,课程渐起,仍望主持敦属,替人勿更张。为请学堂一议自当罢[议]论,如以始一议为可用,则仍分四学,除治事监院如故外,增设四学长,俱用教职可否。以监院为名,俾得自达,于督学则久远之计也。存上舍之额,以旌尤异,亦示津梁;节月廪之赢,作上舍加膏火、日课加膏奖各项开支,款不另筹,而用已给,似俱可存为定章。弟以九月中还籍省墓,今于十月望还至省城,过资中晤季平,明年尚未关订。前所云芙蓉一席,今查悉岁脩颇薄,闻已关订有主,即请罢论。拟为荐雅州书院,如借重品藻,得树讲东川,则尤善也。潜溪一席,刘君愿得,虽由县主之致刘太守可谐,敢以月中赐函为请。苏生已派入书局,主选刊书藉。今年核实院生月费所扣存银两,除开支上舍及日课奖、日记加廪外,计至年终尚馀银五六百两,拟以此项存为书局刻书经费。书院积弛已久,每年出入仅两抵无存,两年来清旧帐、定新章、筹刻书,五月曾由监院备文向盐道借支刻书经费六百两,未动用。苏生派入书局,望行监院为准。候补典史胡福康自陈一节,仰公念旧,辄附上陈,临楮神驰,不尽百一。兹因道别,跂盼德音,即颂政安,纂福珍摄,不戬。年小弟育仁顿首。十一月廿四。

<h1 style="text-align:center">五</h1>

子修仁兄同年大人阁下:

宜昌接奉惠音,未值。会弟时土局人满,且事机多变,为谋位置,稍以须时,故未遽复也。藉闻养望故林,且观政要。未几,而芗师移镇鄂以筹偿款,两府就盐土借箸,盐无可措,乃议禁售土,而官熬膏在库言库,且顺民情为请。南皮听言,遽改议就土征膏,试办五阅月,收膏捐六十万矣。主官膏者欲复火议,知司土税者必梗执不从,遂造谣诼,迫以不得不辞。弟既旌土务,则无人梗议矣,然惜其前功之弃,因辞差而以土税、膏捐并局为请。南皮临去,乃改委译书之务,而以土税并入膏捐局,以止后请熬膏之议。但两姑之间难为,此以为然者,彼或否之,外吏可为而不可为,臣始不信,乃今知矣。自从乞外,无情进取,然念抱关皆有常职,素餐决非所安,会计能毋当乎。故临事有关所司,则争之顾闻之,久居于外者以为非宜也。耿介之性,易操实难,注爱久深,何以教我。维今日危苦之局、沈疴之疾,治本在治律与立学,治标在平教案与理财赋,四者皆在择人,择人在求其学,行有本末,而论事知终始者。愚见只此,其自守亦在此,故与世贤多不合。惟公见知深,故言之不惭,苟非其人,政不虚行也。持此赠言,望兄采听,或有裨于赞政之一二,不尽所怀。敬闻征起已在中书,何望如之。其弟已于九月引居文案。附及。即请筹安,无任珍重。年小弟育仁顿首。

林　纾(1852—1924)

原名群玉,字琴南,号畏庐,别署冷红生,福建闽县人。光绪八年(1882)举人,屡赴礼部试不第。历充杭州东城讲舍、北京金台书院、顺天五城学堂、京师大学堂教习。辛亥后,隐退不仕。著述丰富,有《畏庐文集》《诗存》《漫录》,《春觉斋论文》等,译著有《林译小说丛书》。见《清史稿》卷四八六、自撰《冷红生传》(《民国人物碑传集》卷十)、陈衍《林纾传》(《碑传集三编》卷四十一)、胡尔瑛《畏庐先生年谱》(《国学专刊》第一卷第三期)、朱羲胄《贞文先生年谱》(《林畏庐先生学行谱记四种》)等。

子修先生阁下:

都门拜送不及,曾于画扇中以诗道意,想先生已久接得矣。辰惟尊体胜常为颂。嘉平二十三日接到梅花诗八首,足见先生念我之深,在远不遗,谢谢。雪渔已归道山,弟与樊介公双挥老泪不止。此君学术品行,铮铮于越中,西泠故人又弱一个矣。先生与雪渔至契,定有感旧之诗。弟困于丹铅,又不工于韵语,故未著笔,至歉至歉。陆春老在都曾与一面,信是老成人见解,尤为我辈中人,知时事不可著手,已归隐湖上,约弟卜宅湖濒,与相过从,令我复生六桥三竺之思矣。湘中人士当必倾服先生,便中希赐一函,慰我思慕。即请大安,不另。愚弟林纾顿首。

金武祥(1841—1924)

　　原名则仁,字溎生,号粟香,别署一斤山人,江苏江阴人。早年游幕,科场困顿,后以捐班至广东候补,署广东赤溪直隶厅同知。民国初,应缪荃孙之邀,出任《江阴县续志》分纂。工诗文,著有《芙蓉江上草堂诗集》《粟香室文稿》《粟香随笔》《陶庐杂忆》等,辑有《霞城唱和集》《冰泉唱和集》《江阴丛书》《粟香室丛书》等。见自撰《粟香行年录》、《道咸同光四朝诗史》甲集卷五等。

一

子修先生道案:

　　孟秋游沪晋谒,辱荷枉答,均未获接奉清诲,至为怅歉。昀届岁暮,遥谂春祺茂介,潭第延绥为颂。骚坛与淞滨诸老觞咏流连,大稿应又添几许。少君当回南度岁,铭椒颂柏,乐事增多,尤所欣企。武祥侨寓兰陵,益形颓老,惟时与恽、庄诸公为消寒之集,聊遣馀年。拙刻《五忆》,前求椽笔总序,明春多暇,尚祈徐谛及之。华衮之荣,感尤非浅。兹寄上敝乡杨文定集,后有附录一卷,鄙人昔年所辑,乞教正之。肃请著安,不戬。小弟金武祥拜上。立春前一日。

　　葵园先生近状如何,常通信否。

二

子修老兄先生大人道案：

兼葭秋水，时切溯洄，初十日欣奉初七日还云，雒诵再三，如亲杖履。现值中秋节，届想林泉颐养，宴集团圆，歌玉宇琼楼，清兴自当不浅。迟至五日，正在作覆，始由局交到葵园先生墓铭两册，煌煌巨制，自足千秋。（诗文集补刻者允惠，尤感。）虽郭有道盛德无惭，然非燕许大笔、韩苏大文，不足以流传不朽。伏读数过，钦佩莫名。弟垂老颓唐，日益衰茶，近来飓风时作，米珠薪桂，江浙同一灾状，生计日艰。弟逢此百忧，亦惟以方寸作桃源，付诸不闻不问而已。《七忆》承赐大序，足以弁冕简端，只以手民不多，工资又巨，剞劂恐尚须时日耳。绸斋兄允撰题词，大小苏萃美一编，拙著尤为增重，巴人下里，何幸如之。肃请著安。绸斋仁兄均候。小弟金武祥顿首。八月十七日。

三

子修先生阁下：

前月小住淞滨，两陪清宴，话珠海萍蓬之迹，读玉堂乔梓之诗，复承锡以《五洲地理》巨编，拜领之馀，莫名感快。近谂招邀风月，跌宕琴尊，企颂企颂。弟景迫桑榆，蜷伏闾里，屈己二十馀年，暇惟寄兴丹铅，以资消遣。陆、沈以后，益觉感喟无聊。只存旧刻数种，兹寄上《粟香五笔》四册，补前此所未呈者奉教。另赠文郎绸翁药洲墨拓二纸，此拓显晦事迹，详叙拙刻《陶庐后忆》诗注中，足补覃溪缺憾，似可入之《九钟精舍金石续编》也。又《长安宫词》亦系绸翁所索者，零纸二种，并附一览。葵园先生有来沪消息否，樊山方伯有延主史局之说，确否，能俯就否。肃此，敬请颐安，不戬。小弟金武祥顿首。霜降日。

绸翁仁兄均候，不另。

再，旧有石刻《泉铭亭记》墨拓一纸，并寄粲正。

四

子修仁兄大人阁下：

　　吴山越水，音敬久疏。现值节届黄梅，燠寒无定，想起居纳祜，著述益宏，以忻以颂。弟耳聋目眊，老态愈增，春间欲作沪游，因小极不果。蛰居无俚，偶有所忆，间作小诗，感旧怀人，以为《七忆》底本。奉怀一章，录请鉴政。粤中汪君憬吾，即作《三秀才行》者，为弟昔年旧友，与令郎亦有年谊。今其子孙门人为父师撰事略、征诗文，作六十寿，特寄上事略一册，屏笺一幅，嘱弟代恳椽作，俾遂显扬。粤东有道德者不多，想亦执事所乐为称道也。补松庐稿当有续刊，绚斋兄随侍之暇有何纂著，甚念。苏家文集传遍艺林，鄙人尤以先睹为快也。专此，敬请颐安。绚斋仁兄均候。愚弟金武祥顿首。

　　葵园先生传状何人所撰，尊处当早有之，乞分惠一分。

　　杖朝快睹中兴年，吉语欣颂胜祝延。更仰遗山传野史，表忠杨烈已成编。

　　小诗奉怀子修先生大人，即祈教正。水月主人武祥初稿。

五

子修老兄吾师道案：

　　昨廿四日寄一函，内附墨拓《漫泉亭记》，并各零件，封作一包为印刷品挂号邮递。是晚即奉手诲，并赐大序，回环雒诵，钦佩莫名。拙稿薄劣不堪，得大法家锡以鸿篇，一经品题，顿增声价。文之肫挚雄厚，神似欧、曾，为前忆序跋诸作所不及。何幸耄年得此，精神意兴为之一振。读至后段，以水月主人作结，尤为同心之言。其臭如兰，感谢感谢。前寄还之二册，蒙签示十馀条，订讹指谬，尤征见爱之深。此稿须抽换十数首，方可付梓，公以为何如。弟年来耳目失聪，尤艰于步履，秋凉时如稍健，尚拟沪游一访朋旧，不识能偿此愿否耳。旧辑《粟香室丛书》，计四十册，近复印订，奉尘邮架，即希鉴正。风便乞惠数行，以慰渴慕。补松庐诗文稿当有续刊，尤以先睹为快也。肃此鸣谢，敬请颐安，兼颂潭福。小弟期金武祥拜状。五月廿六日。

绚斋兄敬候。

六

子修先生老兄大人道案：

吴山越水，音信久稽，腊尾春头，怀思倍切。敬维起居增胜，著述益宏。养望林泉，正西湖之春满；怡情觞咏，看东阁之梅开。翘企霱云，良殷祝露。弟耳聋目眊，老态愈增，年来朋旧凋零，益无聊赖。虽诊痴成癖，而笔秃才枯，间赋小诗，类多感旧怀人之作，已得八十馀首，为《陶庐七忆》，特将拙稿寄奉，即祈鉴政。惟太冲作赋，得元晏而遂彰；长江苦吟，藉昌黎而益重。辱承挚爱，尚乞椽笔撰序，俾资荣幸而广流传，不胜感祷。绚斋兄随侍左右，近状何如，甚念甚念。令嫂俞夫人举殡，曾寄挽幛，想已达到矣。撰作之暇，大旆能至沪一游否。风便祈惠示数行，尤所跂盼。春寒甚厉，诸希珍摄。专此，敬请颐安百益。愚弟金期武祥顿首。正月廿三日。

绚斋仁兄均此道候。

再，此次拙稿亦应凑成百首，缘精神疲茶，先行塵教，必须方家大加删改，始可出手。尚有十馀首，或年内可成，当再寄政。《殉难记》有续刻否，葵园先生续稿已否刊行，其传状尊处当已寄到，均祈示知。粤中汪憬吾孝廉，品端学粹，与绚斋兄有年谊，近通函否。《七忆》拙稿亦有为伊评阅者，并以附闻。载颂潭祺。弟武祥又启。

七

子修吾师老兄大人座右：

自夏徂秋，久疏音敬，近想潭祺安吉，著述益宏，不胜翘企。夏间久旱，近复秋雨连绵，时发飓风，弟惟蛰处蜗庐，饰巾待尽，聊以文史自娱而已。拙稿序文，因刻工难觅，因用铅印百十部，姑赠知交。大序足增光宠,同人读之,无不钦服,寄上三篇可否。再乞绚斋兄惠题诗词一二首,尤感尤感。葵园先生传状,非椽笔莫属,已有出板否。如有续刊,祈代索赠一部为感。承询邹舍亲后人光景,尚可敷衍,两子已成立,堪以应世,现在仍寓上海。吴中耆老日见凋零,弟不愿为苏沪之游,亦恐增黄垆之痛也。肃此,敬请颐安,并候玉福。小弟金武祥拜状。中元节儿孙曾随叩。

绚斋兄侍祉。九钟精舍诗文稿已刻否。

金蓉镜(1856—1929)

初名鼎元,字甸丞,一字闇伯,号香严,别署潜庐,浙江秀水人。光绪十四年(1888)举人,十五年(1889)进士。历官工部主事,军机章京,湖南郴州知州、靖州知州、永顺知府等。民国初,入浙江通志馆。晚年寓沪。工诗文,尤究心舆地之学,喜画山水。著有《潜庐文钞》《诗集》,《澉湖遗老集》等,纂《靖州乡土记》。见金兆蕃《从兄永顺君事略》(《民国人物碑传集》卷十)、朱祖谋《澉湖遗老集序》、《寒松阁谈艺琐录》卷五等。

塞人欲上那知天,井底公孙亦可怜。一见西州游说客,便知大度在筵前。圣祖遗泽在人,自壬子以来,讴思可见,今日有此纷争,正是促成复辟。

文谢诸公自不知,还将旧眼对诸厮。功名须得饥寒力,莫逐浮花浪著枝。上年复辟诸人为刘廷琛辈,一登台便思把持朝局,直不耐饥寒耳。郝天挺云:"丈夫不耐饥寒,一事不可为。"

五王以后有幽求,祸福相缠速若邮。寄语隆中旧名士,可须一效席前筹。唐时复辟三番,皆无后福,故不忧复辟不成,成后患难方始耳。非特五王窜逐,诸葛尽瘁已也。诸人狃于夺门之易,彼则出于未亡之前,与史弥远立理宗一例,不成则为郑注、王叔文,与今日情势特异。

第一奇谋忍最真,解铃还属系铃人。黥彭亦是当时盗,一著乌江便尔神。留侯佐汉,全用"忍"字,元赵良弼亦言"忍所难忍",事斯济矣。况中兴之际，形迹暌孤，一涉小见寺人披，所谓惧者众矣。上年熊希龄走告梁、段，皆由惧而生变，今当于此解释，方有著手处。

仁是天生公重心，度人端合此中参。横流毕竟谁收拾，稽首仁王盼至今。《易林》"凋世无仁"，今当反之，方有转移，曰忍曰仁，是大作用。古言"仁者无敌"；《护国仁王经》言"四摄"，而终于"法忍"；耶律公言"佛不能救，惟皇帝能救"。

周衰未似阳人聚，越败还能保会稽。摸索平生薪胆处，不愁宰嚭有时携。

江左何如王茂漪，钱唐几见魏公师。苗刘之变，张魏公誓师嘉禾。残山剩水当时画，哭向新亭有底痴。

吹斯戮死拨重昏，元亡，吹斯戮之罪为多，谓庆王奕匡。剥尽方知硕果存。壁上中兴谁得浣，时人应不识平原。

常随百草忧春雨，每对三台望紫微。父老共言再受命，天符已见万人归。宋濂云："受命不于天，于人；休符不于祥，于仁。"此语有深识，从患难中得来。今当言兴复，春秋以前勿论，光武昭烈、东晋南宋，皆有开国之度；其不成者，为宋之祥兴、明之四藩，皆以门户利禄，然则成败之几灼然矣。

跃马从官十七年，几曾炭穴见婵娟。用蔡子英、刘正事。黄蘖咬尽聪明出，难得从来种蠢贤。

听友人谈复辟时事，感愤赋此，呈补松年伯指疵。香严。

外册一本，呈题数语，以别纸写之，缘表皆不佳，侄书又劣，当易去。

日来阅报，中日密约、学生团、烟酒押款，种种败征，正无日矣。从前遣派学生东游，无非学亡国之术，今日折卖得凶，"共和"两字价值固当如是，不幸亲见之，奈何。

易顺鼎（1858—1920）

字实甫，又字中实、仲硕，自号眉伽，晚号哭庵，琴志等，湖南龙阳人。易佩绅子。光绪元年（1875）举人，屡赴会试不售。纳官刑部郎中，改河南候补道。十六年（1890），于庐山筑琴志楼，吟咏自适。后张之洞聘主两湖书院。甲午(1894)战起,投赴两江总督刘坤一,任军中文案,上疏主战,痛劾李鸿章。二十八年(1902)授广西右江道,调署太平思顺道。三十四年(1908),简云南临安开广道,移广东廉钦道、高阳雷道。辛亥秋,避居上海。后赴京师,任印铸局参事。工诗词。著述丰富,有《丁戊之间行卷》《摩围阁诗》《摩围阁词》《出都诗录》《蜀船诗录》《庐山诗录》《湘社集》《燕榖集》《四魂集》《琴志楼编年诗集》《琴志楼游山诗集》《壬子诗存》《癸丑诗存》《甲寅诗存》等。见自撰《哭庵传》、程颂万《易君实甫墓志铭》(《碑传集三编》卷四十一)、奭良《易实甫传》(《民国人物碑传集》卷十)、李法章《易顺鼎传》(《梁溪旅稿》二编卷上)等。

一

补松先生侍右:

自去岁仓卒奉笺,此后遂疏书问,旋遂转徙江湖,饥驱闽海。今年三、四月,又与八闽府主同归。在闽数月,时与伯潜阁学诸君为诗钟之会,其乐无比,惜不常耳。回浔阳奉亲,始悉台从已返西湖,且以老亲寿辰承远道多珍之赐,向风怀感,无任依驰。浔居未久,奉南皮尚书编纂官报之招,饥不择食,勉强就之。幸尚可来去自由,时浔时鄂,屡欲奉书,有谓台从已入都门者,辄以不悉踪迹而止。昨辛伯持兄书相访,惊喜欲绝,感快交萦。藉谂履候增佳,为之一慰。闻兄亦在都下,此等乡国美谈、家庭乐事,古今岂可多得,何羡如之。吟讽来篇,更增神往。近寓武昌城中所谓花园山者,山上有楼榭数楹,擅风月江山之胜,为黄小鲁观察所建。梁节庵呼弟为"黄楼过客",沪姬名琴者随侍居此,诸君又戏呼此为"琴台"。兄诗云"百尺黄楼跨鹤人",又云"抚弦一感钟期听",不啻亲见之亲闻之者,岂不异哉。古人所谓神交,殆非虚语。王梦湘见弟照相,云"貌虽丰而神则郁",嗟我故人,何时一吐凌云气耶。兄诗则云"莫叹封侯骨相屯",与梦湘之言同一打入心坎,非真同心性者不能作此语。今亦以照相奉寄,并和诗二篇,援笔作书,我欲因之梦吴越矣,安得南寻禹穴见李白耶。怅结怅结。湖居必多胜赏,何时入都,望多惠我好音,曷胜悁胆。辛伯事,敬当留意报命。子纯可[怜]悯,备哥大所念也。匆复,即叩道安。如小弟鼎顿首。初十。

二

敬彊先生大人左右:

　　前寄上小诗,已蒙省览未,就谂履候清佳是颂。弟近况如昔,除卖文外无生计,除诗钟外无乐趣,与此终古,其将奈何。浙路大哄,绢斋受冤,沈平阳留此一句,与鲜庵、缦庵时在钟会,亦一时之盛也。平阳"出"、"书"二字,元作云"美人出塞千秋恨,名士书空一字无",遂成绝唱。兹有恳者,高等学堂学生易孔详,系弟本家,其祖两三世孝义,即曾为慎郡王之客,所谓易征君者。其家之寒,不可言状,其父棣鄂江湖沦落,久无所归。此子家贫力学,亦殊可悯。念寒族能读书人甚少,我公屋乌推爱,逾格甄陶,倘此子得以有成,则将诵大宗师篇、设长生禄位矣。专肃叩恳,即承起居万福,不宣。如小弟制鼎顿首。初二日。

三

补松先生大人左右:

　　久未奉手教,怅怅不可言。岁晏天寒,伏惟履候佳胜。弟因冰帅函谕日内附火车北上,年内能否返鄂,尚未可知。兹有万不得已而渎恳者,敝乡盗风甚炽,而捕务废弛。八月间舍妹婿黄仲方(名尊)茂才家中被窃去皮衣两箱,约值钱千馀缗之谱。此案至今未破,若不严加追缉,以后故乡益不可居。邑侯刘君非不认真,然终未肯十分著力,特求转达庄大公祖为民造福,严饬刘大令缉贼追赃,庶奸宄不至效尤,而良善可以安枕矣。事关士民,想亦大君子之所加意也。专此渎恳,敬请台安,即叩年禧,不偁。如小弟制顺鼎顿首。初十夕。

四

补松先生侍者:

移居得一胜处,乃陈士可参事让宅也。移五日而未毕,与腹翁析居矣。梁髯方以新督院楹联相嬲。适奉惠教,并诵清诗。一种木犀香竟被钝根闻得,恰有新诗,亦因桂花而作,亟取纸写寄,聊以州宅相夸。一笑。天水明日可到,后日接印,此却是一好用新名词者。癸堂地极幽胜,师恩以此为镜湖菟裘,而鲜庵经济问题不能解决,公若通信试一托之。即颂台祉,不宣。制鼎叩。九月朔。

五

敬彊学使如兄大人阁下:

别后阙于通问,相念实深。闻公视学吾乡,恨不飞还故国。在粤徼半载,竟以性命供魑魅虎狼之用,途穷至此,真可笑亦可叹也。惟顽躯益壮,老父康健,足慰惠廑。顷由九江来武昌省南皮师,拟中秋后侍奉老父返里再谋馆地,尚未知归计能决否。奴子萧贵求荐台辕,其人尚不荒唐,乞推爱收用。附呈拙刻一册,通天竹一枝。客中匆促,手布,不尽万一。即请台安。如小弟顺鼎顿首。七月廿八日。

六

敬彊提学长兄先生执事:

两京契阔之馀,不意复得此言笑晏晏之数日,悲感快慰,俱莫能胜。如可多留数月,不恤初四申刻惠约,何忍不陪。乃今早趣探商轮,则沅江准明晨开行,既济准明午开行,沅江船大而速,既济船小而迟,既济并有交情,言明愿候至午后。窃思惠约在申刻午后亦赶不及，而此两船开后，再候他轮必又须两三日。初一业已禀辞中丞，若初五、六日始行，亦太迟矣。乞念来日方长，不拘此会，至为叩祷。且公正在试事，万冗之际，鄙心尤不安也。专此辞谢，务蒙鉴原，幸甚幸甚。即请台安。如小弟制鼎叩头。初三日。

家刻两种附上。

七

敬彊长兄先生大人左右：

返鄂上笺，计尘清听，春深暖寒无定，惟兴居珍摄咸宜。弟日前又患痔疮，几与所办学堂同时革命，有诗为证，并上一观。兹肃恳者，闽中王孝廉庆彬，系馥帅幕府王子仁观察之侄，将以截取直州同引见到湘。该州同学问优长，向充学堂教员，管理等差，于学务情形极为熟悉，将来晋引到省，尚求位置一差，必能为湘中添一好官，为湘学添一熟手也。专此布达，即请台安。弟制鼎顿首。廿九日。

八

彊公方伯大公祖先生大人阁下：

前奉惠书，久未作报，俗冗兼病，殊不堪也。闻喜音，敬慰无既。此间自冰相入都后，喧寂顿异，弟因谢折"组织内阁"、唁信"牺牲一己"八字，坐以引用新名词之罪，既失随节之宠，又失存古之荣。改派一师范学堂，而仍无款开办。讨饭之苦如此，若讲气节，本应滚蛋，而念讨饭吃苦俱是佛法，巧称学佛，聊以解嘲。且叹且笑。所与同居者，乃腹卢前学使，其状亦与弟同，想皆淘汰之期不远耳。鲜庵精神稍差，节庵则龙马十倍，连举诗钟数次，每［会］集必数十人，人才之多，殊足称盛。天水一到，恐此声不易闻矣。近刻先君行状，竢刻成，即当寄呈。手此，敬请台安，并贺大喜。治教如小弟制鼎顿首。中秋日。

敬再启者，新过班知县萧大令钟秀，系江西人，弟前办湘醴深得其力，上年办三汊矾厘金，亦闻报最。大君子留意人才，而该令颇究心吏事,推爱器使,感幸良深。再请台安,前名心顿首。

九

手示敬悉。今日须入城有事,未、申间始得出城,江亭新绿,非不欲观,而竟无此福,只有神往而已。同丰客不甚多,且皆熟人,仍望我公惠临一叙,不胜盼切。复请敬彊老哥先生大人台安。鼎顿首。廿九。

十

两日走叩,均值未归,为怅。今晚料理束装,明早拟赴园一见广雅,后早即行矣。明晚由园归,或可趋访一晤。惠书折扇祈交下。晦若、稚芸、子异,明日何人在园,并乞示知,幸甚。此请敬彊老兄先生道安。鼎叩。廿二日。

谕折一函奉缴。

十一

敬彊先生左右:

送上折扇一柄,敬求惠书。近诗能宠赐一诗,更感。此请台安。如小弟鼎叩。廿二日

十二

修老如兄大人阁下:

前寄一笺,不知已达览否。在鄂因卧病兼阻雨又耽阁,廿八晚附轮西上,顷始抵省,不便拜客,尤畏人知、叶吏部知。拟明日即返里,晚间当肩舆走访一谈,乞勿使人知也。舟中四叠留别诗韵,写呈和正。他作亦并呈,附京点、杭茶、《缙绅录》。敬请台安。如小弟顺鼎顿首。卅日。

湘绮在省否,祈示知为叩。

敬再启者,船未泊岸,即作前笺,适闻今日八钟即有小轮开往常德,更不能耽阁矣。此时公若有暇,弟拟即走叩一谈。又前次敬恳代商余君一节,不知何如,并求先示为幸,不成亦无妨也。前名又顿首。

十三

移居博士泉,在灵山寺侧,有额曰"白云深处",时庭桂盛开,雨中幽绝,乃赋诗四章以纪之

移家径傍灵山寺,招隐宜居博士泉。暂向邻祠借杯茗,空厨寂寞尚无烟。

白云如水浸松树,[红叶]黄雪满山铺桂花。此是仙家清绝景,居然今日有<u>些些</u>。

苏武牛羊青海上,刘安鸡犬白云中。移家到此真奇绝,还似江湖一钓篷。

银烛屏风笑语哗,白云深处有人家。成句。山中一夜萧萧雨,莫向空庭损桂花。

补松诗老诃正,灵山客初稿。

入山戏作四绝句

尘世貂蝉沸大槐,闭门且署小眠斋。不劳石勒排墙杀,我自从天乞活埋。

青山借作小眠斋,死固欣然活亦佳。纵使巢由买山隐,夷齐终不买山埋。

去岁犹如四十时,今年骤老尚无髭。闲从偶像旁边坐,未死先成杜十姨。

红柳山庄对语狂,谁知蓝本出归庄。王仲瞿"妻太聪明,人何廖落"一联,乃归元恭作也。山居岑寂休相讶,犹胜孤眠乱葬冈。

横山樵仙再诃。匡山残客。

十四

将别武昌，荷群公赐诗设饯，谨叠前韵答谢留别，再呈鉴正。

一饭千金未报恩，平生读史愧龙门。腐心忧患才先尽，托命文章道岂尊。草莽有人念宵旰，松楸无地奉晨昏。灵山寺畔伤心路，留得巢痕是梦痕。陈士可参事以灵山寺下博士泉别业假我，居已数载矣。前两载则黄鲁瞻观察以崇福山别业假我也。

大别晴川对酒卮，蹉跎空赋浣花诗。五年幕府惭金线，一日江潭得彩丝。鹏鸟为妖原幸免，鸳鸯待阙敢嫌迟。樊云门方伯前岁赠诗云："官比鸳鸯待阙迟。"盖用杂剧中杜子春鸳鸯待阙故事。青袍未少同袍友，吹瘦离亭笛几枝。

功名柱后惠文冠，今日商量仕隐难。去矣鱼龙横海壮，归欤猿鹤故山寒。枕头未拟从人借，棋局惟宜袖手看。只祝加餐勖光采，空王切莫指轻弹。

阳关曲胜郁轮袍，飞燕东西送伯劳。薄宦心情如水澹，良朋意气比云高。三年北梦人将别，五月南风海怒号。还访成连刺船去，琴声缥缈籁刁骚。

顺鼎录稿。

十五

将之炎海，先返故山，舟中感事抒怀，四叠前韵，呈诸君和正。

听残姑恶赋姑恩，又驾骊驹出国门。髹漆爨馀成凤轸，青黄沟断作牺尊。抟风九万输蒙叟，悬水三千试伯昏。差幸菩提容易长，浮云不点太虚痕。

多生结习茜兼卮，傥荡风花万首诗。好把香弦携绿绮，莫教明镜换青丝。不知海沸还龙沸，自爱云迟与鹤迟。去倚扶桑啖扶荔，珊瑚树熟几千枝。

神武何时得挂冠，炎荒民力久艰难。明珠翠羽珍将竭，清酒黄龙誓[岂]恐寒。楼迥敢忘忠爱意,船轻还作孝廉看。平生流水高山曲,休向钟期靳一弹。

湖南草色绿如袍,上冢还家意已劳。客路山方啼杜宇,故溪水正荐琴高。八千计里殊韩寀,五十思亲学舜号。公瑾神游应笑我,一般华发也萧骚。

顺鼎录稿。

十六

当代吴夫子,犹然作越吟。青云后尘路,白首故山心。家世花宜馆,文章李翰林。虚怀在清庙,能赏爨桐音。

奉赠子修先生,乞正乞和。鼎。

十七

秦人三年不见雨,老龙衙衙避何许。赤地千里春无青,道旁死肉人争煮。天教翠华暂西幸,两宫惠泽过平尧禹。辇金百万东南来,为汝秦人活儿女。深宫祈祷常致斋,剪爪求澹桑林灾。已从太白投金简,更向邯郸请铁牌。飒然冷风起街陌,屏翳荓号来接迹。毛女峰头云上天,皇子陂前泽下尺。田泥到午深一犁,斗米明朝贱三百。牡丹芍药未须怜,换此东皋无尽碧。长安坊巷催黄昏,人不出门云出门。镫花坐对檐花落,可惜今宵无酒尊。

喜雨诗呈子修长兄改正。弟鼎。

十八

迟暮甘心补屋萝,毕生未敢画修蛾。谁知一曲长生殿,已作三春无定河。牛斗有神怜愈久,乌台无案胜苏多。彩丝续命蛟龙惧,莫待招魂向汨罗。

即事书感一首,呈补松老兄正。弟琴志草。

十九

游城外八仙庵，七和高斋韵，倒用韵字，柬同游执庵、佛青两兄正和。

鹳鹆畏沛橘畏淮，万物变化休相咍。岂无山林慕朝市，亦有将相为舆台。我生赋性独顽梗，混沌塞窍天难开。少年迂拙壮更甚，坐恐发背侵黄台。驾言出游荡烦郁，欲就庄叟询安排。天公作意巧相厄，时雨暴至喧风雷。冲泥陷潦久乃达，道馆清净森坛垓。闲庭积水已一寸，大可为客添金杯。老聃关尹在何处，古之博大真人哉。白云为乡可终老，我似穷子思归来。翰林户部坐相笑，此子颇厌红尘堆。南山不及百里外，烟岚灭没云崔嵬。庞然大物足惊绝，起伏更作波涛㵞。褰衣太息舍之去，仍入世网终沈埋。

鼎。

二十

纪游柬刘佛青户部，再倒用高斋韵

白雨暴注如倾淮，天公玉女方欢咍。一车趑趄不得进，我马沾湿愁舆台。刘侯衣薄屡欲返，使我大笑心颜开。忆昔六月登五老，石梁灭没疑天台。雨行廿里始得寺，惟见海倒兼山排。一身直与造物斗，战胜万电还千雷。大麓不迷与舜肖，从此意颇轻埏垓。微躯虽在天地内，早觉羽化同银杯。念君瑰奇少至老，白首郎署何艰哉。想经忧患亦坏我，坐见暮齿侵寻来。著书不得断国论，玉杯繁露空成堆。同游汗漫早有约，相与发愤穷崔嵬。我虽中年颇跳荡，未死尚与天摩挨。我能使天困嘲弄，天亦以我供掀㵞。君家伯伦锸可借，便向天下青山埋。

此诗意颇挥斥八极，陵暴万象，执庵长兄阅正后，请并前作送质樊山先生哂之。鼎。

备老云,午后当相过。

二十一

万寿山前晾甲屯,无端乞得补松身。湖南草绿曾怀我,江上峰青不见人。劳燕多疏尊酒会,沤凫总恋属车尘。百年乔木花宜馆,风月虽残雨露新。

数载皇华著纪程,强于执漆向西行。碧鸡祠下持褒节,朱鸟峰前听舜笙。内翰玉堂真似梦,麻姑沧海又堪耕。故人莫问黄楼客,愁绝梅花笛里声。

乙巳六月,奉和补松老兄先生见寄原韵,即呈鉴教。黄楼过客顺鼎。

二十二

清明四首

曲园先生八十六,木庵先生六十八。勾吴闽海两诗翁,眼见生天与成佛。两翁与我交忘年,箧中唱和馀几篇。嗟我今年亦五十,偷生世上无人怜。

清明前日我始病,病中风日何清美。妍晴嫩暖矜繁华,我身亦发桃与李。居间有肉垂而高,小时如李大如桃。宛转呻吟就枕席,恨不速死委蓬蒿。

去年与我游龙华,黄髯(小鲁)余叟(芷丞)健过我。昨者余叟忽长逝,欲往哭之病不果。同日又哭张尚书,龙华寺外纷停车。春风吹泪到京国,为我先到空王居。

老妻病归其母家,故[乡]园何人守门户。弟妹远在江西东,络秀父妾朝云己妾寄溢浦。独有两妾依松楸,幼男弱女相咿嚘。天荒地老纸钱烬,血泪[而]惟[今]应[如]作海流。

近作录上敬彊长兄。顺鼎。

奎　俊（1842—1916）

　　字乐峰，瓜尔佳氏，满洲正白旗人。历官工部屯田司郎中，福建延建绍道，福建兴泉永道，福建按察使，山西布政使，山西、陕西、江苏巡抚，四川总督，刑部、吏部尚书，总管内务府大臣等。辛亥后，解职归里。见《清代官员履历档案全编》《清实录》等。

一

子修仁兄大人阁下：

　　昨奉手教，敬悉壹是。查从前皇太后听政及现在训政，敝处所有谢恩与寻常题本均未恭书"皇太后"字样，即祈查照办理。肃复，即请勋安。愚弟奎俊顿首。

二

子修仁兄大人阁下：

　　连日畅谈，极快。联扇并拙句书呈。案牍尘劳，久疏笔研，韵语杂凑，既诒笑方家，勉强涂雅，尤不成字，并希教政。此请台安。弟俊顿首。初二。

三

子修仁兄大人阁下：

　　奉示并赐佳章，词翰卓绝，敬悬座右，备领欶芬，惟奖饰太过，殊愧悚也。星轺遄发，自是大忙，明日勿劳枉驾，越二日当亲诣畅谈。子武联挥就，附呈希转交。馀件容暇补书可也。手此鸣谢，祗请勋安，不具。愚弟奎俊顿首。廿二日晚。

四

子修仁兄大人阁下：

奉示敬悉。今日津门仅来一电，录呈台览。以后续有电闻，当随时送阅。手复，即请晚安。愚弟奎俊顿首。

五

子修仁兄大人阁下：

仪陇县已革武生陈兆［棠］熊，昨据详请开复，查系设局诱赌，行止有亏，经弟批驳在案，先不知尊处已予照准。兹披大牍，彼此两歧，应如何办理之处，尚祈酌示为荷。手此代面，敬请台安。弟俊顿首。

胡嗣瑗（1869—1949）

字晴初，一作琴初，号惜仲，贵州开州人。胡嗣芬弟。光绪二十八年（1902）举人，二十九年（1903）进士，改庶吉士，授编修。曾任天津北洋法政学堂总办。辛亥后，官江苏省道尹、冯国璋督军公署秘书长。参与张勋复辟，任内阁左丞。事败后，隐于杭。后追随溥仪，任伪满执政府秘书长、参议府参议等职。工诗词书法。著有《直庐日记》。见《清代官员履历档案全编》、《词林辑略》卷九等。

补松年伯大人座下：

岁首谒贺，未获登堂。定有沪渎之行，元夕后始回杭寓，碌碌尚疏诣候，至为歉仰。顷由湖上归，奉示敬悉。唐君致庸丈函件即呈尊览，仁先已还湖庐，昨尚同庸丈探梅烟椒洞也。专复，敬请颐安。侄胡嗣瑗谨状。廿二。

卷三

胡薇元(1850—1924)

　　字孝博,号诗舲,别号壶庵,又署玉津居士、百梅亭长。原籍浙江山阴,顺天大兴人。光绪三年(1877)进士。历知广西天河,四川西昌、涪州,陕西兴安、凤翔等州县,政有循声。辛亥(1911)变政,遭拘二十日,作绝命诗明志。获释后,隐居四川,闭门著述。工诗文,擅词曲。著有《壶庵五种曲》《湖上草堂诗》《天云楼诗》《伊川草堂诗》《导古堂文集》《梦痕馆诗话》《岁寒居词话》等,辑有《玉津阁丛书》,纂《(光绪)西昌县志》。见高赓恩《胡玉津先生家传》(《三州学录》卷首)、《晚晴簃诗汇》卷一七八等。

一

子修学使同年乡世大人执事:

　　愿见无日,虚殷望思,奉别以来,匆匆四载。去冬以卓异俸满北上,岁暮返浙,在杭州住两月,问知公已入都,怅叹无已。在湖上高龆庐庄度岁,以为春间进京过班知府,过江南必在都中畅叙,乃鄙人行后,岑帅听谗奏请开缺察看,遂溯洄返川。秋初至成都,锡帅来后委办川省武备文案,仕宦不进,从前洁己自好,境亦困乏,幸家严年已八旬精力尚好,元五十三后又复得子,此可以上述绮注者也。子颖兄土厘卸事又复年馀,渐入窘乡,元为之力谋,卒未得济,望公之意甚切。蜀中冯梦华廉访署藩篆,每见元必问公有信否,其言颇挚,特此布达。年内速致彼一函贺年（请由驿递径交），加篇言及元请补一中下缺，子颖土税比较长收，得酌委优缺一次，请留心关照，同深盼感。《菉斐轩词韵》与拙作《导古堂古文》二卷，另函交邮局寄上。肃叩钧安，敬贺任喜。胡薇元再拜谨上。癸卯十一月廿二日，自成都省女儿碑巷。

二

子修太史同年乡大人阁下：

向在涪陵，以庸妄之伦遽尘左右，蒙公不挥之门外，一一披览教诲，感佩大德，没齿不敢忘。元官蜀已逾十岁，本无吏才，为一时贤大夫所容，应黜反奖，此何可长恃邪。使车西去，追送不及。《菉斐轩词均》今岁孟陬甫刻毕，元已上请假省亲，三月可回省。时难寸短，宜及求退也，尚未奉大府允准，一时未能即行，刊本先由西号寄呈青鉴。子颖兄在此，时相过从，今岁收数尚敷。比校公在陕，当不久或板舆就养赣水或锦旋，想见进退裕如之致。唯六飞能咏复京，强敌果堪定弭否。东京梦华之感，何胜怅叹。专肃，上叩崇安，伏唯钧鉴。薇元谨上禀。

三

宪台大人阁下：

敬禀者，两次省垣抠衣崇墀，备聆训诲。六十年三世通家，又同乡井，而云泥分隔，蒙公引为旧谊，略分言情，且深谭时局，商略学问，感何如耶。公临行以两事詟詟见委：一考棚修号舍。在公意欲元与刘守认真为之，不意成华公事总须成都主稿濮令照章领归，伊手派两典史监工，五月内甫能完工。元既未经手银钱，则只好告以宪意不可忽略而已。一宋文宪祠事。未收者如邵太守、严直牧诸人，已难过问。缪令应交回馀金，余令应交二百馀金，元与冬生丈函催至再，如索债然，坚推无法。因与冬丈细商此局，岂置之悠悠，何以对宪台。冬丈言藩库有浙江捐输存馀五百馀金，可仿江南馆案拨出备用，已由元面禀藩宪,又会禀请领,大约冬丈只可因陋就简,勉强完事。其不足者,或由宪台札催余、缪二令缴出补苴,而委绅所亏者置之。元才庸识劣,妄欲师古循吏,而顾此失彼,方愧不胜任,各宪遽采此虚声,加以涂泽,汗颜奚似。今委署涪州,节后三日襄舟理楫,东下巴渝,未能恭候节钺矣。续刻《玉津阁文类》八十馀首,到涪后方能竣工,求公椽笔叙言,当荷鸿施。雅州经历维垣,元之从弟,昔年辛苦共学,今一官落拓,虽自期不入卑下,而贫乏无援,祈公回省时以其代理昙山时清厘积讼微劳言之藩宪,调署佐贰优区一次,以振其穷。其治行颇为今署首郡王守所嘉赏,可询质也。专肃,恭叩钧安,伏乞垂鉴。卑职薇元谨禀。

唐 晏(1857—1920)

字元素,号涉江道人,瓜尔佳氏,满洲镶红旗人。原名震钧,字在廷,号惘庵。民国后改名。光绪八年(1882)举人,会试屡不第。历任江苏江都知县、陕西甘泉知县、陕西道员等职。宣统二年(1910),执教京师大学堂。又任江宁八旗学堂总办。民国后隐于沪,以校书为业。创立丽泽文社,与梁鼎芬、朱祖谋、郑孝胥等遗老唱和。著有《渤海国志》《天咫偶闻》《海上嘉月楼诗稿》《涉江先生文抄》等,辑《国朝书人辑略》。见王重民《唐晏传》(《民国人物碑传集》卷七)、《清史稿》卷四八六等。

一

赐示谨悉。古微处书至今尚未寄来,一俟到来,即当驰送。并有函致白下,催其刷印,不久续有书来也。此上子修年伯大人。唐晏谨上,字元素。

二

鄙卷蒙赐题句,荣幸之至。惟闻又将返杭,岂歇浦风尘不及苏堤烟水耶。方幸得承教益,闻之却为怅然。晏自七月初大病,近日甫愈,尚未大健,是以有缺走谒,殊抱不安耳。子修年丈。唐晏再拜。

夏孙桐(1857—1942)

字闰枝,一字悔生,晚号闰庵,江苏江阴人。光绪八年(1882)举人,十八年(1892)进士,改庶吉士,授编修。官至浙江宁波、湖州、杭州知府等。民国初赴京,入清史馆,负责编撰嘉、道、咸、同四朝诸传。又助徐世昌辑《晚晴簃诗汇》《清儒学案》。工词。著有《悔龛词》,《观所尚斋文存》《诗存》等。见《自述》(《观所尚斋文存》卷末)、傅岳棻《江阴夏闰庵先生墓志铭》(《民国人物碑传集》卷十一)、陈敬第《江阴夏先生墓志铭》(《观所尚斋文存补遗》)等。

一

昨得藉侍麈谈,至快。祁文端手迹,谨以二册分饷,聊供浏览。行期渐迫,须归来再叩起居。肃上敬彊年伯大人座右。侄桐谨启。十一日。

二

子修年伯大人尊右:

违侍倏已三年,春间拜奉赐谕,辱叨厚惠,迄未肃谢,感歉交深。比日恭承动定延釐,无任企仰。时局离奇,数十日之中即糜烂至此,旷古罕闻。都中瀛眷于五月十七即行,由潞赴津,折至保定,敝眷适亦到彼，同居旅店。旋与令亲郑宅作伴，由陆赴清江，于六月初二首涂。侄即于是日过保，知之详确，一切平安，可纾远注。出都前夕，绚兄见过话别，欷歔相对，直至丙夜，自云千金之躯必能善保，属为上慰慈怀，勿过尘虑也。途中闻绚兄使鄂，方为慰幸，不意即有缓期之举，想未成行，然较之侄等，踽踽中涂，进退维谷，为幸多矣。侄自五月廿八就道，七月初三始抵陕垣，适部文亦于是日奉到，午桥同年雅意攀留，暂为憩息。此番出都商号丝豪不能通融，而事事现钱，价皆数倍。即如每驮价至西安七千馀金，他类推。又增送眷一项，鄙况坐困，本拟全家待毙，闻命后戚友凑集，勉强成行。临行前二日，始遣眷赴保，及到彼见非乐土，又送往栾城县舍亲处暂居。内人分娩在迩，拟秋冬再筹南归之策，使车返辔，处处荆棘，必须筹画就绪，方克成行。午帅目睹情形，承为电达乐帅在，使人衔命往还，原不敢妄生希冀，当荷蜀中当道诸公鉴谅也。自念人海浮沉，过蒙长者教督，在馆频年，殚竭愚陋，愧于大局无所裨补。京察既独向隅保奖，迄无实际补外，复限停年，区区一差，俭得俭失，可谓书生薄命。绚兄回翔禁近，论迹自判仙凡，然甘苦所尝，未始不相怜同病。转瞬八月，事局如无转机，长者必留蜀，傥仍有更换之举，绚兄必可得。天省能得乔梓蝉联，斯为嘉话。京师消息传闻鲜确，津郡失陷之后，似渐转移，但朝局纷纭，迄难画一，我固无策，和亦难定，正不知伊于胡底。侄等归路亦不知息驾何所，身世茫茫，无从逆料，长者何以教之。倚装肃布，忧愤交膺，不觉言之觍缕，祈恕荒率。竹报一函，附之台览，敬请道安，惟祈垂察。年愚侄夏孙桐顿首谨启。七月初六日。

　　都中知好沈子封、黄叔容两前辈请假赴汴。古微封事廷对，抗直忤时，忧愤殊甚。其今春出京，既未赶及轮艘，转徙何方，侄至今未闻确言，殊悬悬也。

夏　峕（1837—1906）

字叔轩，湖南桂阳人。同治三年（1864）举人，会试屡不中。历官四川川东道、四川按察使、陕西布政使、江西巡抚、陕西巡抚等。光绪三十一年（1905）因病解职回里。见王闿运《清故陕西巡抚夏府君墓志铭》（《广清碑传集》卷十五）等。

一

子修学使大人阁下：

祗奉手书，诸承垂爱，极为惭感，随即排递通电一分，又复心棣覆函一件。顷又得津门密电，照抄呈览，似此机局，恐终难久处，但能以礼而退，即国家之福。恩榜特开，正科递推，连年试事，士林颇为忙碌，未知尚有别故不耳。时局如此，念之心悸，世兄如有电来，遵当转递。廿四之举中有上南两斋，则世兄实与闻大政大恕也。省中拟举行银元官钱，将推及于渝城，附告。敬颂台安。教弟夏峕顿首。初八。

二

子修学使大人阁下：

顷奉手教并另笺，祗悉。届时谨当留意。李太守云云，弟亦闻之。小儿计已到陕，而尚无来电。北事大约以海冻天寒生灵稍得安息，而和议迄不知若何，徒深忧愤。馀容面叙，敬请台安。弟峕顿首。

三

子修学使大人阁下：

日前祗奉惠书，适因偶感微恙，未能手笺裁答，歉甚。时局一变至此，前者既误，后者难防，徒深忧愤。近得太原来电，似两宫尚须幸陕,而邸抄则惩内恤外备至,未知和议毕竟何如。世兄星轺曾否出都,此次曾否随扈,留京办[办]事单内未见,或缄或电,于近事必道其详,亦密示一二。弟无能为役,证蒙升擢,益切悚惶,且俟帅谕,再定行止。新军亦未知如何安置,弟甚愿一手训练,稍效微劳也。此颂台安。教弟岜顿启。闰月初八。

孙宝瑄(1874—1924)

一名渐,字仲玙,自号忘山居士,浙江钱塘人。孙诒经子、孙宝琦弟。以荫生得分部主事,历任工部、邮传部、大理院等职。民国初,任宁波海关监督,卒于任。著有《忘山庐诗存》《忘山庐日记》等。见《生日自述诗》(戊戌年日记)、叶景葵《忘山庐日记序》等。

一

子修四哥大人台鉴:

奉到尊诗,正在诸务纷纭之际,未遑作答。比过家慈诞辰,方接来书,并承厚赐,正欲函谢,而公电已至。盖杭垣变起,去沪路断,故探问甬轮通否,现照常通行。当即电复,度已达到。满拟俟公之至面陈一切,乃闻杭沪路又通,兄之消息杳然,逆知吾哥必不复由此行,然到沪住何处,弟无从知,只得仍函寄学官巷或可转达也。公诗之胜处,弟无容赞一辞,但忆六朝人有云"艳锦安天鹿,新绫织凤凰",二语差可状况。公自谓六十九老人,尚能作小楷,弟则谓公诗精力弥满,亦非少年人所及也。要之,我哥见爱之深,弟感激不尽,亦不复以虚词申谢矣。宁波独立,弟以平日对于地方感情尚厚,故此时绝不为难,仍照常办公。又况税务机关本是特殊交涉,亦属国家全体,是以不敢擅离,勉尽职守,虽在局中,依然局外。知关廑注,用特奉闻。专此布复,敬颂潭安。弟宝瑄顿首。

二

走访不值为怅。奉上拙作呈览,素不知诗,偶然遣兴,尚乞不吝指教,尤为感幸。此上子修四哥大人,弟瑄顿首。初三日。

袁学昌(1853—1914)

　　原名学颐,字子魁,号幼安,原籍江苏阳湖,顺天宛平人。袁绩懋子,袁励准父。光绪五年(1879)举人。历任安徽英山、涡阳、太和、全椒等地知县,累官至湖南辰沅永靖道、提法使。妻曾懿,字伯渊,四川华阳人,著有《古欢室诗词集》。见《清代硃卷集成》《清代官员履历档案全编》《(民国)全椒县志》等。

一

子修仁兄亲家大人阁下:

　　送别行旌未久,而湘变作,论者莫不羡公真福人也。惟如夫人及郎媛辈,未免因府中学堂波及,大受惊恐耳。是日也,内人因密迩院后围暂避亲串家,夜间尧帅眷属又避于弟宅。弟内则有托妻寄子之重任,外则有筹饷弹压之琐事,两月有馀,公务较前十倍。而赖子翁初四日受伤后,即未进局办事,幸朱樾翁回后大事较有人斟酌耳。俊帅雄才大略,不拘小节,人极爽快,与尧帅各有所长,性格判若霄壤,最注意者赈务(常德又有水灾)、军务,他政不甚关心。未到时,因三司与瑞、杨各电被电局耽搁,与心老颇有意见,到后即说好,亦极相得。而莘帅之意迄不解,遂有离任之奏。平心而论,庄、赖皆过重,至诸绅当匪人,上屋放火,开枪击毙多命。后绅等进署当面严责尧帅,孔与某绅实有之,王则闭户著书,叶则寄情丝竹,实不与闻此事。杨随众人后,并未开口,且扯他人衣,令勿激切,乃均干吏议实觉太冤,不独绅界中冤之,即官界中亦莫不冤之也。此乃北边专折耳。心丈及本房月半后可以回常,借煤局轮船径送至镇江谭子翁署。署藩闻赵渭翁本月底可到,新巡警道亦可到,胡慈圃署衡永督之,于唐有"两耳重听,且有足疾"之考语,唐早应退,惜未能守知足不辱之戒,为可惜耳。俊帅常来各道,黄署学台、吴放关道、徐办厘金、王办兵备处、李会办矿务、丁办查夜,尚有一人亦有事,不记忆矣。赔款大约百万可了,势必取之盐斤加价四文及加米厘二文,加米厘楚人不得反对,然加盐斤恐有话说。弟局内用钱如水,官钱局已关门不助,弟亦拟将学款、巡警、劝业各款关门,即不关门,亦挈不出,将来不知如何了局。先闻绅士有不认赔之说,现于初十日咨议局开临事会尚无所闻,或能怵于四月廿六日之严旨不动,亦未定也。小儿之信已收到,十二日过定,茑萝幸托,累代交谊益敦,快何如之。吾兄七月来最好,斯时新谷登场,地方可无惊,恐湘人士亦翘盼使君如望岁耳。拨冗作草,令八小儿代书,乞鉴之为幸。手此,敬请台安。姻教弟袁学昌顿首。

亲母夫人均此请安。

附上《群报》一纸。

二

敬启者,别后于初十日起程,十三日到衡州,细查此案,起衅之始,因学生伸头入女厅内窥伺,被张[选]展青理斥,旋出来用折扇柄拦开学生,并斥骂看门人役。该学生以为受其殴辱,彼此揪扭,经馆中首事拦住,至留二人入房,亦未捆缚,其馀各节与省中所闻情形大致相同。十四日下午曾俟翁亦到,允查出滋事学生归案,审讯至十九日,由曾监督交到朱义谏、刘明德、范理三名。又据面称,此三人不过在场看戏及肇衅者,另有临武县附生陈校经、酃县监生罗俊奇,乃在场滋事甚重之人,已于未开缺之前潜逃。请详革缉究,追缴学费。而中学堂向监督亦交出谭金华(即唐金华)、易炳文二名,饬委讯供,均极避就,不认毁物伤人,当由禄守发交府经等看管(今日尚在复讯)。再,会馆损失一节,两监督已允追赔三百元光景了事。此教弟到衡后数日内大略情形也。伏思此案情节化分四等,殴官最重,打毁会馆次之,与张姓互殴又次之,看戏又次之。查殴官一层,该学生坚不肯认,而鲁令亦不愿承认;此名以办人打毁会馆一层,监督已允追赔,至张姓受伤一层,均渐平复。(张硕士已回省,张展青在案候讯。)刻下学生已开除已看管,再追赔再革功名,并将张姓勒令出境,似亦可将就了结,未便过于穷追致另起风潮,又恐抚宪以供词太空尚嫌敷衍。

东日奉布一电,想鉴及。可否代为密探口气,示知为叩。敬请子修仁兄大人台安。教弟学昌顿首。二十日。

三

子修方伯大人阁下:

今早函请更换之单,乃十九日所呈委州县厘差之单,顷承发下乃二十日所呈委佐杂厘差之单,兹将佐杂原单及另开换州县厘差单一纸送上,统祈分别批示及回院为叩。并望将十九日所呈委州县厘差单发还涂销。琐渎,不安之至。手肃,敬请台安。教弟学昌顿首。二十一日午。

四

子修方伯大人阁下:

昨谈为畅,厘局委员更调单尚须小有更易,请掷下一换。午间即行送上,敬请台安。教弟学昌顿首。廿一日早。

因澧安段令任用本家,贪图小利,际此米市畅旺之时,似不得不择干员往代,拟以吴令承恩前往。至萧钟秀向办三汊矶得力,拟即以萧办三汊矶,或原单不发回,乞执事面回亦可。又及。

五

手示敬悉。顷又与胡少潜熟商,现在报到者已有八百人,自应早考,惟初一、二日系绅校毕业试验之期,拟改于二十九日扃试,候示遵行。至外来抱文续到者,人数亦不得多,专尽此项人酌补取十馀名,堂中亦可容也。手肃,敬请子修老哥大人台安,鹄候回玉。教弟学昌顿首。

六

今午与胡少潜细加考查,尚有廿八州县送考文未到,额取一百四十人,胡意拟酌取百十人,留数十名下次续取。弟思后到之人多少难定,必有苦乐不均之弊致考生借口,且两次分考难免不取者又复另捐监生,再考徒滋纷扰,不如改于十二月初作一次考取,较为直捷。况原限十月二十直至腊月初,再不抱文来考,即系自误,考生亦难以自解。未识尊意以为何如,并乞明定日期大约初二至初五之内,候示遵行。敬请子修老哥大人台安。教弟学昌顿首。

郭曾炘(1855—1929)

字春榆,号匏庵,晚号遁叟、福庐山人,福建侯官人。光绪元年(1875)举人,六年(1880)进士,改庶吉士。散馆,授礼部主事。历充军机章京、礼部郎中、内阁侍读学士、光禄寺卿等职。二十六年(1900),赴西安行在,授通政使,兼政务处提调。累官至典礼院副掌院学士。辛亥后,曾奉命勘修《德宗本纪》。谥文安。著有《匏庐诗存》《邴庐日记》《读杜杂记》《楼居杂记》等。见陈宝琛《郭文安公墓志铭》(《沧趣楼文存》卷下)、王树枏《赐进士出身诰授光禄大夫太子太保头品顶戴典礼院掌院学士郭文安公神道碑》(《辛亥人物碑传集》卷十三)等。

一

今日到礼部,已与司中商酌,明早能将祭文底送去,当设法赶办,即无请字,亦尚可想法通融。今接来示云云,则初一日祫祭必须展缓至初三后,似应明早速通知稚筠兄为要。部中所商一节,转可从缓堆文,如已便,早交去亦好。诸容晤罄。即请子修年伯大人晚安。侄炘顿首。

复上贵大人。

二

子修年伯大人阁下:

承示撰文已脱稿,鸿文椽笔,先德增辉,不胜哀感。楹纸十二幅均已裱好,兹特送呈尊处,以便界格书写。费神,容再泥谢。此请著安。年愚侄在苫郭曾炘稽首。廿五。

高云麟(1846—1927)

字白叔,号水樵,浙江仁和人。高锡恩子,高炳麟、高骏麟弟。早年曾肄业杭州诂经精舍。同治六年(1867)举人,官内阁中书。与吴庆坻同为铁花吟社成员。光绪三十三年(1907),与其兄骏麟在西湖边筑别业"红栎山庄",亦称谿庐,俗谓高庄。民国后,任杭州电报分局总办总理、浙江省城商办电话公司董事长。善围棋。编有《高氏一家稿》。见《高云麟重宴鹿鸣记》(《时报》1924 年 5 月 22 日)、《蕉廊脞录》卷三、《(民国)杭州府志》等。

一

修公四哥姻大人阁下:

昨奉华笺,祇悉一一。弟上月公园访菊,中途坠车,鼻衄如注,归来闭户月馀,幸获痊可,而心跃如故。医家劝服牛汁静养,沪行因此羁迟。明日一局,磐老书谨陪字想必到,弟亦拟赴约。清恙如痊,尚盼贲临,得接麈谭,座无车公不乐也。复颂著祺。小弟云顿首。

二

秋燥太甚,深盼甘霖。弟赴申尚未定期,小诗录呈,希于大作寄沪时附去,并言。贱恙来疹,不能令和为歉。种种费神,心感不尽。此承补松主人吟祉。云麟顿首。

三

老去流光事事非,带痕已缓旧腰围。百年易满日何短,三月俄来春又归。颓景任随邱貉尽,长绳莫挽织鸟飞。自怜双足犹顽健,不信看花愿竟违。香山《赵村杏花》诗云:"七十三人难再到,今年来是别花来。"余亦七十有三矣。

戊午上巳,追怀去年辛园之会,感赋此律,时百三翁闻君春如已下世矣,录请同会壶园、补松两先生斧政。水樵弟高云麟未定草。

四

己未晚秋,山行杂感,和庸庵尚书韵

小试登山脚,用后山句。高秋处处佳。晨光泄林薄,爽气[泄]豁襟怀。霜坠虫尽苦,天开雁阵排。故交零落尽,喜得素心偕。

联步攀岩上,祇林户半开。缝衣新丈室,钱牧斋诗"缝衣不学小乘僧"。说法旧香台。宿霭排空去,晴岚入座来。苍苍何代树,犹倚白云栽。法相寺樟树数百年物也。

不负青萝约,来寻白鹭盟。磴危疑径断,寺远与云平。灵隐至韬光,路曲而峻。空谷真遗世,中朝尚啖名。峰巅一回首,两戒总堪惊。

爱国翻危国,休兵复苦兵。群公空借箸,列郡自连营。天地供歌哭,河山困斗争。算缗闻又亟,物力瘁输征。时方议增糖税。

补松主人指正。水樵弟云麟呈草。

五

子修四哥世大人阁下：

　　大暑忽去，为之一快。吟兴若何，有新咏否。起居珍卫，尤所盼企。承示一节，现在民更废弛已极，上下城归王荣庆、洪克臣两君总理其事，经费支绌万状。善堂久不与闻其事，希转达一切，是所至荷。复请道安，不一。世小弟云顿首。

高尔夔（1857—1915）

　　字子韶，一字怀轩，晚自号慕吕先生，浙江仁和人。高炳麟子，高时丰、时显父。学宗宋儒，淹洽史籍，尤好掌故。然科场运蹇，十应省试不售。尝从父执谭献问学，并为其父辑刊遗文。光绪三十一年（1905），曾创办高义泰布庄。工书法，酷嗜隶书，亦通医术。见吴庆坻《高子韶墓志铭》（《补松庐文稿》卷四）等。

　　前日奉复札，并蒙赐书二扇，陶铸晋唐，神似东坡，敬观再三，钦佩无已。刻读大教，复荷颁赠诗扇，奖借太过，读之皇悚，而雒诵佳章，俊逸清和，神韵独绝，即付次儿敬拜嘉惠，不啻百朋之锡矣。叩谢叩谢。肃请子修世叔姻大人撰安。侄尔夔顿首。

高时丰（1876—1960）

　　原名维年，字鱼占，号存道，浙江仁和人。高尔夔子，与其弟时丰、时敷并称"高氏三杰"。工书法，四体皆能，楷书得褚遂良、颜真卿法，尤以铁线篆名驰艺林；又擅画山水、花卉，兼能治印。晚年居沪，入上海市文史馆。著有《存道诗剩》。见《广印人传》卷六、《民国书画家汇传》等。

一

前昨侍谭,幸承教诲。锁丈仙逝其家,已将寿言付刊,仍求赐题像赞。惟照片今日午后须带申,先乞掷还为荷。夜来郁热微雨,不谂起居何似,得安睡否。敬念,肃叩补松太亲翁大人颐福。侄丰顿首上。初四早。

二

昨晚还家,奉到尊题费先生遗像,并拜翰札,敬承杖履康胜。前日侍谭至久,弥谂矍铄。家岳方深荷宠临,又虑劳神太过,述陈手谕,无任幸慰。日来尚小有酬应,得间即趋叩。复上补松太亲翁大人钧右。侄丰顿首。廿六。

三

溽暑,不谂道履餐卫何似,敬念无已。昨申友归,带到《顺陵碑》石印本,检呈一函,幸邀鉴赏。秋凉尚拟将原拓送上,奉求长者暨纲斋先生赐以题咏,俾古刻增重,当荷倜如所请也。敬叩补松太亲翁大人颐安。侄小功丰顿首上。

高时显（1878—1952）

字欣木,号野侯,又号可庵,别署梅王阁主,浙江仁和人。高尔夔子,高时丰弟。光绪二十九年(1903)举人,官内阁中书。辛亥后,曾参加中华书局筹创工作,任常务董事兼美术部主任。主持辑校《四部备要》、影印《古今图书集成》等典籍,并专责审定书画之真伪。工书画,以书隶、画梅著名,兼工治印。画梅尤称独步,收藏古今名人画梅极富,因名其居"五百本画梅精舍"。为西泠印社早期成员,主编西泠印社《金石家书画集》。辛后,高时敷辑其遗刻为《方寸铁斋印存》。见《广印人传》卷六、《西泠印社志稿》卷二、《民国书画家汇传》、《近代印人传》等。

补松四叔岳大人尊右：

昨奉手谕，并续访目稿，祗悉福躬小有违和，比已大愈，极念极慰。佣书羁旅，未克时时诣起居，歉疚无似。《殉难记》尚存共计二十册，钱处已送去，未知尚需致送何处，乞示知，当即遵送也。馀书当设法带呈。前日友人来言，有人拟借印若干分致同志，且有采访所得，可以曾补大著记表者，属转询尊旨，未知何似。续目稿已付手民，照前式排比，一俟印就，即寄呈。钱氏《碑传集》，扫叶价值较昂，苏州书局前托人购一部，赛连纸约八元馀；缪氏《续集》，吴石潜处约五元。敝匧两书均有（自加一匧），惜带杭殊不便耳。尚乞酌示，以便购寄。近因同乡会熟人来极多，可托携带也。刘翰臣同年有珂罗版碑帖寄来，属转尘，稍迟觅便交带送上。总肃不尽，即请颐安。侄高时显叩。八月廿八日。

张元奇（1860—1922）

字珍午、贞午，又字君常，号蘦斋，福建侯官人。光绪十一年（1885）举人，十二年（1886）进士，改庶吉士，授编修。历官江南道监察御史、湖南岳州知府、奉天民政使署学部副大臣等。二十九年（1903），曾上疏弹劾权臣载振，以直声名世。入民国，历任北洋政府内务部次长、福建民政长、奉天巡按使、参政院参政、肃政厅都肃政史、经济调查局总裁等职。晚岁归里，主讲鳌峰书院。工诗，著有《知稼轩诗稿》《辽东集》《兰台集》《洞庭集》等。见《清代硃卷集成》、《清代官员履历档案全编》、《当代名人小传》卷上、《民国职官年表》等。

一

大人阁下：

前上寸楮，谬陈鄙见，即蒙颁赐回谕，一片维持学界苦心，钦佩无似。敬维勋福日隆，百符臆祝。卑府来常已逾半载，远托崇荫，地方诸臻安谧，学界亦鲜风潮。顷阅电抄，知岳道为濂溪升补，长沙一缺必另择人。卑府到湘年馀，在岳在常办理一切，久在列宪洞鉴之中，且过蒙优待，无以为报。若能近侍崇辕，时供鞭策，当更尽其区区愚诚，为地方宣力。仰承不弃，望有以成就之。藩臬各宪均于卑府格外垂青，如蒙转陈，必当见许。手肃专恳，无任翘盼之至。敬叩钧安。卑府元奇谨禀。四月十九。

二

大人阁下：

奉诵钧函，弥深依恋。诗笺石章，谨藏箧衍，途次稍暇，当再和呈也。船明晨可到，即行回常，同春北去，濒行冗杂，未获再谒台阶，至为疚歉。专肃鸣谢，馀容抵沈后再为禀陈一切，敬叩钧安。卑府元奇谨禀。

三

子修宪台大人阁下：

濒行备承爱注，以诗宠行，赠石见志，隆情雅契，湘水同深。叩别后六月半抵京，晤同人知鞠帅留嘱速行，匆匆数日句留，旋即入沈，求赴锦州不获。试权新职，民政范围甚广，兼以关外官智民智两未开通，内政外交牵混为一，奇之庸下，岂足任此，望公有以匡勉之，俾免颠越。昨得湘函，敬谂宪台荣权薇篆，以平日学问声望论之，真除自在意中。湘中吏治较他省尚觉静肃，如得公激扬互用，必更有可观。长沙通判舒倅凤仪，其兄鸿仪号彬如，亦经鞠帅调东随同两参赞办事,与奇多年挚好,去岁到湘入省三次,均主舒倅廨中,故知舒倅亦甚深。其人品才具在州县中实占优上,朱益宪亦委兼关上文案,承询当能道其详。奇临行时面陈帅座,谓其实能办事,旋委赴皖查案,近当已销差回省。敬恳仁宪公馀传见详加考察,如其人尚可用,即望量为调一善地,缘渠本缺系属闲曹,虽久任十年,亦无以自见也。鞠帅秋节后当巡视吉黑两省,左参赞同行,十月杪方能回奉。奇每日均上院办事,新定官制,司道同在督署办事。智虑短浅,时时竭蹶,缘此极无暇晷,诗笔更久搁矣。鞠帅询公近况甚悉,奇亦敬代问候,知念并及。祗叩台安,诸维霭照,不尽。张元奇谨肃。八月初八日。

四

子修老兄同年阁下：

得书,至慰跂念。世局扰攘,超然尘壒之外,佩仰何似。浦上多贞元朝士,想复不寂。奇重婴世网,无补时艰,所居之地密迩东敝,含垢忍辱,不足告语。新约定后,更无可措手矣。仰世兄竹勋甚贤,承嘱当为推毂。绹斋入都,彼此往还,未获一晤,至以为歉。都下诗事甚盛,旧侣尚多,塞外无此乐也。手复,敬请道安。弟元奇谨启。

张元普(1836—?)

字绍原,号玉岑,浙江仁和人。同治四年(1865)举人,七年(1868)进士。历任总理各国事务衙门章京、刑部广西司郎中、监察御史、户科给事中、刑科掌印给事中、四川盐茶道等职。见《清代官员履历档案全编》《国朝御史题名》《(民国)杭州府志》等。

一

子修尊兄学使世大人阁下：

复沪电已发矣,省内外函稿拟呈乞斧正后交下,以便缮发(仍当送夏菽翁一览）。内先行筹垫一层,应否说明数目,或留或删,祈酌裁。遍查实缺、署任及奉差者,共只二十四人,看来似不能集巨款,亦且尽办而已。泐此,祗请台安。世小弟元普顿上。十三日。

附呈复电、信稿各一纸,员名单一纸。

二

子修我兄世大人阁下:

顷奉大翰,诵悉一切,就谂驾福乘喜,辎轩所至,珊网毕收,以颂以慰。承属一节,当面询陈经历究因何事,据覆询之幕中人云,系为教职委署之事,并无他意,特将原函寄呈察览,可毋多虑也。锦署诸称安吉,晤教在迩,统容面罄禀复。祗请韶安,馀不多述。世小弟元普顿首。二月初八日。

三

子修我兄世大人阁下:

日前接奉手教,祗聆壹是。比想公门桃李遍布新阴,抃庆奚如。承询周尚书即名达武者,同人商议拟于是日前往行礼不送礼(弟亦如此),特以奉闻。令兄差事公文已发矣。馀容趋谈,敬请衡安。世小弟元普顿首。

四

子修我兄学使世大人阁下:

前晚归奉示,并清折一件,谨已读悉,妥协之至。惟贱名原保系二品衔,[非]已签注于旁。又文内就鄙见添注二字,未谂是否,仍乞裁正,并恕其谬妄为幸。原折并缴,缮定后祈交下盖印可也。泐此奉复,祗请台安。世小弟张元普顿上。

红白禀自是可用,乞再与诸公商定为荷。又启。附缴抄件一纸。卅日。

张美翊（1857—1924）

　　字让三，号简硕，晚号骞叟，浙江鄞县人。光绪十六年（1890），随薛福成出使英、法、比、意四国。二十年（1894）中副榜，二十八年（1902）奏保经济特科，官直隶候补知府。历任南洋大臣顾问官、南洋公学总理、宪政编查馆咨议官、度支部咨议官、浙江咨议局议员等职。辛亥后，任宁波教育会会长、宁波旅沪同乡会会长。著有《土耳其志》《东南海岛图经》《上虞永丰乡田氏宗谱》《绿绮阁诗集》等，总纂《奉化县志》。见《清代硃卷集成》、《（光绪）奉化县志》、《桐城文学渊源考》卷四等。

一

　　修丈先生侍史：

　　赐示并奉《养吉斋丛录》及《繁露义证》敬领，悉容拜读。徐班老、金殿老赴杭志事当有眉目，尚求主持。昨偕章一老访姚子梁观察于南翔，乃一门皆讲经学，致为可敬。食物领悉，容再泥谢。凉燠不时，伏维宣摄。后学美翊谨状。初六。

　　再，昨亦有函呈。止师颇有宣光纶旅之望，近日并有和止师、一山诸作，眷眷于此树开花。公勿过抑郁，老屋荒江，尚有"朝不坐，燕不与"之老诸生在也。

二

　　赐示敬悉。北事一节，某公恐愚不至此，报登与张四谈话，虽似戏言，偶露真相，难保不合。伊周华盛顿为一人，共伯得一本有"志"字。于共伯，《庄子》言之。某公之乡先达也，某公权诈，盛公知之最详，一山谓幼云所见亦与晚同，惟拙存则不信。今晨蛰仙来，无可谈。若张汤能如我辈主意，大事不难立定，惜时会未到。晚好奇计，曾以告一山转达韧叟慎重将事，德人大胜，世界殆无民国，此可断言。忠愍事迹已将哀启交越中王生，请其补叙殉难事，草具行述，俟送到即呈。名心叩。七月十七。

三

子修先生函丈：

　　昨侍坐奉教，至邑积悰。省志事总请诸老主持，乙老所谓网罗放矢，津济寒儒，两利俱存，未为不可。奉上梨洲先生重摹小象一纸、题赞一册，画者误加天然几，非原有也。故拟重绘，希阅后发还。另药一包，皆极和平，试用决无流弊。大热，伏惟宣卫。学生张美翊谨状。六月十四。

四

夫子大人赐鉴：

　　晤绸斋兄，敬谂道履康胜，为慰。明日遵当侍坐，兹先奉上《续甬上耆旧诗》，惟希察览，敬请颐安。受业张美翊叩上。初二日。

五

夫子大人函丈：

　　顷奉赐函，语长情重，至为驰系。国变以来，伦纪道丧，吾辈正宜维持一一，然亦不能过于哀悼，反增绸兄昆弟之忧。美翊在此灯下独坐读书，或谓寂莫太甚，则告以古先贤哲如在左右，如承謦欬。吾方视歌台舞榭为厌烦，而乐与古人酬对也。公父子著书，更有乐趣，幸达观保摄为要。兹烦韩靖盦亲家奉上《鲒埼亭诗集》一部，乞为察阅。世界纷纷扰扰，德国乃以缝人为相，何能定乎。肃敬请颐安。受业期张美翊谨状。十月望日。

六

夫子大人函丈：

敬启者，久别正深驰系，前奉赴书，惊悉师母大人仙逝之耗，不胜怅悒。伏读行略，并知师母淑德懿范，卓乎女宗，备福贤称，诚如尊恉。所难堪者，我夫子耳。因念去岁十月甬上变起，适值亡室郑宜人老病，仓皇回里，儿辈方新修老屋迎入养疾，不料医祷罔效，遽于十一月下旬弃我而去。当时念其孝事，先慈终身劳苦，哭之绝痛，幸有谛闲和尚为说佛法空相，遂亦释然。其不敢奉讣者，因闻师母抱恙，恐伤缃斋太史之心。今春三月，曾因事偕盛省老来杭，极拟奉谒，复因多食莼菜鱼羹，陡患腹疾，匆匆回沪。曾晤缃兄述及，引为内疚。今师若弟垂老悼亡，乃亦同病逝者已矣。惟愿老人放怀达观，善自颐养，缃垒兄弟率其子孙绕膝含饴，自有乐境。即如美翊庸下生平，不敢矫然自异，儿媳辈尚能率教，故亦安之。知师念我，敢以奉闻，亦所以慰吾师也。附呈祭幛挽联，乞为代悬。得讯之后，举笔凄然，遂尔稽延，恕之幸甚。专肃，敬请崇安。受业期张美翊谨状。

缃斋太史兄弟附此致唁。

张尔田（1874—1945）

原名采田，字孟劬，晚号遯堪，浙江钱塘人。以例监生入试北闱，任刑部主事，改官江苏试用知府等。国变后，绝意仕进，专心著述。民国初，任清史馆纂修，撰有《后妃列传》《乐志》《刑法志》《地理志》等。又曾参修《浙江通志》。嗣后任教于北京大学、北京师范大学、中央政治大学、光华大学、上海交通大学等，晚年为燕京大学研究院导师。工词。著有《史微》《蒙古源流笺证》《新学商兑》《玉谿生年谱会笺》《遯堪文集》《遯堪乐府》《孱守斋日记》等。见王蘧常《钱塘张孟劬先生传》（《广清碑传集》卷二十）、邓之诚《张君孟劬别传》（《民国人物碑传集》卷六）等。

一

顷承枉顾，畅谭甚憀。十年话旧，朝市已非，感喟如何。奉上旧撰《史微》四册、《白喉通考》一册，覆瓿短书，半成故纸，殊不足采览也。附呈小诗数章，复希吟定，有以诲之，幸甚幸甚。所居距高斋咫尺，容缓日再趋教也。手此，敬颂子修老伯起居安隐。侄尔田奉状。

炯斋兄同此致候。

大行皇太后挽辞

难回八骏驻瑶池，黄竹歌残四海悲。璧掩秦灰终剑合，丹成轩鼎遽弓遗。瓦飞长乐晨随水，火暗甘泉夜罢祠。九庙烟煤谁告谧，西陵春望黍离离。

黄旗紫盖已归吴，遗谶真成下殿趋。问膳龙门空钿轂，垂衣虎帐尚珠襦。金縢掩涕多方诰，玉简伤心具位书。回首寿宫张乐地，几人终古哭苍梧。

龙　媒

无复琼酥奉玉杯，谁从西极待龙媒。客来勾漏求丹药，僧到昆明话黑灰。汉寝灵香晨自下，石家爨蜡晓成堆。尧台一筑须臾事，梦听钧天醉酒回。

感　事

直淩虚开到洛京，从来天命系苍生。吹唇坐啸银刀队，雕面横行玉帐兵。青骨当神终应谶，黄头作贼竟何名。赤眉铜马无消息，可要金瓯颂太平。

　　乱离斯瘼，异喙鸥张，欲哭则不敢，欲泣则近于妇人，吾其歌乎。写近制数首，奉补松老伯正之。独擅徊以娱忧，观南人之变态，工拙所不计也。

　　遁堪稿上。

二

蝶恋花

　　水盼兰情拼决绝，不道柔肠，抵死还成结。暗雨帷灯香篆灭，去年正是愁时节。　皎洁愿为明镜月，待得圆期，已早菱花缺。费尽锦书和泪叠，只应恨与春灰说。

　　明月空床堆半绣，红锦交枝，泪染春冰透。愁到天翻天亦瘦，梦回记取黄昏候。　蜀纸封巾烦玉手，一霎鸳盟，不是寻常有。但使相逢如此酒，烧船破栈为君守。

　　中秋感赋，写奉补松老伯削政。遁堪呈稿。（卷五31—32）

张　謇(1853—1926)

　　字季直，一字处默，号啬翁、啬庵，江苏南通人。光绪十一年(1885)举人，二十年(1894)状元，授修撰。甲午战后，列名上海强学会，并致力于办理实业和地方教育，创建通州大生纱厂、大达轮船公司等，又兴办通州师范学校、南通博物苑等。民国后，任南京临时政府实业总长、北洋政府农商总长等。著有《张季子九录》，今人辑有《张謇全集》。见《啬翁自订年谱》、曹文麟《张先生传》(《辛亥人物碑传集》卷八)、冒广生《张謇传》(《国史馆馆刊》第一卷第二期)、张孝若《南通张季直先生传记》等。

　　桑菊之惠，拜受，谢谢。张謇。（敬使）

　　贵上人。

崔永安（1858—1925）

　　字书孙，号磐石，别号止园居士，又号西湖渔隐，广州驻防汉军正白旗人。光绪五年（1879）举人，六年（1880）进士，改庶吉士，授编修。历任浙江杭嘉湖道、浙江按察使、浙江布政使、浙江督粮道、直隶布政使、护理直隶总督兼北洋大臣等职。宣统元年（1909），乞病归，卜居杭州，以书画自娱。善画梅。见《清代官员履历档案全编》《历代画史汇传补编》卷一、徐仁初《忆外祖崔永安》（《文坛杂忆》全编二卷七）等。

一

子修老年伯大人左右：

　　久未晋谒，比谂起居佳胜为颂。昨晤邓瑞人兄，彼极钦仰，欲求墨宝，未敢冒昧。今交来一纸，属侄代为恳求大笔，俾得刻石嵌置壁间，以为园林生色，尚乞不弃，俯如所请为叩。专启，敬请道安。年愚侄崔永安谨上。四月十八日。

二

修老年伯大人左右：

　　奉读大教，并承赐书两种，铭感无量。《小墨林诗文》四本，谨检出，请来伻带呈。杭州无刻本，能得刘翰诒校刻，亦一快事也。专启敬谢，复请道安。小侄永安启上。即刻。二月十七日。

三

　　屠苏饮后一陶然，且祝平安慰目前。得意徐行芳草外，怀人多在落霞边。图书检点添新本，风日晴和胜去年。大好湖山佳处住，白云遥望是南天。

俗例于今欲尽删,寒梅笑我不能闲。幸留老屋才容膝,强和名诗亦厚颜。爆竹声喧催岁序,沧桑劫过易尘寰。欣闻雪有丰年兆,蒿目哀鸿痛痒关。

元旦试笔,用樊榭先生癸亥新正次许初观韵二首,录请修老年伯大法家指谬。年愚侄崔永安呈稿。

四

子修老年伯大人左右:

一昨奉读手书,敬悉起居稍有不适,近想调摄全愈矣。拜诵新词,感旧伤春,声情并茂,钦佩无量,谨步原韵,见笑大方,尚希教正为幸。捐册略捐数缗并以奉缴,馀容谒罄,不尽。复肃,祗请台安曼福。年愚侄崔永安顿首。初十日。

五

子修老年伯左右:

昨读来教,知贵体尚未复元,甚念。前示新词,乘兴步韵,未暇推敲,检阅《词律》,细校觉失律处甚多,自愧粗疏,谨因律改正,再呈指教。原稿仍望掷还为幸。红友《词律》原载两阕,此外尚有陈本堂名著,宝祐四年进士一阕,与欧阳公作亦复互异,当又一体也。万氏失载,因承下问,谨举以对,馀容谒罄,不尽。肃复,祗请道安。年愚侄永安顿首启。十一早。

六

倚危阑、柳丝摇曳,黄鹂声在何处。湔裙有约人都老,难得好春常驻。谁共语。只一片、飞花断送清明雨。回头试数。记苏小坟前,段家桥畔,盟遍旧鸥侣。　　江南怨,唱到伤心落句。如铭清泪酸楚。梦窗词云"伤心千里江南,怨曲重招,断魂在否",不胜黄垆之痛矣。兴亡无限兰亭感,绝胜山阴新序。情最苦。恨昨夜、东风吹亚湖堤树。画楼久仁。且再挈芳尊,斜簪短发,同访故宫去。

辛酉重三节,邓庄小集,修老年伯以《买陂塘》新词见饷,感旧伤春,声情并茂,捧读再四,不禁黯然,爰依来韵效颦,藉呈指教。年愚侄崔永安录稿。

黄曾源(1858—1936)

原名曾贻,字石孙,号立午,晚号槐瘿,福州驻防汉军正黄旗人。黄孝纾父。光绪十四年(1888)举人,十六年(1890)进士,选庶吉士,授编修。历充国史馆协修、方略馆纂修、功臣馆纂修、会典馆纂修等职,转监察御史,署礼科给事中。后由御史台出守徽州、青州、济南等郡。辛亥后,隐居青岛,杜门不与外事。著有《石孙诗稿》《义和团事实》等。见吴郁生《二品衔候补道山东济南府知府前礼科给事中翰林院编修黄公行状》(《碑传集三编》卷二十四)、张学华《济南府知府黄公墓志铭》(《同声月刊》第四卷第二号)等。

一

子修老前辈大人阁下:

前肃寸椷,并寄汪君所作《三秀才行》,谅已上尘签阁。比维兴居安善,为颂为祷。闽省国变,遭难几及百人,乱后遗黎,始则卖儿卖女,继则散诸南洋各岛,其忍饥寒以待毙者,惟有老年残废而已。几经探访,始将名姓开出,至于旗分年定,亦皆不能详悉。然得我公大笔褒扬,庶死者不至湮没,否则妄加惨戮者殆鸡犬之名,为可慨也。然闻浙江满城竟至为墟,其惨尤甚,亦既无人能得其姓名否。京口闻亦有遭惨毙者,不知曾经采访否。敬询南阳谢总兵死事,已托友人征取事实,因济南乱事发生,率皆出走,容后取得寄呈。项城地步足以垂名青史,乃以觊觎怀奸,不惟遗恨万年,益且自促其算,然则乱臣贼子究为何益。山东精华萃于周村、睢县倚假外势，而毁之涂地，党国伟人为百姓谋幸福者如此也，可慨。手此，即请道安百福。名册附呈，祈察入。侍源顿首。七月九日。

二

子修老前辈大人阁下：

　　邮局递到赐书并《养吉斋丛录》，祇领拜读，感荷无既。一山书来，亦言公偶有恙，细审公书，精神完足，知颐养得宜。烔兄又在膝下承欢，天相吉人，康复特指顾间耳。侍今年六十四矣，婚嫁未完，羁栖又难作归计，日惟闭户课孙，殊无聊赖。今年未作岛游，韧叟倏已作古，紫老亦相继下世，人至暮年，友朋之谊，尤为惓惓。以仆菲才，尤多伤感。因念曩日都门承诸位老前辈相爱，今则稼轩、青来、紫泉、伯约、杏村诸公后人不知何似，所存惟老前辈与源，而又事变沧桑，不得执手痛哭为恨耳。眼昏，字益潦草，肃此鸣谢，敬请道安百福。馆侍生黄曾源顿首。

三

子修老前辈大人阁下：

　　数年未通音讯，间于一山函中知公杖履康强，又悉绹兄侍养家居，家传忠孝，至为钦佩。前岁为三小儿就婚，一游都门，接览皆非，伤心惨目，举凡先朝鸿规巨制，渐就湮没。归与儿辈言之，罔不慨叹。儿辈颇知向学，闻《养吉斋丛编》为公家先集，多言本朝掌故，足备查考，用特函请我公赐给一部，以广见闻，是所叩祷。韧叟尚书方约岛游，未及趋赴，遽闻作古。近日紫东尚书亦归道山，同志无多，相继殒谢，天意苍茫，真堪痛哭。老前辈当有同情也。专肃，敬请道安，诸维珍重，不庄。侍生黄曾源顿首。

卷四

冯　煦(1844—1927)

　　字梦华,号蒿庵,江苏金坛人。光绪八年(1882)举人,十二年(1886)探花,授编修。历任安徽凤阳知府、四川按察使、安徽布政使等职,累官至安徽巡抚。民国后久居沪,督办江淮赈务,时与诸遗老结社唱酬。工诗词骈文,尤以词名。著有《蒿庵类稿》《续稿》《剩稿》《杂俎》《奏稿》《随笔》等,辑《宋六十一家词选》《蒙香室丛书》等,总纂《江南通志》《金坛县志》等。见《清史稿》卷四四九、魏家骅《清授光禄大夫建威将军赐进士及第兵部侍郎兼都察院右副都御史安徽巡抚兼理提督冯公行状》《碑传集补》卷十五)、蒋国榜《金坛冯蒿庵先生家传》(《辛亥人物碑传集》卷十三)等。

一

子修四兄同年再鉴:

　　前书未上,复奉手翰。胡诗舲隽才,弟所欣赏,比为武备学堂文案,乃有间之于当轴者,弟屡言不释,尚难一握铜章,容徐图之。练兵处新政,烦苛如猬毛,从何措手。输税司亩捐,尤为厉民,使海内皆忘其乐生之心,岂国之福邪。日俄构衅,挠我陪都,而我守局外,譬之两争斗于房闼,焉有中立地邪。战事略定,无论孰为胜负,皆将及我,公乃心王室,当亦同此忧危也。东南节钺,纷如置棋,次山前辈又内召为忌者所中，抑用之为东三省总督邪。幸年在都奉手，弟冒言督抚不可轻易，闻者颇韪其言，今竟何如邪。弟到蜀十阅月，称藩者半，此间要政无一事不与闻，而性刚才拙，与物多迕，实亦不能力申愚虑。处大可有为之地，丁万不容己之时，而旋进旋退，不一效其尺寸，内疚初心，上慰知我，正不如投劾东归，读书学道，犹可希炳烛之明也。辱公至爱，敢一贡其狂愚，幸有以教之。炯斋乞养，岂亦有不得已于中者邪。再请道安。弟煦又顿首。

苏凤冈美才，乞公一提挈之。

二

悔馀我兄同年：

不见又再旬，甚念。骤寒，兴居多福为颂。闻两淮张都转弧与公雅故，有奉干者，两淮学务委员候补运判林之荪，与弟多年旧交，人极守正，办学亦有成绩，在扬久，于盐纲极有研究。都转初到，实足备顾问者，幸一嘘植之。之荪辟地于此，如荷道地，即令往谒也。此请道安。弟煦顿首。

三

松隐四兄同年有道：

前失倒屣为罪。顷奉手翰，敬悉一是，良会多乖，弥用怅惘。附上西鹰十期，乞代致继云同年，戋戋之敬，殊自恧耳。此颂道履万福。腊日。弟煦合十。

四

松隐我兄同年有道：

示悉。庚生住苏州葑门内泗井巷三十四号，谨闻。复堂后人集款，如有所得，请即迳致其寓中，弟已忘其住落矣。此颂道安。弟煦拜状。

五

补松我兄同年有道：

慕韩来，拟与兄治具招之，尊寓稍宽，或即不在酒楼，应招何客作陪，抑即招其弟仲玙，不约他客，并乞酌之。此颂道履。弟煦顿首。十一日。

六

昨招二孙，复书奉上，一切偏劳，慰感无量。届时趋前，愿为小相。补公坐右。弟煦谨状。

七

子修四兄同年有道：

昨小石商丙戌同年招一近局，兼请少石、紫东，弟敬邀我兄同具单，想不罪其专擅也。此颂颐安。弟煦顿首。

两单并附览，各住处并乞示悉，以奴子不悉也。

八

补松我兄同年有道：

顷由邮政上一纸，正拟十四、五两日中请兄酌定一日，今奉来翰，正有同心。鄙意定于十五日午刻，先行函知，不约他客。在尊斋尚可畅谈，如见同人，不须提及，亦与鄙见相合。故顷函只请约晦若、子异，或并此二客不约，两宾两主，无须多菜，似较合宜。如兄表同情，即由弟处函达。二孙并知单，可不出矣。此颂晡安。弟煦顿首。

一切偏劳，至感。

九

手示诵悉，近局即借尊斋，极善。鄙意客不必多，菜亦不必多，晦若、子异两君外，不必再约他客，发单治具，一切均乞兄偏劳。十三有逸社之约,十四、五均可,并乞酌示为荷。此颂补松我兄同年颐安。
弟煦顿首。

十

补松我兄同年有道:

　　手翰敬悉,章君事端绪复杂,俟相见再一一。其字曰琴生,亦曰
勤生,年五十馀,先以奉闻。东寅往宝应宁国守卫大诗能示我,当继
声,且可代致便邮也。古微来云,咏春竟归道山。齐年凤好,辛亥一
别,竟不再见,为于邑者累日,想公亦同此怀也。此颂道履。弟煦顿
首。十七日。

十一

子修四兄同年再览:

　　皖变卒婴,孙雏又札,家国之迫,并迈奇穷。足下视仆,复何心
邪。世局岌岌,义不当去,强自振厉,百不补一。既其失职,为庆滋
大,岁聿云莫,决当乞身。蒿目四顾,税驾何所,足下微尚,幸有翼我。
苏生隽才,昔荷识拔,一投瘴乡,无以自济。自渊而霄,唯是之望,再
颂道履,临书主臣。煦再拜。

十二

补松四兄同年有道:

　　两奉手翰,甚感甚慰。拙文陋劣,公不加绳削,恐坫佳书。"祖
述"句已易,"将入"句请即删去,文气亦相冲,并请酌之。弟初拟即来
杭,而振事纠纷非数日可了,芦碕秋雪能否同游,尚不可定。此颂道
安。弟煦顿首。廿日。

　　庸庵并致声。

　　文襄功罪,相见再谈。弟文过直,屡自戒而不能改,终必与祸机
相触也。

十三

补松四兄同年有道：

　　昨奉素书，惊悉年嫂夫人之戚。前荷来教，初未语及病状，遽闻此耗，骇惊无量。兄年逾大耋，骤丧良匹，空帏遗挂，何以为怀。唯念年嫂夫人淑德懿行，抗希钟郝，又亲见绹斋世兄凤毛继美，籍甚清涂，孙曾绳绳，方兴未艾，遗荣反真，应无遗憾。伏乞我兄葆卫神理，勿以有涯之生而为无涯之戚也。弟比方小极，不获一申奠馈，附上挽句、祭幛各一，聊代束刍。即颂颐安，千万珍重。九月廿三日。年愚弟冯煦顿首。

　　绹斋馆丈并此致唁。手僵，不复贡书。

十四

补松四兄同年有道：

　　前奉手翰，并惠二律，感与愧会。邪气渐肃，道履康愉。弟自月初为冬煤所感，犯嗽颇剧，不下楼者一星期，今始渐差，足慰注存。散原在杭，每思以书慰之，唯散原所遭之境，皆弟所已历之境，每欲作书，悲从中来，辄投笔而罢，见散原幸代致鄙忱也。世局纠纷，仍无可望，馀年丁此，尚何言哉。奉和二章，聊陈衷曲，不足言诗也。此颂岁安。十二月廿六日。弟煦顿首，时年八十又一。

十五

补松四兄同年有道：

　　静山数来，辄询公起居，渐臻康复，欣慰无量。手翰下颁，附以佳什，发函雒诵，想见神识聪强，日益健胜，弥快鄙怀。旧振方终，新灾又告，静山复来敦迫，义不容逶，唯敝会力薄，募垫俱穷，正不知如何著手，恐有孤珂乡父老之托也。志局移沪，亦弟不得已之苦衷，日从事于此，始知前日之非也。所谓啄名者，仍窟穴其间，蹈虚如故，去之不可,亦唯自尽其心力所能到,成一草稿,留待后贤之指摘而已。世局至今日,本无一事,每言志局,特其小小者耳。丙戌齐年,兄与散原在杭,弟与尧衢、庸庵在沪。散原婆娑,生意将尽,欲往慰问,逡巡不果,见时幸一达拳拳也。尧衢腰脚病,不下楼者两月馀,庸庵齿疾间作,亦不常见。而两公皆豪于诗,日有所作,老夫亦为所牵率,本月得诗十数章,比奉和二律,别纸录似绳削,且知弟之近来怀抱也。仁先、琴初以诗易涉时事,遂避而为试帖;弟诗则多涉时事,亦知意触世忌,然如骨鲠在喉,不吐不快,且使后之览者知为今日之诗贫之。我兄当不河汉,毋亦化为狂奴故态邪。申江旧雨,日益凋零,有兄所欲知者,聊附及之。古微健饭如初,唯近词颇少;病山志节皎然,而贫不可医;王雪岑日以所藏古董易一饱餐,别不知所为计矣。独郑苏龛有园林之胜,昨邀看菊,佳种数十本,甲于淞曲,殆陶渊明所不能有者。此则逋客中之健者矣。此颂颐安,拉杂书此,以当面谈,当为我一轩渠也。弟煦顿首。十月廿四日。年八十又一。

十六

补松四兄同年有道:

闰月初归白田,久劳暂休,体中时复小极。小伏后酷热,为数年所无,衰贫益不任,百事俱废,故再奉兄书,逾未作答,知不罪也。兄暑中眠食胜常否?浙志如何归束?弟之苏志议会亦有责言,此类事在今日本视为附赘悬疣,弟亦听之而已。珂乡近事,殆将继武肃之志邪。世局日益叚扰,而旧世族之贫不自济日益众。程君弟亦识之,信世家风度异于今之抗尘走俗者。附去一书,幸致之。弟与荆州无深交,而为人牵率,数有所干,亦必无补于程耳。弟七月中必来沪,八月至湖上看桂花,必不爽也。此颂颐安。六月初七日。弟煦顿首。

绌斋兄弟均佳。见静山并乞致声。

十七

补松四兄同年有道：

前贡尺一，并悬字均诗，久未得覆，正深驰系。昨奉手毕，始知前书竟付浮沉，殆为我藏拙邪。梅炎郁蒸，道履康胜。弟汲汲春振，竭蹶万状，比虽渐卒事，尚体中以忧劳故，时复小极，行年八十，亦固其宜。唯长安似棋，又成急劫，恐不待樵柯之烂，亦已无从著手矣。初拟来，唯仁先昆季兼为湖上之游，以意绪恶劣，亦竟不果。明日即归白田度夏，七月再出必来杭，一听绪论也。何诗孙昨为陈人，海内少一画家，其襟抱萧远，亦不愧王谢家儿，今更无别人矣。一叹。群龙无首，统一无期，而梅讯南来，如蝇逐臭，贤者正复不免，亦弟所不敢知者也。此颂颐安。闰五月初三日。弟煦顿首。

缃斋并念。静山常见否。

十八

子修我兄同年大人阁下：

岁阑奉手翰，辱存注甚厚，感与愧会。青阳布宪，道履攸宜，仲英前辈寄到缃斋所书楹帖，弥以为荷。秋驾伊迩，引饮辒轩，无任翘企。弟到凤逾岁，地方利病无豪发之补，而谬为知我者所期许，增我内疚。今年修文庙、纂府志、兴水利、保蚕，凡义所当为之、力所能为者，不敢不勉，其济否则亦不敢必也。知府一官，艰守中处于上下之交，苟有兴革，皆待助于上下。得助则济，不得[济]助则有所格而不能遂。弟性刚才拙，与物多迕，既不善求助矣，吏治日蠹，竟以因循粉饰为事。其号为贤者，亦务实之心不敌其务名，终不免于自私而用智，则助之亦难其人，以助之难其人而又不善求助，事之有济，庸可必邪。老兄爱我，何以策之。典馆何日进书，幸示一一。复承兴居，不尽所怀，手恶。弟冯煦顿首。

缃斋并问。辇下故人见时并为致声，同馆诸君同念也。

十九

补松四兄同年有道：

昨奉手翰，以拙撰《畸园志》辱相商榷，感与佩会。"庚子"下一段，皆其宅忧后复留松修府志之事，弟文中漏却"留松"字，今以补入，不知可用否。仍乞卓裁，或请兄代为绳削，至感至感。弟八月在宝，几罹水厄，今幸无恙，又不得不规划义振，而人款两绌，既难著手，且世风日窳，人人每以官言办事，亦多丛脞，且环顾大局，岌岌不可终日。虽慈善事业亦有波谲云诡者，兄翛然物表，当亦为之太息也。紫东竟作古人，丁此世局，早日反真亦未始非福也。此颂颐安。十月初五日。弟煦顿首。

绹斋兄均念。

二十

补松四兄同年有道：

前奉手翰，并以得举曾孙宠和一诗，且忻且感。凉暄乖宜，道躬康胜。子封以十六日归道山，珂里齐年又弱一个，为不怿者累日。乙庵悼痛亡琴，体亦小极，使人增友于之重。兄闻之，当亦同此凄黯也。前为蓉曙作一墓志，寄去已再旬，未得其世兄一字，不识达否。其文冗杂不足观，以今日孝子慈孙之心理，皆以多为贵，其零星政谈必为列入，实则可删者正多也。弟处未留稿本，又未便询之，可否惠其世兄函一道及，如未达，尚欲再记忆前作写出也。弟端节后必反白田，北振虽可结束，而振友尚未全归，京旗生计亦须著手进行。今年天气极不正，衰躯似亦不如前，而笔墨丛杂，难于应付，颇思觅一相助者，亦不易得。自辛亥后，十年所作诗文有六册，近有门下士欲为付刻，寿鄙人八十。诗文不足观，而辞之不得，拟求公赐一序，以我为人交谊，或不惜一奖借也。此颂颐安。廿六日。弟煦顿首。

绹斋昆仲、静山均致声。

二十一

补松四兄同年有道：

杭游之奉教，濒行复饱家庖，感荷感荷。清和应序，道履胜常。弟归沪后，体中时复小极，幸眠食差可耳。瞿文慎碑文，兄与庸庵皆谬以为可。微闻湘人尚谓"米汤之不浓，高帽之不袤"，弟于此文方自谓颇经意，足报此老相知之雅。而今犹云云，甚矣文之难索解人也。刘翰臣交来佛青墓志十通乞正。前乞代求益吾前辈诗文全集，不知已致书其世兄否。往与前辈有文字之雅，其世兄或不吝见与邪。弟月秒即反白田，八月再出，当久留湖上，与兄以青鞋布袜敖嬰山泽间矣。此颂颐安。十五日。弟煦顿首。

绷斋、静山并念。

二十二

补松四兄同年有道：

前奉手答，久未肃复。一以今夏酷热，为数年所无，衰年尤不支，终日据一药床，百事俱废；一以侧身四顾，都无好怀，几欲使百目之官皆失所司，以不闻不见为干净，故每握管而不能已，想公亦同此于邑也。《太阳生日歌》已脱稿否，公署中起居安否，均念念也。明亡而士夫之眷怀故主者，所在所有，犹见人心之不死，今则无人不心死矣。以世局论，匪独唐之藩镇，直是五季之十国，然求一钱武肃亦尚不得而访哉。闻台州大水，弟处苦于人款两穷，不识静山能往振否。一书幸致之。弟八月必到沪，或仍来湖上，一申昔款。此颂颐安，绷斋并念。七月朔。弟煦顿首。

二十三

补松四兄同年有道：

昨饫郁香，敬谢。奉示并《梦痕录》，祇（只）增凄惋。明早即归，不克仍趋谈,明发之日当再图良晤也。附上银饼三枚,奉归蔬值(二合并归),不足再缴,有馀则以犒庖丁为荷。此颂道安。弟煦顿首。

二十四

补松四兄同年有道:

　　弢光之游,获饱伊蒲之馔,感与愧会。次日遂归,匆匆又月馀矣。冬不潜阳,道履康胜。近诗数章,有湖上所作者,录似绳削。弟诗病在浅直,杨子勤谓我学杜有得,郑苏龛谓我似四十许人所为,殆谓其不苍老邪。乞兄明以教我。弟年虽笃老,犹将希炳烛之效也。蓉曙再有书来,其县志亦续致两部,误字亦更正矣。其病尚未大可,为生圹于会稽[铸]山驻日岭上,属弟为墓祠记,颇难涉笔,幸兄有以赓之。散原久无消息,闻其近作多文而少诗,或亦退之谀墓地邪。弟比在沪,为嗣孙料理娶妇,虽甚劳费,然藉了一首尾,于计亦得月当头后始能反白田也。止相葬西湖,可谓得所。弟他日亦颇思买山湖上为归骨地,未知有此清福否耳。此颂颐安,维为道自卫,不尽拳拳。十月既望。弟煦顿首。

二十五

补松四兄同年有道:

　　西溪之游忽忽半岁,想道履康胜。残局一枰,又成急劫,恐山中烂柯人亦无樵采之地。一叹。昨佩葱来,已速紫东、广笙、伯严于廿六日午会于庸庵许,为丙戌齐年小集,幸即命驾,如斯雅集恐此后亦如星凤也。此颂道安。廿四日。弟煦顿首。

二十六

补松四兄同年有道:

　　渴欲奉手,而到即小极,辱示知有同感,尤念。十六日往视先妹墓,仍乞饬庖丁代制横合为荷。稍健即上谒,不能预期也。此颂颐安。弟煦顿首。十三日。

二十七

补松四兄同年有道:

圣湖小住,数聆绪论,西溪一舸,挈鹭提鹇,饱饫伊蒲,绝远尘壒。别忽经旬,犹神往于芦碛秋雪也。天气仍温,道履康胜。弟反沪后规划义振,略有端倪,而当轴不谅,忽加以不虞之誉,违我素心。昨已两电坚辞,期于葆此顽素,否则归隐白田,并义振亦为谢绝。善不可为,于斯益信,亦自疚矣。不知弢晦,甚愧。我兄如天际冥鸿,不为弋人所篡也。日来又苦雨,里中晚禾又将烂死,饘粥殆难为计。然天下滔滔,将沦于万劫不复之地,一人一家之困难,又不足言也。许夫人墓志当已书竟,妙翰直通南朝,惜拙文不足称耳。附上素纸十二叶(又八纸乞交庸庵),乞书大作,留之几席,时一讽诵,如对故人,兼资模范,或亦不我遐弃邪。手此申谢,敬颂道安,维万万良食自卫,不尽拳拳。十月初九日。弟煦顿首。

二十八

补松四兄同年有道:

昨游湖上,再旋清尘,并荷嘉贶,感与愧会。凉暄不时,道履康胜。世局蜩螗,日甚一日,我辈垂莫之年而纵浪大化,不知所属,彼狂驰者犹睨之逐之,以冀餍其无艺之欲而相隐以尽,可哀也夫。止相十五日受吊,不识兄能来沪否。丙戌齐年庸庵、紫东、尧衢均甚盼也。弟行后八钟始达沪,体中又小极,比始复初,此衰征也。北振尚未著手,端阳后始能归白田,秋中或再来湖上,然相距数月,亦不知野人足履能一踣东坡之武否也。此颂道安。四月廿九日,弟煦顿首。

绚斋并念,附去徐州新出土[唐]隋碑一纸,并赠之。

二十九

补松四兄同年有道：

湖上薄游，一尊清话，快何如之。归时车中为风所袭，左脑后隐隐作楚，三日未下楼，比始复初。荷书并诗，感与佩会，奉酬一章，录似绳削。十四日得一曾孙，并以报慰。赈务为亟，不一一。此颂颐安。十七日。弟煦顿首。

绚斋昆仲并谢，见静山亦乞代致鄙忱。

三十

补松四兄同年有道：

前在白田，荷惠翰并大诗三章，雒诵再三，感佩无极。比秋暑方酷，体中时复小极。既又以北赈来沪，汲汲不遑，致稽裁答，想不罪也。冬行春令，调摄颇难，道履康愉，至以为颂。世局如云，瞬息千变，有匪夷所思者，天灾人祸，殆无穷期。而旧雨之凋零者亦日益，齐年中一丧蓉曙，再丧川如，知交中若李梅庵、王稚堂并为陈人。川如自辛亥后杜门不出，忍饥诵经，而其皇皇孤怀尤有每饭不忘之隐，方之东汉逸民，洵无愧色。若诸君者，与兄并有抚尘之契，当亦有怀守难为怀者邪。弟近欲来杭，而赈务方亟，灾广款微，难于措手，且查赈旧友寥若晨星，亦无相助为理者。梅荪虽到沪，而夙疾迄未可。八十衰翁楮柱其间，恐不足为灾民补救于万一也。倘得三日暇，仍必至湖上省先妹墓，兼与兄为一日谈也。昨有一书与静山，迄未复，幸一询之。此颂道安。庚申立冬。弟煦顿首。

静山、绚斋并念。

三十一

补松四兄同年大人阁下：

昨梅荪交到手翰，并大书佛卿墓志及《辛亥殉难记》，以兄七十高

年而作半寸今隶,精整无匹,此寿征也。忻佩忻佩。弟以湘振万急,
于前月杪到沪,初拟略为规划即来孤山看梅,而阴雨十馀日,春寒料
峭,梅讯既阑,孱体亦觉小极,俟晴和后仍当一行,恐至莫春之初矣。
佛卿去腊十九日葬,弟著旧时冠服,为之题主,此辛亥第一次也。俯
仰之间,已成陈迹,可胜忧邪。至世局益无可说,譬之两小互哄,非强
有力者以掌掴之,必不肯帖然受教。唯此蚩蚩之氓万劫不复,伤哉。
此颂颐安。己未花朝后一日。弟煦顿首。

三十二

补松四兄同年大人阁下:

　　前月杪归白田,旋由沪转到手翰,并葵园前辈墓志一篇。大著纡
馀卓荦,深得永叔之神,近代作者直驾竹垞、尧峰而上之,且于前辈忧
世苦心曲曲传出,使后之读者以一人之显晦见一代之治忽,所系尤
大。三复临风,心神俱服。朱明盛长,道履康胜,湖光山流,俯拾即
是,亦有锦囊佳什,足观尘抱者否。幸不吝见教也。蓉曙竟作古人,
珂乡齐年又弱一个,且前属撰生圹记,[夙]宿诺未酬,大招已赋,尤为
之歔欷而不能已也。弟归后长忽忽不乐,且有人事之扰。初九日股
疾大作,一日十行,疲苶几不支,幸次日即止。比眠食尚未复初,然未
一日偏卧,窃自负八十而未甚衰也。三月十九日社集诗录就绳削。
弟诗之病在出之太易,无含蓄不尽之致,幸兄有以教之。世局如棋,
又成急劫,不知柯烂后竟是何世。一叹。此颂颐安。五月十四日。
弟煦顿首。

　　静山仍在杭否。绚斋并念。

　　再,贵省志局已两次展限,敝局明年亦必展限,请将贵局两展限
文属写生录副相示,以便仿行。再颂颐安。弟煦又顿首。

　　喻子韶为提调,并乞致声。

三十三

补松四兄同年大人阁下：

岁徐奉手翰，并见怀一律，慰问殷拳，感怀无既。献岁发春，道履康胜。湖上春来流连，清酌酬唱必多，惜不获一陪杖履也。弟自立春后体中时复小极，犯嗽尤苦，痰深如堕井底，畏寒如虎，蜷伏斗室。而韵侄妇又以产后感疾，于岁尾不禄，所遗四孤，大者十三，小者弥月，行路所悲，既在骨肉，亦唯以经卷绳床排此孤闷而已。近诗十章，录似绳削。兄挽节庵诗，能见示否？此颂颐安。试灯前一日。弟熙顿首。

炯斋及静山并致声。

三十四

补松四兄同年有道：

前奉手翰，以均侄之戚辱荷慰问，感怀何极。始春峭寒，道履康胜。均侄在诸子差佳，今又弃我，门祚衰薄，后顾无徒，八十衰翁何以怙。比于前月廿三日持其丧归，并挈新妇以俱，寒河冰沍，节节艰阻，月朔始达白田。以是忧劳，体中遂复小极。然两家妇弱汇集于衰朽一身，仍不得不强自榰柱，不知过去因中积何罪愆，受此种种恶报。我兄爱我，当亦为之酸恻也。节庵前辈成名以去，差为不负，其公祭时，弟适先一日行，留挽句一悬，亦不知乙庵为我将去否也。欲作一诗，而心怀万恶，竟不能成，为之一叹。此颂颐安。立春后一日。弟熙顿首。

静山、绚斋并寄声。

三十五

补松我兄同年有道：

昨下车疲茶万状，今日雨不敢出，明日当奉访一谈。拟廿八日展妹墓，仍求饬庖丁代置二合。冒渎，再谢。此颂颐安。廿六日。弟熙顿首。

三十六

补松四兄同年大人阁下：

昨侍坐未尽所怀，濒行又匆匆，甚惘然也。前辱代制横合，值三元，奉缴，乞察入。庸庵社集一诗呈教，弟诗尚未定稿也。明日午车即归，不再走辞。八月当更来。此颂颐安。三月晦。弟煦顿首。

静山、绷斋均致声。

三十七

补松四兄同年有道：

四月一别，忽又阑秋，维道履康愉，甚善甚善。弟五月归白田，会有罗孙堉之戚，亡儿遗胤只一女孙，今天又夺其堉，衰年丁此，复何以堪。以是摧剥，暑中眠食均不宁，七月后略更。昨复来沪上，藉雪烦襟，然世局蜩螗，岌岌不可终日，恐六朝五季之局瞬息间耳。待尽之年，孑立之身，而复丁斯世，我兄爱我，当亦为之于邑也。刘佛青同年墓志，其孤启瑞坚以相属，昨始脱稿，殊不足观。启瑞拟乞兄书再，幸绳正之。启瑞书一通、志稿一纸，一并希察入。重九前后或当再来湖上，一申昔款也。此颂道安。八月廿三日。弟煦顿首。

绷斋并念。

三十八

补松四兄同年有道：

昨奉手翰，适弟移居后为漆气所中，头目及两手皆生疾，且瘇且痒，不可堪。今略可，始询诗孙，别纸请察入。字数过少，或加入二、三品衔内阁中书，何如。请酌之。拙文初无是处，唯误请政，"翁松禅"请易，"为忌者"三言本如是，今请"独守"易下"枝梧"，上仍乞酌之。鄙意在独立，不自为派也。此颂道安。手僵，不多及。湖上之游亦将展期矣（请告静山）。戊午九日。弟煦顿首。

三十九

去冬匆匆南下,踪迹遂左,以学悔谬卷相累至好,想不罪也。公回翔粉署,炯斋复继武凤池,门伐清华,殆冠宙合。弟国门一出,便隔仙凡。每忆辇下旧游,都如旷世,日事竽椟,与性相乖,所部贫瘠,补救无术,敦我以正,匪公莫望。佩葱宅忧,当已南归,宣南同好,乞致一一。再承起居。炯斋并念。弟煦又顿首。

四十

去年以谬卷辱公,甚愧。去匆匆,又一岁矣。枕葄之暇,何以自娱。公回翔旧省,炯斋复继武凤池,视弟之投老粗友,信有仙凡之别矣。昔何文安与子贞前辈并持吏节,殆公家明岁之征邪。再颂起居。弟煦又顿首。

四十一

补松四兄同年大人阁下:

昨奉手翰,敬悉一一。弟日来因于酒食,股疾又作,狼狈万状。蕤宾应律,道履康愉。兹有一琐事奉干,江新轮船茶房陈桂生,弟之旧仆,前托庸庵转商王子展先生,派之江新自效,唯在散舱,所入甚微。顷到沪,该仆又来求,云官舱较优,敢乞我公商之展翁,将该仆赏调官舱,亦泽及微末之盛心邪。展翁处未敢达乎,并乞代达鄙忱,稍健再当奉诣也。此颂节釐。丙辰重五。弟煦顿首。

仲玙书附缴。

四十二

昨谈甚畅,枕上和丹叟均,得三律。拙俗不足观,聊以摅胸中悲愤云,乞教之,勿为外人道也。大作及节庵诗仍望示我,或将来同写一卷子也。此上子修四兄同年。弟煦顿首。旧历四月十六日。

四十三

补松四兄同年有道：

到沪即询公，知已反临安，不获奉手，为惘然者累日。秋序清嘉，道履增胜，湖光山流，杖履优游，视海曲尘嚣，当有仙凡之别，想锦囊中又添几许佳什矣。唯世局蜩螗，终无宁日，一波甫平，一波又起，其险恶殆有出焉者。如何如何。弟以宝应水灾来沪，略筹振款，小有句留。初拟与诒书同行，既慰庸庵，且与公为湖上之游，而股疾又作，竟不果行，弥增轸结。辑诗图长律，昨始脱稿，拙鄙万状，幸绳削之；又纨面一，亦涂就奉归。体中略健，仍当一践前约也。此颂道安，第中均吉。九月初五日。弟煦顿首。

四十四

补松四兄同年有道：

弟十三日上书并旧诗，而公书亦至，可谓同心之言，快慰无已。入夏起居康胜，尤惬远怀。昨郁蒸如在釜上，不识体中未为所侵否。苏志久不定，姑为自效地移之沪上，然成否亦不敢知。既弟日益衰，看书不能多用心，又鲜助者，有利则群进，有事则群退，即志事一端，可以观世变矣。尧衢七十，又须搜索枯肠，此亦近来虐政也。此颂颐安，第中并吉。五月十七日。弟煦顿首。时年八十又一。

缃斋兄均念。

四十五

会房前兄必请假，乞代同请感冒十日，弟亦有回避也。琐渎再谢。此请子修仁兄同年大人开安。弟煦顿首。

世兄覆试首举，此状元之兆也。贺贺。

四十六

昨久顾，尚未趋谢。寿文月望定交卷，屏约十六抑十二，示悉，当排好，以免腾时。文即用弟名，抑借显者名，皆前未奉询者。炯斋兄会试卷乞付一册，又前乞书一纸并掷下，恐明日便无暇及此矣。此请子修四兄同年大人韬安。弟煦顿首。

四十七

昨匆匆不及畅谈，有友人致慕韩一函，并奠敬四两，谨上，乞坿致为荷。馀面尽。此请子修仁兄同年大人开安。弟煦顿首。

四十八

补松四兄同年有道：

前来湖上，适公维摩示疾，一奉温颜，快慰无似。别后遂以事反白田，前月秒复来沪上，于尧衢许见公手札，知餐卫已复初，弥用忻抃。世局至此，开数千年未有之奇，恐瞬息即有不可思议者。昨梅荪书来云，近读《易》里"作《易》者，其知盗乎。小人而乘君子之器，盗思夺之矣。上慢下暴，盗思伐之矣"，圣言惊心动魄，诚万世龟鉴，而昧昧者不思反本穷源，方自以为得计，亦可哀矣。其言确不可易，我辈皆七八十人，亦唯以老僧不闻不见为法，其安危得丧则天也。前和公一律，仍录就正，其辞太激，幸勿为外人道也。此颂颐安。五月十三日。弟煦顿首。时年八十又一。

绚斋兄并念。

四十九

己未花朝，庸庵招同瑶圃、古微、紫东、尧衢、子异、病山、雪岑、积馀集花近楼，率成长句，索同坐诸老

峭寒十日云阴阴，万象沉寂摇我心。朝来东风扫群翳，况直百花

生日临。尚书招我动春酌，曾楼轩谿岌数寻。主客六百五十岁，我独
哀然霜鬓侵。忆昔辇下逢此日，江亭一角披灵襟。疏梅将谢糁绿玉，
稚柳乍茁抽黄金。贞元朝士各清暇，携壶挈榼趋南岑。拥鼻或效洛生
咏，抱膝还赓梁父吟。岂意陵谷倏迁贸，豺牙鸮吻纷妖淫。羯来淞曲
逢此日，善化旧相招朋簪。逸社觞咏阅三度，尽抛钟鼎发山林。旧相
骑箕沈涛园王完巢续，吴补松陈散原又似分飞禽。梁犀黎床正示疾，方得
节庵病中书。进规无复闻周任。南皮所书弥足怪，模糊穿凿宁图沈。节
庵以南皮所书楹帖寄庸庵，其语云："贯识模糊字，专攻穿凿文。"况复槐安哄群
蚁，黎元薀醢畴能禁。从公且偷一日乐，任渠世局辰与参。俯仰皆升
五里雾，不知有古何论今。

　　近诗一章，录就补松四兄同年正之。蒿叟初稿。时年七十又七。

五十

　　不听啼声十八年，朝来黄气上眉颠。四方弧矢难为志，万卷国书
得所传。但祝修龄齐我老，莫生奇慧逐人先。遥知旧雨翩来下，庭左
初张汤饼筵。

　　得白田电，十四日举一曾孙，赋此志喜，录似补松四兄同年正之，
当亦为我掀髯一笑也。蒿叟初稿。

五十一

　　清酌参陪度外人，别来凄黯不成春。奔鲸又跋相州郭，哀雁难苏
洛邑民。铸九往振豫西，以车断不得前。阶下崇兰方挺秀，邱中宿麦尚怀
新。吴山一角容舒啸，我亦将归射水滨。

　　补松四兄同年损诗见怀，依均奉酬，即乞正之。蒿叟初稿。

五十二

万寿山怀古，庚申三月十九日逸社第二集，是日明思宗殉国日也，怆怀往事，各赋此篇

甲申三月十九日，烈皇殉国兹山颠。遗民惨痛祭不得，托为太阳经一篇。每直此日潜飨祀，千门万户红灯悬。淮南北仍有之。太阳与君二而一，廋辞微旨堪哀怜。烈皇勤政迈隆万，所惜辅弼非才贤。十七年中五十相，乌程宜兴多历年。茄花委鬼鉴不远，奈何东厂仍持权。致令闯寇犯天阙，被发上诉高皇前。从死只一王监耳，以顺冠首何联翩。褚渊冯道岂俊物，万流一致如薪传。我昔驱车北之燕，地安门外频留连。十刹高荷展秋佩，西潭一碧鸣溅溅。兹山仗策一登陟，俯视宫观鳞鳞然。长松十围郁寒翠，杰塔百仞陵苍烟。一龛凄寂秘不启，云是烈皇所殉焉。挐空霜隼不敢下，岩际疑有灵旗还。距今二百七七载，春心所托空嘂鹃。古佛垂眉正入定，修罗天女争雄妍。黄雾四塞若长夜，孤阳亦自潜虞渊。安得大风扫群垢，杲杲日出辉中天。

补松四兄同年正句。蒿叟初稿。

五十三

庸庵以诗见怀，次均答之

十日掩关闲瘦藤，绳床枯坐玩传镫。公如巨壑随川赴，我有颓楹愧石承。九陌春回残客哄，八哀诗播态臣兴。自嗟生意同枯树，集霰飘萧更不胜。雨雪载途。

答补松即用其见怀均

修罗蠢蠢欲为天，我独隤然守静禅。早悟空观盟止水，还搜琐记续归田。时排比随笔。鲲鹏竞委朔南化，椿菌何知大小年。问讯孤山梅

著未,待携春酌与回旋。

庚申元旦试笔,仍用补松庸庵均

搔首何须更问天,蛰屈淮表且栖禅。一川子美东屯屋,二顷渊明下濑田。曾杞黄羊修汉腊,还呼玄鹤语尧年。旧交摇落如秋叶,霜下辞柯不复旋。张次山、梁节庵两前辈,李经彝、王劭宜并相继归道山。

竞将尘网蔓寒藤,无复恒沙照一镫。五角六张光未敛,两家百口力难承。拙鸠既放平恩怨,乳燕将归话废兴。犹忆朝正群彦集,谈经夺席莫能胜。

敏斋亦用庸庵均见怀,再叠答之,时小除夕也

一角颓垣络古藤,屠苏饮后又春灯。幻乡所树无何有,大厦将倾莫敢承。罗什五明开正见,少康一旅盼中兴。东风竟夕严于镞,数点寒梅剧不胜。

己未除夕仍用顾字均

我少始知学,私淑亭林顾。白屋久迍邅,四十乃一遇。驰驱晋蜀疆,与世触连屡。皖江得放归,陶然守儒素。遨婴山泽间,樵牧宽礼数。晨偕蒋诩归,莫逐陶潜去。所嗟岁在辛,艰难到天步。沐冠猿狖骄,当辙螳螂怒。既辞砧俎酷,且办笠屐具。俛卬数千载,列史冈所据。冷风何调刀,竞为列子御。贪狼耿天端,二星失旗跗。滔滔伍胥涛,冥冥陆机雾。四维弛不张,所争只泉布。从子荷门基,事我出肺附。黄钟二竖灾,长往谢亲故。其妇越四旬,相续招魂赋。窥室阒无人,遗孤且尘污。睹此忧钦钦,若醒不能痼。漆园齐彭殇,况我复衰莫。白日今其除,安用羲轮驻。炳烛有微明,时还事章句。

挽梁文忠公

外侮如潮长,宗臣似岳安。百僚皆结舌,一疏独披肝。魏[阆]阙

抛传笏,焦岩理钓竿。海西校书阁,云木剧荒寒。

忆昔旃蒙岁,曾题汉上襟。雅裁畸士附,崇论具臣暗。自负岩岩气,还赓蹇蹇吟。朔风吹靡草,独抱岁寒心。

海曲同肥遁,栖栖重可哀。长镵荷白木,短褐走黄埃。旧相凄残日,谓陆文端前辈。屛王詟怒雷。崇陵森列柏,应化鹤归来。

殿柳凄犹碧,宫槐惨不黄。敲诗商旧传,谓陈弢庵前辈。典学启冲皇。异数汉桓郁,中兴夏少康。骑箕俟天上,讲[帷]幄有繁霜。

近诗十章,录就补松四兄同年大人正句。蒿叟初稿,时年七十有八。

五十四

海宁观潮歌

己未八月十七日,袁子迟我支吟筇。夹石霜前战葭菼,一舸屈曲清溪通。曲江观涛古所艳,枚生妙笔能形容。往者钱塘竟不至,丁巳八月观于钱塘江上,潮不至。四山飞雨翻冥蒙。兹游稍喜与海近,一豁蒿目开尘胸。维时溶溶日卓午,三到亭畔簪裾丛。观潮处为三到亭。万喙皆暗候潮上,有声自远来隆隆。倏焉一线皓于雪,轧盘涌斋飞长虹。潮头喷薄仅寻丈,无复壁蹏兼津冲。须臾汩汩过亭下,游骑杂沓归无踪。西陵一击信鸥杳,底须数百强弩攻。持较新叶二滩险,有似部娄侪华嵩。所见乃与所闻异,将无神龙罢舞鲛人宫。颇疑枚生作狡狯,故为奇语惊愚蒙。或云鼋赭已平陆,走马几与金山同。潮失束力势遂杀,前胥后种难为雄。况复世潮日腾踊,若政若学纷交讧。狂澜一倒不可挽,百川滚滚从之东。朝凌扶桑夕赤岸,起伏百变犹飘风。彼潮既强此潮弱,乘除之运环无穷。吁嗟乎,安得此潮一挟彼潮去,使我蠢蠢万族不化为沙虫。

南湖晚望，次散原初堂望钟山馀雪均

卷幔面遥峦，馀晖不忍看。世随云共幻，人与叶俱残。舿庵既逝，树斋续之。反舌经秋咽，衰肠藉酒宽。乘风归不得，玉宇自高寒。

晚过舿庵旧居寄散原，即次其鸡鸣寺倚楼作均

屐齿经行处，莓苔没旧痕。笺诗留断壁，渔火出前村。棋局昔曾对，布衣今独尊。隔林闻夜啸，莫是未归魂。

南湖杂诗

萧寥真赏楼，栖迟倏三度。曾轩面雷峰，断塔尚楛柱。万个青琅玕，峭直雅自树。其下纷总总，芳泽莽回互。众鸟日啁啾，畴能逆其素。临池数游鱼，逐逐若有觑。邻曲俞与陈，与我有同趣。嘲弄穷诗骚，间亦轾天步。今来秋又中，云物乃非故。俞既反其真，陈亦北征赋。陆生善理梦，溘焉复朝露。感此心烦冤，俯仰无与语。万象况湛冥，如堕五里雾。晓闻南屏钟，迷情倘一曙。

言寻法相寺，古樟何权奇。双干拔地起，爵律蟠蛟螭。藓皮已惨裂，屈铁回高枝。枯蝉咽无声，疑有雷雨垂。孤根阒曾阴，蝼蚁不敢窥。阅世经几年，贞此遗世姿。偃蹇尤壑中，不屑求人知。过者不一顾，几与恶木齐。咄哉散原叟，建亭以表之。诸老互矜宠，纷然铸瑰辞。钟鼓享爰居，巾笥藏神龟。虽足炫聋聩，昭质毋乃亏。何如世鄙弃，不材全天倪。遁世在旡闷，焉用以文为。末二句亦作"汶汶此终古，所贵在知希。"

吴叟昨书至，招我游韬光。云与庸庵俱，高叟还相将。谓伯述。诘朝风日佳，相续联簪裳。入山气萧复，林礴何苍苍。冷泉沁毛发，恐将沸如汤。古蝮杳无迹，或化为侯王。绝磴森百盘，策杖走且僵。庸庵足济胜，更上千仞冈。高叟弱三岁，腰脚视我强。吴叟有痟懒，颓然蛰僧房。我乃贾[徐]馀勇，翮如孤鹤翔。残日不忍观，漂摇堕榑桑。万

绿团树色,一白涵江光。俯仰旷无慕,境与心俱忘。宁知鸡虫辈,得失纷元黄。反观玉泉鱼,衔尾方洋洋。争以饼饵投,自致非由攘。安得磋俎民,似此乐未央。

己未九日半淞园登高作,仍次散原均

无地得曾峦,扶筇且独看。断鸿衔苇度,冷蝶抱萝残。樵径三弓曲,渔矶十笏宽。萧寥丛菊泪,孤绪峭生寒。

翦取吴淞半,环桥长旧痕。雷声喧隔巷,云气幂遥村。不饮众皆醉,无山此亦尊。野风吹皁帽。北睇怆吟魂。

送止庵协揆葬灵隐之麓,次庸庵均

龙蛇起陆撼坤隅,大觉公先造化俱。曾向黄扉匡政要,还从白社责诗逋。参陪昔写松阴笠,祖奠今虚柳下垆。迟日墓门容展拜,秋莼一筣荐南湖。

同庸庵游半淞园,即次其均

百年一霎皆泡影,侧弁从公野外游。丹旐飘萧嗟化鹤,绿波浩荡浴驯鸥。亭亭松栝能遗世,采采芙蓉易感秋。高蹈几人希邴管,相逢莫更话龙头。

补松四兄同年正句。蒿叟初稿。

五十五

癸亥阳月杂诗

次均答庸庵,并简倦知

漫劳风马与云车,秦越宁能共一家。万族菀枯同靡草,百年聚散本搏沙。愿将古井沈心史,剩有繁霜上鬓华。归未再旬仍出走,愧君餐饭劝予加。

再叠前均答庸庵，并简倦知

豕负涂兼鬼载车，谓议院及临城案。傺然今复丧其家。谓仓皇东渡者。囊非可脱须怀颖，谓将为总理者。饭岂能炊况聚沙。谓理财家。但解埋忧继长统，谓愤世自裁者。未闻励志效张华。人间何世吾诚厌，底事金盐饵五加。

三叠前均答敏斋、庸庵

无分归乘下泽车，与君海上寄鸥家。谢公别墅荒棋局，履庄没于天津。葛令幽岩守鼎砂。散原隐湖上。喜共西江衍诗派，忍从南斗望京华。软红十丈休重忆，半是牛加半马加。

四叠前均酬庸庵，兼简敏斋

忽漫江云起炮车，侠游不是鲁朱家。谈流竞夺戴凭席，饥卒空量道济沙。且与清尊开北海，还将齐物学南华。多君诗笔兼骚雅，颇似闻韶蔑以加。昨订消寒之局。

昨庸庵有初十日追忆孝钦万寿之作，因念甲午庆典煦在典图亦与是役，怅触孤怀，五叠前均

忆昔春明奉属车，张筵传蜡五侯家。云笺催进珠宫帖，煦撰进各宫楹帖子。霞蔚争铺辇路沙。是月二日，孝钦自颐和园还宫，跪迎道左。忽报狼烽驰白羽，时日犯奉天、陷金、复、海、盖诸州县，庆典遽停。颉令凤诺散朱华。《北史·齐本纪》，德昌元年，皇太后自北道入朱华门，一品以上赐酒及纸笔。而今投老荒江曲，太息累臣马齿加。

六叠前均简倦知、庸庵

朝来陶令命巾车，为访维摩居士家。竖亥未闻通两戒，谓统一之难。夷庚每见溢三沙，比年多风潮之灾。早知北渚荷为柱，且喜东篱鞠有华。

我独羁栖比蛮县,无聊瘴疠日侵加。

有用五侧体为排律者,枕上不寐,戏仿为之,得十六均

独处万籁息,藜床眠难成。寂灭谢外虑,萧寥凄中情。顾影自恻恻,怀忧方怦怦。坠叶下断砌,荒茫罗颓楹。菊澹冷蝶抱,梧虚枯蜩鸣。目倦若蚀镜,心摇如悬旌。执侏燕雀处,犹腾鸡虫争。破斧哄粤桂,操戈纷湘衡。蜀国肆俶扰,吴疆期和平。百族困虮虱,千寻封鲸鲵。善御失大丙,奔涛喧夷庚。比年多风潮之灾。定一岂嗜杀,函三唯输诚。屏斥到孔孟,纵横皆要荆。白鹤正矫矫,青蝇徒营营。橘颂感屈子,椿年希庄生。已矣勿复道,春醪聊孤倾。

题无锡荣承馀堂四并头莲图,次江霄纬馆丈均

怡怡棣鄂世相嘉,佳卉翩罗积善家。四照堂开腾瑞霭,恍从妙法证莲华。

春莫梅边策杖来,三月同幼农、小荔游梅园。层楼张燕野鸥猜。德生招饮南楼。交柎比鄂迟同赏,却忆裁诗汉柏台。往在辇下,夏五六月每至十刹海观荷,皆有诗。

少石前辈将往杭州,诗以送之,次庸庵见过均

闻君将览钱塘胜,为访梅公有美堂。陈迹幻如雪鸿印,机心邈与海鸥忘。可堪感旧凄零雨,谢履庄没于天津。曾共登高饯履霜。壬戌九日同于戣光登高。此去太和融一室,漆园底事赋迷阳。

庸庵近得樊山旧居,再叠前均简之

旧时樊重栖迟地,今日初开绿野堂。落隙履綦犹可认,梅边觞咏最难忘。定饶清兴陶嘉月,还采幽馨著拒霜。我愿杖藜寻往迹,那堪重话沈东阳。樊山、乙庵同出张文襄门下,过从极密。

孤负三叠前均简庸庵

徂秋散发沧江曲,孤负涪峰旧草堂。予世居洮湖之上,有大小二涪山。苦县早云身有患,漆园久与物相忘。一枰黑白纷如雨,万木丹黄著有霜。坤轴阴凝若长夜,始知十月号为阳。

四叠前均寄散原杭州

闭门索句陈无己,习静重寻湖上堂。冷研残书聊自适,空帏遗挂剧难忘。麾戈安得回斜日,沽酒还应典肃霜。我亦县鲽今卅载,况堪邻笛怆山阳。曾萍湘没于江宁。

次均答补松

养素栖贞斗室春,敲诗聊尔起噸呻。三层楼隐陶宏景,一曲湖归贺季真。早识刁调喧众籁,况闻惨刻赋群伦。与君同赋鸡鸣什,来证风潇雨晦身。

世事纷挐十二窝,独君物外得高歌。圣权难执张诸子,仙格曾超证大罗。屈子九章空自赋,蒋家三径待重过。哀鸿声并秋笳乱,惭负夔牙不一和。

傥来七叠车字均

早时宦学走征车,不分颓龄尚去家。数见清谈谢安石,未闻痛哭贾长沙。赤熛遽怒章天戈,白堕难浇怆物华。呼马呼牛皆一应,傥来毁誉我何加。欧阳公谓无故得谤,予颇似之。

近诗十六章,录就补松四兄同年正之。蒿叟初稿,时年八十又一。

卷五

朱福诜(1849—1919)

字叔基,号桂卿,浙江海盐人。光绪五年(1879)举人,六年(1880)进士,改庶吉士,授编修。历充国史馆协修、会试同考官、功臣馆纂修、河南学政、贵州学政等职,宣统元年(1909),被举为预备立宪公会会长,曾参与江浙保路运动。辛亥后,卸职归里,民国三年(1914)受徐世昌之邀任总统顾问,并迁居天津。精医术。张元济曾从其学。著有《论学述闻》《复安室诗文集》等。见《清代硃卷集成》、《清代官员履历档案全编》、《最近官绅履历汇编》、《近世人物志》、《晚晴簃诗汇》卷一七二等。

一

子修仁兄世大人阁下:

项间席上晤谭为快。弟此次为潞儿办理引见事,又凑集川赀赴沪接眷,虽亦承知好帮助,然已悉索敝赋矣。明后日须付房金各项,未便再爽期约,拟乞尊处暂挪大衍之数,即日交下,以应急需。准于下月初十边全数奉缴,决不延误。缘月初有款必到,请以此纸为息壤,何如。馀竢面谭,敬叩台安,惟鉴不备。弟福诜顿首。廿三夜。

二

手教祗悉。前日雅集,弟以看证太忙(因累致病),未获预于文字之饮,至为悚仄。叕弟西河之痛,同人拟竢其出殡后再行公送,祭筵等物今日接之,并不举动,因卑幼不敢受礼也。二十九为首七,闻需哗经,弟处拟送庋库,并以奉闻。干臣事弟亦允之,但须公致[总]结局一函耳。复叩子修仁兄世大人韶安。弟福诜顿首。

□谦浦

生平不详。

一

子修老弟姻大人左右:

久不奉书,非弟俗冗乏暇,心绪万端,不审从何说起。命笔申纸,作而复辍者,不知凡几。前尘坠欢,恍如隔世,吾弟多情,深识远览,又不审作何情况也。比来稍稍清暇,又值家人有事回里,辄拉杂叙述,奉慰相思,聊当握手万分之一,不能以写心万分之一也。轺轩清严,希垂览焉。吾弟缜密精果,素所佩仰,年来校阅之勤,剔弊之严,皆在意中。故乡人来,每诵宗师精心卓识、平易近人,而整齐严肃,自然弊绝风清,闻之欣慰无既。甄拔英隽,得若而人,士林习尚近复若何。衡鉴有暇,能略示一二以慰驰想否。先集何时付刻,蜀中刻工尚可用,直亦廉甚,望早成嘉惠学人。盼祷盼祷。贤乔梓木天清望,名门世德,佳话播于艺林词馆,传为盛事。浦在杭时,每过尊府读喜条,欢慰之馀,辄复悠然远想。曾忆宣南萧寺,瀹茗深谭,抚时感事,同深招隐之思,但恨俗累,不能骤清,买山政复不易。吾弟遂以西溪结邻,订他日耦耕之约,此浦所夙夜在心者也。以台端目前而论,隆隆日上,似未应遽作此举。鄙人赋性疏拙,三年作吏,万劫千哭,一一身受,祇以公私亏累,不能一旦脱然,然无日不作此想。吾弟旧累自较鄙人为轻,买山当有馀赀,诚宜及此时早为部署,鼎鼐事业付之贤郎,使旋展觐,辞业遂初,任老子婆娑风月,岂不快哉。浦纵无似,亦当缚茅编篱,从公于湖山佳处,奉母课儿,不问世事。彼此皆五十有二,政当早践此约,毋令沤鹭笑人。浦性褊急,须发白者已不少,劳攘奔走,万分不耐。公天怀和缓,精采当更胜耶。忝附葭末,又素叨挚爱,有同骨肉,故敢纵意言之,亦以吾弟高谈,遂不觉以疏懒不用世之言相望,知必采择,不以为讶也。弟夫人暨如君及京邸眷属一一安好,近添数丁,文孙辈兰芽秀发,学业更进,均在念,希示知以慰远想。浦此间自老母以次尚称平善。樵儿遗孤近已十龄,资性尚能读书,次儿有三孙,大者逾十岁矣。雄儿读书柯山,距城廿里,年来学作散文,拉杂满幅,衢甚僻,闻见颇隘,喜不染衙门习气而已。内子去春得一子,今春举一女,尚茁健。鄙人三年拙宦,官累至今未了,其笨可知。吏治之敝,心久知之,自思劳力劳心,百无补救。惟就本地应兴之利极力图之,期以十许年,先求富[厚]饶,官无久居之理,一利既兴,民间知有益,逐年开广,十许年必有大效。礼让渐敦,风俗渐厚,兴学校,练民团,如能次弟举行,不惟空言搪塞矣。鄙志必此成否不敢知,但尽我心,鄙笑任之,冀稍免苟禄之咎而已。现办榙茧、白蜡、漆、茶及草帽、辬纺棉等项。贵同乡知好在杭时时与仲修、仲华往还,后起则邵伯绢甚可爱,穗卿近选祁门,拟约之来游,不审果否。穰卿困甚,志却不衰,子培昆弟久不得消息,伯唐时有书来,亦甚无聊也。屈指四五年,电惊霆骇,风流云散,何时与公徘徊六桥三竺,一话沧桑,心迟此期,以日为岁矣。专肃,敬请大安,不尽百一。(老人命笔奉候。)愚兄谦浦顿首。内子儿辈侍叩。

此函数日续书始成,日来以查办营员吞饷事,头绪极繁,窒碍极多,心绪如丝,都无片段,可哂之至。

二

舍侄孙煦昌荷长者奖励培植,体念殷拳,无微不至,感篆良深。闻已经学师举报优行,舍间子弟虽多,唯此儿专精向学,志趣远大,冀其有成,或可仰副成全至意。敬肃申谢,维爱照不宣。双遣敬上。

庞鸿书（1848—1915）

　　字仲劬，号劬庵，又号郦亭，江苏常熟人。庞钟璐子。光绪元年(1875)举人，六年(1880)进士，改庶吉士，授编修。十七年(1891)，典试山东。历官湖南按察使、布政使、巡抚，湖南巡抚，贵州巡抚等。生平究心舆地之学，著有《读水经注小识》《补元和郡县志四十七镇图说》《归田吟稿》。见《清代官员履历档案全编》、《庞鸿书传》(《重修常昭合志》卷二十)、《词林辑略》卷九、《晚晴簃诗汇》卷一七二等。

一

子修姻丈大人台座：

　　昨奉手示，祗悉。铁路事由筱圃观察商妥，书不过从旁参末议耳。款亦经酌捐有著矣。承询入都便人，贡蜡委员甫于前日行，秋季饷差须俟七月，筱圃明日启程赴沪，或托带往，觅便寄京较速也。专此，即请台安。姻愚侄鸿书顿首。

二

子修姻丈大人尊右：

　　两奉手教，具悉叶倅资劳已深，承嘱自当留意为之推毂。纪纲、[陈]黄福侍左右有年，自极得用，惟侄处人颇不少，或转荐他处如何。日来辎车将发，仍可佐助一切，届时再来可耳。此请台安。侄书顿首。

　　内姑母函一件，谨阅悉，再当专复。

三

子修姻丈大人台右：

　　顷奉手谕，谨悉日来履綦想已如常，得暇当专诣，敬候起居。苏令事晤益斋时当转托。雅宾前辈季弟，字瀛侣。专此奉复，即请台安。
侄书顿首。

□　馥

生平不详。

一

子修尊兄学使大人阁下：

承赠府上先德各集，拜领捧读，感惠良多。另笺所属容留意，不敢
忘也。馀容面罄。手复，敬颂道祺，惟照不宣。乡愚弟馥顿首。三月
十九日。

二

修翁仁兄星使大人阁下：

奉惠书，领悉一切。敝署旧画，颇因修理房屋毁拆略尽。前承尊
嘱，屡饬寻觅未得，并云未见。现复属老书吏访寻，如得，即奉闻。袁
大令系去年九月履署任，自应以今年九月为期满，边瘠之缺，如果官声
尚好，临时尚可禀院酌留，此意前已函陈左右。承示考尊经书院题，足
征训俗雅意。前任荐高生忽报，拟即抄案移道行府，以后并由道一手
经理可也。此复，即颂勋祺，不具。乡愚弟馥顿首。初二日。

三

子修老兄大人阁下：

在川屡承教益，感念不忘。别后弟蹈水火，公游林泉，悲乐相去天
壤。前年在保定，屡奉赐函，为令侄事弟非不竭力，奈资浅名列班末，
李文忠几次踌躇，竟为见遗。甚歉甚歉，乞见原。近日驺从返都，翱翔
仙苑，视外吏劳瘁风尘，不啻仙凡之判。弟到任甫逾半年，奔走三月，

工赈并急,矿路繁兴,事事掣肘,几有日不暇给之势。近日复感冒多病,深兼衰庸,难以报称。如何如何,幸知己有以教之。专复,敬颂升祺,不具。愚弟馥顿首。正月廿四日。

四

来示领悉。源培事决不忘,俟有机即发耳。承询各节,各疆信即有会奏派使之举,似枢府不敢拌作孤注。日、美允居间自在意中,丁语系日领密告,然我不派使,人定先派使,合肥在沪,中外官建策必多,和议似可望,但不知英德法之意若何。京使馆无恙,仍派兵保护,将有送出之信。近日津战事无闻,祈秘之。

京城内只烧洋楼数处,前门外烧西河沿一带。两浑。廿八。

五

手翰及祁世兄讣函读悉。祁府系属通家,川僚属门下者,弟可招呼,但不便自作书径托耳。(当托年家子转达各属。)陈六舟中丞之长世兄为巽卿观察,其次世兄之号亦忘却,陈之住宅在扬州新城羊巷,弟处亦可代寄。手复,即颂修翁星使大人道祺。乡教弟馥顿首。五月十三日。

昨津电,聂军在落垡杀贼五百馀(在杨村西六十里武清属),张道莲芬在定兴等处亦戮贼甚多。别无所闻。

荣　庆(1859—1916)

字华卿,一字耐园,号实夫,蒙古正黄旗人。光绪五年(1879)举人,十二年(1886)进士,改庶吉士,授编修。历充会典馆纂修、内阁侍读学士、通政使司副使、山东学政、刑部尚书、礼部尚书、户部尚书、军机大臣、协办大学士、弼德院顾问大臣等职。辛亥后,避居天津。谥文恪。著有《荣庆日记》。见《清史稿》卷四三九、王季烈《蒙古鄂卓尔文恪公家传》(《辛亥人物碑传集》卷十三)等。

再读附简，爱注良深，至感至感。惟弟本色人也，到东以来，仍以本色处之。历考数棚，尚觉安贴，流俗之口或妄以漱兰年伯相拟，弟当解之。以任劳怨，或仿佛万一，论学识实相去天渊，吾兄知我，当不以为谬也。菊兄之败，实由于谨悃，既不能制妻子，又不能驭吏役，何怪悠悠者有所藉口也。此席为工折楷、诸声律者所共羡，身试之，知其难矣。公当记丁酉秋，人共为公幸，弟独为公惧乎。孰意为公惧者，今自惧也，况学力、识力远不及公万万乎。至此间士习与蜀中正是反面，不摇于他说，可取也；终胶于故见，亦可虑也。然深维朝廷设官之意，自念生平一得之显，舌敝唇焦，固不辞耳。此邦当道，幸多同志，外侮虽逼，尚可撑支。川中近事较之从前当已不同，至蜀道之难，较居东省当倍形劳瘁也。展笺三复，信笔书此，聊当面谈，再请轺安，惟鉴不备。弟庆顿首。己亥十月初三。沂州试院。

陈　毅（1871—1929）

字诒重，号邮庐，湖南湘乡人。王先谦弟子。光绪二十八年（1902）举人，三十年（1904）进士。历官京师编译馆主纂、京师大学堂提调、邮传部参议、资政院参议等。宣统间，曾主持修订刘锦藻《皇清文献通考》。喜藏书，建有"阙慎室"。擅长史学，著述颇多，有《墨子注疏》《荀子集解补》《晋书地理志补注》《魏书官氏志疏证》《隋书经籍志补遗》《十六国杂事诗》《邮庐诗文集》等。见《清儒学案》卷一九〇、《晚晴簃诗汇》卷一八二、《桐城文学渊源考》卷十一、《湘雅摭残》卷十二等。

—

笺末数言，适坐有他客，竟未读及，殊歉。愚见颇与乙庵相合，伊虽首发，亦所甚愿。（前二固要，侄尤注重第三，想公能不言而喻。）但欲铁琴铜剑主人继之,而属侄致城北以为之殿,当即向铁琴陈述,谓须先读乙稿,且谓已由公达乙。办法究否议安,良用驰系。果如乙说,侄亦可[附]遵具原属也。专此,敬复子修老伯大人台鉴。侄制毅顿上。

　　本拟今夜趁船,以事羁缠,改于明夜始行。

二

子修老伯大人阁下:

　　亟思晤谈,适不相值,良用怅然。属致葵师函件,当遵送到。刘翰怡仁兄属带之件,亦当照办,准二僮拱候。昨闻瞿相言及,毅不知翰怡乃翁即澄如京卿,京卿熟人,毅昨日并访之,不值也。专复,敬颂遵安。侄制毅顿首。

于齐庆(1856—1920)

　　字安甫,号海飔,又号穗平,江苏江都人。同治十二年(1873)举人,光绪十二年(1886)进士,改庶吉士,授编修。官至广东提学使、按察使。著有《求放心斋文集》《小寻畅楼诗钞》《文钞》等。见王式通《清故资政大夫署理广东提学使于君墓志铭》(《广清碑传集》卷十七)等。

子修年伯大人左右:

　　拜别旌麾,眴更裘葛,时局之变,日新月异而岁不同。阁下承先德之遗,宣文翁之化,将所为正人心、端士习者,胥于大君子是赖,固不仅沾沾文艺之末也。炯斋同年供奉内廷,贤劳茂著,德门多福,健羡奚如。侄株守如恒,毫无进益,今春承乏,值年适际同丰歇业,公款一切荡然无存,谨具公函,叩求于常例外,从丰佽助。其馀川省诸同年处,各致一缄,敬求阅过分递,并傈借重鼎言,告以为难情形,以免有呼无诺。不揣冒昧,恃爱径陈。伏惟鉴注,敬叩勋安。侄齐庆再拜。

外公信八封，倘有衔缺不符，或应行添改者，并求察正。叩叩。

□　潜

　　生平不详。

奉上交感丹十粒，乞检本草服法，并照制降气汤少许（每服不过数分）送下。如此药服之相宜，不妨照制一料，使水火升降，营卫流通，饮食必能加进，则延龄之说可信矣。另纸治目疾方，自可兼服，决不相妨也。子修老前辈鉴。晚潜顿首。十八。

苁蓉圆：暖水脏，明目。《洪氏集验方》。

淡苁蓉二两。酒浸一宿，焙干。杭巴戟一两。

甘枸杞一两。隔纸烘燥。　　　川栋肉［一两］七分。

杭菊花一两。

若为细末，炼蜜为丸，梧子大，每服三十粒，淡盐汤下，空心食前或临卧服，日二次。

原方注云："寻常眼药多凉，非水脏之便"，则此方用意可知也。川栋子能导湿热，方中作用在此，但此性独寒，故稍减。

□　枢

　　生平不详。

敬诵手毕，祇聆壹是。弟北上之期约在初十，如执事有委寄函件，请即交下。令叔大人事拟仍嘱慰农照料，连日公私怱遽，恐不及趋谒面辞，希宥之是幸。手泐，敬复子修四兄世大人阁下。弟枢再拜。初六。

新刊《征息斋遗诗》一册附呈，祈察入。

孙毓骥

字展云,号孟远,直隶盐山人。孙葆元孙。历官江苏荆溪知县、武进知县、嘉定知县、苏州府太湖厅同知、金匮知县等。工篆书。见《清代官员履历档案全编》《清朝书画家笔录》卷四等。

昨谭绍兴府有石经一节,足下所言乃宋绍兴时所刊者(今呼为绍兴石经),石置临安学内,弟所说系汉石经残字也。案《后汉书·儒林传序》:"熹平四年,灵帝乃诏诸儒正定五经,刊于石碑,为古文、篆、隶三体书法以相参检,树之学门,使天下咸取则焉。"碑系蔡中郎书丹,石凡四十有六,今只存残字六百七十五字。翁覃溪先生曾摹刊于南昌,绍兴府亦有再摹本。兵燹后未知有无此石,足下能道其详否。附呈琴条二纸,乞费神代觅精楷法者为之一书,能速更妙。琐渎再谢。此请子修、和两兄姻世大人著安。弟制毓骥顿首。

蒋廷黻(1851—1912)

字稚鹤,号盥庐,浙江海宁人。蒋光煦子。光绪二年(1876)举人,十八年(1892)进士。历官总理衙门章京、吏部郎中、记名御史、广东潮州知府等。著有《读史兵略缀言》《随扈纪行诗存》《麻鞋纪行诗存》《读左杂咏》《盥庐遗著》等。见吴庆坻《哭蒋十八同年廷黻》(《悔馀生诗》卷一)、《清代官员履历档案全编》、《道咸同光四朝诗史》甲集卷五、《晚晴簃诗汇》卷一七七等。

一

子修年伯大人赐鉴:

日前晤新甫、新吾,知长者来都偶感清恙,极思趋候。因溽暑泥泞，未果。顷奉教言，欣审道体复元，一如所颂。长沙师寿辰，年伯当为作序，侄拟附骥，列名官衔书"记名御史四品衔新调叙官局行走郎中"可也。敬颂台安。（大著谨领，并谢。）年愚侄黻顿首。六月廿九日。

<h2 style="text-align:center">二</h2>

子修年伯大人垂鉴：

昨读手谕，并蒙赐《杭州艺文志》《本草崇原集说》，拜领之馀，无任祇谢。承示葵园师寿诗稿，宏篇巨制，是杜陵集中得意之作，但俭腹人未免望洋兴叹耳。侄己丑年二次挑誊录回南后，与敝亲家陈桂顾丈同馆禾中，谭氏从张子简假三表、净土各种，藉以遣闷，见中郎书中屡用"唐捐"二字，因敝亲家每晨必诵经，偶举以相质，意其为非空即虚也，乃笑曰："人谓君不识训诂，今果然矣。唐、徒一声之转，唐即徒字，先儒释经皆用双声，若释以空虚，则杜撰矣。"今年伯诗中亦用此二字，未知即中郎所用否，抑梵经中原有此二字耶。尚乞指教是感。耑此，敬颂钧安。年愚侄黻顿首。

<h1 style="text-align:center">劳乃宣（1843—1921）</h1>

字季瑄，一字玉初，号矩斋，晚号韧叟，浙江桐乡人。同治四年（1865）举人，十年（1871）进士。历任直隶南皮、完县、吴桥、临榆、蠡县等地知县。光绪二十七年（1901）主持上海南洋公学，旋又任浙江求是大学堂监督。三十四年（1908），任宪政编查馆行走、政务处都提调。宣统二年（1910），任钦选资政院硕学通儒议员，后授江宁提学使。三年（1911），任京师大学堂总监督，兼学部副大臣。清亡，隐居涞水，后德人尉贤礼延主尊孔文社，乃移居青岛。丁巳复辟，任法部尚书。著有《遗安录》《古筹算考释》《各国约章纂要》《桐乡劳先生遗稿》等。见《清史稿》卷四七二、

《韧庵老人自订年谱》、柯劭忞《诰授光禄大夫劳公墓志铭》(《碑传集补》卷六)等。

一

悔馀老兄座右：

前月奉手覆，诵悉一一。就谂提躬入秋小病，今已康复，既慰且念。朔风渐厉，比想动止安和，无任仰企。弟重来岛上，起居颇适，潜楼、蔚若诸君时常晤面，相与慨喟而已。大小儿里居多年，家事赖其经理，乃自迷复之占。迭来恫喝之函，初置之不理，而嬲接无已，竟不敢安处。举室北行，寄居曲阜，根本动摇，为可叹耳。近作《东归复咏》十馀章，附呈一分，伏乞教正。手此，即请道安。弟宣顿首。十月初七日。

二

老人一笑雪髯苍，差幸寒松尚耐霜。絮被年多眠更稳，菜羹调薄味弥长。高冈勉可登千尺，细字犹能作数行。独有哀然充两耳，不闻世事更徜徉。

余七十六七以后，眠食转胜于前，目不镜，步不杖，惟耳聋为老态，差以为幸，得句志之。录呈子修道兄方家粲正。韧叟定草。

三

子修我兄鉴：

顷布一函，甫封发，又检《殉难记》目录，见有杭州驻防协领贵林等四人。先疏忽未见，殊属卤莽，但何以只此四人，此外职官、兵丁、家属等均未有表，是否皆获保全，祈示悉为幸。再请大安。弟宣又顿首。五月廿一日酉刻。

四

子修我兄左右：

奉十三日手教，并《殉难记》目录、驻防各表，领悉。拙作蒙过奖，愧不克当，而真之一字则知己之谈也。既惭且感。倾否之占已见事实，而波澜叠起，未知究竟作何归宿，此则在乎天矣。而当事诸人之心，则皎然可对日月也。弟承一山诸人函电相招，而未克即行，报纸屡志弟之行踪，皆謷言也。吾乡近日情状若何，亟盼酌示一二。石孙尚在青州居中所营，未他往。尊件可径寄，或寄弟处转寄亦可。《目录》中有杭州草桥门更夫一传，必有可观，乞先录示一读为幸。又《驻防传》及《驻防表》，皆无杭州驻防、乍浦驻防，何以故，或浙省别有专编乎。祈示知为祷。此请著安。弟宣顿首。五月廿一日。

五

悔馀我兄左右：

六月在曲，奉手覆，诵悉壹是。摘录剑南诸联，读之悲慨，如处其境，而弟则日诵杜陵"西卒却倒戈，贼臣互相诛。焉知肘腋祸，自及枭镜徒"之句，以为此为我辈今日必然之事，请拭目俟之。弟于来复之占，虽膺泰初之拔，未赴贲五之招，乃瓜蔓衍延，竟尔波及刊章下邑，主者见示劝之出走，遂复来至青岛。弟昔岁之来，乃德人尉君见招适馆授粲，为讲孔孟之学，战时去之。战后尉君以未服兵役得免干涉，仍开学校，重见欢然，愿以校舍闲屋见假居家，俾复续理旧业。弟在曲日用本出自给，岛中惟屋租奇昂，力不能任，其他亦不相上下，今既有屋可居，无须租价，则与居曲无甚殊异。尉君物力亦不及前，因不受其修脯。于前月将居曲家口迁来，所居在校舍西偏山麓，森林密蔽，曲径幽邃，登楼纵眺，山海在目，日与尉君商量旧学，几忘播越之感。弟今日所处之境，可以杀，可以囚，可以饿死，而竟不杀不囚不饿，且得流连山水，厌饫典籍，可云幸矣。更生已返岛，隐侯、子厚皆回申,伯鸾亦与贱名同在瓜蔓之列,屡驰书都友问询,闻尚无恙,未能知起详情,我兄知之否。石孙仍在青[岛]州,昨来岛一行,得以晤谈,谈次念公不置也。如承赐书,请邮寄山东青岛小豹岛上海町礼贤书院内交收为幸。手此,即请大安。弟无功顿首。八月初五日。

六

子修仁兄大人阁下:

前奉手复,并大撰敝族谦元传,领悉。附骥尾而传族党之光,感何可言。已寄其家中,备入家乘矣。驻防死难各表已印成否,深盼先睹。昨得黄石老函,有奉致一函,附以孙孝廉传略,寄上祈察入。弟近尚无恙,曲亦粗安,惟苦旱耳。时事蜩螗,匪夷所思,然鹬獭所为正足为渊丛之用,或者有曲终奏雅之望乎。手此,布请道安。弟宣顿首。三月廿八日。

七

子修仁兄大人阁下:

前月廿八日,奉布一函,并黄石孙兄书,计登签掌。比想杖履安绥,至颂至仰。近者涞水毓清臣明经寄来简廉静蹈海殉节诗,弟以其可备尊著《殉难记》之材,询以简君事略,来函谓出于北京《群强报》,并寄示报纸,观报所载乃今年二月事,想大著必尚未载。兹将报纸裁下,并照录毓君之诗,一并寄呈,以备采择。惟报中所述尚不甚详明,简君为湘人,我公湘中必有知好,似可函托湘人再加采访,以期得其生平事迹,然后编纂,庶能详确。鄙见如此,尊意以为何如。脱稿时,尚祈录示为幸。此请著安。弟宣顿首。四月初五日。

八

子修我兄左右:

春间奉手覆,并见答大作两绝,读之佩甚。忽忽久疏尺素,而驰系之衷，无时或释。还想起居安善，至为企仰。弟蛰居岛上，又逮残年寂寞，了无意兴，幸衰躯尚可支持，足抒垂注。近作《东归复咏》之二，计三十绝，近况略见其中，附呈一分，伏乞教正为幸。手此，即请大安。弟宣顿首。十一月廿日。

九

子修我兄执事：

客冬奉覆翰，得读大作，辱承垂誉，惭佩无似。比惟起居佳胜为颂。弟近尚无恙，岛上春寒，距立夏仅数日，尚服重裘也。今年辛酉，值弟乡举重逢，荷同乡诸君子联呈内府，代乞宸施，仰蒙贤乔梓咸与列名，铭泐无似。于二月二十日奉恩颁赐御笔匾额，由内府发下，经大小儿绚章赍送前来，当设香案叩拜祗领。凡此异数之膺，胥出良朋之力，谨裁尺素，恭达寸诚。附呈纪恩拙作一章，伏祈教正为幸。专此布谢，祗请著安，诸惟谠照，不一。愚弟劳乃宣顿首。三月二十三日。

绚斋世兄均此致谢，并呈拙作一章。

十

子修仁兄大人左右：

接奉赴告，惊悉嫂夫人遽尔归真，不胜震愕。吾兄琴瑟情深，自必异常哀悼，然白头偕老算迈古稀，不得谓非人生难得之福。弟之悼亡，今已三十年矣。况当此沧桑之世，生既无足乐，死亦何所悲乎。尚冀勉作达观，以自珍重，是所祷祈。弟远羁海曲，躬吊末由，敬呈挽联一偶，伏乞察收，幸甚。谨此布慰悲怀，诸希珍卫，不次。愚弟劳乃宣顿首。十月初七日。

十一

子修仁兄大人阁下：

前月奉手复,备聆壹是。族侄谦元死事前蒙撰入记中,俾附以传,感甚。承示江南尚有高淳施秀才,不知情节何如,尚祈示及。顷得黄石老青郡来函,有奉致一函,并关防殉难姓名一册,计九十馀人,用特寄呈,即祈察入示复为幸。如有复石老函,请掷下转寄,或迳寄亦可。石居青州中所营也。东省扰攘至今,近日有和平了结之说,不知究竟若何。今日世界孰顺孰逆,孰贼孰民,比之六朝,南以北为索虏,北以南为岛夷,尤属无从辨别也。曲邑幸尚苟安,足抒垂注。手此,即请道安,伏惟亮察。弟乃宣顿首。立秋日。

十二

子修老兄左右：

客秋奉手复,祇聆壹是,笺候久疏,良以为慊。开岁以来,遥惟起居增胜为颂。蔚若侍郎于岁暮返岛,带到见贻《辛亥殉难记》《殉难表》各六册,谨领谢谢。弟重来岛上,荏苒三秋,侘傺一无佳况,惟衰躯则转健于前,曾作一诗以自幸,录呈一粲。前次初来岛海,寓公甚多,颇不岑寂,战后重来,已落落如晨星。近则刘幼云回江西,王爵生病,日不常见。蔚若在苏沪之时为多,恭邸居址较远,吉相时复外出,往还之处更少,殊无聊赖也。手此,即请著安。弟小功乃宣顿首。正月十二日。

十三

子修道兄执事：

前月九日奉布一函,计入青睐,比想起居康胜为颂。弟近尚粗健,岛中天寒,至今犹服棉衣。昔日寓公今俱未返,旧交不过三数人,偶相过从,殊苦岑寂。穆如君客秋作关陇之行,今始归来,往返半载,所图未得要领，而不卒后望，耿耿此心，始终不懈，殊令人佩服也。癸丑岁，旧党诸人曾有所图，漏言被祸，有朱君死于是役。此间高君孟贤撰有墓志，录得一纸，并附述事迹，寄呈台览，似可收入大著，祈酌之。止相之丧，弟作挽诗四绝，录呈指正。此请著安。弟宣顿首。五月十二日。

十四

梅馀道兄执事：

　　冬春两奉惠复，诵悉一一。知道躬怔忡，旧疾复发，春来渐愈，不知今已霍然否。系念异常，尚祈示慰。弟五十以外曾患怔忡，愈而又发者三，深知其苦，至六十二岁乃大愈，今已十馀年。叠经振撼危疑，而心竟不动，吾兄此番愈后，当亦不复虑矣。时局益扰攘，共和幸福，如是如是。山左土匪遍地，民不聊生，岛境托庇他人，幸尚无恙耳。前来岛上，曾绘《劳山归去来》图，题有一词，此次重来，又增一阕，合印一纸，附呈指政。手此，即请康安。弟宣顿首。四月初九日。

十五

梅馀我兄左右：

　　前月初七日奉布一函，并呈拙作，计早入览。天寒，伏惟起居无恙，至为企仰。弟重来岛上，倏已数月，诸尚平适，足抒注存。近作《丧服用古衣冠考》一文，似于今日各国风俗人心尚有关系，寄呈一本，伏乞教政。前函所言在威海卫蹈海殉国之简姓湖南人，我公曾函询湘人访其本末，不知已得复否。手此，即请道安。弟宣顿首。十一日廿五日。

十六

子修我兄大鉴：

　　久疏笺敬，时切依驰，比维起居无恙，至企至仰。弟重来岛上，倏已再易寒暑,遍播孤踪,侘傺无俚,衰躯幸尚粗健,惟耳愈聋耳。故人零落,尤增凄怆。谨斋年来六旬,竟尔怛化,吾兄亲临其幕,悲慨可知。近日往还尚有何人。《辛亥殉难记》前蒙见示目录,尚未出书,近友人有见之者,来函浼为物色,当已印出,如有存者,尚乞惠赐数册,是为至感。久不作诗,近以得曾孙作一首,附呈鉴政。幸甚。手此,祗请著安,弟宣顿首。九月初六日。

十七

子修仁兄大人左右:

七月奉手覆,祗聆种切。近想从者早返申江,伏惟起居无恙为念。弟近尚顽健,阙里亦粗安,足抒注存。施秀才传读悉,人心不死,于此可见。赵秀才殉节纪刊本,昨由高云汀兄处得见之,并获读大作两绝句,甚佩。昨得黄石孙兄致吾兄一函,内有谢总兵殉难碑记,属转呈,兹寄上,即祈察收示复为幸。手此,布请道安,诸惟亮察。弟宣顿首。十月初二日。

十八

子修我兄左右:

客[秋]冬得手覆,备纫眷注。忽忽数月,笺敬久疏,歉歉。春风渐回,伏惟起居多胜为颂。吾浙又生枝节,不久旋定,良足为幸。我公想未移动,弟蛰居阙里,理乱不同,而报章忽又加以谰言,且见之图画,与前岁之画后先辉映,殊属可笑。弟前曾作一诗,今又作一律,与前作一并付印,附呈一纸,以博一噱。辛亥殉国诸传,尊著已成者若干人,敝族谦元一传,如已脱稿,乞录示以光家乘。幸甚。复石孙函早寄去矣。手此,即请著安。弟乃宣顿首。二月初六日。

十九

悔馀我兄大人左右：

前在敝乡，奉手示并致黄石孙书，当复一函，计邀鉴及。比维起居无恙，至颂至仰。弟长至日由舍间启行，由吴门、金陵而返，于二十七日抵阙里，诸托顺平，衰躯尚不甚劳苦，足抒注存。黄函当即寄青，兹得其复书云，承索闽省殉难姓名，知公扶持纪纲伦理之心，至老弥笃，曷胜钦佩。已函嘱乃弟就近采访，到即寄上。嘱弟先与公言之，后再函达，用敢代陈左右，伏乞鉴察。我公所纂今已有若干人，或谓今日殉义不如明季之多，然乎否乎。手此，顺请著安，诸惟亮照。弟乃宣顿首。十二月十三日。

二十

子修仁兄大人左右：

奉小除夕惠函，诵悉一一。就谂起居无恙，为慰。弟岁暮感冒数日，今已痊可，眠亦差足支持，足抒注存。曲阜颇安靖，度岁全是旧景象，几忘有沧桑之变。昔秦楚之际，宇内大乱，鲁人弦诵如平时兮，恍然若还之矣。南行往返，得诗三十绝，目之曰《曰归暂咏》，附呈指正为幸。手此，即请著安。弟宣顿首。正月十三日。

二十一

子修仁兄有道：

奉正月杪手覆，祗聆壹是，伏谂杖履安和，至慰至仰。沪上之游已果行否。弟近尚无恙，惟无聊耳。黄石孙太守寄来奉致一函，转呈祈察阅。函中《三秀才行》，足为大著资料。人心不死，即此可见。诗中"长白山隶汉版图，东塾著说征班书"之句，东塾著述行箧仅携有《读书记》一种，检无此说，想载他种。邺架必有东塾诸书，务乞检出此条录示，是为至感。《读书记》目录载有未成诸卷，第二十四卷为国朝，如在此卷，则无从觅矣。手此，即请著安，诸惟亮察。弟乃宣顿首。二月廿三日。

二十二

悔馀我兄左右：

　　奉手毕敬悉。致黄石公书领到，容携至曲阜转寄青州不误。弟初九日由杭回桐，兹定于明日起身，此上苏州，略有句留，大约月内可抵阙里，俟到当再布达。此请道安。弟宣顿首。十一月十六日。

二十三

子修我兄左右：

　　奉手示敬悉。弟明早旋里，不及走辞再谈，怅怅。弟拟长至后仍北上，我公致黄石公书，如日内书就，请寄桐乡南门舍下；如在冬至后，则请寄山东曲阜南门大街劳府为荷。此请康安。弟宣顿首。即夕。

二十四

子修仁兄大人阁下：

　　二月奉布寸缄，并呈黄石翁函，计蒙大鉴。久疏音敬，时切依驰。闻从者近又迁回沪上，伏惟起居安善为颂。弟近尚无恙，东省风鹤时惊，日来颇定，曲阜尚可苟安。世事又变，时流每抱希夷坠驴之望，窃谓楚则失矣，齐亦未为得也，必也有无是公出而赋天子之上林，庶有瘳乎，但恐不能冀耳。族侄谦元，辛亥殉难于汉阳，附呈家传一篇，伏乞察核，可否编入大著，俾附骥尾而传。倘蒙采录，祈录稿见示为幸。手此，祗请著安，伏惟亮察。弟乃宣顿首。五月廿六日。

二十五

挽瞿子玖相国同年

同咏霓裳最少年，相逢桑海九华颠。何期后死山阳泪，独向空林哭杜鹃。

罢相归来梦九天，琼楼回首忽成烟。长沙赋服惟伤命，忍道虞亡不用贤。

昨岁华胥现刹那，天涯同恸旧山河。君今霄汉攀髯去，剩此馀生可奈何。

放翁不忘九州同，耿耿精诚在昊穹。果得鲁戈重返日，定先设祭报吾公。

录呈悔馀我兄吟正。无功老人宣草。

刘世珩(1875—1926)

字聚卿，一字葱石，号楹庵，安徽贵池人。刘瑞芬子。光绪二十年(1894)举人。历任江宁商会总理、湖北造币厂监督、直隶财政监理、度支部左参议等职。入民国以遗老终。富藏书，笃好金石书画，尤嗜校刊古籍，辑刻《暖红室汇刻传奇》《聚学轩丛书》《贵池先哲遗书》《玉海堂景刊宋元椠本丛书》等。见《清史稿》卷四四六、金天翮《刘世珩传》(《广清碑传集》卷二十)等。

一

子修老姻丈大人阁下：

奉示并书收到，拜悉。已照录矣，原书谨璧。吴越一印能踪迹否，念念。寒燠不一，道履珍重，不尽欲白。十二月十四日。侄世珩顿首。

二

子修姻丈大人阁下：

奉书并承赐题，吴越金石册收到，两跋可补武林志缺，一诗尤足为侄居处重矣。感谢何如。前闻绪论，言某家有此须售百元，可以示见否。念念。邺架有钱文端集，乞假交去足，以须查小忽雷故事，盖见于世兄绚斋题注也。此谢，并叩道安。小侄世珩顿首。十二月十四日辰。

三

召鼎、盂鼎、散盘、白盘四拓，吴越金石四种一册，求题《枕雷图》一卷。先将双雷本事二册、小景二叶呈察，卷刻在况夔笙处，容再呈求大作。敬叩子修姻世叔大人安。小侄世珩顿首。八月初七日。

散盘一轴现在沈子封处，容明日取来送上。

四

子修老世叔大人阁下：

薄游燕市，满目都非，今昔之感，愈不能已。得镇箪游击杨君死难事略一册，寄呈鉴察，未知为采辛亥死难诸贤录有此否。另书衣一叶求惠题，系珩所编《吴次尾先生年谱》，吾乡先哲而君家宗风，想乐为书之。入夏惟珍卫，敬请道安。姻世小侄世珩顿首。五月十一日。

附杨君事略一册，吴谱书衣一纸。

刘可毅（1855—1900）

原名毓麟，字葆真，江苏武进人。肄业南菁书院。光绪十五年（1889）举人，十八年（1892）进士，改庶吉士，授编修。二十五年（1899），任京师大学堂教习，次年卒于庚子之难。工诗古文。

著有《刘葆真太史遗稿》,辑《九通通》等。见刘树屏《伯兄葆真家传》(《刘葆真太史遗稿》卷末)、唐文治《刘君葆真传》(《茹经堂文集》二编卷六)、《清代毗陵名人小传稿》卷九等。

一

子修年伯大人侍右:

去秋叩辞出都后,淹滞里门,至月初始行抵汴,一切蒙福粗平,堪答垂系。河上底水较往年更小,其新涨亦直趋中洪,绝不旁刷。仙师办公,其精诚格天如此。滇黔使旌多半壬辰诸子,特留炯斋为江南甄拔,寒畯之地,圣鉴万里,诚忭诚欣。我朝以乔梓同典试差,桐城张文和于武进则刘文定也。德门之庆,固自有加无已,敬贺敬贺。《眙炜集》题诗,仙师望之甚切,将汇齐再行续刻。闻重黎、莼克诸老皆有所作,求年伯大人俯赐速催寄汴为叩,愈多愈妙。专肃,恭叩钧安,伏祈慈鉴。年小侄刘可毅谨启。

二

年伯大人侍右:

连日奔走尘歊中,致德辉贲临屡屡相左,开罪已极。初八日之招,毅当于赴奠霍师后即回车至长椿寺,恭伺清诲。清凉境中,已为涤暑妙剂,况席前麈训复襄襄各张云辞乎。当祝鲁阳之戈绵此长昼为幸。覆请台安,不庄。年小侄可毅谨启。

卷六

叶德辉（1864—1927）

字奂彬，一作焕彬、焕份，号直山，别号郎园，湖南湘潭人。光绪十一年（1885）举人，十八年（1892）进士，授吏部主事。旋弃官归里，奉亲读书，肆力于学。富藏书，精版本学。著有《观古堂诗集》《消夏百一诗》《书林清话》《郎园读书志》等，辑刊《郎园丛书》《观古堂汇刻书》等。见许崇熙《郎园先生墓志铭》（《碑传集补》卷五十三）、金天翮《叶奂彬先生传》（《广清碑传集》卷十八）、黄兆枚《叶郎园先生传》（《民国人物碑传集》卷六）等。

一

毅丈年伯大人钧鉴：

归来日久，未得晋谒。平生懒于衣冠，公署又未便燕服出入，欲行不前，迟之又久，公乃达人，必相谅也。画扇绝句百一首，已假学务公所活字板排印，谓之《消夏百一诗》，妄攀古人，未免自笑。陶靖节集中有《扇上画赞》，初本窃其意谓之《画扇绝句》，见者以为名题太熟，故易去之。奉上二册，求教训。又《抱冰弟子纪》一册并呈。此叩福安。年愚侄叶德辉顿首。丁未冬月初二日。

二

毅丈年伯大人钧鉴：

连日痔恙小发，不能乘舆，高迁未得趋贺，惶歉无似。前呈瞿忠宣公画像及陈定生画轴,拟携往鄂,索节盦、子大诸君题记。闻节盦有往江南依陶斋之意,据鄂中人来云尚未起程,当可图一良会也。李佛异观察顷寄来倪文贞画像照片,为曾波臣所画,与此遥遥相得,亦奇事也。瞿像亦拟以照片分出。专此,恭叩福安。年家子叶德辉顿首。

三

毅丈年伯大人钧鉴:

适聆训悔,益扩见闻,快慰无似。岛田翰所撰《皕宋楼藏书源流考》送呈钧览。存翁存日,闻藏书画亦多。去年寓鄂,在俞廙翁处见其新收各轴,多得自纯伯手中,其中虽无宋元妙迹,明以来各家却不少。惟祝其不再售日人,是则山川之灵佑耳。专此,并叩福安。年小侄德辉顿首。戊申二月二日。

四

毅丈年伯大人钧鉴:

自鄂归已一月,始因痔苦不能出门,痔愈又喉痛,近尚未痊,迟迟不克奉谒者以此,歉然,尤惶然也。呈上泥金联幅,乃代内弟恭求法书,赐款斐章,行二。日内家有吉礼,欲藉光门庭也。馀容谒罄,恭叩钧安。年愚侄叶德辉顿首。

五

毅丈年伯大人钧鉴:

新年两次谒贺,未得一亲榘范,怅恨无似。去年收得瞿忠宣公遗像,乃顾见龙所绘,王奉常题赞,携以求题,以未赏见仍带归。此近年铭心绝品,不可不令公一瞻仰也。其像与顾氏所刻名贤画像毫发无异,但顾刻面有痘花,此无之耳。又得陈定生枯木竹石一幅,上有五松书屋印记,知为孙氏平津馆旧藏。陈工绘事,各画史画传均未载记。吴次尾《楼山堂集》中有《陈定生所藏名人书画扇记》，称其精于鉴别，寝馈日久，自能摹仿，亦情理之常。如国初顾亭林、惠红豆两先生之画倪派，苟无画幅传世，又谁从而知之也。长沙杨宣猷之弟宣治、杨树谷之弟树绩求转恳以兄之游学官费抵拨其弟，据其自称尚可通融合例，侄乃学外人，不知其详，以原名呈览，乞钧裁焉。专此，敬叩福安。年愚侄叶德辉顿首。戊申正月廿八日。

六

毅丈年伯大人钧鉴：

因闻福体违和，未敢扰渎。顷奉钧谕并还卷册，一一照收。近得石溪山水立轴，为希见之物。此间名迹颇[惜]多，惜公不能作寓客，俾尽邀题赏也。葵园老人诗已见示，湘人爱公，不独八百孤寒，想公亦不免黯然耳。专复，并叩福安。年小侄叶德辉顿首。

七

子修年伯大人钧鉴：

一别春风，忽焉三岁。近阅邸抄，知朝命公为湖南提学使司，耆旧搢绅无不闻风欢抃。门下士刘生肇隅归自京师，藉询起居，得悉福体康和，诸凡顺遂。纲斋同年随侍京邸，仍然供奉南斋，乔木清华，古今罕觏。所谓国恩家庆者，惟公兼而有之，此熙朝佳话，非止同谱光荣也已。侄田居无状，学殖久荒，今年本拟理董旧箧许书，而身患疥疮，日久不愈，人事疏落，意兴索然。悠忽半年，百举皆废。古今动言癣疥之疾，若不足重轻者，然今则备尝困苦，乃知昔言有大谬不然者。支继翁临行竟因此未得饯送，至今思之，犹歉然也。刘生自备赀斧，侍公东游，渠归来省亲，来谒数次，侄力赞成之。一则亲炙门墙，得窥富美，一则壮游海外，俾知中朝文明法度未必事事藉助于他山。刘生学有根柢，当必沉濯相同也。侄有何氏甥德璜，旧习科举，文笔尚佳，诸学亦粗知门径，家本寒素，初次应试，适奉朝旨停止考试，英年可惜，又不愿其入学堂,家大人赠以川资,命其同刘生偕游。俟令其到沪谒公,沿途尚乞随时训迪,俾得有所遵循,将来得似何无忌者,则固公之贶也。专肃,恭叩钧安。年愚俟叶德辉顿首拜。丙午闰四月廿日。

八

毅丈年伯大人钧座:

奉谕,适有坐客,未及覆命,甚歉。杭先生《订讹类编》凡六卷,分义讹、事讹、字讹、句讹、书讹、人讹、天文讹、地理讹、岁时讹、世代讹、鬼神讹、礼制讹、称名讹、服食讹、动物讹、植物讹、杂物讹十七类。自序不载年月,序文中有"丙寅春,海宁门人范鸣远鹤年邀予作观海之游,因寓其听涛楼者几半载,爰出是编,以与老友俞正之楷共相订质,暇时遂次而编辑之"等语。其书为汉阳叶氏平安馆旧藏抄本,曩得其抄本书甚多,惟此为孤本未刻者。今年拟督手民写刊,不知秋间成印否。公刻《杭郡艺文志》金石类《钟官图经》,"鍾"误作"鐘",又集部"秦亭"字有作"奏亭"者有作"秦亭"者,疑"奏亭"误刻。约略翻读,记其一二,俟有续得再渎。然鄙意以刻书代抄书,终胜于不刻不传,此等误处,亦不关紧要也。即叩福安。年小俟叶德辉顿首。

九

子丈年伯大人钧鉴:

试事竣后,亟思谒聆训言,因闻人言福体违和,久未见客,故遂中止。湘中自去岁天水莅位,主张邪说,士习人心败坏不可收拾。幸前有柯凤翁维持于先,继有公抵排于后,扶斯文于将坠,回既倒之狂澜,此非独吾道之干城,抑亦湘人之私幸矣。此次轺临首郡,朴学之士赏拔一空,就俟所深知者三人:一湘潭取列优等之附生刘镛,邃于史学,撰有《俪苑》一书,多至数百卷,其书如《李史》《古事比》之例,而征引浩博,十倍过之,且兼有考订,非徒益于词章。前有标目,仿《蒙求》四字句分类叶韵,最便童子记诵,通人亦易检寻。又尝言《南、北史》谬误甚多,往往以二人问答之文并为一人之语,以及人名地名错乱,事文前后矛盾,以八史及《通志》所引校之,可成《南北史刊误》一书。其读书有心得类如此。惟长年餬口四方,不能整理清本,若得调入校经堂肄业,俾得从容闲暇,其成就当不止此。一长沙取进第一新生杨树达,在侄门下多年,经学乃其专长,文笔高朗,无考据家纠缠繁冗之习。闻其试卷公击节叹赏,足见风胡、伯乐,世间正不患无知已也。一善化取进新生雷悦,与其兄雷恺有二难之目。治经本有师承,精研小学,摹印尤得秦汉之遗,有《铁耕斋印谱》行世,与沅陵拔贡丁可钧先后齐名,丁有《馈石斋印谱》。两人为侄刻者极多,兹合订二册,进呈裁鉴。此事自浙西丁、黄、金、蒋、陈、奚六家之后久失宗传,丁、雷拔帜湘中,起承绝学,复古如公,固应储为药笼中物也。雷生兼工绘事,师法南田,得其秀雅。昔阮文达在浙中创建诂经精舍,陈曼生独以篆刻、花卉二事成名,至今片石寸缣珍同拱璧。湘人喜谈文章经济,斯事皆薄视不为,窃以为乾嘉太平,文物声名事事俱臻美备,诸生中艺事如陈曼生之流,何不可于国史传中分据一席。今雷生幸登大匠之门,悦得弦诵有资,成名固自易易。现闻校经悬缺多未补人,三生已为公所识拔,可否调补,令其发名成业,伏候钧裁。三生有著书试卷可核,非侄私誉也。专叩福安。年愚侄叶德辉顿首拜。

十

子丈年伯大人钧鉴:

　　日中谒聆训言,快慰奚似。湘中闻公视学此地,无不人人开颜,非独侄亲炙有缘,得以文字相质问也。七年里居,颇有撰刻,今年始分汇刻书与所著书为二集,编印粗定,校勘不精,不过以刻书为抄书,非敢云信今而传后也。谨缄呈二部,伏求钧诲,幸得有所遵循,则受赐教益多矣。恭叩钧安。年愚侄叶德辉顿首拜。

十一

子丈年伯大人钧鉴：

前日枉顾，快聆伟论，扶世翼教，非公莫与属已。近有故家持钱南园楷书条幅、成亲王条幅各一张，实价捌拾金，无丝毫之减。伻向不收此类书画，以其名高价重，又未必为平日倾佩之人，所以存而不论。公则广大教主，无所不包矣。伻德辉顿首。

昨承赐书帖，已拜睨矣。并谢。

叶在琦（1865—1906）

字肖韩，又字稺愔，福建闽县人。光绪十一年（1885）举人，十二年（1886）进士，改庶吉士，授检讨。十七年（1891），简贵州学政。二十七年（1901），应闽浙总督许应骙之聘，任全闽大学堂监督。后又经始福建高等学堂，手定规程；并倡立妇女蚕业馆。洎入都，补御史，以疾亡。著有《稺愔诗抄》。见陈宝琛《叶肖韩侍御墓志铭》（《沧趣楼文存》卷下）、傅栩《叶在琦传略》（《近代教育先进传略初集》）等。

子修年伯大人阁下：

国门之别，五稔于兹，景望轺车，如在天上。一家桥梓，出入衔命，并号宗工，词苑之荣，于斯为盛。潕江下溯，盈月可抵湘中，昆池佳藻，捆束满装，周流衡嶷，搜采岩穴，非独桃李将有干梁，迩听英声，何任神往。伻于今岁三月除服，以舍弟儿子辈骎骎长大，当与成婚，未能便尔北去。世事日棘，陋姿可休，病翻齗齾，殊愧言也。舍亲陈子武丈，从公蜀中襄校，颇承推挹，又为推毂讲席，蒙爱甚至。子武自川东归，家食经岁，意殊无俚，向来宾主之欢，无如公处。伻意幕中遴才，亦喜求旧，若可留榻相待，示到之日，海上一帆由汉而湘，比腊可抵左右矣。如何，幸即裁复为佩。肃此，祇贺任喜，顺请勋安。不备。

年愚侄叶在琦顿首。

炯斋世兄处希寄声问讯。又及。十月廿九日。

廖树蘅(1839—1923)

　　字荪畡,湖南宁乡人。同治二年(1863)中秀才,乡试屡不售。光绪初,受陈宝箴聘司笺牍,兼课其子。九年(1883)入湘军甘州提督周达武幕,游历关原。十八年(1892)出任玉潭书院山长。二十二年(1896)主持常宁水口山矿务。累官至湖南矿务总局提调、总办。民国后归里,以著述自娱。著有《珠泉草庐诗钞》《文集》、《珠泉草庐师友录》,《武军纪略》等。见廖基械《先考行状》、郭立山《廖荪畡先生传》、姚永朴《三品衔分部主事宁乡廖君墓志铭》、梅英杰《珠泉先生墓表》等(俱载《珠泉草庐师友录》卷十一)。

一

子翁大公祖阁下:

　　昨日宠召,谨当趋陪末座。芷森、泽生两君联珂入蜀,均属知好,临别不能无言,各赋七言长句二首,以送其行。昔人谓欢娱之辞难工,实则应酬之词难工,录求宗工教正为叩。敬请勋安,不宣。树蘅顿首上。

　　卅年前识黄公覆,白袷谈兵并少年。执手杏坛犹昨暮,时校经堂权设长沙府学宫。别来桑海几推迁。风尘百战馀生在,文武兼资众口传。又领戎旃捍康卫,雪山千仞照鞍鞯。

　　尘海连年少定波,西南天地待如何。书生岂少封侯相,名士能当曳落河。跃马蚕丛收琐甲,洗兵瓯脱戢琱戈。从来治外先严内,好助韦皋肃鹳鹅。

春阴如羃怆离群，呼酒江楼一送君。叱驭不知淫豫险，掭头容策管城勋。张纲已著埋轮绩，司马还传论蜀文。难得登坛有宗衮，顺平原是故将军。谓次山尚书。

天彭井络路嵚巇，不许干旄告小疲。岂谓弦歌溥全蜀，还期礼乐化三危。卫藏古之三危地。正来学鹄人争附，说到君恩泪尽垂。如此应官真适可，权留李泌息炎维。

二

子修大公祖大人阁下：

昨承惠赐先公两世诗集，展诵之馀，觉才华富赡，真气淋漓，根柢蟠深，并世罕见。尝怪乾嘉之世，仓山、藏园主盟江介，流风所被，几于夷夏交推。就今观之，不特太邱长文与之异曲同工，即吾湘之张陶园亦未遑多让，而当时坛坫之盛独归袁、蒋，岂非群士争趋，收名较易，其视此为馀事而怀尚纲之思者遂多韬晦耶。风雅不沫，家集终传，灯窗伏读，惊叹不已。属呈近作，到此牵率应酬，无一惬心，重违嘉命，谨录《送定夫观察》七言长句三首、《题内子墓门》二首，呈请教正。题墓拙作，敬求赐和，藉以塞悲，而增逝者之荣。逾分之请，无任屏营，祇叩福安，并谢不宣。治晚生廖树蘅顿首。十三日巳。

送刘观察定夫归武宁 四首录三

相逢尘海托交亲，同赞湘南北政新。入坎难谐多士口，树蘅初至水口山，因论事与省局诸君不合，赖宁州公毅然不惑，得以有成。盍簪犹有老成人。极知金锡能肥国，不道银场未疗贫。水口用款至今约六十馀万，出北约值四百万，徒供开销，定翁常痛惜。除却太邱无可语，嵇庐宁州墓庐名东望一伤神。

冰橐难营下澧田，惟馀奇石压舟偏。三湘作吏留鸿爪，七秩悬车养大年。诗派西江容著录，归艭南浦艳登仙。东坡海上春婪梦，争及乡山疑断鞭。

沉寥天气近新霜,归去重寻古柳庄。白社壶觞尊鹤发,沧洲烟月重鲈乡。晴空霹雳开先瀑,夜月琵琶送客航。从此江湖归老宿,坐看天地入清凉。

内子张淑人葬珠泉草庐后山,用曲园老人题其姚夫人墓庐原韵,作诗二首,刻之坟垣

镜影花魂谶竟酬,光绪丙子春,梦游衡岳,至一小园中,有室庐榜曰"安分知止"之馆,园中落红满地,镜高数尺,照影其中,冠青金石服貂。醒语淑人,"余若迁秩,君当辞世"。其时彼此盛年,伊其相谑。不谓去年七月以逃暑还山,大府派襄北务,为报捐主事加四品阶,未及一年,果丁此戚,梦有征矣。重来圆梦到松楸。今年五月,梦山内新鬎茅屋甚饰,长松磏砢,谡谡有声,即淑人葬处。苍髯夜落涛千尺,碧藓今成土一抔。引分敢忘知止诫,树蘅惧撄世网,屡求蝉蜕,淑人亦时劝归休。解绶先作化城游。人间何事非前定,一段因缘付蜃楼。

忍泪亲将志石镌,本来同穴订生前。旃檀君证无生果,萍梗余犹下濑船。华表他年归皓鹤,芳阡依旧带珠泉。曲园故事分明在,别此相看莫问年。曲园末韵:"曲园未死先营葬,后世休疑题墓年",树蘅亦营生圹于内子墓左,故云。

树蘅呈稿。

杨钟羲(1865—1940)

初名钟广,姓尼堪氏,光绪二十五年(1899)改派外任时冠姓杨,易名钟羲。字子晴,一作子勤,号留坨、圣遗、雪桥。汉军正黄旗人。光绪十一年(1885)举人,十五年(1889)进士,改庶吉士,授编修。历署湖北襄阳、安陆,江苏淮安、江宁等地知府。清亡,避居上海。民国十二年(1923),任溥仪南书房行走。伪满

立，授国立博物馆馆长，未赴职。曾为刘承干嘉业堂校书，又参与淞社、逸社等遗老聚会，多相唱酬。著有《圣遗诗集》《雪桥诗话》等。见自撰《来室家乘》(又名《雪桥自订年谱》)、《词林辑略》卷九等。

一

子修老伯大人赐鉴：

昨读手谕，祗悉一切。拙著《诗话》写成十二卷，嗣从刘君借郝青门所抄诗，有续纂之志。《砚寿堂集》当采入续编，赵忠节诗未见，如蒙抄示，尤感。艺风前辈寿文，三五日内缮就送上。端甫先生有《读晚香楼集中双旌谣》绝句八首，其本事未详，晚香楼未知何人，双旌何指，大意似达官以贪败者。端甫公诗有"绝少勋名继父兄"语，则亦属世家子弟。又云："平反无术可输忠"、"卖狱钱争市价同"及"纷纷缇骑临门日"、"都说灰钉请已迟"，非寻常事，长者当知其详，求指示。手肃，敬请福安。侄制钟羲谨启。廿九日。

二

子修老伯大人赐鉴：

缪老前辈寿言，勉力书就，笔墨荒率，不称高文，愧恧之至。送上乞转致。敬颂福安。侄制羲谨启。嘉平三日。

三

子修老伯大人赐鉴：

顷诵手谕，敬悉。六桥所纂《柳营诗传》一册，藉使呈览。郝君著述等身，而世鲜知者，六桥所为小传亦复不详，可慨也。肃复，敬叩福安。侄制羲谨启。十四日。

四

子修老伯大人尊右：

顷诵手教,祗悉。题图诗当即录入,迟日送上。昨晡在廷,将《王风》解题属其补释,当可什得八九也。《雪桥诗话》奉上一部,祈检存。肃复,敬叩福安。侄羲谨上。十八日。

五

子修老伯大人尊右：

承命题辑诗图,谨将拙作录入,外折篦并书近作呈上,敬乞诲正。䌹斋南来,未审何时,甚念。手肃,祗叩福安。侄羲顿首。十九日。

六

补松老伯大人阁下：

承赐大著,拜诵至感。端忠敏旧僚校印遗集,已属将所为别传弁[将]诸卷首。惟《劝美歌》系戊戌所进呈,事后颇讳言之,特为节去此语,想长者亦以为然也。《诗综》已成书过半,晚晴多贤,不妨各行其是耳。肃复,敬叩福安。侄羲谨启。

七

补松老伯大人尊前：

久未肃候起居,至为驰仰。昨以小儿授室远蒙佳贶宠颁,感荷无既。近日伏维福躬康胜,杖履多绥,颂企无量。侄侨寓频年,卖文为活,此次办事极费屏当,所喜长者车辙枉过蓬门,成礼之日尚多贺客耳。《诗话三集》得十二卷,《诗综》累稿盈箱,开岁当亟为料理,比之钱米,深虞不逮。手肃,敬鸣谢忱,祗叩道安,伏乞垂鉴。侄钟羲顿启。嘉平廿七日。

刘廷琛（1868—1932）

字幼云，号潜楼老人，江西德化人。光绪十九年（1893）举人，二十年（1894）进士，改庶吉士，授编修。历任山西学政、陕西提学使、学部右参议、京师大学堂总监督、学部副大臣等职。辛亥后，与劳乃宣、郑孝胥等往来密切，密谋复辟。民国六年（1917），张勋复辟，出任内阁议政大臣，失败后避居青岛。工书法。著有《刘廷琛奏议》《贞观政要讲义》《潜楼文集》等。见刘希亮《诰授光禄大夫学部副大臣翰林院编修显考刘公幼云府君行状》（《碑传集三编》卷八）、吴闿生《刘幼云监督遗事》（《北江先生文集》）等。

一

子修老伯大人阁下：

日久未趋教，良用企仰。特科我公与焉，鸿博得竹垞、西河乃增重矣。续单乞赐览，投到约已若干人，约何时开试，并望示知为荷。敬请辀开大安。馆愚侄刘廷琛顿首。廿六。

二

子修老伯前辈大人阁下：

辀传分驰，久暌雅范，暮云春树，无任依依。顷辱惠札，伏承荣问休畅，教育宏多，文翁殆难专美，佩慰无已。侄学识疏浅，奉使晋阳，谬不自揆，思稍振涑水河津之坠绪，属当邪说恣肆，差幸不为所溷。然固陋僻壤，重以侄之德薄，提唱无术，成效渺然，滥竽三年，祇（只）益愧疚。五月以来，北方奸徒煽乱，当轴顾深倚之，遂肇巨衅，辇毂喋血，闻者寒心。都城腥膻，穷月之力甫就涤除，而五市精华可怜焦土，见群虎眈眈环噬，如何可支。近日闻津沽不守之耗，不知确否。北望焦叹,罔知所措。晋疆素号完善,民气亦驯,乃蹈京师覆辙,侄屡为出位之争,未能挽救一二,愤叹而已。西巡早闻此说,尚未举动,万一出此,自当遵嘱照拂,惟力是视,断不膜然。此间电线中断,如有要闻,即当飞布。纲斋前辈简典鄂试,顷已改期,当时有安禀达左右也。肃复,敬请衡安,惟恕不恭。愚侄刘廷琛顿首。

再,晋省令德堂梅君先生主讲十年,苦心卓识,所订学规本极精善,侄到此后与商增数条。三载以来,梅翁加意磨厉,学子尚有振兴之象,稍变从前陋习。侄奏请卿衔,欲以扶植正气,为士作程,而新当道入金人言,谓经史致用之书有妨举业,漫以新学相訾声,无识官绅从而和之。梅翁坚怀去志,侄力排众议,极意维持,始得寝废罢之议。此四、五月间事也。见在措置愈趋愈谬,梅翁有远举之志,侄亦以受代在迩,不欲复以员凿方枘与若辈龃龉。蒿目时事,百无一当,此特不如意之一端耳。以视台端鼎力振兴,尤滋愧叹。所订新章附刊旧程之后,遵即备牍咨奉两册,伏祈教正,为感无量,载颂文绥。日来心绪甚劣,不获端楷,伏惟亮鉴,不罪幸甚。侄名心印。

三

手教敬悉。衣橱遵饬走取,祈检交为叩,琐琐渎神,殊抱歉也。久偬移居,苦无合式之屋,不知公意中有佳屋否。特科名单乞赐一分,幸甚。手复鸣谢,敬请子修老伯大人韶安。侄刘廷琛顿首。十九。

四

手教敬悉。特科之设,所以求异等之材,南皮猥以侄滥竽,殊滋愧悚。仰承关拂,心感无似。存橱候示走取,容日谒教面罄。复叩子修老伯大人年安。侄刘廷琛顿首。十六。

五

修老前辈大人阁下：

　　前年沪上一晤，别来又两年馀，世局弥不可问，念公乔梓里居，虽有湖山之美，亦乏欢惊也。顷辱赴告，奉悉尊阃夫人仙逝，不胜惊悁。惟夫人年逾古稀，孙曾绕膝，戚里交颂其贤，间称全福。伏冀遣怀颐养，并请纲斋前辈节哀顺变，是所至幸。此间接讣较晚，已逾发引之请，谨撰挽章，聊将微意，愧不足发扬盛媺也。侍频年臬兀，九死无悔，近复遭姬人之丧，顾视婴孩，能无惨痛，自伤身无益复无谬，知我如公，当为扼捥。尊著《辛亥殉难录》杀青已竟，祈惠寄一部。又纂《近代事纪》已成书否。拙疏承采入几首，惧适以点大集耳。公著述名山，以视侍之顽废，为愧当何如邪。手此奉慰，不欲拳拳。敬请道安。侍廷琛顿首。

　　纲斋前辈均此奉唁，恕未另启。

六

子修老前辈大人有道：

　　前辱手教，伏承道履康胜，至慰颂仰。两老生日，贤桥梓宠惠诗篇，谊美情深，奚啻百朋之锡。复承赐楹帖，陈义既高，词句尤胜，非寻常颂词，具征相爱之厚，跪陈堂上，感幸无任。侍里居奉亲，两老年高，未忍轻离，拟在家度岁，杜门谢客，不敢与世接。时局儵诡罔测，所届幽忧郁抱，千里同之。专肃鸣谢，敬请著安。侍刘廷琛顿首。廿六。

　　家君命笔道谢，舍弟等同叩。

　　纲斋前辈统此道谢。

七

子修老前辈大人阁下：

半年未通音敬，念甚。伏承德望日隆，教思益溥，至慰颂仰。侍此次出山，殊乖素愿，望轻任重，深惧陨越。筹办分科造端宏大，尤非才之所堪，侍意拟就见今物力人才先立基址，次第扩充。冰相欲八科并举，意量宏远，苦无此项学生，侍未敢轻附和，以此迁延，迄未定议。吾丈其何以教之。今夏迎养双亲，聊慰孺念，惟腹恙至今如故，日在病中，益无兴趣。静观时局，无事自扰，公私棘棘，都乏好怀。春明气象，日益奢靡，百物腾踊，居大不易，殆所谓生活程度日高者邪。昔年俭静之风不可复得，为之慨然。舍亲万绳权大令，历克要差，人极安详勤稳，法政毕业，取列甚高，论资劳俱应委署，伏乞鼎力为言于方伯，量予一缺，俾该令得及时报效，是所至托。专此，敬请勋安，并颂潭福，惟爱照，不尽万一。馆侍刘廷琛顿首。

八

修老前辈阁下：

汉上分襟，忽焉改岁，湘君相望，我劳如何。辱书腊底始奉到，备聆种切。伏承起居多福，规画宏远，至为慰颂。履新后如何注措，想已具有规摹，伏求赐示，以作模范。湘中新旧之争甚烈，我公何以和解，款项尚充裕否，同寅尚易处否。楚材称盛，公搜罗以自辅者几人；学校如林，其完善无俟大整理者当复不少，敬祈分晰示我为幸。琛与公别后，次日见南皮，即辞行渡江，不敢淹迟。为此老所溷，十四由汉启程，嘉平三日驰抵西安，初八视事，一切草创，分曹设课，昨甫详定，有贝无贝，均极缺乏。民风愚陋，动指学堂为洋教。去岁因路捐滋事，皆波及学堂，不惟于筹款大受影响，而民智锢蔽至此，将安所施其伎邪。师范去岁始议兴办，而缪石逸所请之教习，大半不合用，而紧要科目乃缺至七门，今欲勉强开校而不可得，殊为焦叹。琛本极迂拙,遇此枯窘题,尤不知从何著手,望我公有以教之。贱躯日来稍旺,然头眩腹泻仍旧未愈,终自危也。阅邸钞,䌹斋前辈开坊志喜,德门隆盛,欣贺何如。仲弢布置如何,曲阜学堂之奏,梁先生殆有攘而据之意欤。一笑。连日闻听甚冗,率布数行,敬请道安,兼贺新任大喜。侍廷琛顿首。

九

修老前辈大人阁下:

前由令亲带来手札,如接言论,快慰无任。昨辱电,比即奉答,计澈清听矣。侍学识愚拙,本不堪世用,贱躯又多病,现虽较在东略愈,终无霍然之象。抵秦后,百端草创,颇苦竭蹶,旧者整理,新者筹画,方略有端绪,苟且补苴,一无寸效,而悲尤丛集,殊可愧哭。自知与世不谐,将拟投劾而去,遽蒙恩内简参理部务,非所敢任,而于私计则甚得矣。现已乞假归省,趁便就医,(月内患痢疾甚剧,医者进以桂附大黄三剂,颇觉通利,宿疾或可望瘳,亦未可知,堪慰存注。)若调治复元,亦不敢便作高世之想,否则从此闭门奉亲养疴,读书养气,或亦鸠藏之一术欤。前阅各报,载公兴学妄加非议,以我公素行推之,早斥其为怨家訾论,有自浙来者询之,则感推公正学实心,略无间言,因知报馆之无真是非久矣。来函所论极表同心,殆亦有卿我相怜之意,故愈觉沉灉欤。一哭。然报纸毁公尚近情理,殆未有痛詈丑诋如侍之甚者矣。我公当随时阅及,当不信侍何不晓事至若斯极也。侍素视官甚轻,居恒太息,谓今日救时之药非核名实、绝瞻徇,痛除因循敷衍之恶习,不足以箴废疾而起膏肓。当官而行,略无瞻顾,盖早有"合则留,不合则去"之志,屈素心以阿时好,不屑为也。视事后谢绝请托,虽中峰交条,察之不任事者亦不予,同官更无论已。今世岂复有此迂执行径,已为同官所侧目指之,齮龁之,然侍事事脚踏实地,以热心实力行之,若辈无如何也。不料借此小事,遽与为难,先是侍有家人购物不谐,已与钱了事,巡警不知为署中人,执而殴之。(巡警屡闹事,陕民弱不敢诉也,亦欲因是惩之。)侍将家人及巡丁交该局审讯,该局故置之藩署,谓须派首府查讯,侍一时不能无怒,谓非重办不可,后经人缓颊,亦轻纵之。不料该局暗嗾巡丁电民政部,(民政尚算晓事,未之理。)并函各报颠倒是非,全非事实,几欲以是倾侍,嗣知皆人指使为之也。世路险峨,可骇如此,实非阅世浅者所能料及,亦可为进德之一助。知公必念我,故详陈之,聊博一笑耳。芷生旋即光复,尚见朝廷改过之勇,不知渠行止若何,当不急者上。善化忽遭意外,亦时事之可诧者。闻南皮相国内召,盖将入枢府,武昌坐镇亦殊难替人也。安徽事尤奇,恐于学界不无阻力,然此事后患实大,将何术以弭之。浮云苍狗,变幻离奇,真不知何以税驾矣,辄为忧叹不能寐。公忧国者,想同之也。拉杂书之,(潦草,勿责。)不觉累幅,聊当面谈。即请台安,不尽欲言。馆侍廷琛顿首。廿四。

公前以弟畜之,甚感相爱,奈何又改称见外邪。此后仍勿客气,至幸。

十

积阔年馀,欣闻台从莅申,亟思把晤,未及奉访,公已旋杭,甚怅甚念。侍违侍双亲,孺怀綦切,句留沪渎,即日言归,每念良朋,但有瞻企。敝图承赐题,幸甚。请先抄示为快,台从来沪时,并祈带交古微、病山两前辈是荷。复上修老前辈。侍琛顿首。

十一

损惠大著,容细拜读,以承明著作,存乡邦文献,敬佩无任。湘颖及食物至好,不敢辞,拜登谢谢。子修老前辈学使吾师。侍廷琛顿首。

十二

子修老伯大人阁下：

昨辱枉存，良慰饥渴。兹有请者，侄曩岁乞假归里，结屋匡庐九峰下，退休读书，有终焉之志。既以严命入都，忽忽数年，眷怀故山，辄为神往，倩友作图，聊当卧游。敢求贤乔梓宠之歌咏，锡以箴言，俾斯图托以不朽，不胜欣幸。附纸乞察存，容趋教。（徐使若不亟，当另呈。）即请开安。炯斋前辈均此致恳。侄刘廷琛顿首。

十三

久不晤教，甚以为念。求贤乔梓大什，未审已赐藻否。涪翁诗云"隔年诗债几时还"，谨为公诵之。敬请子修老伯大人筹安。侄廷琛顿首。

炯斋前辈均此敬候。

十四

顷奉复数行，计达览矣。前求题之件已否赐藻，希检还。敬上子修老伯、炯斋前辈。侍侄廷琛再拜。

吴大人。中街。

十五

子修老伯大人阁下：

昨失迓，歉歉。手示祇悉。兹事既草创，又先有东瀛之游，自宜多聚数次商榷讨论，以谋整齐画一之道。（鄙意谓宜各思要事数则，举出汇商，如有未察之义，不妨多集数次，公谓如何。并与仲老及同人商之。）仲老为吾辈领袖，由渠约会尤妙，准定廿七八可也。侄以迂疏多病，连日奔走，茝不可支，如何如何。即叩台安。侄廷琛顿首。

十六

子修老前辈阁下：

　　夏间道经沪渎，谋荷款接，乱离偶聚，情何可忘。别后极惘惘然矣。纸书奉寄，知公不责其逋慢也。一山来岛，伏承起居清胜，为慰。辱损书索拙疏，侍自国变后，经进丛稿扃置箧中，不忍复开视，故去岁承属见寄，讫未报命。兹重违厚意，令小儿录呈数首，辛亥公所见者，均在内。侍迂质不能文，妄欲以精卫填海，故皆直抒拙见，冀万一之悟，今覆视之，皆点点泪痕也。文何足存，但后世知此心耳，恐未足点公大著也。世事益不堪，我辈奈何。生值此世间，目规之邪，晦若最可悲恸，雨亭京卿初识其人，邃亦作古。（久耳其名，今夏始于翰怡坐中见之。）正气日孤，可痛也。此间远不如从前，于我辈尚未至见侮。承念附及，敬颂道履，不宣。侍廷琛顿首。廿七。

　　外，《读书图》求题，并祈转致古微、梦华前辈。

十七

子修老前辈大人阁下：

　　年前辱手书赐唁，情文同挚，厚爱良深，捧诵再三，无任感泣。嗣荷宠锡诔词，语意沈浑，尤纫高义，惭谢靡涯。廷琛罪谤如山，谴不自及，侍奉无状，遘此闵凶。先严气体素强，频年忧愤，壹郁竟致不起，此廷琛所尤椎心泣血者也。家慈衰年，岂胜忧戚，廷琛衔泪见人，藏悲奉母，一日之中，五内百沸。前所定茔域，开视不无疑窦，未敢轻率将事，谨于前月祖奠，暂厝萧寺，再行择地安葬。一时未能出游，时事棘棘，忧惶而已，数月昏迷，致稽裁复，想荷鉴恕。专肃鸣谢，敬请著安。侍制刘廷琛稽颡。舍弟等同叩。

　　炯斋前辈同此泥谢。

十八

子修老前辈大人阁下：

久阙音敬，驰仰之惶，良不可任。伏承道履清佳，纂著日富，至慰颂仰。今年两老八十双寿，乱世不敢称觞，惟求至好诗文，以娱亲意。欲假宠于贤乔梓，寄呈笺纸两幅，伏冀宠锡之，不胜荣幸。如荷撰书，请惠寄九江敝宅为荷。专恳，敬请颐安，侍廷琛顿首。五月三日。

炯斋前辈恕未另启。

十九

修老前辈大人阁下：

前由上海递到惠书，具承起居增胜，动定咸宜，至慰颂仰。琛八月廿一由秦启程，沿襄南下，月馀始抵里门。家君本早欲退归，适值张冯交替，乘间乞休，亦于九月底言旋。父子同谢俗尘，一堂欢聚，松菊未荒，膝下依依，稍有生人之趣。琛亦藉此闭门养疴，珂乡之游，遂亦中辍，抚生性之迂钝，慨朝局之挪腾，拟从此循陔侍养，迹介石之前盟，不复与人间世事矣。乃谬被新命，入总上庠，弱质迂才，如何可任。朝廷敦促，义不可辞，勉为冯妇，殊乖本愿，此事至苦至难，张弛缓急之间，宜如何方协机宜。惟公知我爱我，幸有以切教，俾无陨越为知己羞，是所至恳至祷。参议一席本非华选，不以溷公，盖三浙士习惟贤者足以厌服，固未易觅替人也。朝意盖以闽藩开府属公矣。赵芷公不知明年入都否，不入都其卓识可佩，然我辈则少一良师左矣。侍颇欲强入大学相助，幸公为我劝驾。曾俟元兄侍亦欲请其相助，并烦为先致意，再专函恳也。均恳示复为叩。侍回浔后人事较简，专心调治，似渐有瘳象。惟历年既久，又出任艰苦之事，正不知能否复元耳。江浙路事风潮剧烈，未审能转圜否。朝局变幻，弥复令人愁叹，如何如何。支芰老在杭殊苦，然官绅亦殊难洽矣。黄仲老闻病势甚重，不知近稍差否。侍拟明正初入都，如年内惠复，仍请寄九江莲花池敝寓是幸。手此，敬请台安，不尽万一，临颖依依。侍刘廷琛顿首。十二。

家君命候，舍弟侍叩。

二十

子修老伯大人阁下：

数月相依，欢犹骨肉，别后真惘惘若有失也。我公何日赴苏，何日返申，句留几时，敬以为念。侄登舟后，六时开行，初三辰刻抵寓。高堂清健，稚子候门，聊以破闷。惟腹疾至今未大愈，拟月望前后启程，（仲老已有回国之信否。）届时台从当仍在沪，敬希示我数行，无任翘盼。率此，敬请旅安万福。侄廷琛顿首。初七。

家严率舍弟均敬候。

卷七

余肇康(1854—1930)

字尧衢,号敏斋,晚号倦知老人,湖南长沙人。光绪八年
(1882)举人,十二年(1886)进士,授工部主事。官至江西按察
使、法部左参议。后又出任湖南粤汉铁路总公司总理。辛亥后,
遁居上海。工诗,著有《敏斋诗存》《随笔》等,其日记今人辑为
《余肇康日记》。见袁思亮《二品顶戴江西按察使余公行状》(《碑
传集三编》卷二十一)、陈三立《清故荣禄大夫法部参议余公墓志
铭》(《散原精舍文集》卷十六)等。

一

补松长兄同年吾师:

奉环书,敬承——。希甥以校课试验仅于是日晚车来杭,次晨奉
母一看云台所导之地,并视其俪所营之葬,忽忽又上晚车回沪。在杭
曾不住宿,故未诣谒,据云行当再来看见心处地,便即踵谢。(顷崔夫
人来云,希马以后日即来,请转致见兄同往一看。)以桃源岭如见心等
家各地,仅只云台往看,渠均尚未寓目也。鄙意不甚主张轻舍祖宗邱
墓之乡,洵如尊恉,除非以一支受一廛为氓,于此不可卓论亦已转达
矣。总之,《无逸》所谓"昔之人无闻知",吾侪老朽之见未必能嘉内
耳。西湖诗,蒿盦、庸盦皆有和作,各有隽句。庸盦有九月之约,必有
觞咏,惜坐无乔梓交柯,为大缺憾。薇阁大父光河先生士云(又号竹

履),以浙藩权抚,辛丑、壬寅英难大作之时正丁斯役,有《退思斋诗存》,七古多佳篇。珂乡当尚有棠爱也。拙题夜灯图诗乃邀称许,殆亦同好使然,大作必佳,极盼寄读。西湖诗,闿兄曾见惠和,望一递之。湘局迷离,不可方物,走其长作迁客乎。复承双福,合第侍祉。弟康顿首。重阳先四日。

二

补松同年有道:

昨书方发,希马来云,云台今日无暇,改下星期,属代奉闻,恐又劳盼望也。又请公便中微探见心,此地约需几何,并以附陈示复为感。顷接湘书,笏云作古,可痛息。(爱苍亦以初二作古人,公当有闻。)承双荓,甫从庸盦酒坐归,不缕。弟康顿首。九日。

三

补松吾兄同年有道:

一昨奉读大诗二简,逸情云上,感喟百端。矍铄哉,是翁也。是日适有消寒之集,庸庵亦出大著,互相浏览,莫不佩跂。因步见赠元均,又另录近作二律,又奉怀闿斋学士旧作一律,敬乞分别留交是正。元旦书室几付一炬,幸扑灭尚快,无多损失。水炮已到三架,险可知矣。日内感冒甚剧,不多偻偻。敬承春履百福,合潭侍祉。上元午。弟肇康顿首。

四

敬彊道长同年杖履:

一昨奉惠笺,并《涵斋诗集》。时以元素同年以微疾示化,莫不惨痛。弟与太夷经纪其丧,重以业师成赞君先生克襄之赴亦至,平生风谊,尤用感伤,郁郁不怡者累日,坐是不成报章,重承书问,悚仄无已。伏惟暑履曼福,逸社虽月一会诗,而坐上无公与散原,终属美犹有憾。

闻庸盦已将社稿排印，亦韵事也。北局看似粗定，亦如[无]吾湘，未知所届。又孙辈居危得安，同此欣慰。研甫在吾乡毁誉参半，诗则沈博绝丽，使得加年，莒比兰雪，当不是过。周兄感旧拳拳，不死故人，至可佩仰。赞师即高足子高之尊人，笃守程朱，躬行实践，杨园而后，一人而已。顷以长歌哭之，乙庵谬许为"沈痛朴古"、"昌黎变调"，吾斯未信，仓卒命襄儿抄呈，务希审订寄还为感(伫盼示复)。赞师固公辎轩中人物，汝南月旦往往及之，颇欲求椽笔一表章之，或诗或联一唯命。惜子高早已不禄，诸孙尚有堪造就者，计当有哀启上闻也。(书目均见鄙作行状。其孤已在搜刻全集，属代求序于公，知必许之，盼甚。)文慎诗甚类茶陵，文正相业亦颇近之，鄙序亦情不自禁耳。复谢，敬省起居，不宣。弟肇康再拜。七月朔旦。

　　闿兄侍祉并谢，未另。

五

补松长兄同年著席：
　　希甥临发，忽驰谢笺惠章，即以晡奉到大著，郁苍渊懿，扑人眉宇，留眼祇(只)看山，未经人道，乌乎痛已。曩承赠大集，不得带入行囊，乞再贶一通，以资萧馆讽诵，感盼无似。酒坐别后，次晨治装已发城站，终以南湖诸胜未揽为憾。强拉梅访重坐笋舆，循宝塔雷峰、净慈、南屏、张墓、九霞、虎跑、大慈济塔、法相、定慧、石屋、于坟、花港各处浏览一过，洵如来翰补作南山探桂之游，惜梅访衣药俱无，不能再事流连，均不过匆匆寓目，湖光山色，孤负多矣。(尤以未登南北高峰为大缺憾。)见心又枉送城站东道，备极绸缪，求交阅此笺，藉达歉谢。希甥昆仲亮来报谒，曾约见心往桃源岭一观否。局堂龙气水沙均占优胜，稍有弱处当可补苴，希马必能谋之。精于此道者，惟旧山主，彼妇多所梗阻，无论瞿受与否，见心亟宜与之切实授受，以断葛藤，是为要著。手谢，敬承双福，合潭侍祉。弟肇康顿首。

　　见心世老弟均此拳拳，未另。致希马书请饬交。

六

补松同年长兄有道：

三年离索，一聚为欢，惜履旋太促，未[馨]馨所怀，滋益耿耿。辰审道躬健胜，吉事有祥，两新贵计已反马借用为念。五人三百五十八歌，庸庵乃作为长篇，使窄韵如行坦道，游刃有馀，亦复庄谐成趣，当已录寄，计和作必已脱稿，先睹为快。弟被催迫，只得避难就易，不敢不以就正，必大嗤为狡狯矣。痲叟云必一和，不久诸君必皆有作也。敬承颐履百福，问君缄奉到，并问孝绥。二月初九。弟肇康顿首。

梅访赠见心字屏，盖酬一饭之惠。久阁敝处，偶忆及，附寄乞饬交。

七

敬公同年大鉴：

昨书计达。勤夫连来二次，于孙馆又作鸡肋状，弟因劝姑且安之，欣然受聘。七十老人即此月修十六元，傥非会逢其适，亦莫可得，亦可怜矣。言闰翔上学，特闻以释尊廑。近偶阅其诗，公点乙极当，其未安者尚多，甚至多俗字句，（如七零八落之类，弟面询其出处，云口熟耳。）奈何笔自俊拔，不可没也，不宣。弟康顿首。五月廿日夜二钟。

葵园墓志十分未到。

八

视涂果明日否？知理装甚忙，只好登舟送别。三日来在舆中，拉杂成七古四十二韵。善化见之，以为不恶。书纨扇以备清尘，终觉陋劣无似，（牙章印坏，尤闷闷。）如何如何。此行缺钱尤悚，知不我让也。敬颂敬公吾兄同年大公祖行福。弟肇康顿首。廿一晨。

公如惠临，请在十一钟前，迟则出门矣。大诗求赐数部，交去手。

九

敬彊吾兄同年有道：

奉环教，并成震两诔联，赞师平生素以二曲、杨园自况，公乃道著。拙诗中引杨园语即此意也。此诗前缄附寄，取证师友风谊，来书未及，岂临发忘阁入耶。（子升死十年矣，颇可惜。）近来健忘，往往如此。在廷同年联当送去，讣文代呈。其孤踽冠曾为评古文数篇，清气泪泪，真草均学，海藏亟称之。行将归丧涑水，萧条至不可状。太阳生日大作尚未得见。昨从七夕起，与乙庵戏作诗往还，各叠至九律，颇有趣韵，亦无聊之极耳。复承起居。弟肇康顿首。七月廿五。

在廷讣及谢帖附呈。

十

敬彊吾兄同年坐下：

今午方从希马带上一笺，亥刻锐之来，惊闻年嫂夫人之戚，同声悼痛。以公白头偕老，何以为情。吾㧑斋孝思天笃，踯踊更无可喻。惟年嫂福德兼备，罕有伦媲，大运既览，遗憾豪无，尚冀勉循庄达，稍塞柴悲，是则故人所念念不忘耳。鱼轩倏杳，鹤吊遥羁。先此肃慰，敬承起居，不一。弟肇康顿首。

㧑斋世台侍唁，合第并唁。九月望夕。

十一

敬彊长兄同年有道：

久不起居逸社酒坐，蒿庵辄述西泠谈燕相慰藉。书来健状流溢毫端，怀抱尤为一开。惟令原之恸竟未一闻，晚年花萼何堪再摘，友于谊笃，知难为怀，惟在勉自排遣耳。（子封之丧，子材未去。前日在京挈，哀闻拟权厝京邑乙庵处，亦未得确信。尊处当已得赴文。）敝眷侨此已三改岁躔，老弱差幸粗平。四月间曾遣妾携儿辈回里一展先茔，并稍稍检取书物带来，道汉之日正值武昌兵变，为之悬悬累日，幸得安抵此间，然而险矣。战云四伏，长此泯梦，舟流罔届，昨和杨锡仆七古结句云"万事一任天鞭笞"，夫复何言。子封作古，同岁又弱一个，乙庵悲伤甚，见人辄饮泣，同人相诚不敢数去，容颜亦较疲损，本所难堪。弟挽联云：琐殿共论思，每从神武怀容景；令原哀急难，长使东坡哭卯君。公必有作，望一寄示。善化神道碑较墓志铭刻工精审多矣。蒿庵处知已由尊处径致，梅访处顷亦由敝处缄寄，拟请饬拓百本，已先书告兑之，恐尚不敷遍送也。冏君近著益富，陶在东盛夸韵事之勤，足佩。湘浙一样胡卢，皆公过存地，感念何如。复承杖履曼福，合弟侍祉。五月廿三黎明。弟康顿首。儿辈侍叩。

十二

补叟长兄同年杖履：

两奉续笺，敬知一一。善化神道碑又承传到张匠，令其速施椎毡，甚善，已知会兑之矣。（请拟出廿分，就近径寄敝寓，以便分送逸社同人，已告兑之矣。）渠家作寿，闻将尽室北上称觥，五小女亦正预备前往，沪上豪无举动也。挽子封乙庵挽诗五律，凄咽不能卒读。大联，悲雅至矣。鄙作不如远甚。酷暑难受，社会亦稀，颇闻泽寰有复中之耗，可虑。率复，敬承起居，不一。弟康顿首。六月十三日。

十三

敬彊先生同年有道：

前以惠书寄兑之得复，已将承垫款项径行寄还，当已照收。顷接颂年缄，知尊体前有小极颇重，刻渐就瘥，望望。高年起居，尚望葆摄，至以为念。弟亦垂七十矣，亦复时有弗豫，腿胀彻骨，常至竟夕不能成眠，而惝怳善忘，尤复日甚一日，馀生视息，亦祇听之而已。子封、紫东赓续叹逝，宝祐科录，兹可痛耳。紫东乃不得易名，不及建德远矣。有挽诗二律，容抄寄。专布，敬问起居。或请绌斋翰读见示数行,以慰下念。弟肇康顿首。十一月初九夕。

十四

　　台楠当交希甥,呈其慈堂一阅。杨价诚如尊恉,不徇时俗,可佩。希甥今日来杭叩谢,诸惟指导,见兄处并致拳拳。(旧山之缪辖,亟容理楚,见兄当已措意。)拓影如晒出,幸索交希马[代]带来。敬承补老长兄同年颐福。弟康顿首。十五。

　　年嫂清恙计庆康复,内子属笔敬问。

十五

敬彊老长兄同年杖履:

　　二月中旬曾寄诗笺,小儿游湖,谕令踵叩起居,未得上承巾垫。闻褆躬又小不适,初未得知,近想痊愈,极用驰注。吾辈多迫颓龄,公尤行跻耄耋,欲仍如中身挣扎,颇病未能,唯有努力加餐,随时爱景光而已。公必谓然。留垞昨已入都,社会日稀,诗事益复寥落,似转不及湖上逍遥,犹多吟集也。蒿老已回宝应,闻不久仍来逭暑,尚复健胜,惟重聪更甚耳。荷开时或一来游,藉图良觌。专承颐履曼福。弟肇康顿首。四月十七日。

　　同斋学士侍祉。

十六

补松同年再鉴:

　　承惠赠张子羽《家庆图》,既在明季,又值春元,而其书画名一时,画师皆推许,甚至以见名贤投赠,别具深心。下走于情事虽仿佛一二,而自觉瞠乎后矣。愧谢无似。此次诗文名作如林,他日仍当求一大著,方豪发无遗憾矣,知必我许也。弟康又顿首。

　　仁先、琴初两诗均到,昨日并均来祝。惟金、喻二修不知志局究送去否,公便一询三师傅。伊、朱诗亦到,惜殁老遽闻夫人之丧,诗成而未及呈,已请假三月回闽营葬,日内便当过沪。并闻。

十七

敬彊长兄同年我师:

奉手书,知令嫂夫人寝疾甚笃,犹冀重占勿药。昨日接闿君赴,(尊缄儿辈今始呈出,盖已阁存数日矣。)惊稔子思有为位之哭,侧读哀启,仰见尊嫂苦节之贞垂六十年,极鲁鳌之恤,亦备泷表之荣。知重念令原,当兹急难,必更难以为怀,惟望勉自排解,同声凄慰。寄上哀挽一联、诔幛一悬,聊尽区区。专承颐履,不备。弟肇康顿首。

闿斋世台并此奉唁。敬承孝履,惟节顺,不宣。正月十二。

十八

敬彊长兄同年道履:

诵中秋前二日惠缄,知亦病腹,近审起居当已健复,敬念无极。内人所苦日轻一日,惟伤处凝成一团,如鸡卵大,不得内消,尚不能下床履地一步,幸饮餐容颜亦均复初。来书谓以培补气血为善后,现佐泉主方,仍以潞党为君,并云冬间宜服麋茸,当试之。惟弟腰患近转加痛,牵及尻胯腿膝,痛而肿胀,佐泉现从痰湿施治,亦尚不甚奏效。自七月十五至今,不能下楼已五十日矣。深虑作寐叟第二,卢君所谓"双料",殆不非矣。(双料曹操故患头风,一笑。)庸庵病中大发诗兴,跰韵叠至十律,迫得下走亦以其数报之。项又以将来访公与散原成一律来告,弟已先闻沤、病二叟前日即已来湖,亦遂作一律作为卧游,录乞正和。以庸庵已将元唱寄览,外散、沤、病三笺并乞饬致。散叟得公等与之畅游,当可渐解烦襟,惜不得从诸公后,为可恨耳。介侯谱已成,承许作序,意薪速藻,又不敢请,敬附及之。祗颂颐安。弟肇康顿首。重九前五日夕。

十九

敬彊长兄同年大人有道：

一昨奉诗简，于彊村与下走几罹无妄之灾形诸歌咏，又重之以抚时感事，枨触怀思，读之怃然，下怀亦复不可遏抑，随成二律呈教。自顷逸兴遄飞，时有高歌，足征健胜有加，耄勤不倦，为寿者相，抑学者师，佩羡无已。以视哀朽，甫及七十，不逮远矣。蒿叟来电，今日自宝应起程。闻有防灾委员会之举，似不当受此委员名义，然乐善不倦，真矍铄哉，是翁也。散原约游泰山，一瞻阙里，公有此兴否。复承杖履，不具。弟肇康顿首。二月既望。

二十

补松长兄同年大人杖履：

前承谏斋世讲枉祝，询悉颐体日强，时弄柔翰，神观不衰，无任快慰。拜读寿我长篇，高处著笔，大处落墨，将区区平生欲言之隐，沆瀣激昂以出之，不啻为我署行谊。年尝服昌黎《寄玉川》诗，摹写情怀，直可作云夫小传读，老伧虽不敢望云夫项背，而吏部文章则固光争日月矣。合之去正惠题《古希偕老图》诗过誉，虽不敢承传家，允足为宝，是愚夫妇所敷衽拜嘉者矣。时湘中亲属来者颇多，望七老妹亦挈其子若妇及其孙儿女来，几无日不与游歌宴乐。尚有七十九、七十四两女兄未来，并弟而四，合二百八十六岁，皆同产。荒嬉一月，正欲搁管肃谢高文，乃七月初九正午内人方在室缓步，忽右腿筋骨猛痛扑地，流血蔽面，右胯节离，奄奄地下至四小时之久，始得觅一女医为之接合，舁躺床上，迄今踰月。起居饮食无不需人，自汗心冲，气落欲绝，屡濒于死，经女医日挪二次，家人日夕环相按摩，片刻不能停手。刘医佐泉主方，一以人参为君，近五六日来右腿始稍能微动，汗敛气夷，渐食干饭，当可脱险，然心胆已为之碎矣。（湘中寿器亦已运到。）贱体亦因之受寒，痛腰及尻，不能下楼者已兼旬，转不如蒿庵、雪澄八十两老人蹑梯来视，腰脚健举，有愧多矣。雪澄来视，下楼已尽梯，不虞蹈空一步，仰顿地下，久久无声，为之戚绝，幸坐地片响，从容徐起，强登己车去。比令儿侄护送到家，已如平时，一无所恙，真大福人也。而弟已不堪设想矣。此一月来，日医夜守，举家纠纷，故无暇理及笔墨，疏忽之咎，必荷鉴原，真所谓无妄之灾，出人所不料耳。朱墀庆瓛劬学植品，国变后键户读书，当道敦促，曾不一赴，求之时髦，偶乎远矣。（能作苏黄诗，记问淹博，出处较然，实有师门之一体，不可多得。惜三小女甥故已六年，曾为志圹，今以寄正。不记前曾寄过否，如寄过，仍乞寄还，以仅有两通矣。）现主修家乘，寄来书件请为转恳椽笔给一谱序，以为宗族光宠，特为邮上，尚希速藻及之，以一两月剞劂即已告成，仰望甚急。（介侯并以一条乞公墨宝，另寄。）弟亦经其央作小传数篇，稍迟亦必为之从事也。附近诗一律求教。散原前日又有师曾之变，真太难堪。闻即将来湖上小住。敬承颐荗，合第侍祉。八月初九夕。弟肇康顿首。

二十一

敬彊长兄同年杖履：

　　十一日奉诗简，方在讽诵，忽闻希马之丧，为之欷歔欲绝。旬馀以来，几无一日不与其弟兑之书问相往还。顷惠书[复]来，乃知庸庵已以相告。先是四五月间希马书来，已量移意国使馆，时患西人所谓肋膜炎，项背愤起数疱，经西医拔出脓数碗，已大愈。三年期满，例得假归一次，展转得请，八月初十缄告乃母，定廿七日道出马赛上海轮四国。书凡三叶，有"得欢侍，极为愉快"等语，毫不言病。乃廿五日瑞馆忽电部言其抵马赛大病，派邹祕书护送即紫东弟，部转兑之随续来电，船主不许上船，乃入马赛医院，即于廿七卯死矣。祸来天外，兑之不敢遽以白母及其嫂与愚夫妇，意拟俟枢船到乃发表，（闻拟亦厝湖山）俾其母妻少忧月许。大约旧十一月半前可到。（兑之充国务院秘书，其母夫人仍在沪，并未就养，仅兑之带家眷七，其兄嫂及五小女亦均在沪。）弟展转从曹梅访处得来其子天贶，已十四岁矣，八年前曾以嗣其无慧之兄,时兑之固未有子也。现兑之已有四子,自应另以其一子嗣长房,而天觊照例还宗,律文至为明晰,惟必俟见丧后。五小女秉承其姑,乃得行事,其嫂颇欲兼祧,而两姒分析后,岂不总有一房无人侍奉,且希马以独子而兼祧两房,而兑之有四子,独不令以一子出嗣,即以家产论,亦未免使兑子四人太觉偏枯,殊非情理之中。亲故于临时与之密议,均莫不谓归宗乃至当不移之理,质之卓见,幸为我通衡而指示之,敬盼无似。内人所患已愈十八,惟尚不能履行,弟腰痛迄未痊,不下楼已六十许日矣。近刘佐泉主方,亦无大效,闷极。复颂颐安,录重九次日和庸庵诗呈教。弟肇康顿首。九月廿四夕丑初。

二十二

庸庵见示九日灵隐归诗,予以卧疾不得同游,而湘战方亟,百感交萦,次韵集唐奉答

楚塞三湘接,杜甫。乡园欲懒归。孟浩然。望君烟水阔,刘长卿。闲地药苗肥。李山甫。家人从庐后草地采山漆、路边筋,疗予腰痛颇效。佳节逼吹帽,韩愈。长歌怀采薇。王绩。此窗犹卧病,孟浩然。日暮掩柴扉。

补松同年订正,倦知呈稿。癸亥重九次日。申江寓庐。

二十三

哭成赞君师五十九韵

河南程氏两夫子,伊川岩岩明道夷。岩岩自尊夷自远,但得其一真吾师。吾师沩宁成先生,伛偻莫侮世所程。钦钦谨受孔子戒,兼有伊雒之弟兄。易参辅嗣宗本义,三礼贯通辨同异。论史挨张班固书,博物覃洽张华志。文献搜罗傥责与,论议超迈疑同甫。范叔至此宁

一寒，子昂不见无前古。名甘堕落孙山外，光绪乙酉选拔，师以岁科经古各试俱第一，而童君亦皆第二，是膺斯选非师即童，师谓是明与童争，非礼也，遂不赴试。学使饬学坚招不可，大异之，特疏荐于朝，以教职用，亦不赴部注选。事不糊涂吕端大。师愤时嫉俗，遇不平事破口痛骂，发上指，莫敢仰视。三年怀刺字可灭，生平不谒地方官，虽微时雅故，亦绝迹。一友异趣文不会。尝结文社，不直某君，遂不复往。穷愁到死不著书，师谓论著皆古人糟粕，生平于《易》《三礼》《汉书》有所审订，批眉殆遍。尤宗宋学，发明更精，于古今掌故舆地，均极究心，随手札记，裒然成集，不以问世。败兴平生为催租。杜门槁饿，近数十年出主讲席参幕府，肇康先为礼罗。杖头十千沽之酒，牙签三万环其居。鸿光赁庑一无恚，师母妙香老人白头偕老，井臼躬操，联吟成集。舒谊对策终不试。光绪末年乡科，师不复应举矣。儿孙文武陈元龙，师诸子：长性根，充问渊博，于乾嘉诸经师均能洞晓本原，称名诸生。季子高，亦淹雅，以优行贡成均，朝考试吏。孙采九，工词章，下笔万言。其他诸郎试艺治军，蔚然均有成就。师友风谊刘从事。璞元、叔俞及肇康皆蹑科名，于吾师平生风谊，皆有刘蕡下第之愧。杯棬贼性笑犹杞，师主程子《定性书》，著为论说，累万言。柴桑折腰耻为米。诗格初唐见闳深，文章南宋穷义理。广文冷官印且刓，礼学虚馆席未安。师既不赴部注选校官，会礼部开礼学馆，奏聘充顾问官，亦不赴。埋头校经狎湘水，师经学使朱肯夫师调入湘水校经堂，与掌教成芙初先生相师友。误身换世终儒冠。国变后，一步不出里门。是谓羲皇以上人，真成怀葛之间民。缘督为经养生主，下笔有神观国宾。噫我小年痛孤露，执贽相从授章句。孔孟两家无父儿，最与何郎共趋步。师每举杨园母训云，孔子、孟子均是两家无父之子，以勖肇康与璞元。公既微尚宗宋儒，我亦庆俗穷既途。窃禄于朝我滋愧，授粲适馆公与俱。我或折狱偶宿诸，公必抵书猛攻错。我稍从政殊斗筲，公必诵言宣橐籥。一介不取何硁然，而独不却我俸钱。衙斋望望不肯入，惟我吏舍居之便。我拙当官与世连，至竟朝冠挂神武。遂初赋就归去来，公辄笋舆来旧雨。一从国变各逊荒，我蛰家庐公穷乡。七八年中偶邂逅，相对无语天苍苍。我客歇浦又二年，寄书不达心旌悬。

天阴喁喁闻鬼泣，孤孙飞噩何潜焉。望七门人后死者，死而不朽吾师也。会搜遗稿寿枣木，叮咛远促写官写。于乎小子无一成，泰山安仰惭友生。白发黄泉劣可誓，百年不改岁寒盟。

庚申夏六月。肇康初稿。襄儿侍录。

二十四

庸盦尚书重开逸社，用余去岁重九游半淞园诗元均见招，叠韵奉答

止盦归长沙，敝庐曾见顾。为诵逸社诗，嘉会如相遇。亡何仍徂东，吟笺寄我屡。韵事与穷愁，一一见尺素。我辄爽游约，聚散亦天数。方诩林卧高，兵来驱我去。行行良独难，疲驴塞其步。浮生何不辰，逢此天僤怒。迨涉春申江，四美旋不具。余以丁巳春来沪，止盦、旭庄、涛园、节庵相继归道山。灵隐访补松，蘡铄鞍同据。散原数离合，轻车时一御。自徐海滨老，联翩花萼跗。鲲伏北溟波，豹隐南山雾。我如王尊鼓，自笑雷门布。尚书枉见招，祇合例疏附。馀兴兴以忧，卷耳岂无故。屈平哀骚经，贾谊悲鹏赋。相为白雪讴，聊免素丝污。天生五斗醒，帝所七日寤。涅盘如昼旦，黄农或旦暮。桑榆信所晚，衔杯马且驱。太息所南翁，井底没奇句。

敬彊吾兄同年正和。肇康呈稿。

二十五

大隐何妨在城市，嚣尘翻脱邑人灾。等身老学庵无恙，望眼方遒轸未来。不分晚年当乱世，曾闻先帝叹奇才。君在翰林，德宗屡诏命掌文枋。臣乡数枉高轩过，记取花间对举杯。

春明一瞬各成翁，应候频更嶰谷筩。知己无多存海内，与君只合在芦中。波掀七泽难回鹳，月印三潭欲饮虹。正是西泠好时节，名花来看马家红。拟清明后来游西湖。

补松同年再以诗来，次韵并叠前韵奉酬就正。肇康初稿。

二十六

**庸庵将游西泠，访补松、散原，见示叠韵二章，适寿
臣来视疾，告以沤尹、病山已前行，独余卧病不得同
往，惘惘入梦，醒而有触，亦叠韵奉酬，兼柬诸君**

卧游如梦里，病味转增浓。便尔同倾盖，因之怀补松。散原新别
墅，灵隐旧馀烽。豪气元龙盛，支离恨莫从。

补松先生同年正和，并尘同斋侍读。倦知初稿。

二十七

奉酬元日寄怀，即次元韵，录呈补松同年是正。

沉沉湖海两衰翁，岁盏遥相泛碧筩。身在岩墙天不死，心悬霄汉
日方中。令威怕作归家鸟，颢顼犹馀贯月虹。白首松云行后补，泥君
长此驻颜红。

肇康呈稿。

二十八

**癸亥元旦，孩童多人然放花爆，几兆焚如，先七日沤
尹家亦几被盗劫，消寒第六集相述为笑，即席调沤
尹，兼简同坐诸君**

相见揶揄得未曾，两家各自欲美惩。焚琴人笑真儿戏，胠箧君宜
惹盗憎。襁褓喜都留故我，乱离难得满高朋。阴凝正酿元黄战，漫说
消寒且饮冰。

内子七十一生日，余亦已七十矣，即席示儿孙

儿孙正合恋春晖，慈母迟迟挈汝归。偕老与君并难老，古希今我未为希。相携德曜居春庑，翻共桓冲著故衣。天命奚疑陶霍乐，行吟不作祝宗祈。

敬彊吾兄同年再正。敏斋附稿。

二十九

补松同年来申江，为令嗣完姻，庸庵约蒿庵与余觞于酒楼，皆丙戌同岁生也。少石并列坐，合三百五十八岁，因各作"五人三百五十八"歌。寐叟亦如少石，为同年兄，闻之亦欲有作。余戏仿少陵饮中八仙歌体，而稍稍变易之

五人三百五十八，谁其尤者良堪拔。白首冯唐犹戛戛，豁达不喜渊鱼察。敬彊朴学愍以劫，耄期平进讯苗揠。自携少子赋车牵，宝迁品画供一刷。搜取云林旧缄札，祇今到处甘棠苩。庸庵方召嗟顽颟，孤飞穷海摩天鹘。倦知自笑痴不黠，毛羽爱惜经几镊。不信人昏马复瞎，五老一庭稽且滑。沈仆瞠乎目欲刮，方作病禅参古刹。

壬戌正月二十五日诗，录奉敬彊同年有道正和。肇康初稿。

三十

除夕有作辛酉

饯岁年年事，悲天日日心。迷汤傥来复，大陆忍终沈。古抱若为接，余情相与深。南村数晨夕，长此共讴吟。寐叟居最近，诗事最多。

行谊史贵丰，回思一惘然。不图从束发，便尔遇华颠。松到岁寒后，梅开春至先。古希明日是，笑索老妻筵。

元旦叠前韵壬戌

万物一以始,悠悠天地心。雨馀初日霁,风卷冻云沈。有客来何暮,姨子易范吾方自长沙来。无山入不深。上海附郭二三十里无山。中原方俶扰,莫漫作秦吟。

白首共馀年,山妻一辗然。挈家几行遁,祝国弥隮颠。醉自酒中圣,忧犹天下先。浮生真逆旅,聊复宴琼筵。

补松同年方家正和。肇康初稿。

三十一

壬戌三月之杪,倦知寓庐逸社第一集,叠庸庵先日觞散原元均,录征补松老人同年正和

又送春光去,年年负化工。吴江诗本旧,洛社老怀同。二客来非速,散原、琴初皆不期而至,钟集甚欢。三杯圣未中。圣遗饮特豪,似未尽量。鱼虾成禁脔,用白傅句,寐叟不食鱼虾,太夷不食鸡鹜,故云。长庆窘庖童。

祸心犹未悔,此意属天工。战血元黄杂,孤踪沆瀣同。钟争敲饭后,筵散,敲诗钟二次。人各在芦中。甚事干卿等,羞称五尺童。

逸社第二集,庸庵有诗,依韵奉酬

世已无千叟,圣祖、高宗两举千叟宴。人谁宝十朋。东山今太傅,陈弢庵太傅还朝道沪,同人共祖之。北斗旧三能。天醉沈于酒,儿时即此灯。盘中多苜蓿,寒俭作蔬僧。社饭率主蔬笋,相约不用海物。

倦知山人呈稿。时年六十又九。

三十二

**壬戌重九,独登西湖北高峰,时同游诸君久久不至,
下山询灵隐僧,始知及韬光而返却赋**

三度西泠认旧踪,倦馀飞鸟尽从容。浇胸尽纳江湖海,放眼全收
岩壑峰。南渡偏安剩云物,北来佳气郁霜钟。自嘲后至翻先陟,只在
山中合问松。

补松同年正和,兼索囷斋侍讲。倦知山人呈稿。

三十三

**兼旬痛腰,近始稍减,妇跌伤尤剧,屡濒于危,日来
亦渐向平,感而有作**

磨蝎天生就,康强两莫夸。折腰吾伛偻,伤足妇跌跒。存问劳同
辈,扶持困一家。蒙庄笑相慰,生也总无涯。

敬彊长兄同年正和,兼柬囷斋侍读。肇康。

三十四

同梅访钱唐观潮,遂访敬彊,偕游西湖

钱江潮不至,客至意凄然。换世嗟初见,伤心今八年。莫谈天宝
事,同泛武林船。即此感迟莫,残荷已不鲜。

著我知何地,兹来已间关。欲呼林处士,应起白香山。灵隐非无
寺,韬光尚有湾。须眉都老丑,莫更唱刀环。

戊午八月既望越四日。敬彊同年有道教正。倦知山人弟肇康
初稿。

三十五

祭西岩相国文

惟公茂德，间气所钟。先朝硕果，末造孤忠。昔在吾祖，与公王父。同托一椽，望衡对宇。酒后茶馀，联床论画。各出一縑，相投沆瀣。亦越先子，与公尊人。两家昆季，文社交亲。逮及鲰生，少公四岁。公则逵达，我迟偕计。我捷南宫，坠欢重续。同官于朝，公最款曲。我试外郡，公在讲筵。月必来书，书必拳拳。我拜除书，公则大喜。谓今朝政，厪乃有此。公视江学，我守武昌。以我五女，字公三郎。庚子之变，震惊六龙。公起奏草，请都关中。专使驰函，属我审订。我为广之，遂成西幸。公既枋国，小心翼翼。温树不言，守拙之默。峻屏苞苴，严却奔竞。江陵之忠，茶陵之正。惟兹大计，屡抗棱威。当仁不让，有善则归。论著辨奸，宜人媚忌。务去害己，钩党罗织。南昌之狱，我将虎须。左迁臣罪，起复帝俞。时我在家，而公在朝。赴官之日，解职之朝。孤危致败，公自致之。南北旷隔，我则何知。公如东林，我如南星。一日同罢，阳九所丁。嗟我小臣，何关轻重。名愧益高，人皆我讼。公以名相，系国存亡。公去五稔，遂媾玄黄。以我角张，与公终始。岂非天哉，呜呼已矣。公逊海荒，七载于兹。书所不尽，辄代以诗。速我东发，至相责让。我癖林泉，久羁游舫。故乡兵乱，我徙于斯。前期十日，公遽骑箕。同是天涯，江南逐客。公之行谊，荦荦大者。本末较然，可质天日。茑萝松柏，古称君子。未闻朱陈，供人摭掎。吾欲反楚，九招公魂。知公孤愤，叩之帝阍。两朝大局，终于君家。前明忠宣，公其人耶。呜呼哀哉，尚餐。

三十六

哭止盦相国七十韵

今我徙宅从长沙，就公不见徒吁嗟。嗟我乡国纷龙蛇，公不归去安归耶。公以书生早起家，蓬莱弱水先乘楂。景庙临轩亲宣麻，翰詹高第群惊夸。使星连轸驰轺车，河雒闽越江淮巴。汝南月旦评无差，以人事君君所嘉。神羊不触神拳邪，白日乃被浮云遮。六龙西狩长安赊，至尊行在皆官衙。公时乞身栖烟霞，即家奔问痛皇华。宣室虚席礼有加，赐茶敕使随昏鸦。公私不问宫中蛙，匔匔谨慎心无瑕。七年右相大愿奢，丹忱上彻帘前纱。荧惑入斗朦女娲，桂冠神武帝城遐。我亦彼谮南箕哆，尪瘵乃得供龃龉。归田同泛重湖艖，猥依玉树惭蒹葭。衡宇相望寂不哗，吟笺时一商尖叉。公来投我故仆似，我徒报公谏议茶。况有儿女联笄珈，诗来各各正而葩。昔年大父共里阇，三世凤好敦梨櫨。太姻丈鲁青先生与先大父同居，相友善，均以书画名一乡。姻丈春陔先生昆仲又与先公、先叔同学，为名诸生。春丈并与先从父同举辛亥乡荐，故余儿时与公为文字交，申以昏因。今里中并世姻好，年长于我，公一人而已。两家庭诰森阿爷，忆公与我相咿哑。所好虽阿不至污，岁寒互保枯权枒。胡天方愤滋毗夸，变极沧海无津涯。祗今疑龙复疑虾，借问果谁雄须牙。公沧海角悲鸣笳，坐忘塞耳常跌跏。闭门却扫庐如蜗，中有一老发鬖髿。灵修颛颔情信姱，驽骀焉往凄猣狚。羯鼓辄作渔阳挝，选客廑乃来些些。独好吾诗癖嗜痂，书信印封三道斜。中间访我湘之溠，揖我对我先嗟呀。公自辛亥徙沪，迄今八年，仅于乙卯三月回湘展墓一次，未见一客，独造余宅，作一夕谈，三日即返。别酒一举鱼鲞鲨，悔我久滞东游舥。三月烽火侵渔权，我来权自脱笼笯。哭公哀撼骀台髽，夫人哭甚哀。公灵天马腾渥洼。数行留我多鸦涂，十一日作书寄余，甫四行，疾大剧，不得终篇。越四日，遽不起，遂成绝笔。痛哉。泰山安仰颓嵯岈。公自晚节盟黄花，白云仕天不可挐。傀阴怜我衰病瘕，助我归耕老菑畬。

戊午孟夏，倦知山人初稿。襄儿代誊。

箕子本辅相，贤人垂翼痛明夷，海上八年完大节；

隐君笃平生，风谊挂冠共神武，山中一别悔迟来。

三十七

三女圹志

呜呼，此吾朱氏靓芬葬地也。其夫介仆涕泣请志墓之文，余其忍辞。当光绪癸未，余赴南宫试，妇将免身，余戏先为命名，为同人瞥见，以为男也。欢呼扑打，强索酒食，醉饱而散。迨报罢归，女已于四月初三日辰时前生，因举以为吾妇笑。女幼从余学诗，有神悟，性温淑，最善体父母心。于归后，逮事其生祖姑、舅姑，亦如之。喜诵《内则》《德象》诸篇，动中礼法，介仆辄目为学究，然一家咸资以董治，莫不詟服，罔有后言。其死也，皆哭失声，叔姒来抚其尸大号曰："今后失我闺中益友，吾其孤矣。"其感人类此。介仆历权黄安、江陵两大邑，内政具举，因得壹意［亲］勤民，卓有循声。黄安故事，每值上元节，民间妇女必来参谒县官夫人，不则岁登不丰。女心弗善，不能止也，则镇日盛服坐听事，任其膜拜，咸啧啧颂其德容，女一一慰遣之。先是女随侍余权守荆州，及余备兵荆宣施道，介仆尊人携子来就甥馆，不数年女复从介仆宰江陵，荆之人走相告曰："此余使君女公子也。"女于是凡三至荆，道府县署皆其居游地，一时传为佳话。女素俭约，姑张太夫人就养，归语吾妇："不见子妇添一缣、增一佣，一如乡人妇，不改初度，盖秉母性然也。"介仆奉父讳归，国变遂山居不出，距吾家二十里，夫妇月必一至。女雅好师其母治家之法，以治其家，介仆亦雅喜学余读书之法，以读其书，各阿所好，无可解说。介仆尤勤学，女相从吟哦，前年赋《芍药诗》，盛传戚郦；又善作精楷，如簪花格。介仆诗古文，女能辨其工拙，就正余，往往如其旨，相与粲然。比年家国多故，又时伤其长殇，忧劳过甚，遂遘腹气，治不得法，归宁三日，又加头风误于庸医，展转床蓐者七十日，戊午正月初四日亥时卒于母家，春秋三十有六。初封宜人，晋封恭人。君舅恩諆，长沙举人，河南道员。介仆名庆瓛，丙午优贡，湖北知县。子四：长镕海，有奇慧，早夭；次镕堃；三镕坚；四镕墨。女一镕端。大者甫十二岁，小者才四岁，俱知哭母，惨不可闻，介仆尤哭之恸。迎丧归，以二月十六日甲申葬纯化都五甲芦花坡庄山，乙首辛趾为茔。余哭儿女多矣，又弱一个焉。哀哉铭曰：

汝生我家，而不死夫家，何其生有涯而死无涯。人耶天耶，哭之者母耶，铭之者父耶。昌汝百世者，夫耶子耶。嗟嗟。

三十八

酬散原同年见题章江送别图次元均

昔我役南昌，安危迫呼吸。缘多肝胆交，解除罗织密。鼾睡尔何为，恣睢卧榻侧。可怜章贡水，取便蛇龙窟。颈血溅县官，喉断声不咽。将毋来歡刃，成此苏武节。杀身即是仁，徇名已云烈。我往抚其尸，目瞋口流沫。义愤动九衢，抢攘俄乱辙。揭竿原有名，止戈愧无术。曷丧与偕亡，同仇宁独活。世号为祅神，古所谓民贼。余时使持节，提刑忝专席。忍看池鱼殃，衅起仓卒，愚民误戕英牧师夫妇及其女等凡五人。亲见飞枭殛。杀人合论死，法伸神鬼泣。疆臣驰入告，斯怒懔王赫。天诛贯不攻，地图肆求益。差有子产辞，勉作朱云折。戕官酋必罪，诬服囚先释。夫夫何心肠，引盗揖入室。抗议垂垂，就范汉奸不利所为，嗾使酋夷，恫喝朝廷，提归部办，遂覆盆莫白矣。痛哉。譬彼干揪者，尽毁候与斥。又如讲学家，卤莽而灭裂。中国言外交，往往坐失律。余遂镌秩归，辛亥七月，即家拜起复原官之命，不踰月，而武昌变作矣。与公从此别。冉冉十三年，同泛申江楫。旧事在眼前，谈之犹变色。诸公在当时，高谊亦何眤。梁节盦沈乙盦吴宽仲李芗垣程雒庵，秉以南皮笔。

张文襄奉命查办,委节盦前来,电牍纷驰,壹以维持秋室为主义。秋室者,隐指予姓也。乙盦则电请代予去官,宽仲移书责以大义,芗垣、雏庵奔走号呼,要其乡之京朝官疏请保全地方大吏,以维大局。患难实共之,情景固历历。而公尤泫然,重惜此废物。为我做好歌,字字性中血。知己成连琴,逢人项斯说。呜呼义熙年,已无王正月。散原诗成于去年腊月。古今同一沤,吾思金兀尤。

肇康呈稿。

吴品珩(1859—?)

字佩葱,又字韵玱,号亦园,浙江东阳人。光绪八年(1882)举人,十二年(1886)进士。早年曾入廖寿丰幕,襄办外交。历任总理各国事务衙门章京,刑部主事、员外郎,外务部郎中、左参议,湖北荆宜施道,安徽按察使、提法使、布政使等。民国后,任浙江政务厅厅长、护理浙江巡按使。著有《亦园日记》《逸园日记》《定农日记》等。见《清代硃卷集成》《清代官员履历档案全编》《最近官绅履历汇编》等。

子修四兄同年大人阁下:

两奉教言,聆悉种切。敬谂兴居佳善,如颂为慰。近阅报纸,知俊帅已允代奏告归,脱去羁绊指日间事,羡羡。时至今日,乡园已非乐土,乡绅尤不能为,我兄晋京就养之议最为上策。惟弟无如绅斋之郎,斯为生妬耳。葵师之事得示,宜从缓设法,极是极是。弟于上年秋见庆邸,提及葵师之处分,上头很有斟酌,决然而致此,言外尚有馀意。前函不曾叙及此节者,不审我兄宗旨之所在也。乙盦有信来,其晋京之说尚游移未定。近有人自禾中来言,乙盦意不欲为行政官,如得京秩,亦有出山之想。子封已到沪,请假两个月,姑作观望,且看东海何如矣。三舍弟开报馆差使仕成全,感感。到省业已四年,未经得缺,还求转向渭卿方伯嘘植,尤为感铭罔既。弟身体顽健,尚幸如常,即筹备事宜布置亦觉略有头绪。惟所虑在明岁,财政枯窘不能办,人才缺乏尤不能办,诚恐以便民之政反能病民势,不得不作退计也。陈州判见到承命自当格外留意。肃此布复,敬请台安。年小弟品珩顿首。四月十九日。

吴郁生(1854—1940)

字蔚若,号钝斋,晚号钝叟,江苏元和人。同治十二年(1873)举人,光绪三年(1877)进士,改庶吉士,授编修。历官内阁学士、四川学政、军机大臣、邮传部右侍郎等。民国后,返里。工诗文,善书法。见《清代硃卷集成》《清代官员履历档案全编》《近世人物志》等。

一

横云山樵赐鉴:

去岁得长安赐书后,遥企行旌,由南昌而指西湖,屡欲修函,恐不得达。昨查观察交到手书,欣谂履祺百福,至慰至慰。臂恙当是风湿,入春和暖,计已霍然。京师有坎离砂,在平则门内,只一家卖此,抑西直门,记不清矣。治此等疾神效,弟曾试之不爽也。大先生遇险如夷,闻急盼从者到京,今当欢然聚首矣。宫僚裁去,升转略纡,尊名现列第几,约有几缺可开,念念。弟去春三月出省,十月试顺庆,始奉部文停武考。计保宁各属童已云集,风气素悍,若令向隅,且虑滋事,只可迁就考试。腊月江油毕事,回省度岁,盖自出省以来,到处未歇一日,未扰一饭。今正赴建昌,始改试论策经义,[四]三月秒回省,接续本棚科试,于五月中旬竣事,劳扰一年半,至此始可稍憩耳。改章以后,考者、阅者皆觉省力,而高下颇难辨别。童生仍以八股为蓝本,经古场人数数倍于岁考,而佳者多不可信,且无非为石印书铺作生意也。(省城科考每家得数牟此,亦耗蜀财也。)保枪已惯势,亦无可挽回。

此次内外属廪生,扣保者计七十人,姑以此出气耳。蒲锡裔已取进,却不勉强。(刘贤林文极佳,未知改章后如何。)胡骏已出学,其徒顾鳌岁试第一,文有才气而未纯,似亦可备选优。乃今年亦捐助出紫金精舍原控僧徒,革生颇思蠢动,州官董乃助之提调,因有请开复之意,弟告以此案所革之生,无论我不准开复,即后任亦不能准也。因札州仍延胡骏为主讲,今岁易官,此事定可稳妥矣。川南东八股佳者颇夥,一旦失其所恃,年长者已改途不易,骈俪工如高祺,散作乃索然无味,此皆苦事。发落时,弟劝其出洋游学,劝其先读西史,知其国势,以进求其政教,劝其学算以为艺学始基。蜀士虽旧,亦颇勇往,已有数处立公书局集赀购书,相观而善。所难者,建西绥夔等属,风气未开,士太寒苦耳。弟试事幸托顺平,由襄校诸君得力,幕况清苦,经分俸酬劳,极相浃洽。惟翰臣以家事先归,尚有八人可以始终其事,明夏再归应试,此亦可喜者也。过泸见孝怀,语及整顿书院,仆谓以时局论尊经所为皆无用之学,首应通变后,奉改设学堂之旨,孝怀到省以达制府,制府定以此改学堂。弟回省见商一切,初欲请叶、罗二公为总教习,弟与商定专请叶伯高一人,而正月续丁尚不能来。监道黄爱棠为总办,所拟章程散而无纪,此君亦不在行,因荐刘子贞观察名庆汾督修堂屋,添舍一百馀间。时弟将赴建昌,视诸事茫无归宿,商添监督一员,聘骆殿抚主其事,意为提调大学堂数年,必可商酌也。及弟回省,知骆君与官场颇相龃龉,悔已无及。此君一想情愿处实多,不料其如此之不通世务也。幸勿宣。目下大概办法制府已经出奏,常年经费四万七千两,除堂院原有之七千,余由监道筹拨,大略可以敷用。堂屋七八月亦可完工。伯高不久来省,当与商定课程及聘分教,意欲于秋闱前后开考,未知来得及否。此学堂经费已有总可成就,至中小学堂省垣尚未提及外,属详办者仅十数处,(皆县学,府则无。)其中得学堂规制者不及半,馀则改八股为策论,名山长为教习,额书院为学堂耳。愚谓必有一定之课程、课本,各省一律,而后教习易聘,学生易信。三月中曾上条陈一事,批交管学大臣,未知立言有无纰缪,尊处有所闻否。整顿乡学，作为蒙养学堂，为小学堂之始基，曾拟章程十馀则，拟与制府会衔札发，惟选师无善法，查课难得人，课本无有，以此数者，尚在踌躇。窃以为此虽小事，而有大效，不可不一整理之。执事于此洞悉情形，有何高见，指示及之为荷。蜀士虽多寒陋，此特限于偏隅，若论筹款兴学，易于他省数倍，但学政条教乃一纸文书，其权实在牧令，而牧令中贤者无多。又岁一更易，苦于无所措手，以愚度之，照目下情形，欲学堂有效，徒劳梦想耳。此可为长太息者也。南充南部及保宁各属已连年荒旱，今年入春乃阖省缺雨，建昌一带土药首荒，闻厘税将减往年之半。成属无堰处连及川北，秧不能栽。闻川东得雨略多，省垣米价将过十金一石，六月开办平粜，以抢米吃大户者纷纷而起，人心思乱也。资州、简州、井研、仁寿及川东数邑，自去岁即有设坛习掌者，闻其行径与庚子北方无异，地方一律讳言。至三月，而安、岳、资州生事，资阳继之，第二次遂毁去一教堂，尚小地名天固桥，杀教民数人。聚众于金福寨，乡团袖手，牧令无策，大府惶惶，委周振琼、曹穗二道带勇去，居然击散。其实近省数十里内外皆有之，未知遂能解散否。此股为首，闻系夏军门勤王在山、陕招添之用，散归川省，留此馀孽，而地方痞匪附之，饥民又附之，故每聚辄多。鄙意川省已有人满之患，若再如此因循敷衍，不讲吏治，早晚必有大乱，故急盼明秋得代早离此间耳。京师近事，此间罕闻，官场似皆不欲闻者，亦奇也。大氐仍是敷衍之局，但恐敷衍不下。大学堂有无眉目，见冶老一奏，似乎体大思精，究竟作何布置，尚乞详示一切为感。花农作何归宿，聪肃又将奈何。专此拜复，敬颂台祺，不一。宗小弟郁生顿首。五月廿八日。

再，都人考试之事，日下有人道及否，如有所闻，尚乞示及不惑。又及。

再，任满举劾教官，谅各省照行，所举似分数等。有堪膺民社候引见用知县者，此为最优；有明保知县者，有保中书等虚衔者，谅皆有案可稽。尊处曾向部中抄案否。前岁保折如有底稿在手，期请录示。

又有保举举贡者，江苏龙学使曾保数人，以教臂用。此等旧案在吏部抑礼部，兵火后尚有案可查否。敬求便中代为一访及之，拜恳拜恳，再颂著福。弟郁生顿首。

二

子修宗仁兄大人阁下：

前奉一械，想已登览，比维起居曼福，定如下颂。同署在西安者，未知现有若干人。车驾回京闻上半年已不及，则秋闱尚能举行否。各国细目分约何时可了。沪振无首事之外，尚有为所指摘者内外百馀人，此说确否。弟拟于本月十六出棚，尚有琐琐者欲奉询，乞分条详示为荷。回函请仍交折弁带下。此颂台安。小弟郁生顿首。初五日。

一、住院者外府县多不足额，惟成属正副调额廿名，而在院者有三十九名，其中太半有馆而不住院，与调院读书之本意不合，然责令概须住院，则寒士赖馆谷以顾家计，此月费之金仅敷一人用耳。又有许多窒碍处，如何而可与调院读书之本意不背乎。

一、刻已调阅监院逐月开销账，拟先将用项一清。

一、主讲若欲更动，须与首座商酌，本省恐无其人，外省又恐道远不愿来，且今冬弟必在外过年，不及在省与闻其事。奈何。

一、监院可以更换否。若撤之，恐面子不好看，则与锦江谢校官对调，如何。委监院想是方伯出札，成华两邑校官，弟不知其人如何，惟觉李正藻似非正派人，乞示为荷。

一、仆从进项本可不问，然分内应得不问可也，分外需索岂可不问。欲知其分外之何者为需索，必先知其何者为分内应得，弟出试差，每考究及此，非徒预防争端也。来时所用门稿，闻尊论后亦即换去，但所用多外行之人，恐其不知分内所应得，反有分外之需索，故再以奉渎。

一、门印以下，各项进款列入须知册，归入大帐，向由经制缴进。

惟此项经制所缴之数,即其所收于县中之数乎,经手人岂必无所沾染乎。

一、门印以下,除册列名目外,有所谓"暗者",亦按册中名目有一项明者即有一项暗者乎;抑暗者系每棚一笔总数,而各项人等自分乎。此暗者亦由经制过付乎,抑各项人自向差门要索乎。若经制过付,则彼可一面需索,一面干没,更不可究诘矣。

一、门稿与前站暗者,三年约有若干进项,印签、跟班又若何。

一、轿头分检箭钱,是否向快手分,每棚分若干否,抑快手总分与若干否。闻尊处轿头为人干没,敝处亦然矣。欲杜口舌之争,不能不一究其底蕴矣。快手本不应买箭索,惟裁之,如何。

一、经手银钱皆由经制,恐作弊亦惟此项人为易。经承等出棚后进项在何处,彼若需索,有何法访之。

一、遇有熟识之州县,或竟向其乞开所应付细款账目,开一次则经承仆从或有所忌惮而不敢为,但未必肯开来耳,抑乞其开出有所不便否。

一、育贤姚云峰似乎老成而正派,公事可靠,蒋永清远不逮其老炼也。高见何如。

一、新生一项系八数,而内外均分,想亦向章如此。而外间纷纷羡此席之肥,谓人数多归于内,按之并无其事,而受此不白之冤,难以分解。究竟此款何时裁减,而外间尚执旧例以言也,亦当一考之否。又幕左进项,除须私册外,尚有暗者否。如有之,归经制过付否。

以上各条,求逐项详示,至以为感。非愿以此琐屑尘听也,欲以防需索而杜争竞,势有不得不问耳,乞一笑恕之。又及。

三

子修宗仁兄大人阁下:

六月初四交折弁一函,由凤翁转呈,想夏初大旆已入都门,当可达览。卜居何所,署中诸事鼎新,能者多劳,必为掌院所倚重。现司何事,乞示。传闻都门恬嬉之象乃甚于庚子以前,又四月七日有昼晦之异见于沪报,确否。析津东省诸事,皆已就绪否。杞忧甚切,尚求示知一二,至以为感。弟歇夏一月稍间,日内开办,遗才士子有观望不前者,有闻警折回者,考数必较往时为少。拳祸始发于资阳,甚于仁寿、金堂,日内闻苏家湾巢穴经枭使黄海楼、丁军门合剿,已经击散,若不复然,便可徐图善后。此皆地方官酿成之事,若先时办理得宜,本可无事,与北事似不甚同也。言之难尽,谅执事亦洞悉耳。伯高已就学堂之聘,惟图书购到,洋师入川当在冬间,计须明春三月开堂。场后乘士子云集,先行考选三百名学生,内六十名为师范生,于尊经生内挑选。四十名客籍,取后给假四月,再行入堂。惟课程难定,课本难备,即中学博通书已不少官备,不能私备,恐寒士已无其力,未知执事有何高见。章程鄙意欲俟领到条规课程后再定,现在招考先刻简明章程二十条,俾应考者知其大概,不至视同考书院耳。京学如何办法,乞详示为荷。鄙人考事川人有议论否。高、王两谏甚犀利,川中积疲太甚,稍发作亦有益也。此二公通达否,是否素识,乞示。专此,敬颂台安。外一纸,乞即覆,不急也。小弟郁生顿首。七月十三。

　　今年三月中,督处送来尊处期满交代题本二分,会题举优题本二分。弟问育贤,云于前冬递至行在已收者,此次交还,未见公文,谅是通政衙门裁撤后将此件发还,惟举优一事未收题本,是否即可算数,抑须改题为奏,乞查明示及。无题即算作准最妙,改奏须费申说也。各部咨文、清册、试卷均未发回,又及。伍大前辈精神矍铄,今年重谒泮宫,一孙岁科列高等,即上届新生,一孙以十名入学。明年为其重宴鹿鸣之年,例由督臣奏请恩施,惟编修以得何等加衔为最优,此间恐无成案可援,可否请执事代为向部中一查,开一最优之样子示下,俾届时代乞督奏。又其掌教殆将五十年,或届时由敝处再一保举,何如。督折如兼保,似可不再保。

四

图承赐题，感感。暑雨连绵，道潦当再诣谭，并奉约一谈也。属书直福，谬然落笔，不知所云，若非旧纸，则拟不奉缴矣。附呈，歉歉。敬疆四兄大人阁下。弟郁生顿首。

五

嘱钞位西先生题顺治搢绅诗，昨甫检录奉呈。潘氏屋出租太半，有上房三层，容坐数处，刻有人看，如不成，尊处有意否。此颂子修仁兄大人开安。弟郁生顿首。

六

横山樵翁阁下：

前布一书，谅尘尊鉴，比维起居万福。尊处三年报满题本曾发还，此件应否改奏，抑可废去，向例交待应否另行具折。若督抚交印，然乞示为荷。伍先生事未见部文，未知能否邀恩加衔；又举优题本不用但咨部否，抑应改奏，想世兄处亦必斟酌。手此，乞并示及。此间匪平，教案已结，共七十万。学务一时难振，清帅闻讲求吏治稍旧，否若嘉州之任性而行，一无章法，尚不如其旧也。此颂轺安。弟钝斋拜手。四月二十日。

七

横山樵翁鉴：

今正连奉手书，敬谂栘华双吉，政务多劳，至以为惝。尊居是否沈文定之屋，四月考差后，恐又席不暇暖矣。弟渝城度岁，二月杪潼川试毕回省。兵荒之后，应考者较上届颇减，而经古童场人数几有九成，佳卷寥寥。西政尤难责备，想各省相同，惟石印书畅行耳。省学堂粗具规模，嘉州到后颇以兴学为意，因极力赞成之。既设学务处，督办中小学堂,文书严切,州县略为警动,但无费无师,一时实难措手。于公不来,已请胡雨岚编修,极为得当,助胡者有陆仪之、徐子休两孝廉,皆鄙人去岁所曾往还者。胡赴东考察后,云尚须晋京一行。锦江改为中学,刻欲借此先办通省蒙养师范学堂,尚为扼要。若嘉州在此三年,学务必有起色。伍先生改为采访局,月送百金,以为娱老。此则弟与沈太守预为地道者也。春海先生去世,可怜之至。嘉州极意整顿,而举事似少次序,号令亦未必能尽行。首府县不宁,藉词东游,苇堂权篆尚能对付,方伯外观有馀,去润老远矣。弟出省五月回来,候补道或去或出差,仅曹、贺两人在,贺卸川东道,入[办]营务处,曹参案迄未复出,闻亦数月不见督面矣。官场如戏场,旁观冷眼,可发一噱。孝怀泸州学堂办成,而迄未妥帖,势不能居,吴兴以为介绍,大加叹服,礼以上宾,既总教警务学堂,[又]继以通省蒙养师范学堂总教属之。而官场舆论不能尽惬,久恐不妙。王寅伯为学务提调,皆与张坚伯观察(名鸣岐)相较者,局面与去年大不相同,鄙人乐得逍遥矣。特科官场惟刘道庆汾一人应考,本省人以苏抚所保为多,此科名目宏大,未敢悬揣入告,况一举已将三百人,亦可见中国人才之盛矣。尊处举优报部全文,据育贤云,前经咨部无所遗漏,惟批回未有天全杨赞襄,呈请去年中式一名可否邀补,弟已批业经咨部未便再补云云,谅不误也。庚子优贡究于何年朝考,此间不知,尚乞示及。去冬嘉定晤伯高,知凤守延主府书院,其下部所患似尚未愈,行步强勉,却讳言之。弟此次发折报科试完竣,此后优生报部向用题本,今年应否改奏,抑咨部足矣不必再奏,报满及交印应否具折。此三者均求赐示遵行。都门近事,便乞告知一二为荷。张表请归并科举,闻交尊处议覆,谅不能行。弟以为学堂宜从蒙小办起,科举宜从小试并起,并至进士,需十七八年方可,或以为太缓,然以二千年试士数百年八股之成法[姑]果至二十年能废去,而又得真才实学于学堂,鄙意尚以为至速也。目下若尽废固不可,并行并废恐学堂速效难期,所出举人、贡士未必果真实学,不如从根子上做起,小学成乃立中学,中学成乃立高等,学生十数年无日不在规矩绳尺之中,自无凌竞哄争之事。今之学生,所谓半路出家,无怪不能更约束也。此意怀欲陈之,观近今各事,无有源头上著手者,虑亦未必准行,姑以奉商,尚希裁覆。专此肃复,颂开祺,不一。大先生前道候。不另。弟钝斋拜手。二月四日。

与支继卿同年一书,敬烦饬送。

再,令孙世兄共有几位,大者已否定亲。舍亲小村中丞之长子祗(只)生一女,今年十四,随其继母馀姚史氏(亦通文墨)、生母合肥李氏,家教甚好,貌可上中,谆托敝处为之相攸。内子以此女可爱亦可怜,欲为觅一佳婿,素谂君家轨范,但不知年岁是否相当。阁下之意如何,特为问讯。寿卿从前颇有纨裤之名,今非昔比,此女又非其父比也,此则弟可力保者。尚祈示覆。又及。

八

子修仁兄大人阁下:

别来倏又经年,去冬世兄处闻东游返节,即日履新,至贺至贺。彼都学界新旧角分,而于执事均无间言,此次重提湘学,仍能得所展布否。弟闭门犹昔,自改官制,遂无迁徙之望,此后由候选府道至侍郎不过三转,阅两三年即得听儿曹,有运气者,自为之耳。兹有四川阆中校官傅守中,改捐知县到湘,求为介绍,其人明达有为,近年于学务亦颇有阅历,弟濒行时曾登荐剡,故稍知之。尊处如有委任,或不至辱命也。专此布渍,敬颂台安,诸希荃照,不备。弟郁生顿首。三月十八日。

嫂夫人处内子附笔问好。

九

子修仁兄大人阁下:

昨拜赐书,并大著《殉难记》,已先在紫老处读过,此为近今极有关系之书,必传无疑。至佩至佩。同人当携归分致。玉帅在津,可移赠升吉老、尉牧师。爵生多病,潜楼宁亲返里,朋侪日少,弟亦惟有闭门以书遮眼而已。此次回里,乃以俗务牵缠,淹留沪渎数月,幸夏间尚不甚热,同衔得培老时往剧谈,去一山亦不远,此月尽亦将归岛矣。尊体夏间违和,秋高气爽,当臻健适。至念至念。专此布谢,敬颂著福,诸希珍卫,不宣。世愚弟郁生顿首。

吴　鲁(1845—1912)

　　字亦肃,号肃堂,又号且园,福建晋江人。光绪十四年(1888)举人,十六年(1890)状元,授修撰。历官安徽学政、军务处总办、云南学政、吉林提学使等。工书,善诗文。著有《读礼纂录》《蒙学初编》《国恤恭记》《正气研斋汇稿》《百哀诗》等。见江春霖《清故进士及第资政大夫且园吴公墓志铭》、《词林辑略》卷九。

子修前辈宗大人阁下:

　　手示敬悉。黄绫坐签奉上,折差费向例拾金,侍处已依数照给。专此奉复,敬叩荣安,不宣。宗侍生鲁顿首。廿四日。

吴荫培(1851—1931)

　　字树百,号颖芝,一号岳云、云庵,江苏吴县人。同治九年(1870)举人,光绪十六年(1890)探花,授编修。历任京兆试、礼部试、乡试考官等。曾自费赴日考察,回国后就女子师范、幼稚园、水产农林讲习等五事上疏,由两江总督端方转奏,嘉纳施行。官至广东潮州、贵州镇远知府。辛亥后归里,捐资创立吴中保墓会。民国五年(1916),设吴县修志局,任总纂。著有《岳云庵诗存》《文存》,《紫云山房诗词稿》《蜀抱轩文杂抄》等。见吴铭常等

《吴荫培哀启》(《中华历史人物别传集》)、曹元弼《皇清诰授资政大夫二品衔记名提学使贵州镇远府知府前翰林院撰文吴公神道碑》(《辛亥人物碑传集》卷十四)等。

日昨大著若何得意,惜不及一读也。特科名单承允赐我一册,祈掷下。谢谢。先册前求惠题,得暇尚希不吝珠玉,纫感无已,容后泥首。此颂子修宗老前辈大人韶安。侍荫培顿首。十六日冲。

吴纬炳(1868—?)

字贞木,号经才,浙江钱塘人。光绪十四年(1888)举人,二十一年(1895)进士,改庶吉士,授编修。历官云南乡试正考官、甘肃学政、京畿道监察御史等。见《清代朱卷集成》、《词林辑略》卷九、《晚晴簃诗汇》卷一八二等。

子修四叔祖大人赐察:

违侍经年,时殷企慕,敬维福躬辑祜,合第凝釐,定如臆颂。炳蛰居人海,学殖就荒,辛壬以来,迭遭家难。今年正月,遽赋悼亡,弱息数人,仍留京邸。入宫不见,顾影自怜,身世茫茫,益增感触。自甲辰记名御史,偃蹇三年,今冬服除,或可传补。惟政法素未研究,将来滥竽台谏,称职殊难。芝生侍御,朝中之一鹗也,遽撄严谴,可谓寒心,出都时公饯于龙爪槐。恽家昆季实执牛耳未数日,而遂有弹劾。善化之事,翻云覆雨,竟至如斯,朝论沸腾,谏垣解体。此事原因极为复杂,南方各报叙述甚详,无劳喋喋。惟念大厦将圮,巢幕堪危,衮衮诸公不谋补救之方,徒工倾轧之计;而诪张为幻之辈甘为鹰犬,一味热中。人之无良,可为痛心疾首者也。政界现象几莫可为,无怪排满之徒乘机思逞,皖中近事至可骇怪,恐此后尚有不可思议之事,必至防不胜防,奈何奈何。湘中学界,近状奚若。闻长者维持调护,颇具苦心,伏祈为国珍重,善摄起居,至为祷祝。敬有恳者,同年俞琢吾大令寿璋,癸巳北闱与雷川同出刘静皆先生之门,品学端正,才识亦殊俊异。兹以知县分发湘中,提挈无人,向隅恒事,夙仰长者爱才若渴,说士甚甘,俟其趋谒台端,尚冀优加青睐,并祈于当道中揄扬一一,俾得稍展其长。倘荷量才器使,亦可收指臂之助。炳为荐剡人才起见,决非敢以私交而滥作曹邱,伏祈俯谅是幸。专肃,敬叩尊安,并颂合庭曼福。宗世再侄制期纬炳谨肃。

卷八

吴重憙（1838—1918）

字仲怿，号蓼舸，晚称石莲老人，山东海丰人。吴式芬子。同治元年（1862）举人。历官河南陈州知府、福建按察使、江宁布政使、护理直隶总督兼北洋大臣、江西巡抚、邮传部侍郎、河南巡抚等。解职后，寓居天津。富金石收藏。著有《石莲闇诗》《词》等，编《海丰吴氏诗存》《吴氏世德录》等，又辑刊《石莲闇刻山左人词》《石莲闇汇刻九金人集》。见章钰《海丰吴抚部墓志铭》（《四当斋集》卷八）等。

一

子修仁兄世大人阁下：

京华一别，六阅莺蝉。寄寓津沽，犹得与䌹斋兄时一过从，投赠简笺，藉悉我公旅沪近状。昨奉赐笺，亟承奖藉，并示以谢总兵传稿，得列鸣文，俾大义永昭千古，钦佩何尽。中叙之姚霭云者，本为京师白云观道侣，继张赓云来主持南阳之元妙观，与谢系当年道侣，故竭力助谢，以至于死。不知公系为讳言之否。益都孙文楷似是孝廉，弟不识其人，亦记忆不真，两次托人向原籍探访，讫未得复，莫可如何。公扶持正气，广为辑录，已得百五十人，九原吐气，足以追配蘁庵。所谓大自元老巨公，下至老兵退卒，随所见闻，折衷而论定之者，正如斜日荒江，以自消其块磊者矣。他日井中心史，有不并垂千古者乎。值兹地老天荒,弟以近八颓龄,百骸痼疾,侨居四载,景迫崦嵫,偃卧闭门一卷外,别无生活近况可告者,衹此而已。我公阳月初旬七旬荣庆,曾制一联,请绸兄附致。不克专函虔祝,歉疚奚如,遥望海天,依恋曷极。敬请崧安,并璧尊谦,诸惟荃照,不庄。世愚弟吴重熹顿首。八月廿四日。

二

子修仁兄世大人阁下:

京华酬酢,得识荆州,又荷宠招,以匆未践。愧恧愧恧。承损惠笺,并荷以督部公传略、诗文及铸铭碑拓见贶,念及先子昔日之雅,甚为慰感。集中无多倡酬,惟有用韵题华亭尚书杨子鹤《江南春卷》一诗,而舍间犹藏督部公手札数周,知交非恒泛也。倥偬南来,赐书未及详读,到申后乃得雒颂,敬仰孝思无穷,笃承先泽,门楣大起,累祀崇隆。弟则叔侄承家,阿咸先陨,茕茕孤立,苶焉心伤。今虽得追步后尘,环顾无同力之人,不免追思触感。读督部公与吴梅梁书,论道府之分,以狐学仙、人学仙为比,弟任知府十八年,是狐之多练五百年始得为人身者,为之哑然笑矣。先子一生好金石文字,收藏八千通,毁于壬辰之火,所辑目录分年、分地两书,至今未能刻竣。唯三代彝器一门,经弟携在行箧,免遭大劫。癸巳、甲午间,刻成九册,曾经王文敏奏进,板存京师,经庚子之变,几成散佚。此次在京亦未及细检付印,容后再陆续呈教。弟到此经旬,所事诸无头绪,商贾近利之谈不足以陈清听。拨冗裁复,并达谢忱。敬请台安,诸惟荃照,不庄。世愚弟吴重熹顿首。

李子荣(1854—?)

字孔昭,号杜生,湖南衡山人。光绪十二年(1886)进士,改庶吉士,散馆授刑部主事。历署四川彰明、梓潼、长宁、双流等地知县。光绪三十二年（1906）归里，著述而终。著有《荷塘诗文钞》《鹤寿山房诗集》等。见《词林辑略》卷九、《晚晴簃诗汇》卷一七五等。

五言排律一百均恭送还朝，录呈大人钧诲。

国重元勋裔，文参造化权。丝纶颁北极，棨戟耀西川。丹荔楼头雨，皇华驿畔烟。曾闻父老谕，重话钓游缘。凤诏衔芝润，貂裘丽锦鲜。洛尘湔此度，渝舞似当年。彝鼎铭犹[在]沔，辀轩手自编。日无迷五色，霓合奏诸天。甘澍良苗溉，和飔小草扇。沸羹惩瓦釜，琢璞辨珉瑶。芋剖鸱蹲熟，茶翻蟹眼圆。操铅裁伪体，授钵悟真诠。入幕皆豪俊，遗绁每尔怜。未容关节到，[讵]那许准程偏。玉垒铜梁远，云梯雾栈连。嘉陵程七百，番藏界三千。飞翮愁难过，号猿苦若煎。险流兰作楫，峻阪竹为篸。白马经翻译，黄牛浦泝沿。几能辞况瘁，[未敢]讵肯涉安便。旧迹渔洋溯，征騑印石遄。何张驰并轨，郭聂馥同搴。想象排营阵，句留买卜廛。方言别羌僰，志乘考潼犍。讲舍嗟荒圃，琴台艳故阡。坐令瑶简蠹，[谁]畴慕绛帏鱣。城阙思纷轶，郊移佐早嫒。观型整乡校，畜德视蒙泉。牍削书之背，毫挥妙到颠。讴吟樵牧遍，佩系鞢鞴梭。圣教衰中夏，佉卢习冗员。鸮音谁洗涤，狗曲惯周旋。飨蓿崇师道，栽松护庙堧。颓波看横溃，正学[此]赖关键。三绝常推郑，多闻最服籛。砭顽铭恳恳，奖善帛戋戋。网阔宜森宝，图开式赞璿。忧时慰宵旰，匡厦转坤乾。休暇勤蒐古，清晨必诵先。临池驱虎仆，袠篆爇龙涎。耆宿瓶斋投，时髦蜀秀骈。闲披一品集，为请上乘禅。汉士祠碑拓，明臣庙祀虔。坠遗归摭拾，扬激总殷拳。自矢涓涘答，焉知大局迁。神京悲板荡，胡羯憾腥羶。金蚀觚棱爵，花残秘阁砖。居庸骖拂柳，太华掌擎莲。似见书浮雏，犹[怀]期牧饮汧。提封规阬塞，强虏寝戈鋋。使命来青鸟，啼声辍杜鹃。兕觥斯馆祝，蚤发彼都卷。量尺功奚辍，摇旌梦亦悬。子山羁旅赋，工部咏怀篇。被眷恩膏渥，元宗子嗣绵。诚惟诸葛[宗]守，述逮谢公传。淹贯绌陈笈，淋漓华握椽。抡材更江右，受诰自庭前。英簜相辉映，

琳琅妙接联。记曾泃命轼,幸得逊[挥]施鞭。在昔巍科盛,由来地势
然。银潮[声]轰赭岸,珠彩阆泠渊。累叶勋留阀,群伦斗仰躔。笑谈
皆理趣,气概压戎旃。薄宦鹪栖托,微生驽驾孱。一官惭龌龊,九折
欢迍遭。[远]久别薛门柳,空思湘[浦]渚荃。扬舻越滩峡,横槊感幽
燕。常侍蓬添鬓,柴桑秋少田。顾蒙风雅主,剧赏枣梨镌。略分倾车
笠,论诗协管弦。牙签珍惠觊,手泽企精研。帝业赓歌美,王猷履道
平。光阴陶侃惜,铁石广平坚。凌阁今难觏,柯亭庆再延。霁容欣晤
对,苛礼省拘挛。忆弟新贻句,疲僮屡递笺。敢忘亲翰墨,长愿托钧
甄。卤簿崇垣外,鸣珂雾雪边。及瓜惊瞬易,树木弄姿妍。睿念需才
亟,征轺振策还。两宫颜有喜,四术职无愆。却盼冲霄鹄,殊惭下水
船。冠刚弹贡禹,槎遽返张骞。黍谷温潜转,蓬壶望欲穿。福星知满
路,寿曜避开筵。象服章荣雀,鱼轩御簇鈿。间高万石奋,士恋九方
歈。茁角班排笋,准绳匠削楄。浣溪澄潋潋,眉目送娟娟。赐宴觇醹
酼,循墙懔粥饘。遭逢瓯协兆,恺悌播垓埏。

属吏李子荣肃稿。

李嘉绩(1843—1907)

字云生,一字凝叔、冰叔,别署潞江使者、潞河渔者,祖籍直隶
通州,四川华阳人。历署陕西韩城、邠州、临潼等州县事,卒于任。
家富藏书,建藏书楼多处。著有《代耕堂全集》,包括《江上草堂前
稿》《代耕堂中稿》《代耕堂杂著》《榆塞纪行录》《沔阳述古编》《五
万卷阁书目记》等,另辑有《怀潞园丛刊》。见《益州书画录》、《道
咸同光四朝诗史》乙集卷五、《晚晴簃诗汇》卷一六八等。

一

大人垂鉴:

十四日由长安递到赐书,并副笺及和诗三章,蒙不以俗吏见屏,

欣幸何极。和诗锤炼密实，格调何异花宜，家学足征矣。谨当附载稿内。不意自十六岁服花宜馆，迄今四十二年，始重证于今日，此生平之至乐也。东坡诸孙，行医犹携冯注，就所考者，另笺录上。所云斗老者，集中所载止此，未携《栾城集》，它日当再考之。前读《国史》传尾载，以为公乃第二孙，故匆匆及之，再读《文略》后跋，则明书第四孙，竟昧昧至此。今应以"筌"为准，易"符"为"筌"，并为加注，阅者即知矣。日来灾振孔亟，日无暇晷，百忙中考此，而文书已堆案，相仍能再叠均，当续呈先生。此上，颂兴居。嘉绩百拜。

东坡孙男十四人：箪、符、箕、筌、筹、箕、篑、籥、籍、节、笈、筜、篷、竺。箪乃长子，迈所生；籥、籍、节、笈、筜、篷、简，乃过之七子；其它应迨之子也。前诗之误及改者，同此。

苏文忠集第四十一卷，《借前均贺子由生第四孙斗老》。押"复"字均，五古。中有句云"长留五车书，要使九子读。"自注：吾与子由共九孙男矣。

子由孙：简迟之子，籀适之子，范适之幼子，筥、筑逊之子，馀无考。所云第四孙"斗老"，不知其名，亦不知何人所生。

二

大人钧鉴：

青门暂住，幸觐清辉，慰数十年积慕之忱。回忆弱冠，学诗服膺花宜馆，瓣香奉之，今既先见哲嗣学使于华州，复谒执事于坐上，更蒙殷殷垂训，过我高轩，尤为欣幸。所惜倥偬吏事，偪而之阃，未能以收藏六万卷质之大雅之堂而鉴别之。昨读七月十九日回銮之谕，而守邠者振事正亟，弗克返道而送随銮之旆，此后西北云山，未卜何时再景山斗也。思之怅惘，而未能释，谨赋长句，别帧录尘，伏乞赐海。邠风纯朴，惟灾过甚，十室九空，为之上者，以何术挽之。元气之彫，恐数岁难复也。肃此，祗叩钧祺，伏惟垂览。嘉绩谨肃。

三

再叠前均，录呈钧正。

蜀道归来戒使骖，延陵家世有诗龛。劳劳逝者嗟川上，春春风人访召南。未暇检书车载五，那能携酒径开三。乡心迢递思何处，祇在卤湖印月潭。

磊落才名播九州，感时惟藉酒销忧。庄生梦里化双蝶，张子笔端回万牛。四海图书供眼福，百年身世聚眉愁。开函解识书中意，为忆平生马少游。

又

六诏论兵一卷存，尚书今在亦难论。岛夷势炫龙为友，华表魂归鹤有孙。天下那能百苏轼，海中何止一孙恩。先生不解随新法，只合城南日闭门。

嘉绩拜上。

四

子修大人钧鉴：

昨上诗有句云："我喜城南识苏籍。"误记以"籍"为坡公次孙，今考"籍"乃叔党次子，非坡之次孙。坡之次孙，实苏符也。记忆未真，遽尔谬误，乃知毛大可之獭祭有以哉。公为尚书公次孙，拟易其句云"我与苏符喜相识"，以征实之。临颖惶愧，特以上陈，祇请餐安。嘉绩谨上。

五

蒙赐《花宜馆文略》，敬赋一律。

花宜诗早名天下，此日文传重讨论。散弃江湖归册府，蒐罗神鬼助文孙。雕龙蜀匠精初本，驻马秦邮述旧恩。我喜城南识苏籍，清芬留得诵坡门。

　　嘉绩呈稿。

六

　　长句二章,恭呈钧正。

　　君家世代文章府,中有花宜独奉龛。得地湖山同孕毓,抡才父子各西南。关中旧政犹歌诵,辇下闻人不二三。此日城南寻杜曲,定知回忆百花潭。

　　寥落关西领两州,地荒千里使人忧。衔芦辛苦哀鸿雁,转粟艰难困马牛。刺史衣冠惟洒泪,翰林风月也言愁。明朝策謇咸阳道,重忆延陵怅远游。

　　李嘉绩谨呈草。

刘　果(1855—1914)

　　字毅夫,一字绍严、少岩,河南太康人。刘郁膏子。光绪二年(1876)举人,十二年(1886)进士,授礼部主事。庚子之变,扈驾西巡。后充精膳司主事、仪制司郎中兼学部行走、右参议等职。三十三年(1907)擢礼部右丞,又任洛潼铁路公司总理。宣统三年(1911),署典礼院副掌院学士。见《清代官员履历档案全编》、《(民国)太康县志》卷十、《安乐康平室随笔》卷三等。

子修仁兄同年大人阁下:

　　夏间陆书城大令回湘,附上乙椷,计登签掌。流光迅速,瞬逾中秋。阅邸抄,欣谂藩条兼缩,展布益宏,遥跂斋辉,曷胜驰思。弟容台供职,建树毫无,礼学馆现经开办,诸事草创,并屋宇亦须另建。此次宗旨,原为修明礼教,以存国粹,事体重大,踏踏实深。延聘纂修、顾问诸君子,虽不乏一时知名之士,惟斟酌损益,能否不留遗憾,将来能否实行,殊无把握。弟才质庸下,于礼学素未究心,至交如君,其将何以教我耶。新授湖南遗缺府禄荷荣太守官印显,向隶藩部,兼值枢廷,干练勤能,通达政体,当道皆深倚重,拔充帮领班章京,刻以京察一等简任。今职初膺外任,情形未能周知,幸隶骈襟,敢乞推爱为乌,进而教之。禄君与弟相知有素,度能仰承训诲,尽心职守,以仰副栽培于万一也。手泐,敬请勋安,诸维惠照。年小弟刘果顿上。

刘春霖(1872—1942)

字润琴,号石筼,直隶肃宁人。光绪二十八年(1902)举人,三十年(1904)状元,授修撰。继赴日本东京政法大学深造。历任咨政院议员、福建提学使、直隶法政学堂提调、直隶高等学堂监督、北洋女子师范学校监督等职。民国后,曾任总统府内史、直隶省教育厅厅长等。此后隐居不仕。善书法。见《最近逝世之末科状元:刘春霖》(《东方日报》1842年1月28日)、《六十自述》(《河北文史资料》第四辑)、《词林辑略》卷九等。

一

子修文宗仁兄大人左右:

前日趋候,未晤为歉。昨奉手教,知贵恙尚未痊愈,念念。弟所患已服胡粤生拟方,似有效验。据云气血太虚,风寒乘之,是以增剧,实属洞见病源。嘱件当图报命,容晤再谈。专复,即颂全安,惟照百益。馆愚弟刘春霖顿首。十一日申。

二

子修文宗仁兄大人左右:

接奉手示,猥以鄙人足疾,致劳记注,并荐良医,感铭曷已。弟昔年剿办,猥夷营中染受潮湿,间有触发,数日即愈,此次较重,现因连用旧方薰洗,已好十之七八。晤胡令,当求拟方。准明日接印,再容趋候致谢。先此奉复，即颂道安。馆愚弟刘春霖顿首。

刘学谦（1864—?）

　　字地山，号益斋，又号退庵，直隶天津人。光绪八年（1882）举人，十二年（1886）进士，改庶吉士，授编修。历官监察御史、礼科给事中、工科掌印给事中、四川永宁道、浙江金衢严道等。善书法。见《清代官员履历档案全编》、《词林辑略》卷九、《国朝御史题名》等。

一

子修仁兄同年大人阁下：

　　趋候未得聆教为怅，维动履清佳，为颂为颂。承询子峤之世兄，谨以布覆。世兄名仁元，字锦中，又字调卿，寓琉璃厂姚江会馆。伊到京已久，弟以俗务纷忙，亦尚未得一晤也。此覆，敬请大安，不一。年教弟学谦顿首。初七。

二

子修仁兄同年大人阁下：

　　数日未晤为念。嘱领敕书一节，兹领到送上，祈察收。该费拾弍金，希赐下，以便交付。专此，敬请筹安。年小弟学谦顿首。十一。

樊恭钊

　　生平不详。

一

　　手示诵悉。台从既西城有事，务望先过粤馆一转，决不迟留。桂兄亦允必到粤馆早餐后再他往,旁晚仍到粤馆也。此渎,敬请勋安。
小弟恭钊顿首。初八日。

吴四大人。

二

前承面索位西丈诗,在弟处别存者。兹检齐送上,都二十四首,
祈录出后原底仍付还为荷。昨匆匆未克细谭,容再诣馨。此请子修
仁兄大人台安。弟钊顿首。廿三。

三

午前趋贺,未获登堂面叩。兹友人谈及张子虞兄定初七日南旋,
未识尊处亦闻是说否。其太夫人姓氏、封诰,如尊处已询悉,乞赐示
为感。此渎,敬颂子修仁兄大人节禧。弟钊顿首。

邵位丈诗刻本如可借阅,并乞检付。

钱骏祥(1848—1930)

> 原名贻元,字新甫,别号耐庵,晚年自号瞆叟,浙江嘉兴人。
> 光绪十一年(1885)举人,十五年(1889)进士,改庶吉士,授检讨。
> 历充会典馆纂修、国史馆纂修、编书处总校、实录馆总纂等职。
> 二十年(1894),任山西学政。二十七(1901)奉讳里居,主讲敷文
> 书院。辛亥后,解职退隐。著有《晋韬集》《子影集》《馀光集》等。
> 见孙雄《翰林院侍读嘉兴钱公新甫行状》(《广清碑传集》卷十六)、
> 章钰《翰林院侍读嘉兴钱公墓志铭》(《碑传集三编》卷十)等。

一

子修老前辈表弟台大人惠鉴:

省垣小住,屡从谈宴,湖山清梦,时系于怀。别来又已两月,日前

接奉手函,诵悉一是。藉谂起居清适,动定咸宜,至以为慰。祥自别后,即至苏垣,恩中丞见著当以五表弟事相托,渠即云"当差甚好,已为蝉联,将来另行位置"等语,此是口头禅,恐不足恃也。在苏祇住四日,即谒仲师于嘉定,旋至虞山,谒瓶师于白鹤峰下,精神清健,不异往时。在虞留一日,即至沪上,节后归家,住未旬日,又至近县各处。上月初归来,已觉炎热,只好杜门矣。承示本月杪至苏即赴沪,祥正好结伴北行,尚望于定期后即赐一信,以便束装至沪会齐,至为企盼。总总手覆,敬请台安,不具。姻侍制骏祥稽首。七月朔。

<h1 style="text-align:center">二</h1>

子修前辈表弟台大人惠鉴:

　　今正接奉手书,正不孝遽遭大故之后,神识昏迷,未能作覆。日昨接张玉珊大令来书,知台从业已由豫章动身回杭,计早安抵珂里矣。前岁京津衅起,不孝奉先严回里,本意杜门戢影,侍膳循陔,可以长承爱日,乃罪恶丛积,天降大罚,不于其身,而遽夺吾亲,使不孝长为无父之人,尚何言哉。现拟于本月杪举行殡奠,容再具讣奉闻。日前季平舅父来禾吊唁,谈及家况,辄为踌躇。去冬承执事致书王爵棠中丞,方冀可得一善地,而中丞遽开缺去皖,命宫磨蝎,于斯而极。年前为四表弟捐一县令,(名开吴,号殿俦。去年七月江省上兑,至十二月初五日始到省。)以冀出山稍分仔肩,惟捐免保及印结、引见等费计非二千金不办。季舅此时已山穷水尽,安得有此巨项。侍目睹为难情形,亟思鸠资佽助,自问棉力又难独任,因思执事谊笃渭阳,亦必不忍季舅坐受窘累,尚求设法援拯,俾得完全。(舍阁下外,再无可求之人。)此举不独季舅可以心慰,即侍亦同佩大德于靡既也。季舅即欲赴杭,忽忽泐此,倘左右下月尚不赴京,当可把晤于西子湖边,一纾积悃。敬请开安,诸希惠照,不宣。棘人钱骏祥稽颡。三月初八日。

三

子修老表弟前辈赐鉴：

　　自去秋一叙，屈指又逾一载，想望之私，与时俱积。近维起居纳祜，餐卫咸宜，定如所颂。侍旅寄异乡，一无佳状，六月间因小孙夭折，心绪异常恶劣，大儿因接至都中，暂为排遣。一住三月，已于月前回津，现仍杜门谢客，日惟枯坐而已。前恳执事为敝族世谱作跋，仰荷台诺，甚为心感。惟迄今未见寄到，又不免殷盼，可否拨冗一挥，早日寄下，实深企祷。手此，敬请颐安，并希惠覆是幸。姻侍骏祥顿首。

　　世谱底稿系伯英舍侄所藏，屡来问讯，敬乞先行寄还舍侄为荷。舍侄现住嘉兴南门内砖桥块帮岸，邮寄亦甚便也。

戴兆春（1848—?）

　　字青来，号展韶，浙江钱塘人。戴熙孙，戴有恒子。早年曾肄业诂经精舍。同治十二年（1873）举人，光绪三年（1877）进士，改庶吉士，授编修。官至陕西陕安道。曾主讲上海蕊珠书院。工山水。编有《习苦斋画絮》。见《清代硃卷集成》、《词林辑略》卷九、《海上墨林》卷三、《寒松阁谈艺琐录》卷三等。

一

子修姻叔大人史席：

　　暮云春树，怅望为劳。秋间得复书，稍慰饥渴。近日又奉惠函，并承厚赐下颁，且家姊处亦邀分润及之，感荷之私，匪可言喻。敬维履端集福，泰祉迎禧。虎节荣持，荷醲恩于湛露；龙门望重，敷雅化于春风。引企芝晖，莫名藻颂。侄寄闲为福，守拙自甘，寓中幸各平安，贱体亦尚粗适，开坊虽在，顶补见缺，尚未有期。此次京察仍列一等第三，浙人止侄与绚斋兄两人，可谓少矣。明岁之事，两途或冀居一，佌亦随遇而安，不执成见，听之天命而已。林镜如通家，本属病躯，又鲜阅历，未免绌于吏才，承为照拂，心感之至。穗卿闻已到省，特未知其能即履新否，亦许久未得其来书也。螺舲于去夏赴岳家霍邱署，原拟小作句留，秋后接眷回京，而届期春农适又交卸，迁延濡滞，年内遂不及北来。渠自喜攻西学以来，不免偏见，此半年中旷废尤甚，姻叔来书持论切要，可箴可铭，令人钦佩无已。佌亦尝以此开导之，惜执迷者未必悟也。津门阅卷一席，屡有更调，尚不向隅。频年俭约自守，尚可勉力敷衍。佌素不热中，近来名利之心益淡，长夏无事，辄以作画为消遣，尚能自乐所乐。绀斋兄供奉稍劳，而貌益丰厚，洵为载福之器。尊寓知均安好，书此以慰远怀。京师晴燥过久，幸冬至得雪以来已见三白，足资补救。小儿云锦日见灵动，渐觉可玩，近时身子尚好，并以附陈。日短事冗，未能尽言，手此布略，并以申谢。敬请台安，并贺阃署新禧。姻愚佌戴兆春顿首。嘉平月初八日。

家姊命笔请安道谢，恕不另肃。

二

子修姻叔大人尊右：

日前奉到覆书，敬谂起居清暇，吟兴日增，羡甚羡甚。此间入夏以来，又嫌少雨，盖[旱]陆田全赖天时，衹要两旬不雨，便已望泽孔殷，与家乡情形迥不相同。故日来又在设坛求雨，虽连得阵雨，尚未深透也。佌闲时亦尚清净，仍可以应酬书画为消遣，而遇公事冗杂之时，未免烦扰。教案一节，尚在功亏一篑之候，彼族翻覆多疑，为难之处，未可殚述。晤傅彤翁自能详言，不缕缕矣。署中现均平安，小儿及佌孙均于本月半种牛痘，日来已皆大好，足以告慰远注耳。（张仙槎馆事，临行又向桐翁切托，或者为日已久，已别有所就耶。）行在各事大致已悉，日前据陆凤石前辈信，知近日正议回銮一节，以意揣之，恐未必如此果决。（正在封函，已见四月十五、六、七等日上谕矣。）况天气已炎，大约仍是秋间之局，然此事实不宜迟，庶可略定人心。或先定期宣旨亦妥。长者以为何如。时汝陈兄侄本早订定（书启一席），曾托朱英甫兄汇寄聘敬、程敬共四十金，未知渠究收到否。（据英甫云已交到。惟关书原拟托英甫带沪，后竟匆匆不及矣。）后因事变隔绝，在太原又寄沪一函（到任后又寄一函），以询去就，而杳无覆书。（故到任后，只好另请他友。）如其人尚在西安，请代[为]一询及为感，否则亦无庸议矣。（如渠能惠我一纸书，至感至幸。）至孙家之事，本为汉中奇闻，侄早知之。丽元兄已见过，并未提及此事，次日即送礼来却之，防请托也。虽人子之心原有不忍，而斡旋殆亦不易。兹乘桐翁到省之便，肃此布复，敬请台安。姻愚侄戴兆春顿首。四月杪。

戴启文（1844—1918）

字子开，号壶翁，江苏丹徒人。监生，六应秋试不第，官浙江候补道。民国初曾与淞社。著有《招隐山房诗抄》《新安游草》《西湖三祠名贤考略》等。见吴庆坻《壶翁别传》（《补松庐文稿》卷三）、《清代官员履历档案全编》、《道咸同光四朝诗史》乙集卷五等。

一

昨与余铁翁约三日内同往淑园，兹恐阴晴无定，迟又遇雨，不若今日即去。准于饭后先行，两三钟之间在彼候驾，如有馀兴，尚可登吴山一览也。行止示覆。此上补松先生。壶翁白。廿四日。

二

天朗气清，助人游兴，午饭后望早临敝寓，偕往淑园。闻桃已盛开，仍可出凤山门，至报恩寺一观，取道候潮门而归，则桃花之胜可遍览矣。午后为时甚长，不嫌迟也。此上补松先生。壶翁。廿五。

三

饮壶春楼

买醉玉壶春,招来结夏人。维舟依岸柳,出水足湖莼。虾菜鲜充馔,莺花近作邻。刘庄相距最近。登楼先唤酒,拨瓮许尝新。

瑞云庵访何庚老

放棹荷乡去,因过竹院谈。地成凉世界,人似老瞿昙。下榻分禅席,焚香傍佛龛。诗心与画理,自向静中参。

西湖晓泛观荷,自孤山、三潭、南湖,憩
于红栎山庄,浇书摊饭,乘凉晚归

柳风荷露气澄鲜,孤[矶]屿三潭净晓烟。香国分疆开别墅,兰陔署额易廉泉。自然居近随心饮,且住轩凉放脚眠。朝往暮还经四度,不教辜负藕花天。

宿雨初止独上吴山茶楼晓望

渀漫晓气未开晴,登眺何妨踽踽行。过雨云容千[愁]态变,隔江岚影数峰明。禅房习静扉仍掩,茗社撑空栋欲倾。笑我独游还独咏,诗肠洗濯饮茶清。

壶翁漫草。

四

淑园消夏用戊申年会中唱和韵

曩戊申岁,与李蕴斋侍郎、刘海臣太守、汤味梅、丁文涤、余铁松观察结社淑园为逭暑会,吟饮甚乐。秦散之少尉绘《淑园消夏图》。

未几,时事变迁,风流云散,三老先后逝世,刘与秦皆八十外,李亦将近八旬,汤湘人、丁粤人久无消息,铁松与予散而复聚。今届戊午,忽忽十年,又得陈少英、李兰友、黄晋之诸君重集淑园避暑,此会洵未易得,不可有酒无诗,爰用前韵赋此,索铁松暨同人和作。

淑园气清淑,谊暑莫若此。居士本澹然,铁松外号。嚣尘异近市。在昔君子交,澄怀淡于水。盍簪联雅集,觞咏山房里。暑往阅十稔,空留图一纸。王老尽陈人,亡年各儿齿。馀亦感别离,抒怀托绿绮。幸存仅二难,[独]犹恋湖山美。戊年今再逢,后会须料理。新知续坠欢,流光去如矢。结[社]社盟鹭鸥,出桝任虎兕。时事勿复言,嘉会窃心喜。

壶翁漫草。

严 修(1860—1929)

字梦扶,号范孙,直隶天津人,原籍浙江慈溪。光绪八年(1882)举人,九年(1883)进士,改庶吉士,授编修。二十年(1894),简贵州学政,提倡经世致用之学,并奏请开设经济特科。戊戌政变,乞休归里,聚徒讲学。二十八年(1902),自费赴日考察。回国后,创建敬业中学堂,后改名南开学校。三十一年(1905)学部成立,任侍郎,推进教育改革。民国七年(1918),赴美考察教育,次年与张伯苓等创办南开大学。晚年隐于乡,结城南诗社等。著有《张文襄公诗集注》《欧游讴》《严范孙先生古近体诗存稿》等,今人辑有《严修日记》。见《严范孙先生自订年谱》、高凌雯《严范孙先生年谱补》及《诰授光禄大夫学部左侍郎严公行状》(《严范孙先生自订年谱》附)、卢弼《清故光禄大夫学部左侍郎严公墓碑》(《民国人物碑传集》卷五)、陈宝泉《严先生事略》(《广清碑传集》卷十八)、陈中岳《蟫香馆别记》等。

子修仁兄大人阁下：

别来经岁，恒切驰依。比诵惠书，敬承学事宣勤，教思笃棐，湖湘胜地被以儒风，庠序成规，董之法令，贤劳最著，钦佩实深。湘省学务，以历任疆吏皆当代伟人，提倡最力，而其士民又能速化，开办之始，气势踊跃，颇称于时。徒以风气晚开，教员缺乏，任教育者以赴时济急之见，专务开通，扬之过甚，学科不尽实是，士气渐涉虚浮。阁下抵任，力为整齐，闻已贴就范围，一改旧习，湘士来者靡不称颂功德，共相庆幸。前者民立学堂因停发经费，未免小有恇惧，近日渐复其旧，则又感奋相告，似若得自望外者。弟所识在京湘人，大率能道其详，盖叹我公之操纵得宜，镇于初而成于终，其妙用不可及也。经费支绌，各省所同，教育一事既为万事之根源，自不得不应其所急。地方小学就地筹款，亦赖官力主持，以原有公积移之教育，当为民情所便。来示及兹，用抒鄙见，藉备甄择。弟学殖荒落，任重力绵，每念立宪根基系于教育，以全国土地之广、人民之众，而州县小学设者寥寥，欲图普及，不知从何处著手。旁皇中夜，刻不自安，尚祈时锡教言，以匡不逮，不胜感盼。专此，敬请台安，芳版附璧。馆愚弟严修顿首。

顾　瑗（1872—1920）

字亚蘧，自号天阙山人，河南祥符人。光绪十五年（1889）举人，十八年（1892）进士，改庶吉士，授编修。历任国史馆协修、记名御史、江西乡试副考官、理藩部右侍郎等职。民国后，任清史馆纂修。著有《西征集》。见吴士鉴《哭亚蘧》（《含嘉室诗集》卷七）、《清代硃卷集成》、《词林辑略》卷九、《晚晴簃诗汇》卷一七八等。

次韵谢子修年丈、樊山前辈题西征集

禽鸟偷生百不知,圈牢物负圣明时。汉廷上策思徐乐,河朔谈兵愧牧之。壮已无闻何况老,字犹未识敢言诗。扶持悦得如公等,莳菲奚伤下体遗。

顾瑗。

徐仁铸(1863—1900)

字砚父,号缦愔。原籍江苏宜兴,顺天宛平人。徐致靖子。光绪十五年(1889)进士,改庶吉士,授编修。二十三年(1897),出任湖南学政,助巡抚陈宝箴推行新政。曾向其父推荐康有为、梁启超等人,支持时务学堂等,批驳守旧谬论。戊戌政变后,与父同被革职。上书乞代父下狱,不允,后忧愤而死。著有《辒轩今语》《涵斋遗稿》等。见《清史稿》卷四六四、胡思敬《徐仁铸传》(《戊戌履霜录》卷四)等。

违教数日,甚念。昨家岳有贺函,至属转呈,即祈察入为幸,暇再走谒。敬上修翁老伯大人。如侄仁铸拜状。

缃斋均候。

李传元(1854—1922)

字仲钧,号橘农,又号芝坪、净岩、安般,江苏新阳人。光绪八年(1882)举人,十五年(1889)进士,改庶吉士,授编修。累官至浙江督粮道、按察使、提法使。著有《净严诗草》《净严词》(又名《芬陀利馆诗馀》)等,纂《(民国)昆新两县续补合志》。见《清代硃卷集成》、《清代官员履历档案全编》、《晚晴簃诗汇》卷一七六等。

一

顷接夔师来信,荣文忠祭文若俟礼部文到再拟,恐为期太促,嘱请台端先拟,恐知会迟延,先此敬达,祈速藻为妙(就上谕敷衍可也)。专此,敬请子修老前辈姻大人台安。传元顿首。

二

荣文忠祭文底稿,曹撰壹纸送上,希察入。考试章程暂假观一二日,即奉缴。此请子修前辈姻大人开安。传元顿首。

三

赐示并大著文,均敬读悉,钦佩无似。其第二次祭文已由桂卿前辈撰拟,为期甚迫,故必须分撰也。(此二篇月内即须具奏。)贤良祠祭文可以少迟,然下月[初]中亦须具奏,暇即命笔尤妙。馀容面罄。此请子修老前辈姻大人开安。传元顿首。

四

手示祗悉,赵分收到。侍日日作移居之想,乃至今未得一庑,殊闷闷。元和傅相与庞、于诸公联翩出世,人间天上均绝寂寥,可哀亦可羡耳。傅相遗命殆鉴于桂林尚书之事,此老用心始终周密,实堪钦仰。手此奉复,迟当趋谈。此上补松老前辈大人。传元顿首。

五

顷谈为快,《因是子静坐法》奉览。其人于台宗止观似亦尝用功,未知与玉华如何也。侍近亦思习,惟六根浮尘昏扰之象求息甚难,所以旋作旋止。此上子修老前辈。传元顿首。

六

折扇一柄，其长大可与尊篦相伯仲，敬求赐书。近作亦如来命，所谓报也。一笑。补松前辈。传元顿首。

七

雨中与鹭汀翁同过补松前辈，出去年乞书便面，为录旧作长古见还，锦段珠玑同时入手，喜可知矣。即用鹭汀翁前示诗韵纪其事，并呈补公。

剧骖十里困驰奔，甲子冥冥海气昏。壁有新诗行且读，室因野史陋还尊。补公居甚隘。两行备合夸成氏，人挽车休慕百源。鹭翁欲乘人力车还，余以马车送归。我仆告劳我心喜，琼瑶三百册三言。并注数言，得此数。

安般。

八

移居诗四首未以示人，偶与补松前辈谈及，欣然索观，因录以就正。人非太鸿，宅非庾信，殊难下笔，若辱和章，则是因难见巧矣，私窃望之，并呈鹭翁。

云水飘流无定居，一椽容膝亦吾庐。心平广狭原无二，巷僻亲朋或渐疏。记［洒］扫中庭待明月，庄严四壁赖群书。挈家便作菟裘视，华屋何曾异太虚。

三宿桑阴著已深，入山未得且移林。胡床久坐尘生簟，堕灶频新突满黔。抚事岂无今昔感，观空宁有去来心。冷蛩秋至应相忆，闭户何人对苦吟。此首别旧居。

纳纳乾坤无一廛，赁庑费尽买山钱。兵戈惯阻烟波兴，逆旅偏延老病年。地处域中如域外，劫从空后返空前。龙钟岁月闲家具，海上从今更几迁。

置榻先思午梦酣，亩宫一角户西南。幸无鹅鸭喧蓬户，豫戒儿童逐篠骖。毅豹养生谁足法，屠羊空羡亦[心]怀惭。练心正合依嚣市，懒斸松根觅化潭。吾家长者事。

安般自录。

陆心源（1834—1894）

字刚父，号存斋，晚称潜园老人，浙江归安人。咸丰九年（1859）举人，会试不第。同治四年（1865），简广东南韶连兵备道，六年（1867）调高廉道。十一年（1872）赴闽，总办军政、洋务、税厘、通商并海防事宜，署盐法道。因与署督不合，乞养归里。晚年，经李鸿章等荐举复起，辞不就。性好聚书，藏书富海内，筑皕宋楼、守先阁、千甓亭等以藏书。后其子树藩经商失败，举其所藏售与日本静嘉堂文库。著有《仪顾堂文集》《仪顾堂题跋》《皕宋楼藏书志》《唐文拾遗》《宋诗纪事补遗》《群书拾补》《吴兴金石记》《归安县志》《宋史翼》等，汇为《潜园总集》。见缪荃孙《二品顶戴记名简放道员前广东高廉兵备道陆公神道碑铭》（《艺风堂文续集》卷一）、俞樾《广东高廉道陆君墓志铭》（《春在堂杂文六编》卷四）等。

一

大人阁下：

昨领到尊先德两集，并汉碑精拓，谨已弄箧，感极。昭觉之游，三世韵事，佳话奇缘，海内希觏，叨陪驺从，谭者为荣。大作想已脱稿，尚未见示，良殷肫企，辄忘谫劣。敬和一章，藉申颂意，附名卷末，伏乞斧藻为荷。新刊《碣石颂》，附呈钧览，并希晒存。心源顿首。七夕前一日。拙作录后。

二

大人阁下：

顷承左顾，并赐诗为寿，猥蒙奖借，感与惭并。惟贱诞已过，实非七夕，敬依前韵奉答，兼辨误云。伏乞吟正。

三

大人阁下：

昨夕奉上拙作，自忖首二句失粘，欲追还已扃门矣。敬谨改易缮呈，互换前笺，伏乞原照为感。心源顿首。初八晨。

衡山事今午当为缓颊，未知能否称意，容再申。

刘启襄（1865—1887）

字少棠，号干臣，江苏宝应人。光绪八年（1882）举人，十二年（1886）进士，改庶吉士。早卒。见《清代硃卷集成》、《词林辑略》卷九等。

子修我兄同年大人阁下：

暂逢即别，别后见忆[残]殊甚，转不若不相遇也。弟阻邗上两日，不知足下何日到钱唐。前诵之稿，别后兴败[即]不复，即改今日舟中独酌。"村酿田前"句适觉芜秽特甚，不可示人，赖知弟者或不见哂也。辄复增数句，益为放歌，书以奉寄，固知瓦砾不堪收拾，或肯赐斧斤，亦私愿耳。舟行值当头风甚，暇取《汉书》一卷，且以消遣，比至里则益尘污不堪说矣。长岁且尽，日月警人，奈何奈何。岁事伊始，伏维起居钟萃吉羊，维鉴不庄备。小弟启襄顿首。

舟过金陵，吴子修同年来，亦附舟车返，余既与子修汉上别，殊不意复晤，喜赋一章呈子修

别君京华尘，逢君汉阳树。别君胭脂山，逢君秣陵渡。秣陵京口百馀里，留我须臾待吾子。此会毋乃太迫促，如飘萍梗随流水。缩手问君冷，回头索君诗。君来那能速，君去才几时。一十八日如久别，衣上飒飒征尘缁。今年腊昼不见雪，大江日[月]日堕寒月。对面金焦不敢辨，朔风轹面霜攒睫。胡不[征]径访孤山梅，胡不同捉平山杯。与子乃守破裘与骒仆，芒芒吴楚胡为哉。君来石头城，耳狃新亭寒涛声。颇闻惠连亦清绝，池塘春草年年生。我昨载月过牛渚，月中仿佛袁临汝。翩然梦忆白玉京，汉阳太守婆娑舞。世上纷纷竞瓦釜，黄钟不如尘与土。吾将[射]放鸭射陂淀，子亦停桡武林去。

陈伯陶（1855—1930）

字象华，一字子砺，晚年更名永焘，号九龙真逸，广东东莞人。光绪五年（1879）举人，十八年（1892）探花，授编修。历充云南、贵州、山东副考官，武英殿纂修，起居注协修，文渊阁校理，国史馆总纂，江宁提学使、布政使等职。民国后，避居香港九龙，潜心著述。著有《孝经说》《宋东莞遗民录》《明东莞五忠传》《胜朝粤东遗民录》《瓜庐文剩》《瓜庐诗剩》《宋台秋唱》等，辑《聚德堂丛书》，纂《东莞县志》。见陈宝琛《陈文良公墓志铭》（《沧趣楼文存》卷下）、张学华《江宁提学使陈文良公传》（《碑传集三编》卷二十一）等。

子修年伯青鉴：

接诵《殉难记》及目录，遵即转致诸公。近接张閤公前辈及汪旸吾兄来函，各以所见呈献，谨将原函寄上，希察入。《记》中无广州凤将军山，当时殉节陶有略记，并付呈以备采录。视息海滨，无可告语。

不赘,即颂撰安。陶谨启。四月十二日。

王颂蔚(1848—1895)

原名叔炳,字芾卿,号蒿隐,江苏长洲人。光绪二年(1876)举人,六年(1880)进士,选庶吉士。散馆,改官户部,补军机章京。后任户部郎中、户部湖广司郎中、记名御史等。甲午战败,愤郁而亡。著有《写礼庼诗集》《文集》《读碑记》,《古书经眼录》,《明史考证攟逸》等。见《清史稿》卷四八六、叶昌炽《三品衔军机处行走户部湖广司郎中王君蒿隐墓志铭》(《奇觚庼文集》卷下)、王季烈《清故诰授资政大夫三品衔在任候选道记名御史军机处行走户部湖广司郎中先考芾卿府君事略》(《写礼庼遗著》卷首)等。

录录尚未走贺,深用歉然。顷承手教,敬悉,遵即录奉台阅。此请子修仁兄同年大人开安。小弟颂蔚顿首。

张学华(1863—1951)

原名鸿杰,字汉三,晚号闇斋。原籍江苏丹徒,广东番禺人。光绪十六年(1890)进士,改庶吉士,授检讨。历任山西道监察御史、济南知府、济东泰武临道、济南商埠监督等职。宣统三年(1911),补授江西提法使。辛亥后,避地香港,自此不仕,闭门著述。著有《闇斋稿》《广东文征作者考》《粤海潮音集》等。见张澍棠《提法公年谱》、《词林辑略》卷九等。

一

修老前辈大人尊右:

日前得聆清诲,藉慰渴思,不胜忻幸。承惠示并书,辱蒙垂注,尤为纫感。侍拟于明日出都，此后重涉风尘，未知何时得离羁绁，望公如仙，更重离别之感。他日展诵大集，如亲晤接，亦幸事也。行色匆匆，未能诣前言别，歉甚。附呈山东图书馆石刻二份，乞察存。暑日，伏维珍重，敬叩道安，惟希爱照。不宣。侍学华顿首。

二

承赐家集，敬诵先芬。复荷佳茗之惠，藉以一涤尘襟，谨已拜嘉，晤谢不宣。修老前辈。侍学华顿首。

李端棨（1848—?）

字子方，号少舟，又号心壶，贵州贵筑人。李朝仪子，李端棻从弟。光绪十二年（1886）进士，改庶吉士。散馆，任陕西宝鸡知县。见《清代官员履历档案全编》《词林辑略》卷九等。

深山僻处，幸接光仪，一吐胸间结辖，然此中言语不足为外人道也。颁赐《花宜馆文略》，敬谨拜受。馀珍既承厚贶，亦不敢辞，一并愧领。雅咏前后两章，读竟益增感怀。所恨俗吏，笔研久荒，心如废井，不能奉和矣。手肃鸣谢，敬请子修学使同年大人时安。年小弟端棨顿首谨上。

杨葆光（1830—1912）

字古酝，号苏庵，别署红豆词人，江苏娄县人。岁贡生。历任江苏溧阳、丹阳，浙江黄岩、龙游、新昌等地知县、县丞，有政声。工诗词，善书画。晚岁寓居沪上，鬻书自给。著有《苏庵文录》《骈文录》《诗录》《词录》，《天台游记》，《订顽日程》等。见张锡恭《杨苏庵大令家传》（《茹荼轩续集》卷六）、《近世人物志》等。

一

子修先生姻大人侍史:

　　前奉手谕,许不限以时日,得以含英咀华。人事因循,月许之久仅读毕一册,吹毛求疵,技尽于此,拈出处不知有当大雅否。蜻蜓撼石柱,多见其不知量,未识尚许其留读邪。连日稍感寒疾,楼居不下,闷损已甚。手此,敬请道安,并缴大著第一册。姻小弟葆光顿首。七月廿六日灯下。

二

子修先生阁下:

　　前缴补松堂大著第一册,兹又将第二册读毕,但觉诗境愈胜于前。惟管窥蠡测,所粘条未必得当,限于所见,尚祈谅宥。闻远舍内侄来信嘱念,并言有馀杭夏涤庵进士,名震武,著有《悔言》。计阁下必知之,其人今在何处,特嘱奉询。敬请道安,不尽。姻小弟葆光顿首。八月五日。

邹福保(1855—1915)

　　字永俦,一字咏春,号芸巢,晚号巢隐老人,江苏元和人。光绪五年(1879)举人,十二年(1886)榜眼,授编修。官翰林院侍讲。三十三年(1907),辞官归里,主讲苏州存古学堂。著有《彻香堂经史论》《彻香堂诗集》等。见曹允源《翰林院侍讲邹君家传》(《复庵续稿》卷三)等。

一

子修老兄同年大人左右:

　　旬馀未晤,渴念万分,腊鼓声中,不审公事能稍暇否。昨接吴中刘书囲同年炳青书,渠本任丹阳,以省中误传其将过道班,故今夏上游将渠调省。其意欲希冀回任,嘱代奉求我公致书方伯为之吹嘘。兹将原函送览,此君朴实谨慎,官声尚好,如能玉成,亦美事也。祈裁酌是盼。手此,敬请年安。弟福保顿首。廿四日。

二

子修吾师同年大人左右:

日前盛扰郁厨,谢谢。敬询者,经济特科一节,凡京官被外官之荐,是否必从原保大臣处起咨,抑或可就近由本衙门起咨报到。有友嘱为转询,敬求示悉,费神至荷。若能就近办理,则较为便易,特未知可否耳。手此渎上,祗请铪安。弟福保顿首。廿四日。

陈曾佑(1857—?)

字慕杜,号笃斋,一号苏生,湖北蕲水人。光绪八年(1882)举人,十五年(1889)进士,改庶吉士,授检讨。历任国史馆协修、会试同考官、监察御史、甘肃提学使等。见《清代硃卷集成》、《清代官员履历档案全编》、《词林辑略》卷九、《晚晴簃诗汇》卷一七七等。

翰林院吴老爷:

昨闻世兄覆试第一,从此不作第二人想矣,可贺可贺。拙著顷由南寄到,特呈一部教订为恳。专此,敬请子修仁兄同年世大人开安。弟佑顿首①。

---

① 按:此札书于"洪良品"名刺。

卷九

朱丙炎

　　原名煜，字硕甫，浙江仁和人。光绪二年(1876)举人。曾官丽水教谕，主讲圭山书院。三十三年(1907)，任杭州宗文中学堂首位堂长、监督，历十馀年之久。见《清代硃卷集成》《(民国)重修浙江通志稿》《杭州教育志》等。

修哥同年大人侍右：

　　客秋台旌遄发，未及趋送，深用歉然。旋读留示，猥蒙垂念大小儿之病，劝令就诊西医，具见关爱之深，视同一体，感甚感甚。牵于尘事，经岁之久尚未肃笺申谢，尤用歉疚。初夏又辱翰教，洛诵数过，拳拳之谊，溢于楮墨。承命三事，其二已如来悎办就，当托冶兄先为函致，想已上达尊听。唯祁甫同年处，晤班老后即寄一缄，迄今尚未得复，日内拟再寓书促之。然祁兄年老病目，恐未必肯任此序，仍须大手笔为之。弟于祭酒师亦受知遇之恩，自伤卑贱，并未仰酬一二，独公谊竺师门，有加无已，相对真令人愧煞，不唯起敬而已。闻公投簪之后径赴京师就养，从此摆脱一切味道之味，啸歌自适，以遂公之高致，其乐岂有涯哉，企羡曷已。弟年来如在荆棘丛中，了无生趣，自雪、蓝二老捐馆以后，益觉失所依恃。幸仲叔两兄仰承先志，遇事力赐维持，而雷川、伯绹二公先后在杭，亦得将伯之助。今绹公虽赴东省，而雷公闻即南归，将来因事求教，必能推诚见示，此则可为庆幸者也。来教垂询及之，用敢附陈一二。尊体想到京后加以调摄，定臻康复。即就前书细细展玩，十纸之多，自首至尾，到底不懈，岂惟词翰之美，亦见德充之符，非弟所能仰企万一也。作舟同年比通书否。渠屡有函来，积久不报，甫于四月初旬闻其夫人回洛，曾作一缄答之，并劝其归作封翁，勋名事业付之儿曹，度不以此见罪也。尊意以为何如。专肃，敬请道安。年愚弟丙炎顿首。

绷斋世兄均此道怀，不另具启。又及。

朱廷利（1852—1925）

原名炳文，字彦材，湖南汝城人。早年赴闽入朱明亮幕，继随孙壮武充任营务，以军功保巡检。后应赣州总兵何明亮之聘，往江西开办煤矿。光绪二十七年（1901），改本县朝阳书院为县立小学堂。又开设寿康药房，充中医学校监督，兼任农校提调。宣统元年（1909），任湖南省咨议局议员，后参加辛亥革命。又任湖南省牙帖处长，与人合办湘雅医院等。精医术。见《（民国）汝城县志》等。

敬禀者，昨趋崇阶，蒙问及邃于医理堪胜教习之人，受业率举所知以对，究未知吾师命意之所在也。夫医亦儒也，不外为己为人二途。为己者，优于理想，必绌于经验，如张隐庵著书三百卷，而生前实未医过一病也。为人者，优于经验，必绌于理想，如薛立斋手不停诊，而医案实罅漏百出也。一腔悲悯，起视横夭待救，舍我其谁，道期必行亦期必传者，仲景固圣人，其次则惟喻嘉言有焉。嘉言《寓意草》行道之书也，《医门法律》传道之书也。晚年讲学南昌，弟子至千人，钱塘洄溪私淑而成的派，大江南北代有闻人，尊《伤寒》《金匮》为经，断定《内经》不假，俾学医者有可求通之路，嘉言讲学之功也。受业以为医学为生命所关，救人杀人不决于其行医之日，而实决于其向学之日。教习者模范也，造成一救人之人，即可救无量数之人；造成一杀人之人，即可杀无量数之人。故怕造孽者不敢当，不怕造孽者不可当,非既有嘉言之热心,又有嘉言之实诣,必不能胜任而愉快。受业所举以对之,岁贡朱鸿渐、杨干皆信道极笃,于医书无不读,而尤服膺嘉言,平易近人,毫无医态,然家道殷实,可以礼致,不可以利动。吾师其有意乎。再,阴阳五行之说,国粹也;医学者,阴阳五行之所寄也。阴阳五行之说破,则医学亡,而国粹将随之,此最可痛也。破吾说者,曰细胞也,曰原质也,然皆《内经》之渣滓也。如不得其书而研究之,即其说而辩证之,俾学生心悦诚服,知中国自有圣人,则后起祖龙何堪设想。十年来兢兢以保存自任,与受业同志者,前惟有四川唐容川,今则惟有朱鸿渐、杨干。朱鸿渐,桂阳人,曾应陈隽帅山东之聘;杨干,攸县人,寄居巴陵,曾应奎乐帅江苏之聘。皆淡于仕进,不肯久留,闭户著书,亦不肯轻于问世,此其所以可信也。禀叩钧安。受业朱廷利谨禀。

朱延熙(1852—?)

字益斋,号季清,安徽太湖人。朱延薰第。同治九年(1870)举人,光绪十二年(1886)进士,改庶吉士,授编修。历任国史馆协修、总纂,陕西乡试正考官,湖北武昌盐法道、湖南按察使等职。见《清代履历档案全编》《词林辑略》卷九等。

一

寸心千里,一日三秋,衡鉴宣勤,贤劳为念。此间多滇省官绅,电榜驰来,咸以得人为喜。伯乐一过冀北,马群遂空,知宗主之品评自有真赏矣,曷胜钦佩。敬有恳者,执事移节湘省,幕府自需襄校之才,据竹铭前辈言及,多者乃至十二三位。兹有敝内弟吴公定茂才,即公达大令之胞弟,其开蒙即由古文入手,嗣复恣肆于西学,实亦后来之秀,至其品行端方,尤为流俗仅见。当年曾在侍陕学任内数月,旋转荐柏皋学使襄校三年,后柏皋见侍有荐贤受上赏之,戏言亦可以得其大凡矣。此次观光汴闱，沸拟获隽，不谓依然铩羽，文章憎命，可胜浩叹。因念执事视学须材较多，而三湘实为人文渊薮，公定亦可借此以曾益其学识，用特不揣冒昧，先为推毂，敢乞罗致幕中，定卜东南尽美也。刻计星轺将次首途，大约四月旬初间当可苍筑，届时再恭迓前麾，面罄一切耳。先此奉恳，敬请槎安。侍熙顿首。观音生日。

翊辰前辈均此致候送贺，恕未另启。

二

子修老前辈姻大人足下：

一别丰裁，自裘而葛，萧艾之思，何日可忘。春间送出，武陵获近，使星光彩，惜未由抠衣座侧，一聆雅教耳。比谂德化广被，士习蒸蒸，辐轩所周，贤劳为念，惟顺时珍卫是祝。侍莫春抵都，幸复粗适，第浮沈冷署，不知何时始达彼岸耳。京中大致安静，东事尚未决解，然微论效果为何，恐均非我之福也。敬有恳者，舍亲周令腾以知县需次到湘，该令为贤郎绸斋宗师所取士，自当以门下晚学生礼晋谒崇帷，尚乞进而教之，赐以栽培，不胜纫佩。绸斋毅然归养，深所敬羡，但惜宣武城南少一良友耳。手此奉恳，敬请轺安，诸希雅鉴。姻侍熙顿首。五月廿二。

三

子修老姻丈同年大人阁下：

接读惠答，敬悉壹是，并承赐令祖尚书公遗集，征文考献，足补史官之遗。谨当珍袭巾箱，薰香熟读，馈贫益智，亮非浅鲜。谢谢。尧衢同年处当先为题及。肃复，敬请衡安。侄熙顿首。即日。

四

子修老姻丈同年大人阁下：

昨呈公柬，未允光临，只得遵命缓至。荷花时候，再迎骕驾。顷尧衢同年来函,嘱为致意,并询所寄书箱曾否收到,乞邮便示知。肃此奉达,敬承节安。侄熙顿首。廿八日。

五

子修老姻丈同年大人阁下:

成德明日开学,陈广文昨已知会,但未知果系十一钟否。兹奉示见约,谨当遵照,届时早到。薇、柏二公,闻有不至之说,可否由公一约。又厘局总办向例必到,此次陈广文曾知会否。肃复,敬请台安。侄熙顿首。十九日。

六

子修方伯姻丈大人阁下:

昨奉手示暨会详大稿,谨已诵悉。当时遵即署行专勇赍送督销局,并加函转恳文石观察从速核判,计已缴呈冰案矣。肃复,敬请台安。侄熙顿首。初七。

七

子修老姻丈同年大人阁下:

昨日谒院,闻尊体欠安,事冗未能趋候,歉歉。顷悉续假一日,想善为摄卫,必可喜占勿药,跂念之至。立人先生所商一节,已将尊意转告矣。今日伴接俄官,系来观军队者。知注附及,敬请痊安。侄熙顿首。十四日。

八

子修老姻丈同年大人阁下:

早间纡尊过别,畅领教言,下悃依依,莫能名状。适因家祭请假,未克攀辕奉送,怅歉之至。我公高梓锦旋,方之二疏,贤殆过之。惟补救时艰不得谓非大君子之责,东山再起,跂望殷殷。明年春水生时,计尊体必可元复,尚冀相将北上,以宏远谟。区区鄙见,未卜高明以为然否。路远天寒,伏惟珍重。侄熙顿首谨上。十八日。

九

子修老姻丈同年大人阁下:

顷接宁乡刘少庵部郎信一函,内言云山学务经理不得其人,士绅将赴辕下禀求整顿,嘱为代达。侄未知其实在情形若何,谨将原函送呈台览,惟察酌为荷。肃此,敬请勋安。侄熙顿首。初九日。

十

子修老姻丈同年大人阁下:

客冬拜别,劳送江干,比及登舟,复蒙俯念病躯,贶以珍药,隆情稠叠,感何可言。敬维起居安善,勋福崇闳,至以为颂。侄携眷抵宁,壹是平适。其时,皖中农校正缺监督,乡父老劝承其乏,爰于冬月来校料理放假,腊杪仍旋宁度岁,灯节后复来省开学。轮舟往返,尚不嫌劳,惟此校经费不充,月仅夫马五十元,聊以供茶鼎药炉之用而已。北上之议初拟春间俶装,乃贱恙今犹未愈,祇好从缓。皖北春水漫淹,灾振益难为力,幸沿江一带麦秋可称中稔。至公家财政困难至极,营饷恒两三月无发,军校暨留学各欠至两三万,而地方本属瘠区,又无可开之源,大府对此真是棘手万状,未知湘中近来情形何若,较皖犹愈否。敝同乡徐府经淋前有信来,深感栽植,据称起复部文将到,可望序补,尚求留意。刘韵轩太守熙台光景甚窘,长者与连方伯通问时,务祈嘘拂一言,无论何项差馆,但有一事稍济眉急,则戴德不啻身受已。专肃申谢,并布恳忱,敬请勋安,诸惟霁照,不既。姻愚侄朱延熙顿首。四月十四日。

朱祖谋(1857—1931)

　　原名孝臧,字古微,一字藿生,号沤尹,又号彊村,浙江归安人。光绪八年(1882)举人,九年(1883)进士,改庶吉士,授编修。历任内阁学士、礼部侍郎、广东学政、江苏法政学堂监督等职。辛亥后,隐居上海,以校书、著述自娱。著有《梡菊录》《彊村语业》《彊村弃稿》《彊村集外词》等,辑刊《彊村丛书》。见夏孙桐《清故光禄大夫前礼部右侍郎归安朱公行状》(《观所尚斋文存》卷四)、陈三立《清故光禄大夫礼部右侍郎朱文直公墓志铭》(《散原精舍文集》卷十七)等。

一

　　夔一事辱承关爱,同深感佩,节略一纸呈察(原开节略并呈,仍乞发还)。蒙允赐函,愈速愈好,前途待兹甚急也。肃颂子修姻叔大人道安。侄祖谋顿首。十三日。

二

子修老姻叔大人阁下:
　　小儿归后,急以邮片报闻,顷承函注,前笺或未达耶。小儿向服同乡沈青夫方(羲民先生少子),不外清凉疏导之路,而间有温品。今蒙指示,当与医者参,一解也。感荷感荷。小儿家食不宜,俟其稍健,仍遣侍三舍弟粤东榷舍。侄下月或送其到沪,当率之趋谢也。专复,敬颂道履,不一一。侄祖谋顿首。
　　绀兄均此致意。

三

补松老姻叔大人阁下:
　　月前来沪,亟趋大教,而公归已涉旬矣,为之怅惘。比惟杖履休豫，纂著日宏，至为跂印。浙志一席，总阅既非所任，素餐亦于义未安，循省惭皇，罔知所措。长者若何因应，奉示周行，不胜大愿。兹有渎者，犹太人哈同拟办存古月报，主之者为杭州邹景叔明府寿祺，其中小学一门尚在虚席。桂林况夔笙舍人于许学耽研有素，报篇体格亦极了然，可否推爱致书邹君一为介绍。夔笙贫而能介，俗士恒以不近人情目之，其实不过不肯受呼蹴之食而已，非有敖辟之行也。如蒙俯如所请，荐书即寄由敝处转交较为直捷。感荷感荷。前求题《彊村校词图》，如已脱稿，先睹为快，他日再奉画卷求书也。专悬，敬颂台安，惟复不一一。姻愚侄祖谋顿首。腊月十七日。

四

大词应弦赴节，曲折深婉，诗人馀事，固应尔尔。是调依梦窗，则"按"字、"渭"字当非平，"行行还住"上"行"字当非侧，然宋贤亦不能尽守律也。侄仅得一小令，写呈一哂。图卷送由备老转呈，取其稍迩也。复颂补松姻叔大人道安。侄祖谋顿首。

五句"谈谐剧"三字，请酌改。本事一纸奉缴。

五

昨邮上一笺，谅达察览。备老住址竟未觅到，图卷题讫暂存敝处，敢乞转属饬价来取，何如。此颂补松姻叔大人道安。侄功祖谋顿首。六月廿六日。

六

子修老姻叔大人执事：

久未奉笺，唯起居胜常为祝。近事摧心抑气，无可置辞，长者必同此愤嗟也。报章称乙庵志席已归长者主持，想非谰语。喻志韶兄前托鄙人向乙庵推毂，因循无以报命，此后如有更动，可否为志兄位置一席，于兹事必有巨益也。原函呈察，敬请道安，不一一。侄祖谋顿首。六月廿日。

七

补松姻叔大人尊鉴：

顷奉手揄，承注至感。胈匦之警，似为家邻所误，有惊无伤，尤属天幸。志局诸公，间一晤及，趣进程功，尚未谈及。孟劬腊尾南归，一时未必出门也。左季喜分附骥甚宜。奉缴两元，偏劳荷荷。复请年安，不一一。姻愚侄祖谋顿首。正月八日。

朱益藩（1861—1937）

字艾卿，号定园，江西莲花人。光绪十五年（1899）举人，十六年（1900）进士，改庶吉士，授编修。朱益濬弟。历官陕西学政、山东提学使、京师大学堂监督、都察院左副都御使等。民国后，任溥仪师。工书法。见《清代官员履历档案全编》、《词林辑略》卷九、《当代名人小传》卷下、《清民两代金石书画史》卷三等。

子修年伯大人阁下：

前在济南，接诵环章，极承爱注，感曷可言。到京以来，晤湘中人士，于长者砥砺实学、仪型后进津津乐道，异口同声，无任钦向。侄忝领大学，重直南斋，戴月披星，靡有暇晷。近复被命进讲经史掌故，深宫典学日勤，自是天下臣民之福。所愧才识驽下，无足以仰赞高深，抚己自维，时用惴惴耳。族子彭年以保送来都，平居尚能刻苦自励，虚衷求学，惟家风寒素，专恃砚田为生涯，家有衰亲，又不能子身远出。湘中学校如林，所需教员必多，渠于经史、国文、伦理等科尚能胜任，敝处与长、衡各属接壤，如有可位置之处，尚祈推爱派遣，俾资事畜，感均躬被。又湘省留东学生杨宣治求补官费，谨将名条附呈，是否可行，并乞卓裁。绡斋同年朝夕共事，赏奇析疑，获益良多。久不见贾生，今乃知不如，实同此叹。家兄回省后，计常把晤，鄙状能具道之,不复缕缕。肃此,敬请台安,不具。年愚侄朱益藩顿首。

年伯母夫人均此请安。

朱益濬(1852—1920)

字辅源,号纯卿,江西莲花人。朱益藩兄。同治十二年(1873)举人,光绪三年(1877)进士,改庶吉士。历知四川、湖南等地府县,湖南辰沅永靖道等,官至湖南提法使兼署巡抚。谥文贞。著有《碧云山房存稿》。见《清代官员履历档案全编》、陈宝琛《朱母贺太夫人墓志铭》(《沧趣楼文存》卷下)、《词林辑略》卷九、《(光绪)湖南通志》等。

一

修公年伯大人阁下:

昨承手教,王尉请入校旁听已批准矣。自治研究所试卷已校定,榜示拟于十二日开讲。昨接京电补缺,已邀俞允。知关锦注,因并及之,谨请台安。侄益濬顿首。初七。

二

子修年伯大人阁下:

法政官校拟于十八日开学,已开单请示矣。闻院宪向薇垣询及刷印章程,请饬匠从速为盼。自修科拟仍由堂标定书目,各自购阅。若概发讲义,则事体繁重,每年须添经费约近万元,且僻远之处,不易寄到。日报馆之事,可鉴也。昨胡少潜来言,续考法政,待榜人众,欲求早日揭晓,以示体恤。可否即行鉴定,出自尊裁。谨请台安。年愚侄朱益濬顿首。初九日。

三

午后笃承枉顾,失迓为歉。自治研究所已添请谭组安为会办,准于明日开所。今早谒见帅座,意颇郑重,并嘱通知司道。项闻诸公未必果来,敬祈台端光降,俾资观感。谨此,敬请修公年伯大人台安。侄濬顿首。初八酉刻。

四

今午得奉教为快。项胡少潜谈及谭组庵之意,会办一席谦让未遑,若旁参末议,未尝不可。惟高明裁之,监修得人,颇难奈何。此颂修公年伯大人台安。侄濬顿首。十一日戌刻。

五

修公年伯大人阁下:

自治研究所诸已就绪,惟考试一节尚须斟酌。明日两句钟,拟遵宪谕往筹办处一商,亦所谓官样文章也。台驾计必到所,诸容面罄,先此奉告,即请台安。侄益濬顿首。廿一日。

六

修公年伯大人阁下:

项晤西路公学监督聂绅等,面称学堂经费异常支绌,原议由常德师范学堂每年接济千金,屡催罔应。公议龙君瑞庭与冯莘垞给谏有旧,须渠往常面催。龙君系高等庶务长,托侄说项,敬祈赏假十日,俾得挹大湖之波以济涸辙,岂惟寒士欢颜。谨此,敬请台安。侄濬顿首。十八日。

七

修公年伯大人阁下：

屡欲寓书，因奉别以来，人事之乖舛，时局之变迁，梦如乱丝，莫引其绪，致阙音问。乃蒙远锡教言，语挚情真，感佩何可言喻。并承惠新刻四种，浏览一过，蔼然见仁人君子之用心也。顷阅省钞，知公乞假归田，见几而作，不俟终日遄哉，弗可及已。时事至今，无可言者，得一片干净土以安顿琴书，斯云幸矣。沅湘远隔，不获送别，稽山有贺老酒船过访，岂乏前期，思之怅然。侄自去腊奉檄援川，中途折回永顺清乡，小惩大诫，颇费梳爬，延至三月底始克回镇。金匋翁之治永，不如其治靖前后，所上禀牍自相矛盾，经中丞逐条抉发，无可解说。未知赵方伯如何议覆，姑且听之。侄在永郡时，与金太守及士绅唱和得诗数十首，皆不经意之作，冗中未缮副本，寄去《留别绅民》一首，敬求教正为幸。近日两手生疥，勉强握管，不尽欲言。谨此，敬颂行安。年愚侄朱益濬顿首。三月十七日。

朱锡荣

字绅甫，浙江仁和人。生平不详。

子修仁兄世大人阁下：

去春远辱大教，欣快无似，裁复缄寄，谅邀鉴察。岁月荏苒，倏已两载，愿言之怀，曷其有极。秋间闻奉简命视学川中，故里相知，莫不欣喜。虽哲嗣未获秉节，而入侍南斋，被恩优渥，德门庆溢，迥轶寻常。稽古之荣，食德之远，彼苍示劝，信有征矣。遐想硕学提倡，髦士欢腾，时局日艰，得大君子为国储才，裨益实非浅鲜。自昔文翁、元礼皆以郡守兴教，彼都人士德化犹沾，况奉帝命督诸生，其于古人必有过之无不及也。锡荣株守里门，自惭庸陋，龟山一席，辱荷推毂，愧负良多。小儿用宾质本椎鲁，以谋食故，抗颜授徒，尤荒诵习。今秋卧病,未踏槐黄,拔榜厕名,亦已侥倖。顷呈上贡卷,固知不足尘视听,亦恃夙爱冀有以教之耳。手此,敬请衡安,并贺年喜。愚弟朱锡荣顿首。嘉平十三日。

那　良

字铁珊。生平不详。

子修学使大人阁下:

奉书敬悉。湘绮先生本年正月至今应领之款业已备存。另换折据,俟胡教谕来局,即当照给。攸县拨费一项,已准龙观察具牍到局,请改归该县兴学之用。重以台命,本应遵办,惟查攸局牌价,前因抵制邻私减免加价,尚未规复。前于熊秉三观察请筹学费案内详覆,监院曾声明应先收复加价,此项拨费祇能改为正项加价,未便拨归学费。且查该岸业收学费一钱,尤未便一加再加,致启各处效尤之渐,希即转致前途亮之为幸。肃复,敬请勋安,惟察不庄。教弟那良顿首。

余诚格(1857—?)

字寿平,安徽望江人。光绪十一年(1885)举人,十五年(1889)进士,改庶吉士,授编修。历任江西乡试副考官,会试同考官,山东道监察御史,广西按察使,广西、陕西、湖北布政使,湖南巡抚等职。著有《谏垣存稿》。见《清代硃卷集成》、《清代官员履历档案全编》、《国朝御史题名》、《当代名人小传》卷下等。

一

敬再启者,昨闻姻叔高躅将赋遂初,当道电调伯雨以为替人。时局如斯,无能为报,见几早作,为人所难,相晤有期,拥篲以竢,所虑朝廷向用方殷,未必遽许肥遁耳。武昌财政支绌错乱,殊不易理,如侄庸愚，更形束手。家贫亲去，欲去未能，每一念及，为之怃然。公何以教。手此，敬叩勋安。姻小侄格又顿首。

二

子修姻叔大人阁下：

昨布寸缄，想荷垂察，迩维动定曼福，为慰为颂。侄日处僻乡，支持良苦，财政统一，徒指空困，预算实行，无不牵掣，公何以教。兹有舍表侄倪则礼，莱山之堂侄也，人极诚实，家贫无以自给，出而谋馆，书记小事尚能为之，伏希姻叔于公所中录用，不论薪赀多寡，均可效劳。伯雨处侄亦托及，如公所实不可留，或为推荐一杂席司事亦可，不过则礼拘谨，在尊前侄放心耳。手此重渎，敬祈勿罪，恭请勋安。姻小侄诚格顿首。四月十三日。

三

子修姻叔大人阁下：

暑雨汉皋，致虚捧袂。昨来湘浦，喜拜手书，奖借逾恒，愧悚无似。敬悉春明颐养，动定咸宜，慰慰。湘绅奇狱，格深知之，孔叶同年，王亦前辈，缓当解释，再为上闻。振务保案，前任已奏，如未列入，必为续陈。湘省财绌事烦，颇难著手，格无他技，开诚布公，尽心竭力，冀稍补救，未知如何。家君就养眠食尚佳，此可告耳。手肃，敬叩台安，新凉珍卫。姻小侄诚格顿首。

谦称对之惶悚，仍乞万勿再施。八月十一。

四

子修姻叔大人尊前：

昨闻请代，甚佩高情。方谓在湘总小有句留，不意东来如此之速，欣奉手教，又闻明日驾即北发，盈盈一水，不及趋前，怅结何似。时事日非，外侮内忧相踵而起，叔得远引，真可健羡。侄久有归思，无

奈家贫累重,负米无从,觍颜为此。芜湖薄田数区,甫成沟洫,又为豪
强所夺,更不知躬耕何时。藩司行裁,竢裁即去,不能再奉新官制矣。
罗令亦有世交,必为刮目,惟此间藩司势力范围不如外呈局所各有主
管,眼光皆在上台,统税委署,奉令承教而已。受事两月,未任一人,
待有机缘,定当位置,马丞官小,或尚易处,谨志不忘。手此,敬叩节
禧,并请台安。姻小侄诚格顿首。重五。

　　舍表侄事,叩谢叩谢。

五

子修姻叔大人阁下:

　　数年别绪,幸得畅纾,再谒高闳,又逢小极,每念授餐之谊,盖深
饱德之忱。敬谢敬谢。辰维福躬稣胜,化雨春融,慰如所颂。侄十六
抵鄂,因待大小儿由京来见,难定行期,大约廿五外始趁轮赴皖。长
沙羁客有黄英采者,由进士京曹改官桂省试署邕守,适遭匪氛,无饷
无兵,竭力撑拄。侄简是缺,即承其乏。西林宫保误听人言,加以重
谴,并请远戍,道经长沙,贤帅奏免,然从此落拓无以为生,贫病交侵,
不能出户。侄念其屈,复见其苦,为之蠡然,出见其子,知本有一官,
格于省章,未曾赴引,不能供差,幸谙法文,或学堂尚可从事。未登东
阁,遂阻面祈,曾恳廉访上渎清听,兼呈名条。倘其子来谒,尚希赐
教,如有可取,为觅栖枝,则侄幸得全僚友之情,实赖吾叔屋乌之爱。
专此申谢上干,敬叩勋安,伏乞亮察。姻小侄诚格顿首。十八日
辰刻。

江　瀚(1857—1935)

　　字叔海,号石翁山民,福建长汀人。光绪十九年(1893)主持
重庆东川书院,次年赴长沙任校经堂书院教习。二十四年
(1898),召开经济特科,尝被荐,未赴试。三十年(1904),赴日本

考察教育。回国后，历任江苏高等学堂监督兼总教习，学部总务司行走、参事官，京师大学堂师范馆监督兼教务提调，河南开归陈许道等职。入民国，任京师图书馆馆长、总统府顾问、京师大学堂代理校长等。著有《慎所立斋诗集》《文集》，《孔学发微》，《石翁山房札记》等，辑有《长汀江先生著书五种》。见吴庆坻《江叔海文集叙》(《补松庐文稿》卷一)、《清代官员履历档案全编》、《花随人圣庵摭忆》等。

一

顷芗帅来电云，富有票会匪约于廿八日在汉口作乱，业经将匪首唐才常、林圭即林述唐、向联生三人擒获正法。内有真日本人一名，送交领事，又有假冒日本人二名。蒲圻、临湘亦有乱匪，均已派兵剿办矣。富有会匪沿江各省党羽甚众，且文人不少，唐才常，湖南拔贡生也。但乏军械耳。再，西安来电云，卅戌接太原李护院沁电，据大同县禀称："圣驾西巡，廿三驻怀来县，廿四驻鸡鸣驿，廿七行至阳高县，俟探明驻跸何处，再行飞报"等语。阅后请即封送冬老一观，匆匆，不及另笺也。此上。敬空。

二

顷归，奉到惠毕暨佳篇，盥诵回环，不能释手。子武事午间已达，乐帅以东川、渝郡并请，适爵公上谒，即属其函致夏君，必有一当也。明日拟走谈，兹不多及。专此，复请台安。瀚再拜。子修先生姻大人阁下。

三

顷上劣诗，不值一喙。拟易第四句"振"字为"懔"，第五句"持"字为"驰"，尚希诲指，免滋嘲笑。杜生所作当已呈览，扬庭交卷否？闻崧老言有赠幼丹佳篇，亟思快读，且尚须学步也。此上子修先生姻大人执事。瀚叩顿。

四

手教敬悉。比者衡文辛苦，幸勿呕呕出门，乐公处自当代达尊意也。敝舍方扫除尘杂，容稍暇趋教。兹不多陈，此叩禔安。姻后学瀚谨再拜。敬彊先生姻大人执事。晦日。

五

敬彊先生姻大人座右：

逾月不见，我劳如何。前有叠韵拙诗，录请清诲。顷乐峰尚书亦有奉赠之作，仍次小罗浮山馆原韵也。又附呈送王中丞里句三首，务乞赐和为幸，以此老颇属意故耳。容面陈，不宣。此请台安，伏惟垂察。姻后学瀚谨上。八月廿八日。

六

属件昨已面达，乐帅拟不请部示，若无甚窒碍，即于八月杪举行可也。附上报十一张，原阙三期，俟补到再呈。手此，敬颂子修先生姻大人暑祺。瀚谨叩。巧日。

七

久不晤为念，李铁老得粤急电，特呈一览。时局至此，可为痛哭流涕，而刚、赵诸人议抚拳匪，实为罪魁也。手此，敬颂子修先生姻大人晨祉。瀚叩顿。

外一纸。

八

敬彊先生姻大人阁下：

昨承见示大撰祭瑞安黄年丈文，字字雅健，语语真实，回环庄诵，钦服莫名。兹送上拙文一册,恭求赐序,非夙邀知爱,不敢请也。前呈之稿,希即掷还为荷。专肃奉恳,虔颂道绥。姻后学江瀚谨上。

九

清晨奉手示,并承惠书两种,甚荷甚荷。兹钞上去年密疏一纸,即希赐察,至孝怀学规,容索得再呈览也。敬上子修先生姻大人阁下。瀚叩顿。初九。

十

手毕敬悉。昨孝怀与中岛君偕来,其人洵佳士,在日邦是何职,尚未及详。承示接见仪节,极有斟酌,足见大君子敬礼贤士之风,佩甚佩甚。再,少瀛公子舟中已无馀席,知念附陈,馀容面馨,不宣。此请敬彊先生姻大人晨安。瀚谨复。

十一

偶撰得续修四川通志凡例数十条,不敢自信,特就先生正之,务望不吝抨击,是所感祷。并冀于日内掷还,盖玉山方伯颇属意兹事,拟送伊一阅也。此颂敬彊先生姻大人晨祉。江瀚谨上。

十二

久未造谒,伏承道履康愉。顷接东川门人与小儿书,特呈清览。田篑山谓"利之一字,蚀人最深",可为浩叹。容更晤宣。此上敬彊先生姻大人执事。瀚叩顿。十二日。

十三

顷自署归,奉手示并佳篇,盥诵回环,心折无似。承赠《蚕书》,谢谢。前求法书之件,能拨冗一挥否。廿五日拟在濯锦楼边恭送行舟,藉倾离愫也。草草此复,祗请敬彊先生姻大人台安。瀚谨再拜。

十四

去秋别后,得眉州舟中见怀佳什,未能奉和。新春又接重庆赐书,亦稽裁答。我公得无讶其不情耶。然盼望辐轩之返,盖有日矣。兹拟于一句钟专诚走谒,伏冀驻从少留为幸。此上敬彊学使姻大人执事。江瀚叩顿。

十五

即日伏承兴居万福,兹附上先考遗诗一册,敬冀察存。又拙作散文在幼丹处,久未还,因亟思就正,特检零星旧稿一本,暨去岁所撰二通,送尘钧览。虽跟柢浅薄,不足言文,然平生为学大旨与区区志业略具于斯,进而教之,幸甚感甚。此上子修学使先生大人执事。后学江瀚再拜。

十六

尊处寄京函件,当命小儿妥置行箧,已于昨午解维东下矣。兹送上《万国公报》一册,即希察入。明日当趋领教言也。此上敬彊先生姻大人执事。瀚叩顿。

十七

顷出城恭送行旌,维时尚早,公犹未至,又有府县等在此,不便稽留,匆匆而返,怅歉无似。前呈拙文一册,舟中多暇,望赐以绳削,感甚幸甚。此上敬彊先生姻大人执事,祗请行安,临颖依溯。姻后学瀚顿首。廿五日。

十八

连日摒挡,小儿北上,未及走谒。伏承道履馨宜,倘有寄京函件,希于明日赐下。又,丁雁亭军门游历东洋日记立待付梓,望即掷交敝处为感。馀容面罄，兹不琐陈。敬上子修先生姻大人执事，虔叩夜安。江瀚再拜。

十九

承惠佳篇，感佩感佩。和杜生作尤极自然，以视鄙撰，真小巫见大巫矣。杜生既入仕途，不能不遵守俗例，然非所以待执事也。容转告之。复上子修先生姻大人阁下。瀚再拜。

二十

敬彊先生姻大人阁下：

前奉惠书，具悉种切。瀚自客腊由沪返苏，即为病魔所扰，顷虽少愈，精神犹惫，频年奔走，一事无成，盖已渐有老境矣。吴门诸公以高等学堂总教习见留（兼充学务处参议），屡辞不获。廿日已开学，玉帅又有南洋官报局、江楚编译书局总纂之聘，或彼或此，尚费踌躇。前葵园祭酒于陆春帅处为瀚推毂，已允到苏位置。兹春帅荣旋珂里，敢祈我公于晤面时重为揄扬，倪意尚谓然，则不妨留苏，否即往践金陵之约。千望留意，至恳至恳。台从北行有期，务乞飞示，当来申一聚也。专此冒渎，伏惟亮察，不宣。姻小弟瀚顿首。正月廿二夜。

二十一

敬彊先生姻大人阁下：

久不通讯，至以为念，不知究于何时荣旋珂里。公归我去，良用怅然。兹附上近刻《东游草》二册，敬求大教，内多含意未伸者，非面不尽。顺叩起居，并颂年喜。姻小弟瀚顿首。

再，倘蒙赐复，仍寄苏州西美巷敝寓为妥。又及。

二十二

敬彊先生姻大人执事：

久不修问，驰系良深。迩维勋履馨宜，至用欣诵。弟浮沈人海，乏善可陈，蒿目时艰，杞忧滋甚，一官落拓，亦以摆脱为佳耳。益吾先生精神当益健明，晤时希叱名致候。垂老无成，惭对知己，故未上笺也。闻王壬公新有尺牍之刻，乞惠寄一部，切盼切盼。《湘绮楼诗文集》暨《湘潭县志》，有便亦望遗我。恃爱琐渎，手此，祇请台安，不尽偻偻。姻小弟瀚顿首。六月初九日。

二十三

日昨甿聆大教，至以为快。杜诗云"乱离知更甚，消息苦难真"，近况颇似之。兹附上《中外日报》十九张，即希察入。内有王爵老练兵筹饷一疏，志虽壮，其如空言何。又载义和团事，涓涓不塞，乃成江河。公阅之，当同一浩叹也。此上敬彊先生姻大人执事。瀚叩顿。

二十四

敬彊先生姻大人阁下：

日前曾寄寸缄，并附呈鄙撰一册，谅可入览。昨奉手毕，具承饰注。辱示张副都疏荐特科，下走亦滥厕其中，且感且愧。副都虽曾相识，然非我公推挽，讵能轻举。但瀚于兹事初颇踊跃，比者静观时局，自维薄劣，实有退缩不前之意。是否成行，须俟明年二月移家吴下后方能定决。廷试若有准期，尚希示及为盼。愿言孔多，非面不尽。专此泐复，敬请台安，并叩新祺百益。姻小弟江瀚顿首。嘉平廿一。

再，易仲实在京晤时，希此致声。前函已收到，开春当至九江谒其尊公也。附注。

二十五

敬彊先生姻大人执事：

自去年奉行在惠书后，遂音问不通，驰企之私，固无时或释也。伏审西清多暇，德业日闳，至为欣诵。瀚于去年十月由蜀东下，腊杪始来安庆，虽仲方中丞相待极优，而此邦之陋殆有难言，无一可谈之人、可游之地，郁郁居此，殆将成疾，颇有意北来，尚未能自决也。学堂之事，外间办理多不如法，其但知造就翻译人材者无论已，皖吴均号以"中学"为重。而所谓总教习者，非八股试帖之专家，即考据校勘之旧学，于教育之理概属茫然，其庸有当乎。瀚昔掌教五载，深知兹事之难，且自揣比来精力亦万不堪任此，故宁嘿尔而息耳。顷撰《论孟卮言》一书，汉宋中西几并为一谈，然虽盛称欧美，亦取其有合于孔孟者耳。而谊切君亲，于民权自由之说辨之甚严、析之颇细，竢缮有副本，当寄请指谬也。风便望时赐教言，以当晤语。恳切恳切。手肃，祗颂台祺，百惟珍重，不宣。姻小弟瀚顿首。三月十一日，自皖抚署泐。

二十六

敬彊先生姻大人阁下：

前闻台从入都，曾作一笺，属茂轩转交，嗣乃知大云在山，无任怅惘。伏谂兴居多祜，德望日隆，引睇芝仪，以欣以颂。瀚于客冬去蜀，腊杪始至皖城，仲方抚部雅意殷拳，复于今春接姥东下。是邦地瘠民贫，士风僿野，欲为兴利开智，殊不易也。时局益艰，人才益乏，环顾四方，无一振兴气象，杞忧漆叹，如何可言。粤西遍地皆匪，夏初尝函告玖公万勿轻视，乃有询桂抚之举，而苏提军竟不能骤易，然使付之琅溪，亦终无济耳。顷爵棠中丞电邀来沪，坚欲挽瀚至梧相助为理，已再三婉谢。惟公知此心耳，瀚岂不欲任事哉。特科之应，颇有斯意，但尚无举主，又未便以此干人，亦流行坎止，听诸自然而已。准明日回皖，风便尚祈勤赐教言，是所感祷。拟中秋后来杭一游，未知能如愿否。草草此布，祇请台安，并候潭福，百惟珍重。不宣。六月廿九日。江瀚顿首。

二十七

敬彊先生姻大人阁下：

前闻台从入都，曾致令弟子和一书，未蒙赐覆。顷穗卿回皖，询悉履候康愉，至以为慰。比惟宣勤政务，裨益宏多，引领下风，曷胜庆幸。瀚依人作计，靡善足陈。前月留髭，居然老矣。仲帅赴浙尚未有期。瀚拟明春移家吴下，吾生本寄，一任飘流，时局变迁，正未有极，国犹如此，它复何言。各省学堂率多敷衍，往往西学未窥，中学已废，成效罔睹，习且愈嚣，杞人之忧，日以滋甚。本年川闱，敝及门获选颇多，然皆非绩学之士，可见改试策论侥倖弥众。特科弃取，恐亦如斯，此固瀚所望而却步者也。附上鄙撰《论孟卮言》一册，敬祈指教。风便尚望时惠德音，藉纾渴臆是祷。手此布陈，虔请台安，不尽偻偻。姻小弟江瀚顿首。十二月十八日。

再，若蒙手翰还答，乞寄上海观音阁天顺祥票庄转交为妥。又及。

二十八

敬彊先生姻大人阁下：

昨披覆简，喜忭无量，并悉大云出岫有心，尤慰尤慰。瀚皖城作客，恒愧素餐，近与仲帅面商，拟试办垦荒、培熟二端，缘筹备经费殊非易易，盖本年应解赔款尚差廿馀万。当此民穷财尽，虽有圣智，苟不大加通变，亦复何者能为哉。爵棠此行深为可虑。今月十一《中外日报》有《论督抚用人宜慎》一篇，其斥联恩、李光邺等均极允当。所谓黄元福者，本爵棠司阍，方其在安竟委署中军参将，俨然与司道平行，其滥如此，公谓瀚忍居其幕下乎。瀚客冬去蜀，尝于涪州舟次致乐公一书,极言伏莽之多、吏治之坏,且谓其近年漫无振作,不如初政之美,盖于是时已逆知川省之不能无事矣。岑、张两君诚如尊谕,岷峨遥睇,良切杞忧。顷日本留学生吴稚晖之事喧腾于各新闻纸中,平心而论,公使学生实皆不能无过,至学生中喜拾卢骚馀论夸言民权自由者诚不乏人,然初非康、梁之党,仅湖南蔡锷系梁门人耳。兹事若得一晓事而有学问者周旋其间,未始不可转移,倘壹意遏抑,则恐激而愈起,区区之见,未审高明以为何如。儿子庸暑假归觐,据称四川留学生如重庆陈崇功之习师范,华阳徐孝刚、双流周道刚之习陆军,俱可望成。前周孝怀东游,大不理于人口,议论与办事殆是两途,故听其言,必观其行也。小儿在彼幸尚能自立。前接和甫星使函,差无贬词,此亦近事之可告尊闻者也。愿言孔多,非面不尽。中秋节后,当至珂乡一游,傥荣行之期即在是时,则当于申浦相候,如何之处,务希详示为荷。手此布臆,祗颂台祺,统惟爱照百益。姻小弟瀚顿首。七月十四日。

二十九

经旬不见,积想殊深,拟望后行矣。玖公约再诣谈,当于从者接班时前往,并可快聆大教也。贵同年王晋卿树枏在此执事,若知其住址,希示悉为荷。手此,祗请敬彊先生姻大人晨安。弟瀚顿首。

三十

廿四准行,竢台从入城,当谋一快聚。承书粗扇收到,谢谢。翌午劻予副都招饮,有两管学在座,正未敢妄言耳。手此,敬上子修先生姻大人执事,即请近安。姻小弟瀚顿首,十八日。

三十一

敬彊先生姻大人阁下:

客腊奉到惠书,当复一椷,度早入览。辰维履祺康媵,无任企仰。

瀚顷于初四日移家吴下,料量一切,殊非易易,恐难遽行北上。不知特科廷试果在何时,若有确期,尚希飞函相示。至祷至祷。十五。

三十二

上谕停止苛细杂捐,最得要领。畿辅民心尤为不靖,公亦有所闻否。略园不作,朝局又当小变,因循敷衍,痼疾日深,漆叹杞忧,匪言可喻。冗次泐此,祗请台安,百惟珍重,不儆。姻小弟瀚顿首。三月十八日。

复简寄苏州胥门内西米巷长汀江寓。

三十三

敬疆先生姻大人执事:

两年阔别,时企音晖,忽有手书,欣忭无似。拜读大刻诗集暨日记,尤令人感念蜀游。欹歔近事,恨不得投袂从公,一舒积愫也。弟暂主度支,旁皇三月,虽厘剔财政粗有成绩可观,而于吏治民生殊无匡益。每一维省,愧疚莫名。上月初交卸藩篆,仍回本任,静观时局,在在堪虞。新政纷纭,害多利少,官无固志,民有乱心,自揣非才,深惭尸素。拟于腊杪呈请开缺,唯汀州、成都均无寸土,恐仍当旅食京华重为讲师,藉资升斗耳。春间当偕胡漱唐、赵尧生二侍御作嵩洛之游,葵园先生为作《白亭记》一通,附呈清览。倘蒙惠以佳篇,当并刊石也。张直牧自应留意。专此,复叩起居,容更续布,不尽。姻小弟江瀚顿首。八月八日。

三十四

敬疆先生大人执事:

七月廿四日奉巧日惠书,具悉种切。近今学务效少弊多,比比皆然,湘省之难,尤人所公认。然自私立学堂之补助费复,而使君之颂声渐作矣。噫,可慨已。承示拟办优级完全师范,需聘地理、数学教员,物色两月,竟无可应命者。盖京师大学堂尚未开办分科,此时实尚无此等合格之教员也。有周文甫者,名道章,江苏无锡人,曾充京师大学堂及高等实业学堂算学教员,并通物理学,似可充选。然能来与否,尚未敢必,恐仍不如借材异域,第日本近日来中国之教习下驷实多,亦宜加意耳。弟索米长安,殊乏佳状,正拟乞假出游,适值南皮枢相管部,未便遽去。乃于日昨奏请试署参事,三月后补实,仍留原官候选。只得勉趋郎署,聊复浮沈,京宦尽闲但患贫而已。儿子庸兼有两学堂教习,并在学部暨大理院二署行走,惟均未奏留耳。视学之事,弟既署缺,应另派人,至今无消息。盖本部实做"儒缓"二字,大率若斯矣。葵园先生处亦未笺候,晤时希代达近况,并致恋忱为感。手此,祇请台安,百惟珍重,容更续布,不宣。姻小弟江瀚顿首。九月十九日。

三十五

敬彊先生:

自行在以庚子岁莫留别大诗见寄,率尔奉酬,录呈教正。

濯锦江边春水生,怀人天末莫云横。似闻三辅千官集,空羡重洋万里征。学术是非关世运,游踪离合见交情。佳篇读罢还增感,顾我何有垒块平。

清名久已重瀛洲,肯作人间章句囚。忧国祇应同贾傅,荐贤终拟似何侯。铜驼荆棘馀新恨,金马衣冠异昔游。想得慈恩花下酌,相思定忆古梁州。

长汀江瀚初草。

三十六

昨游甚乐,率成二诗,恭步小罗浮山馆原韵,殊不称题。奈何奈何。先此呈政,不审宗师大人肯徇情收录否。一笑。此叩台安,瀚再叩。子修先生侍史。

卷十

王永言

字咏斋，四川华阳人。光绪二十四年（1888）至二十五（1889）年间，曾主持重修成都宋文宪公祠。馀不详。见吴庆坻《宋文宪公祠重修记》（《补松庐文稿》卷三）、《题王丈咏斋永言江楼修禊图》（《补松庐诗录》卷三）。

一

大人阁下：

伏奉手毕，书扇雅妙，谨当韫椟，耽玩额字，直得钟王神髓，非俗士趋媚所能跂企，足为小园增色。重渎，感佩无已。委书纨扇，永言既抱渊林之恨，更惭思话之工，忝承雅命，敢不勉副，肰未握管，形悚神茹矣。复叩钧祺。永言空首。

昨属件饬查，另纸附上，未知有无舛误。又叩。

二

大人阁下：

昨以不腆之仪，辱荷宠饰，愧墨无任。《花宜馆文略》敬谨收弆。首篇所云"导扬先美，彰阐家业"，公之谓也。送上致伯庚一书，油包三件，恳莅秦时饬交。又青来观察函一，纸包一，乞道襄城时托县令转递。襄距郡卌里，必易达。襄尊，感叩感叩，祇请钧安。永言谨肃。

再,有致家仲兄一信、食物二事,明日送呈。琐琐上渎,皇悚之至。言又叩。望日。

王同愈(1856—1941)

字文若,号胜之,别署栩缘,江苏元和人。光绪十一年(1885)举人,十五年(1889)进士,改庶吉士,授编修。历官顺天乡试同考官、国史馆协修、湖北学政、文渊阁校理、江西提学使等。民国后隐于沪,以书画自娱。著有《说文检疑》《选砚刍言》《栩缘随笔》《栩缘日记》《栩缘诗文集》等,今人辑作《王同愈集》。见顾廷龙《清江西提学使王公行状》(《民国人物碑传集》卷四)、《王同愈先生事略》(《顾廷龙全集·文集卷》)。

绚斋兄书名满都下,龙头之选,异口同声,可操券贺。大卷如有书就者,可否惠赐半开,俾为后学模楷。前日趋贺时,满拟面恳,适未得晤,用走笔以请,尚祈不吝厚惠,至感至感。敬上子修老前辈大人阁下。侍王同愈顿首。

王秉恩(1845—1928)

字雪澄,一字息存,号茶龛,四川华阳人。同治十二年(1873)举人。曾入张之洞幕,协助创办广雅书院、广雅书局。历官潮州知府、廉钦兵备道、广东巡警道、广东布政使、贵州按察使等。辛亥后,寓居上海。工书法,富收藏。著有《息尘庵诗稿》《养云馆诗存》等。见《近世人物志》《近代诗钞》《(民国)华阳县志》等。

一

补松先生大人惠鉴:

前月廿三辰得手教,午读大作,晚即付轮汇寄,共得十八幅,应弦赴节,未致参差。项得节公谢函并酒,柬函抄上,祈鉴及。因患河鱼之疾,稍迟作复,尚希鉴原。此次名作林立,炳炳琅琅,极一时之盛。惜为时匆匆,不及钞存,为可惜耳。大著清新俊达,冠绝一时,敬佩敬佩。昨于酒楼得晤炯兄,敬问起居,欣悉湖山颐养,图史清娱,健羡何似。恩蛰处墙东,无状可陈,时与彊村、病山过从,清谈遣闷而已。专此奉复,即请颐安,并颂合第清绥。小弟秉恩顿首。十一日。

二

子修尊兄先生阁下:

日前走答未值,甚慊。项奉手教,并承赐先德大著、炯斋太史巨制,祗领谢谢。谨当什袭讽籀,用识鸿惠。刘君所收郝辑五十馀卷,拟就清秘一览,何如。谢山《句馀土音》陈注八册,敝处未收,大约仍在刘君许,询之可悉。此复,敬颂起居,不备。小弟秉恩顿首。立冬日。

王铭忠

字新田、莘田,湖南江夏人。曾任湖南商务议员、湘岸榷运局局长、《湘报》董事。著有《湖南省农工商情形记略》。见《最近官绅履历汇编》《商务官报》等。

一

子修先生大人阁下:

项奉尊示,祗聆种是。长、宁争案,忠因从前奉过公牍,业将此事原委研究再三。其争端之起实因原案长米抽收四文、宁米抽收二文,义务本未均匀,兼之权利更有轩轾,以致争端莫息。组安、经论皆原初在场调和之人,亦复深知底蕴。日前晤商廖、周两君时,即将理由相与发明,终当以均平为了结,两君亦甚谓然。昨两君来晤谈,述及尊悱拟将宁米加增四文、长米加增二文,两君初颇拂意,谓商情未免困苦。因告以商人并非吝在缴纳学款,所苦行户加收、浮收、诈索诸弊,此则早由敝局行县禁革,长沙沈邑侯已经出示矣。两君但冀贵衙门定案,此项学款日后永不复加,则学界、商界亦即无复异议。明日再当趋诣面陈。专此奉覆,敬请钧安。名另肃①。

二

敬启者,长、宁学界因米捐意见涉讼,辱承委令从中和解,仰见大君子和众息争之意,莫名钦佩。遵即晤商宁邑廖笙阶部郎、周云昆观察和平商办,复晤商沈士敦大令,似以所收捐款长、宁均分,尚为持平办法,庶可永息争端。至应如何征解,应否加增收数之处,仰候卓裁。肃上,敬请钧安。名正肃。

王树枏(1852—1936)

字晋卿,晚号陶庐,直隶新城人。光绪二年(1876)举人,十二年(1886)进士,授工部主事。历官四川青神、资阳、富顺等州县,兰州道,新疆布政使等。民国三年(1914),入清史馆任总纂。十七年(1928),出任萃升书院主讲。著有《文莫室诗集》《陶庐文集》《陶庐诗续集》《陶庐笺牍》等,曾辑刊《陶庐丛刻》。见自撰《陶庐老人自订年谱》《陶庐老人随年录》,尚秉和《故新疆布政使王公行状》(《辛亥人物碑传集》卷十四)、《新城王公墓志铭》(《碑传集三编》卷二十一)等。

一

前奉电示,未能即复者,以兹事弟与同官一人颇异议。彼自轻

---

① 　按:后附"王铭忠"名帖一纸。

［试］视存古，弟则谓每岁八千金而办一存古学堂，台端之筹画颇苦，不宜偏护。议局顷间尚未见定稿，弟亦不愿改初议。古学微矣，六如先生名为旧学，实是毫无定见之人，风会所趋，虽贤者亦及波靡，良可悲耳。弟归心已决，贫甚不能出京，然虽行乞，亦不乐久住京华矣。《刍言报》极可看，乃汪穰卿所作，关系世道人心，不细公曾见否。似可令各学堂皆阅之，亦我辈尽心之一端。公必心契鄙言。此上修翁文宗同年阁下。年小弟树枏顿首。四月廿二日。

二

子修大宗师同年大人阁下：

　　不见数年矣。丁酉之冬，树枏北上，台从正奉命莅蜀，未得一把晤。维时胶事已出，志节之士拊膺扼腕，争欲磨砻砥厉，以扞外侮而报国家。侧闻星使设施，亦不颟颟于八比试帖为也。弟忧世之心已灰，然默自省察，尚有不能自已者。此六祖所云"如人饮水，冷暖自知"，度公亦默鉴此意。尊经一席，若得仲弢俯就，大是佳事。此间亦上书南皮，请为劝驾，但未知明年已定局否。若俟至后年，则仲弢服阕矣。读书经世，非浮浅人所可胜任，仲弢外和内劲，蜀士之对症金丹也。公其亟图之。华阳学生郑言，故闽中世家子，寄蜀籍，先师童惷庵夫子之外孙也。芸子言其才极可教。以监院微言裁去尊经名额，芸子既知之，复允贱子之请，将遗书台端及之，未知此书已彻清听否。清才不易得，乞公察之。损惠清俸十金，明年海王村中添购一二旧籍，皆大君子之赐也。附此申谢，敬叩铎安。年小弟树枏顿首。十二月十四日。

王龙文（1864—1923）

　　后更名补，字泽寰，号补泉，祖籍江西永福，湖南湘乡人。光绪十九年（1893）举人，二十一年（1895）探花，授编修。充武英殿、国史馆协修。庚子政乱,因主战被夺官归里。晚年在湖南益阳箴言、衡阳船山等地讲学,又回原籍主修《庐陵县志》。著有《平养堂文编》《平养堂诗存》《文存》《疏稿》《联存》等。见《四十自警文》(《平养堂文编》卷四)、《词林辑略》卷九、《清秘述闻再续》卷一等。

子修老伯大人执事:

秋节再奉矩诲,并承面谕,属觅《罗忠节遗集》将付梓氏。执事扶世翼教之苦心,于斯可见矣。夫忠节论学不善姚江,而讨贼立功后先同揆,议者每言宋室大儒无救赵氏之亡,至忠节而一恢斯轨,儒者实用,于是乎出。遗集具在,涂辙朗如,唯是版片藏之家祠,别无传刻,流布未广,学者末由诵习。诚得执事为之倡,重雕集本,使其学章彻于天下,生才无尽,来者难诬,吾知必有承其绪概以担负世道者。执事既启其端矣,以正学示湘人士,复为举乡先正之可穷可达、不失民望者,以显示标的,俾资所守焉。风教之感导,宁可量邪,且执事福人也,天相之矣。春莫长沙之乱,其趾入觐,启行才旬日耳。识者观消长离合之迹,而谓执事之有以化吾湘也。龙文以卜老父寿藏,遍历祝融、岣嵝之麓,撷尤煨芋,遗风寂然,唯采笋盈筐,敬就门人刘向日赴省之便,速以上献。方志载岳笋甘美,轶于他产,野人之芹,冬日之曝,执事谅之而已。世愚侄王龙文谨肃。庚戌嘉平四月。

王　珏(1896—1919)

字子重,号素庵,湖南湘乡人。王龙文子。年少早成,读书有觉,尤邃于《春秋》三传;好治许氏书,习篆隶。早卒。著有《素庵文稿》。见王龙文《儿珏志铭》(《平养文待》卷十六)。

咎恒雨若,夏五严寒,伏惟提学太老伯大人起居万福,为国为道,万千珍摄。间者惨罹凶祸,先祖考奄捐馆舍,家父痛苦摧裂,不自胜堪。伏蒙尊慈垂唁,特赐襚帛,哀诔溢量,重以手谕肫恳,曲加慰问,褒荣存殁，非所敢安。家父祗承厚恤，泣告灵筵，读赗未半，阴咽倍深。不肖珏等仰体尊慈，请少抑割，哀感之至，无任下诚。既而扶榇南行，安厝衡山之麓，日月流速，倏经三虞，家父负土既毕，跧伏墓左，衔悲饮泣，未忍遽离。展诣撰杖，敬须时日，每念仁恩，瞻望于邑。谨衔命奉疏，荒迷上谢，伏乞鉴察，不备。世再侄齐期王珏稽首谨疏。

王继香（1846—1905）

字止轩，一字子献，号醉庵、蓼斋，浙江会稽人。同治四年（1865）举人，光绪十五年（1889）进士，改庶吉士，授编修。官至河南开封知府。著有《止轩集》《醉吟草》《醉庵词别集》《醉庵砚铭》《越中古刻九种》等。见《清代硃卷集成》、《清代官员履历档案全编》、《清儒学案》卷一八五等。

一

子修先生老前辈大人著席：

继香岁内叠叩礼堂，均值驾出，未获领教，仰止匡殷。嗣晤喆嗣绹兄，传谕先兄墓表允为书丹，莫名感激。此文承越缦师属稿，在戊辰、己巳之间，继香藏之行箧，往来南北几及卅年，欲求人书并可传世者，诚不易得。今幸蘖苣先生，敢以千秋相侂，伏乞春融欠泮时得意疾书，曷任跂祷。如嫌乌丝格纸不中度，请裁示准范，俾命工改作以进。又前为亡弟发冢图册征求题辞，并祈贤桥梓课俆速藻，用扬幽光，不特润色丹青，亦冀它日挂名苏门合集中，以为荣幸。惟以无厌之求，兼作不情之促，自知咎戾，惶悚奚胜，景企私忱，或邀鉴许。兹检苢箧得端砚一片，款镌六如，未知的否，而质颇宜墨，十年前友人所贻者。寿山石印三方，副以零星小物，藉以将意，惟希笑纳，勿以戋戋屏斥，幸甚。手此，祗承礼安，并乞涵鉴，不庄。侍王继香谨肃。

绹斋兄均此致意。

二

子修先生老前辈大人赐鉴：

　　顷归寓庐，伏诵环教，备挹谦光，始稔先生闉居积忧，逾时未释。既钦天性竺挚，足以补古礼而励浇风；而益自愧神思恫瘝，如瞽如聋，贸贸然当倚庐之时，为征文之举，罪何可言，罪何可言。昨呈琐物，本极可嗤，猥荷掷还，何敢再黩清严，益滋咎戾。惟砚本旧藏，岁久渍墨，特命工磨濯，并改制一楞，转觉如新。印尚不恶，其篆刻颇似陈曼生手笔。乃侍案头之物常自摩抄者，冀厕文房，如亲隅侍，抑亦窃附来谕金石论交之谊。伏乞鉴存，曷任悚企，敬承动定，兼璧执称，惶恐惶恐。侍王继香谨肃。十一日傍晚泐。

左孝同（1857—1924）

　　字子异，晚号逸叟，湖南湘阴人。左宗棠子。光绪十一年（1885），以荫恩赏举人，后纳赀为道员。光绪二十一年（1895），参加发起上海强学会。吴大澂督师辽边时，委其总办营务，后会办北洋机器局、北洋营务处。维新运动期间，曾佐黄遵宪创办湖南保卫局。后历任官政务处总办、顺天府府丞、河南按察使、江苏提法使兼署布政使等职。民国后，居沪。善篆书。见陈三立《清故江苏提法使兼署布政使左公神道碑铭》（《散原精舍文集》卷十四）等。

一

　　昨游甚畅，今辰上湖。鞠老前恳假《进士题名碑》，如尊斋旧有此书，即请封交饬送政务处，命茶房赍来。如无，亦乞代向它处一借为荷。此上修老道席。弟孝同再拜。四月望日。

　　鞠老属候。

二

顷由湖上归,穄筠钞录咨稿一件,属奉上,祈察览。瑶老已到公所,初七始还城。鞠人河南录科已奉圈出,并闻。此上,即颂修老道兄节安。弟孝同顿首。初四酉刻。

三

奉上鞠花茶四朵,希诚品之,携一二至湖上,以玉泉烹之,当不让美西湖龙井也。子修道长兄。弟孝同顿首。初八。

四

康儿自南来,带到腊肉、乾鱼、菌油、腊豆,谨分献少许,藉佐珍羞,乞试尝之。肃上敬彊世长兄亲家阁下。绸斋太史均候。弟孝同拜手。

五

有自鄂来者,带到菜台清脆肥甘,此间得未曾有,奉上少许,一尝故园风味。雪意尚迟,闻鄂、豫已渥霈祥霙矣。肃上修老世长兄史席。弟孝同启。蜡九。

六

儿子自湘来,带有家制腊肉、鸭菌、橙花,奉上少许,一尝湖湘乡味。又湘莲二篓,于尊体似有裨益。每晨进一盂,以凉水蒸,极融,少加冰糖,且可口耳。区区不恭,莞纳为幸。此叩修老道长兄安。弟孝同顿首。廿三。

七

修老世长兄大人有道:

一别三年,怀印何已。去冬奉手翰,知文星将息景湖山,踪迹飘然，未尝以一书敬讯起居，懒废为罪。顷展中秋赐函，乃蒙念我勤勤，在远不遗，循诵往复，忻怃何言。伏承道体清嘉，颐养康胜，为欢无量。时事至今日，艰危万状，挽回补救，厥赖大学问、大识力斡旋默运于无形，以诚应物，以实行政，内政修明，外交自肃，未有不以诚实徒矜虚憍而能措之治安者。今天下竞言变法矣，"穷则变，变则通"，"由今之道，无变今之俗"，圣贤已有明训。科举变矣，学堂并无成效，军政变矣，练兵徒事嚣张，它如财政之支绌，警察之腐败，更无论已。亲贵出使，将为立宪起点，不知中国人格程度尚不逮远甚。纵考察各国，而一切更张改革，正未易言偏。于廿六日登车后，忽遭炸弹之变，同目极其惨，而使节迟回，遂不敢发，亦可见其识量已。近薇生学士、弢甫侍讲上言请停秋操，因火车轰炸，恐蹈不测。练兵处不无戒心，然则平日自负为能兵者，果安在哉。总之，不顺人情，不识时务，知进而不知退，知存而不知亡，逞一己之私，争附权执此大乱之道。然外洋暗杀之风行于中国，为四千年之未有之奇，人人自危，时时可死，是用可忧也。同政垣滥竽，忽忽四年，建白豪无，时深愧悚，不敢为附和趋承之见，不合于时，固已审矣。自君之出，已少同心，晦若近复持节粤东，尤增怅触。蓉曙同直，兼事练兵，不常聚晤，学问文章，夙所亲印，属为寄声。穈筠忙劳殊甚，崇文榷税，仍复蝉嫣。其馀同事则有吴向之观察、于海骃侍讲、张汉三侍御，皆夏秋添派耳。同因旧居颓敝积湿，侄孙景祜又将来京承荫，已不容居。秋初移寓东安门外西堂子胡同，寓中幸托平吉，堪慰注存。杖履北来约在何时，延颈企踵，承望颜色，一摅数年积臆，慰惬何如。承示无还乡之乐，值兹世变纷纭，家居亦不宁处，与其小隐湖山，何如大隐朝廊之为得乎。䌷斋太史奉母家居，诚孝可敬，即板舆迎养，亦适以安。文孙芸兰玉立，含饴之乐，想更益增，便希示及。雪渔、介轩、兰舟道履何似，如齿及，为道相思。手肃，敬叩台安，秋风萧瑟，伏维顺时珍卫，不尽欲陈。世小弟孝同再拜谨状。康儿侍笔请安。九月初五日。

　　䌷斋世兄侍福。

八

命书封面，墨宿纸涩，殊极不工。如须重书，希将原纸发下，另书呈政。刘语石词老，记在翰怡处一晤，兹为其孙制百家锁，敬奉番佛一尊，当百千万亿佛矣。雨后郁热稍改，维起居佳胜。敬上补松先生我师。弟孝同顿首。廿七日。

九

昨辱手教诵悉。《明史》百二十册与《元史》合藏一橱，遵谕车载奉上。阅后一两月掷还可也，馀容谒罄。敬上敬彊先生著席。弟孝同年再拜。十七日。

十

补松我师亲家大人尊右：

前奉惠书，知兴居康胜。晤绗斋，述及精神矍铄，为贵阳夫人书墓铭，老当益壮，想大笔淋漓，茂密伟丽，当为世模楷。文孙嘉礼，喜溢门楣，不数年五世同堂，其厚福庸有量邪。贱辰猥蒙惠贶，实不敢当，时已游曲阜登岱顶，归来始悉，而友朋之赠遗不觉辉增蓬荜矣。承允赐诗，感铭曷既。止盦、长素、东寅、兰友、焕彬均有诗，衰朽馀生，何德以堪，不过藉登泰山而词料多耳。唉公诗成，装潢巨帙，得诸公名作，后生小子或附以彰，以云称寿，则吾岂敢。谒孔林，以遂数十年心愿，得见孔子手植桧、子贡手植楷、《圣迹图》、诗礼堂、金丝堂、历代碑碣，允为大观。庙宇之宏壮，胜于京师。公府所藏元明衣冠，纯庙所颁周秦彝器，皆得瞻印，不得谓非眼福与。燕庭上公约明岁诞祭或来陪祀，亲家其偕往乎。劳玉初康健如旧，偕游元圣庙、复圣庙，行走如飞，下走愧弗如也。并询起居，告知回杭矣。天气已寒，驱从今岁想不来海上，林泉颐养，企羡何极。手此，敬候道履。世小弟孝同顿首。十一月十六夕。

亲家母夫人福安。

十一

补松先生世长亲家有道：

别忽兼旬，惓惓之怀，云何能已。初六日奉手教，敬谂安抵珂乡，亲家母夫人旧恙盖见痊愈，至为欣慰。家居安乐，较之海上尘嚣，自爽适也。瑶老常晤，廿九夕尚未受惊，其日为其世兄续娶，正在宴客，惟巡捕相戒勿出门。得尊书，走告属为寄声，以素懒执笔耳。比日城内华界仍行戒严，夜深禁止行人，租界尚安。谣诼日多，以帝制将发表，商民人心不免皇皇，弟以不见不闻处之，亦省却许多烦恼。朱少老前月底忽中风，右边半身不遂，不能起坐。近遣人探问，饮食尚好，神志尚清，需人扶掖，老年气血已衰，恐难望全愈。伯华闻不日将归，其世兄已先送眷归矣。刘翰怡属篆葛刚正《续千字文》，中多《说文》未有之字，谓可假借改易，惟不须重复。置之案头数月，未敢下笔，因考订数十字尚有未审。夙钦我师精通《说文》《史》《汉》，录奉赐览，求一一指示，将原纸发还末学，幸甚。本欲执挚请业，因天气已寒，我公年内恐未必来海上，故不得不求速教也。手此，敬颂起居，不宣。小弟孝同顿首上。亲家母夫人颐安，绅斋待讲侍福。乙卯冬至后四日夜丑刻。

十二

补松先生亲家世大人侍者：

前月底得赐书，知起居时有不适，极以为念。比想康胜如常，杖履安吉为祝。湘乱加厉，钱米两荒，北兵四处掳掠，谣言日多。贻儿久在沪，昨儿妇挈小孙男女皆来，曾、黎舍亲同至，僦居敝庐，几无下榻处。康儿不同居久矣，近闻得浙盐知事，老翁不知也，甘为乱世奴隶，岂不可叹。节庵八月初来一晤，其庶母丧在去冬，近闻已遣送其榇回粤，未赴告，故未送礼也。昨因贱辰贻我李菊、罗松两画幅，有题诗,并属弢庵、庸盦题之,是可感也。止相自五月登报后,人多议之者,楼居不见客久矣。节庵往访,亦未迎晤,闻谭三则登楼见之。属寄葵园书图已交华盛轮船带湘。闻上游水涸,能抵岳州,计初十内外必可交到,不至遗误也。近状无可奉告,畅适时少,忧虑时多,还乡不知何日,恐不免为海滨饿夫也。匆复,敬颂颐福。天寒,维顺时葆卫,千万千万。世小弟孝同顿首。孙辈侍叩。十月四日。

十三

补松先生亲家万福:

　　立春三日,奉到赐书,并谢恩折稿,诵悉种是。比送瑶公察览,极承椽笔之鬷皇,同被恩施,偏劳敷奏,至为抱歉。同等荣幸下忱,尤感大德于无既。岁除春暖,正寿宇之宏开,国恩家庆,受福无疆。惜弟滞迹海隅,未克跻堂介寿,即酒肉之献亦复阙如,遥望圣湖,敬祝公无量寿佛,是心香一瓣所颂祷者耳。承示肝胃气复作,比日想已全愈,敬念敬念。老年总宜饮食颐养,节劳省虑为要。弟病渐瘳,痰咳一时不能止,精神瞑食虽未复元,较前稍健。仍服膏方,春深即停止,恃药物扶衰,亦非卫生之道也。幸毋我念。专肃,敬祝崧龄,并贺年釐,合第全福。世姻小弟孝同顿首。廿六日。

　　瑶老感寒,痰嗽气喘,近服药渐愈,尚不能起床,属为致意,并闻。

十四

补松世长兄侍者:

　　前奉惠书,廿五日肃复一椷,并何诗老复字,由邮局寄呈。廿七日复奉廿五日手示,知尚未达签阁,计发缄后当必递到也。邮局挂号之件,尚不至贻误,惟现时南北有检查之说,公之疑虑或亦因此。此间报纸所载大都浮言,近闻确实消息,廿四辰段军拥入京城,与定武军战于天坛,以众寡不敌,复围攻张宅,正在酣战,忽荷兰使臣带兵至,挟张家人去其使馆。前数日,本有与张联和,张答以有死而已,惜其势孤而筹策又未周备,南北两方面又无对付之人,既有此暴动,局势又将大变,真末如之何也已矣。知关廑系,用以缕闻。手此,敬颂暑祺,维照不宣。弟名心叩。廿九夜。

十五

补松先生我师尊右:

望日得书,猥以戋戋之意,致劳齿及,惭愧惭愧。陈荔订来,知隋堂祝嘏,瞻谒寿星,步履康强,尤为欣仰。尝谓孙曾绕膝,福寿齐眉,海内无其匹,非大德未易臻此。家诚极佩,出示止盦、瑶老,尊之曰"圣人",非虚誉也。瑶老以未致纤微之敬,属为道歉。葵园作古,士夫失印,薄海同悲,遗书满家,不知谁为料理。其亲[戚]族人单,两世兄抚嗣,同自戊戌后即未谋面。癸丑还湘,一通音敬,其时尚在平江,比来海上,音信遂希。长沙朋旧凋谢殆尽,是可伤已。贻儿病体稍愈,嗽止气平,已能平卧。近日食饭一盂,略能起坐,尚未出户。医云肺肾两虚,宜静养。承念,故敢缕陈。自家小皆来,几乎无人不病,喉证居多。医药之费,实生烦厌。旬日来,幸渐次清平,稍释忧虑。此间一冬无雨雪,春疫宜防。得吉林信,[甚]并不甚冷,岂天地之气南北变易邪。汉冶萍昨发弟九届六厘股息,尊处已收取否。敝处昨已收回,年关赖以敷衍,并以附闻。专此,敬叩双安。计此信到,正值崧生嘉辰,遥祝千春,并颂年禧。世小弟孝同顿首。丁巳腊月廿六夕。

世兄辈侍福。

画师朱晓岚鼎新,贵同乡,籍温州,江苏属吏,现寓苏州,如有命画之件,可为转致。黔中朱观察名荣㻩,垂询附闻。幼梅墓志,诗孙已书隶寄湘矣。并闻。

瞿、陈两笺附览。

十六

补松我师世长兄尊右：

屡晤子和亲家，询知兴居迪吉为慰。顷奉十二日赐书，如同觌面，承示今年病体甚杂，敬以为念。七十老翁自非强壮可比，能得饭量如常，即征健福。至搔痒难受，自是血衰风生，所谓癣疥之疾，不足为灾，幸毋介意。弟则年来衰态日增，目瞆耳聋，健忘益甚，精神饮食亦不如前，酒则饮二两，饭则啖一盂，较平时锐减。齿松无力，稍硬及漱者皆不入口，虽无大病，朽腐甚矣。本拟清明回湘一行，康儿以新妇于归，须行庙见，遂令先归。贻儿正初还湘，令其料量家务。而长沙仍乱如故，开修湖南通志，欲假先祠为局所，又拆城垣为兵医学堂，刨去孤坟，伤心惨目。省中瘟疫流行，患者遍身麻木，不省人事，稍迟不救。清明后雨雹烂秧，百物昂贵，汇费千两至二千四五百，市面不独无银元，即铜元亦希，欲无乱得乎。属寄箱件，适华盛今日到，越日开行，即令带去，当可交到，乞释念。现在两轮可径抵长沙，一月往来三四次，亦极便也。世事直无可言，光复之说恐难通过。此间昨夕大雨雹一小时，雷电交作，极为可骇。大者如鸡卵，敝居碎玻璨不少，桑麻果木必多损伤，灾异迭见，天时人事，敢不祇惧。浙中雨旸何如，殊以为念。剩春迎夏，霉湿薰蒸，颐养安稣，何妨命驾海上，藉消长夏，于尊体似更畅适也。无任翘企，肃复，敬叩崇安，并祝潭祺。世小弟孝同顿首。三月十四夜。

绢斋侍讲侍福。

十七

补松先生亲家有道：

奉手教，恭谂杖履安绥，极慰远念。陶文毅印心石屋为宣宗所赐。曩闻庭训，文毅当宣宗朝为籴海运，入觐召见十四次，垂询从何读书，对侍父黄江先生读于资水之间，蠹巨中流，结茆其上。成庙亲书赐之，文毅拜恩，到处留题。以余所见者，湘山岳麓、江南节署。文毅长沙无故宅，公所见者，殆长沙北城之陶氏宗祠系属长沙。叔惠现有之宅，乃光绪初少云姊丈所挹造也。其故第在安化小淹，有所谓乡贤祠、宫保第、总督府者，闻今为兵盗所焚劫，岂不可慨。叔惠为文毅曾孙，尚是英俊，吾甥只馀次五六者，年均六十矣。先公并未入文毅幕，其相识文毅也，在道光十六年。当文毅奉宣宗御赐，时任江督，因阅武请便道归谒墓，由江西道醴陵。先公主讲渌江，县令请为楹联，先公书云："春殿语从容，廿载家山印心石在；大江流日夜，八〔千〕州子弟翘首公归。"文毅亟称之，因延与语，纵谭总夜，谓："何以不出？"谓："贫穷以馆为生，一入京需费一年馆谷，无以赡家，得之不得有命。"文毅曰："明年试期，如不得至我处，不患无行赀也。"此为先公三次会试之既，其时林文忠为苏抚，贺耦耕尚书为宁藩，魏默深、黄虎痴、周子英咸在。先公居江南节署三月，而议昏从此始，比以齐大非耦却之，此戊戌间事。其年文毅即世，托孤于贺蔗农太夫子，先公因馆于陶氏教育七年，遂因师命盟婚焉。至胡文忠是否就昏江南，则不知何年。然陶氏之赖以存者，实内有文忠、外有先公，得以延绵世泽耳。垂询鳆鱼食法，鳆当即俗所称鲍鱼也，东坡有《鳆鱼行》。鲍鱼以黄明闽海所出者良，其食法尝询之闽人，以冷水洗其泥沙，即用冷水以瓦罐炖之。不宜热水，热水一下即烂，不可入碱。火宜文不宜武，炭毬最好每次二三元，接续加添。然必须三日夜不断火。至少亦须两日夜，歇火即不能烂。先用水满罐，必倍其鱼，久之透发，以竹箸攒之，如烂即可食。初不必加油酱，待其本汁炖出，自有鲜味，再加鸡鸭汤入罐。肉亦可。临食时取出，以刀切之，以烂为度，此家常治法，若委之厨丁，则不能耐此烦劳。弟素嗜此味，然不如王完巢之佳，鱼翅则不如梁节庵，自二公亡后，每对太息，宴饮之间有备者，皆不可口矣。近令老妾以大乌参蒸鸭，少用水，或加笋与大骹。酱油、绍酒炖牛肉汁，均不宜武火，三四时即烂，较鳆鱼为易。颇可下饭。此二味似与尊体相宜，一鼎足供两餐，亦不为费。弟齿力早松，已落其三四，日以萝葡、白菜、豆腐为常餐，以其不费咀嚼耳。此三品必须瑶柱、虾米佐之，方得清鲜之味。近得曹梅访遗我吉林参，交冬后按节服之颇安，咳嗽少减，精力差健。惟饮馔不能如前，每食辄倦思睡，假寐小时，亦可知脾气之衰耳。自大儿妇还湘后，弊庐空出尚多，康儿下月当还来侍，贻儿尚在长沙，以汽船事未了。弟今春归，询及田房产已典质殆尽，其奈之何。闻谭三出走，几不保其性命，纵兵劫民，固由自取。近闻已到沪，岑三亦来，英雄末路，可慨也夫。久欲奉书函丈，因无好怀可语，日课少子诵读外，天寒晷短，间有笔墨酒宴之应酬，晚瞑晏起，每因而辍，疏慵之咎，无所逃罪，伏希鉴宥为幸。专复，敬颂颐福。甚寒，维起居珍卫，不尽驰仰。世姻小弟孝同顿首。十月廿八夜。

世兄辈侍福。

十八

久阙音敬问讯起居，祗缘疏懒，惓惓之忱，积久弥笃。即维颐养康稣，杖履安吉为慰。贱状如常，无可奉告。入冬来咳嗽少减，但饮食不健，精力总觉疲倦，亦衰态之常耳。贻儿回湘，丰年汽船事尚未了，非破产不行。康儿前月亦回湘，湘乱不可究诘，强劫一空，已强无可强，兵匪混杂，竟至[勒]掳人勒赎。乡城往来诸有贰心，张敬尧纵[匪]兵殃民，土匪从而附和之。金融艰涩，盐米两荒，其祸害有不可胜言者。如何如何。此间银根亦甚紧，抵制日货恐亦不能挽回。南北和议，闻有复主中华帝国之说，然民穷财尽，妖孽枭张，欲求统一，不免三分五裂，亦终必亡而已矣。尧衢前赴杭会葬，曾属代致殷懃，归来尚未得晤。一山言文慎葬处用塞门得土营一空圹，形魄归于土，岂其然乎。恽孟乐于前月廿三日物故，其子早亡，仅嗣一孙，亦可哀已。周晴松初五日亦死，英年不禄，殆命也夫。郑叔进丁艰，缃斋处想有赴告，拟为其先人刊刻金石录，亦孝子仁人之用心也。孙魏若闻月半仍来沪，前为盛杏生请谥，鄙意不谓然，后闻得旨开复原官，不收报效，朝廷处置亦尚得体。俚婿夏剑丞为杭州教育长，舍侄念恒亦在科员中,如来请谒,乞有以训迪之,学教风化之所关,固在老成典型也。敬上补松先生钧席。世小弟孝同顿首。

谏斋世兄属书楹联附上,希掷交。缃斋大兄侍福。十一月初七夜呵冻。

十九

补松先生世长兄亲家大人尊右:

前奉赐书,久不裁答,病后愈形疏懒,且无好怀。前月半归,孙女于程氏,从周军门之孙。督之非文明结昏,未出一帖召集亲友,草草成礼,而所费已不赀。明春尚须嫁一女孙,许字余寿平之孙。室家之累,诸须老鳏照料,又不无感慨耳。承垂询贻儿,喜期时来沪,月初又复还湘,因汽船扣留尚未解决,非有巨款一时不了。年内能否旋沪,不可知也。屡承温谕,谆谆以节饮为戒,极纫挚爱。闲居寡欢,不能不藉以浇垒块。自去年来齿牙摇落,饮啖锐减,今秋病后少饮辄醉,然日夕不能无,精气已衰,力不能胜。至白兰地,本非素嗜,偶有宴会,间或饮之,拇战角胜,非复从前之豪放矣。近不常出门,以不能饮食,在家一粥一饭已觉勉强,浸药酒化鹿胶服之,似尚无它,聊以度日耳。感荷良箴,敬铭肺腑。比承兴居康胜,至慰企印。食后气滞,老年常有,东坡食后摩腹行三百步,其可法乎。尤望襟怀达畅,勿少闷郁,来春酥暖,能出游亦足乐也。瑶老前月初去津(因为亲戚事),尊书已送投(寓法界萨坡赛路敦寿里六号),闻尚未归。报载财政顾问章一山归言瑶老已辞之,知必不受也。翁叕甫来沪,旋即去津,汪颂年寓京察院胡同梅宅,陈贻重在津,穷窘无慀。湘中米荒、盐荒、钱荒,兵匪遍地,强劫殆尽,汇费每千两长至四万,不亦奇乎。谁实祸之,亦湘人自作孽耳。可胜愤叹。肃复,敬请颐安。小弟孝同顿首。十一月廿四夜。

浙省鲍刻六经向称善本,先太傅覆刊于陕,惠及关陇。近课三、四小儿读《礼记》《论语》,租界无好读本,浙省书肆谅有善本,敬烦缃斋兄六经读本求各选一册，有便寄下，不必急急。价若干，祈开示奉缴。琐琐渎神，惶悚千万。同又叩。

<h2 style="text-align:center">二十</h2>

补松先生亲家世大人尊右：

接展报章，惊悉亲家母夫人驾赴瑶池，莫名骇悼。亲家情深伉俪，遽抱德宫之戚，伤感如何。伏念亲家母凤彰令德，作配儒宗，年逾古稀，孙曾绕膝，四德之备，五福之全，一笑归真，自无遗憾。惟亲家高年失助，不无奉倩之神伤，幸丧祭典礼绱斋昆季自能克尽孝思，固无烦老人之操虑，祈付达观，勉自排抑，善葆天稣，是所企祷。弟年来衰态益增，饮食锐减，精气不完。月初吊沈涛园，晚归感风，致咳嗽困惫，初拟不服药，纠缠数日，竟不能支，五剂稍平，而脾胃仍不健。兼旬以来，不出户庭，衰瘦特甚。思道杭一省起居，新病初愈，颇惮远役，徒殷结想，至深怅歉。附上挽幛一悬，藉申刍束，希饬代荐。专肃，敬候康绥。世姻小弟孝同顿首。

绱斋昆季顺唁孝履。

<h2 style="text-align:center">二十一</h2>

补松先生亲家赐鉴：

昨奉一缄，恳令弟五先生转递，计当达览。发缄后，接展赴章，知营奠有期，惜未能躬亲奠酹，至深怅歉。宅兆已卜吉，归葬何时，风水时日之说，虽不可迷信，然不可不慎也。敬以为念。顷复奉手翰，并赴十五分，其在沪者已分别饬投，湘中各分，遇便寄去。华盛汽船扣留长沙，两月往来不通，贻儿七月回湘，犹未来也。来单附注，希察览，惟祝颐养天稣，诸维旷达为慰。弟日来脾胃稍佳，而咳仍不止，衰病侵寻，无如之何耳。知注附闻。专复，敬请近安。小弟孝同顿首。廿二夜。

二十二

补松先生有道：

　　春光明媚，维杖履安稣，兴居康胜为慰。同去年还湘，将先公遗集版片损毁者补镌钞存，家谕携来海上，排印两本。兹因家侄念惠来杭之便，谨检十册，以三册奉贤乔梓清览，馀请一贻高伯叔。杨雪渔、陈兰洲两世兄，杭州读书之士，亦可分遗，俾知当日平定两浙情形。如有索观者，尚可续寄。此书由丁辅之刊印五百部，尚祗送到数十部耳。匆肃，敬颂颐福。世姻小弟孝同顿首。

　　炯斋世兄昆仲侍祉。

　　近有求篆《多心经》者，而"菩萨"之"萨"，《说文》所无，不见经传，应以何字假借之。释典"菩"，普也，"萨"，济也，假义不审，音似不合，且经中尚有"菩提萨埵"、"萨婆诃"。"呪"字当用"祝"字，《诗》曰"侯作侯祝"。敢以质之吾师，愿夫子明以教我。同又叩。

二十三

敬彊先生侍者：

　　前日敬常亲家枉顾，询问起居，知辟暑灵隐，幽静清凉，企羡企羡。昨奉手教，比即走访诗孙，晚间得其来书，知尊件已寄湘矣。诗缄附览。月半各报想当阅悉，诏命先生入觐，似应不竢驾而行，值此时间，不得不稍为慎重询之。止盫并未得正式文报，如奉阁钞，又不宜观望耳。众正盈庭，贤人在位，小人道消，如阴霾复见天日，螭魅魍魉自潜形也。衰朽馀生，复睹太平，洵天下之大幸。暑热较往年为甚，山居何如，会晤有时，再倾积愫。敬颂颐祉。世小弟同顿首。廿五日。

二十四

补松先生世长兄亲家有道：

　　奉展五月十六日惠书，辱承垂注殷拳，感泐无似。弟自三月初回湘展谒松楸,幸泷冈无恙,而人民城郭已非。适逢张敬尧之乱,兵民纷纷出走,幸得外人照会保护生命财产。四月廿五夜,张出奔,大炮轰震,焚一弹库,子如雨下,历三小时之久,幸未延烧民屋,然已险矣。北兵逃亡殆尽,南兵仍占民居,北去南来,抢劫时有。兵民混杂,土匪因之而起,乡间尤甚。谭延闿廿八日始入城岳州,击败溃兵,人民死者不少,且往犒师,义赈局济米数百石、银万元。安化蓝田镇居民一二千家,被北兵焚毁殆尽,亦可惨矣。衡、永、宝一带,兵匪杂出,甚至掳人勒赎,直是无法无天。谭到省后,犹令绅民筹济粮饷,行用五元、十元钞票,不知富者贫、贫者苦,搜括殆尽。百物昂贵,与沪不相上下,米虽便宜,亦在五六元;精盐充斥,每觔百六十文,淮盐直无人承运,以成本太重。金融恐荒,张消毁纸币,开设豫湘银行,又行纸币,走后倒闭,绅民受其累者,不知凡几。奂彬、重伯因有挈问之单,故仓皇出走。萧叔衡文昭,前署绍兴府。家之抢劫,则南兵之所为。闻秦子质家湘潭乡亦被掠。湖湘之祸,谁实酿之,一而再,再而三,其能保安地方乎,此可为叹息痛恨者也。弟初拟节后东下,其时轮位需四十元,而拥挤不堪,又值大水,岳汉且多溃兵。至月底往来轮舶稍通,遂偕家侄念恒行,初三日旋沪,幸荷平安,豪无惊怖,亦思空见惯矣。贻儿汽船事未了,尚滞长沙,恐非倾家破产不了,不图衰朽之年,偏多忧愤之时也。念恒初五夜已到杭,如其晋谒,近状可询而知之。匆复,敬候起居颐福。小弟孝同顿首。六月七日。

女公子嘉礼未得前知,礼敬阙如,至歉至歉。

二十五

补松先生亲家侍者:

奉初八日惠复,知起居安健,眠食胜常,至慰至慰。胡公得大传,已可不朽,征题本不欲冒渎,因其恳求,不敢壅于上闻。纲斋兄既为题咏,忭幸多矣。庶华字春藻,年约四十上下,十七岁时得公门游泮,旋蒙取一等,以巡检用。谈次以中学失废为耻,弟勉其及时稍进,亦当深造有得。昨以湘省工艺学校开课已返湘矣。去岁承询先公年谱，今春贻儿归，令其重印寄来数部，谨以一部奉政。又先仲父中书公诗文集《慈云阁诗钞》，先妣周侯夫人诗亦附刊焉。兹因家侄念惠来杭，各检一部，敬呈钧座，乞与绚斋世兄共览之。瑶公已能著履下梯，起居如常。倦知因其夫人病亦自病，王雪老往问疾，引其上楼，辞下倾跌，幸毋大伤，然已险矣。弟往视尚无恙。近闻倦知夫人服参，亦渐愈矣。散原有丧偶之戚，闻思曾世兄相继谢世，是可伤也。散原拟移寓湖上，其何以为情乎。匆肃，敬颂秋禧，并祝潭福。世小弟孝同顿首。八月十二夕。

二十六

补松先生亲家尊右：

六月初奉手教，知福躬康复如常，惟未出门，日但静坐，比来颐养当更健胜，无任祷祝。两月来未笺候，恐烦清览，然倦倦之悰无日不神驰左右。有胡生庶华，为弥勒殉节胡国瑞之子，王湘绮为之井铭。庶华葬父后，德国留学十年，去岁毕业归。兹来海上，拟将其先人志节绩图表扬，求当代名人题咏。弟嘉其仁孝之忱，属何东彦为之图，将先生之传、湘绮之文装潢册端，即可流传。庶华意求先生赐以珠玉，并求将大传另纸录示，感且不朽。比告以先生老病初愈，不敢冒渎，然不能不为之上达。庶华人湴，本门下士，游学柏林，尚无习气，谅蒙嘉许。如以久阁笔墨，或令绚斋世兄代撰，亦无不佳。胡公图求同为篆额，"胡公井图"固不妥，"胡公殉节图"似亦未协，敢请吾师酌夺示知，不胜感佩。尊撰《殉节录》如有存者，求赐二三本，庶华欲求，并拟以一与龙绂慈，芝生侍郎季子，为吾侄婿。便中掷下为荷。瑶老夏间患足肿，药水洗濯，肿消流汁，而痒异常，楼居两月，近勉能下梯。月前谒晤，精神瞑食尚好，属为道意奉候。鄙状无恙，入夏以来，痰嗽已愈，饮食如常，气力远逊于前，不耐劳动，每食后总觉疲倦耳。知关垂注，用以缕陈。手肃，敬颂秋祉，合潭全福。世姻小弟孝同顿首。

八月二日。

　　绚斋世兄并此致候。

二十七

补松先生亲家侍右：

　　昨奉复示，比即送瑶老鉴。谢恩折稿承允撰拟，同深感荷。呈递一节，仍函恳春老[想]代办，想亦必转托内府诸公，悉听尊酌。赐件昨已交费树陔带呈，想当达到。费君亦不相识，于爱俪园有职事，因梅访言转托，固间接也。憔仲昨来，约初十外方旋，恐稍迟耳。承垂念贱恙，以止酒、少啖肥脓、早寝，极纫爱我之挚。医生亦以为言早寝、勿食油腻，自易遵行。止酒则难断其瘾，自病后已不能多饮，每日两餐不过一二[盂]钟，只得从容节减，能不思饮则好矣。钧谕敬铭肺腑。念恒极荷关爱，前弟缄谕不必迫切，不论优简，为小失大亦不合算。顷念惠侄来，出尊示令其缄达，勿负师意。如其晋谒，求时有以诲之。匆复，敬颂颐福。小弟孝同顿首。初七日晡。

二十八

补松先生亲家尊右：

　　昨瑶老递来春老缄，并御赐福寿字画幅二分，微忱进献，得蒙上赏，当即望阙叩头谢恩讫。其一分应寄呈尊处，其牡丹画幅已装成轴，询之邮局可寄，又虑设遇雨雪，不免损坏。适闻费树陔初六日还杭，胡憔仲初六来吊，沈寐叟初十日回杭，拟即交其便带呈较为妥当。同膺懋赏者，陈庸盦、余寿平皆有匾额，并上方珍物；秦子质亦得楄额，曹梅访兄弟则福寿字而已。春老函言应行具折谢恩，瑶老拟请我公一办，三人联衔，脱稿后即寄京托春老代递。大约缮写款式，京办自合法，不无小费，可不惜也。春老、瑶老两函并呈尊览，复春老书求附笔道谢。贱恙瞑食稍好，痰嗽犹未愈，形容消瘦，日服膏方，精神不能复元，稍一劳动便觉气喘，亦可见衰之甚也。知关垂注，并以缕闻。

专此，敬颂颐福。世姻小弟孝同顿首。腊三夜。

二十九

前月既望奉赐书，并葵园先生墓志三册，比即分致樊叟、质老、郢老，属为致意。近得罗顺循之世兄书，承寄到墓铭，陈散原撰，赵芷孙书。并顺循所纂《船山师友记》《辛亥殉节录》，敬读一过，考订搜访均极明晰。《殉节录》二册，不如尊撰之详，祇载守令、武臣、士人，而其事实大同小异，亦有公集未及甄录者。其书刊于庚申，不知公曾见及否。如需省览，便当寄呈。北风不竞，南方亦颇戒严。弢庵师傅于廿六日由海道还京，精神虽矍铄，而年已七十六矣。散原因弢庵约来，曾得一晤，已回宁矣。附闻。敬颂补松先生颐福。小弟孝同顿首。四月二日三鼓。

三十

补松先生亲家世大人尊右：

前者安车莅沪，欣亲德范，慰数年契阔之悰，杯酒之敬阙如，未遂卣谭，别后正惓惓也。前月初复承赐翰，益增驰印。昨由梅访处交到葵园先生墓铭，敬读一过，葵园自足千古，而公文亦千古矣。惜其自订年谱未之见，其著述亦不过得其十之五六，版籍自在长沙，不知湘阁世兄能抱残守缺不。弟与先生总角交，戊子归湘，尤日亲近，戊戌以后，则书牍往还，读竟墓志，不觉泫然涕下。篆盖则非弟笔，亦足以掩吾拙劣，公幸毋我责。适秦子质、周郢生见之，思得一本，尊处如有馀存，乞赐二部，以便分致。梅访于前月底还苏，近得其信，其满世兄在京病亡，不免忧伤，一时未必来沪。附闻。春酥景明，桃秾李郁，湖上独游，自饶乐趣。比日瞑食如何，维时珍卫。肃此，敬颂起居万福。世兄侍祉。姻世小弟孝同顿首。三月十三夕。

三十一

补松先生亲家尊右：

久阙音敬，非敢忘也，实缘疏懒。前月半邀梅访作普陀、天童之游，虽两次遇风，幸托无恙。五十年思愿，竟乃克偿。同治末，先兄癸叟权定海，得闻其胜。究竟所见不如所闻，四望皆海，山石奇特，佛寺尊崇，各行省所未有。天童山水幽胜，殆有过之。前月底旋沪，颇觉困倦，山僧求题楣联者，近始了之。天时不正，疫气繁兴，风雨日多，惟与梅访、子质朝夕闲谈。久坐欲瞑，饮馔不能如常，知老态之日增也。九、十月间，吾皇大婚，北京设有国典筹备处，海上同人情殷献曝，同世受国恩，自应勉效薄棉，聊存忠爱，其实财力实有不及。陈贻重书来，属为提倡，拟访粤浙苏赣贡献办法，不知湘中屡遭兵燹，故家勋旧大都流离失所，何能集此巨款。吾湘素无百万之富，即有数十万者，今亦落矣。旅沪十数家，除聂、袁、瞿外，皆朝不谋夕，此可慨也。同人公启想达台览，尊处如何办法，便希示及。谏斋世兄求书写就奉上，拙劣不堪呈教，幸吾师有以诲之。至荷至荷。令婿丁序之，崧生先生第几孙，文学故家，必是快婿。同光绪丁亥到浙，犹及亲聆先生道论，先祠修建实赖先生之力，至今犹铭不忘也。每思续重游西湖之乐，而私怀窃有戚然不安者，惟亲家为能鉴之。手肃，敬颂起居颐福。世小弟孝同顿首。七月廿四夕。

世兄辈侍祉。

三十二

补松先生亲家世大人侍者：

去冬闻平居晕跌，至以为念。旋颂年及家侄来，询知比即康复如常，良用为慰，然惓惓之情无时或释也。顷展赴章，惊悉尊嫂夫人輨鹤瑶池，仙游蓬岛，不胜凄怆。惟念嫂夫人寿臻耄耋，含笑九冥，夫复何憾。绸斋世兄至性纯笃，哀疚慈母，摧惨自不待言。然《礼经》有

"不毁"之文，况先生健在，尤宜节哀顺变，慎襄大事，以全至孝，是则区区所企祷者耳。附呈素幛，聊当束刍，未获诣灵叩奠，祈饬代悬，并候起居，善自葆卫。肃请道安，并唁绚斋世兄孝履。世姻小弟孝同顿首。壬戌正月十二日。

三十三

补松先生亲家侍右：

余勤夫来，奉赐书，敬承一一。先公年谱、先岳壮武公年谱，行箧无馀存，如先生必需，当函湘中取来。而壮武之孙久流于外，不能世承其业也。顺循墓铭及《辛亥殉难录》，竢其世兄来，当属以一分奉呈尊览。余勤夫穷老可悯，所呈诗作得公为之序，名誉益佳。如先生所点定删节，固属至当，谓其繁杂，亦诚不免。数数晤谈，劝其不如早归，告归有日，助以旅费。适曹梅访谈及伊戚孙镜蓉欲延一教读，因与余尧衢荐之，馆谷月致十六元，勤夫意以为菲。弟告以虽系月聘，生徒徽籍，尚不知口音合否。现定闰朔到馆，因列门墙，或亦老运之亨通耳。槃叟于廿六日子时作古，旬前走往视之，见其形容已改，思食不得，知其不久于世矣。频年书画营生，所馀仅万元，棺椁衣衾，临时备制。吾湘老成凋谢殆尽，想同此哀戚也。手此，敬颂起居万福，渐热，维时珍卫。世小弟孝同顿首。夏至前夕。

三十四

补松先生尊右：

奉示敬悉。顺循墓志及所撰《辛亥殉节录》，谨寄奉览。北事虽见端倪，两虎相斗，一奔一踞，终非生民幸福。长江流域目前或可少安。吾湘去岁灾歉之后，饥民逃至省城，粥子女者一岁千文，宝、永以上甚有易子而食，极可惨也。劫运流行，谓之何哉。匆此，敬颂起居万福。小弟孝同顿首。四月十一夕。

三十五

补松先生亲家侍右：

昨上一笺，由盐业银行汇呈二百元，计当察入。兹家侄孙景昌来杭，交带令孙世兄属书联幅，今恭呈钧席。景昌在汴充检察官有年，此次由陶叔惠呈调到杭，既列门墙，又依大邦，幸时有以训诲之。至感至感。敬颂杖履万福。世小弟孝同顿首。

三十六

补松先生侍右：

前闻尊恙，极深系念。拟修缄敬候，恐烦省览，且累裁答，特令念恒于门墙问候起居。旋阅示恒一笺，知康复如常，静养不出户庭，为之大慰。比日想更臻健适，惟天时不正，大雨时行，溽暑郁蒸，仍须加意保卫，千万千万。屡躯入夏以来无它恙，早晚痰嗽尚有几声，仍服丸药，瞑食安健。知关垂注，故缕及之。乡先达黄黻卿先生遗诗近始印行，便奉一册，呈大吟坛鉴存。专此，敬请颐安，并颂合潭全福。世姻小弟孝同顿首。五月尽日。

左绍佐（1846—1927）

字笏卿，一字竹匀，号季云，湖北应山人。光绪二年（1876）举人，六年（1880）进士，改庶吉士。历官刑部主事、郎中，都察院给事中，军机章京，福建监察御史，广东南韶廉道等。民国初，与沪上遗老结沩社，后寓居北京。晚与樊增祥、周树模过从密切，人称"楚中三老"。著有《竹匀生诗钞》《竹匀斋词钞》《竹笏日记》《蕴真堂集》等。见傅岳棻《应山左笏卿先生墓碑》（《民国人物碑传集》卷九）等。

一

奉到《五洲地理志略》一部，谨拜登受。大造印坐身宫，财临天称，财上又有正官进气，晚节花香，美不可言。俟切实推详，呈教师门同籍，又多一重缘，荣幸殊多。近来地理学愈讲愈精，此书必传无疑。手此敬谢，即请修老先生同年著安。绍佐顿首。

二

艺风老人寿诗，谨录呈教。闻此次将以世兄法书上卷，拙诗草草，殊增笑话，乞改定为祷。此上子修先生同年，即请著安百福。年小弟左绍佐顿首。八月二十七日。

卷十一

王之春(1842—1906)

字爵堂,一作芍堂,号椒生,湖南清泉人。先后为李鸿章、彭玉麟部属,驻防北塘海口和江苏镇江一带。曾出使日本、俄罗斯。历官雷琼兵备道、高廉兵备道、广东按察使署理布政使、湖北布政使、四川布政使、山西巡抚、安徽巡抚、广西巡抚等。著有《国朝柔远记》《谈瀛录》《使俄草》《椒生随笔》《王船山年谱》《瀛海危言》《通商始末记》《椒生诗草》《椒生续草》等,今人辑有《王之春集》。见《近代名人小传》《近世人物志》等。

——

子修仁兄大人执事:

奉到《诗均释要》,比拟交尊经书局镂行,嗣与刘幼丹兄谈及督署现有石印机器壹副,不如择楷法端好者书就,以石印印成,工速而美,故未将原书交局。顷谒乐帅,始悉机器住屋因漏坍伤,未堪入用。适诵来教,俟书局印出,如未甚漫漶、自无庸影外,取影设有一二稍涉模糊者,尽可抽换补好,以成全璧。至朱久香先生补遗之本,拟请由台端检《均府》核定,果无舛误,即另页补入。费既无多,将来诸生遇歌行乐府及金石文字,亦可与竞病同叶,似亦沾匄士林之一端也。手此奉复,敬请撰安,诸维朗照,不具。教弟王之春顿首。廿八日。

二

子修仁兄大人阁下：

　　试期伊迩，综校为劳。石泉蟹眼不获侍煮春茶，甚嗛甚嗛。属印《劝学篇》，刻即饬王库厅赶印装好，陆续送上。昭觉寺诗和者甚夥，装池成册，诚为它年佳话。不拂赓和二首，补叠前均，乞以貂续为嫌，更希郢定为感。肃此，敬请道安，不具。弟之春顿首。十四日。

三

子修星使仁兄大人执事：

　　花潭锦水，杜陵旧迹，调冰雪藕，濠濮同酣。得近荀公，良用愉快，来教及此，甚愧甚忉。恒旸愆期，五行之咎，幸彼苍厚蜀，得雨应时，曷敢贪功以为己力。外间《均府》向无善本，前此夏路门学使曾于渝城刻有沈文忠《均辨附文》一书，惜卷帙稍繁耳。江叔翁既有久香先生补均，自当合刻，以成足本。然一百六韵仍须依次参入，庶免为沈休文、阴时夫所笑。尊见即付尊经书局雕版，令院生分校，谨当照办。《图书集成》现在外间购买颇不容易，蒙饬照文澜阁章程，千秋嘉惠，沾匄无涯矣。承赐雅州汉拓，并汉画廿四幅，吉光片羽，足与尊彝争色。生平所见泰山、武梁及诸造像碑，视此尤觉古趣，而得之南中，更非易易。自非好古深思之士，何暇鉴赏及此，对使拜登，无任祇谢。新晴仍暑，容图晤教，再罄一切。手此奉复，敬请道安，诸希澄照，不具。教弟王之春顿首。

四

子修仁弟大人阁下：

　　日前闻星轺按试回省，因关防严密，未便抠衣晋谒，正深企慕。昨奉惠书，知溽暑驲征，贵体稍有违和，至以为念。现距试士尚有数日，祈加意慎护调摄，多士如林，望沾化雨，玉尺量才，时当又夙夜贤劳,不遑静养矣。承嘱胡少尉事已致函程商霖观察,力为揄扬。顷得复书,允为位置,原函附呈台鉴。商霖此次来梓乡办理督销,求事者千馀人,嘱兄道地者户为之塞,颇难悉如人意。然端人取友正自不同,商霖钦仰有素,亦不自觉其应如响也。校士馀间,再当面谈一切。手复,祗请道安,诸维珍卫,不尽。如小兄王之春顿首。廿六日。

附呈程信一函。

五

子修仁兄弟大人阁下:

昨聆雅教,快慰之至。借款购回铁路股票,承允向护院晓以利害缓急,所以为全浙谋者,惠我无疆。昨晚回寓,阅官报知公呈已批出,刊于廿六日。官报内浙绅捐借各款只字不提,以宕字诀为目前敷衍之计。中国向来积习皆误于推宕,此等切要之事尚狃于积习,浙人更何所望。且沪中来电,以购股万不可缓,且须筹有现银,盛大臣方肯耽认磋议。张小圃观察赴沪与否,尚非目前紧要之图,惟筹款购股有稍纵即逝之虑。昨奉托各节,方谓批词未发,措语较难,今既见批于重大之件视同儿戏,正可以浙人会议有大哗之虞告之。查俞广帅交卸时,移交各项外销款计三百馀万金;次帅任内,提用至二百馀万之多,以浙人辛苦公捐之款弃之如泥沙。护院在藩司本任,款项是其专责,从未一言阻止。现在浙省存亡安危所系借拨存款应急,乃靳而不与,是地方历年所公捐者祗供官场挥霍之用,并不能为地方稍有裨益。浙人虽愚,断不甘[心]受,群议汹汹,皆有彻底清查赴京呈控之意。弟等恐事或决裂,意欲从中转圜,尚乞于今午移至向护院一谈,使知铁路为浙[绅]人命脉所关。绅民惶迫,而官府漠视,国家民生将安赖焉。晤面后如何情形,并望示复。倘弟等不能周旋其间,则亦听各绅民之查控而已。批词顺呈台鉴,琐事奉渎,不安之至。手肃,祗请台安,诸维朗照,不具。年愚弟冯锡仁、愚兄王先谦、如兄王之春同顿首。廿七日。

六

子修仁弟大人阁下：

月来因校士关防，久未晤教，想公门桃李又增几许英才。第夙夜贤劳，尊恙近已平复否，至以为念。湘省铁路事，张、盛两宫保会同浙抚咨明外务部、商部，邀兄往沪会办，并云俟底沪后尚须具奏。兄久处空山，雅不欲出，而鄂沪两处迭次电促，春帅复枉顾以大义相劝，辞之不获。拟于初八日起程，届时衡鉴尚未竣事，未能走别。且吾弟前约五月间到舍，杯酒之乐，至今愿尚未偿，歉仄之至。祇可俟沪渎归来，再践前诺。手此话别，藉代面谭，节宣自卫，无任驰企。敬请台安，诸维朗照，不具。如小兄王之春顿首。初三日。

七

子修老弟大人如手：

读手书，惊悉令兄委化，忝在兰交，同抱鸰原之感。吾弟谊深手足，吹埙声罢，听雨床虚，知必有恻怆难名者。新年伊迩，似宜赶于廿九日成服，俾得束刍将敬一奠灵帏也。兵祸已启，海内沸腾，念切忧时，苦无良策。所幸日人战胜，尚可稍挫俄锋，乌洛虽强，或不敢肆其凭陵耳。手复，顺请晚安，伏维珍摄，不尽欲言。如兄王之春顿首。即夕。

八

子修仁弟大人阁下：

奉手书，承惠先集，手泽之贻，珍同拱璧，谨登厚赐，益我无涯。掷来滇黔多珍，璀璨盈前，足夸矜宠，敬领二包，用志高情，食德之感，统容晤谢。俄日开战，全球震动，事不图始，悔之何及。惟闻此次系日人寻衅，尚非俄有意决战，果能善为转圜，未始不可化干戈为玉帛。倘一误再误，则非所敢知矣。闻贵体偶有违和，务望以时珍摄，盼祷盼祷。手肃鸣谢,祗请台安,不一。如小兄之春顿首。廿七日。

九

子修仁棣大人阁下:

前呈拙作,聊抒忧愤,乃杜牧罪言也。重承奖叙,惭愧曷极。尊恙耳鸣失眠,似阴虚症,惟近伤于风,用药又言慎择,以时珍卫,是所企祷。北事自阅端帅东电后,迄今十日,电信迟迟,寂无所闻。日间如有电传,再当奉告左右也。手复,敬请年安,诸惟珍卫,不一。如兄之春顿首。即日。

十

子修仁弟大人阁下:

柴门伏处,芳翰颁来,记注殷殷,至为可感。兄前因赴湘潭、宝庆觅地,顺道来省小住,屏绝酬应,当道过访者皆以赴湘潭谢之。乃门者不知我等交情,于尊处遣使亦以此等对,罪过罪过。承约今日枉顾,久别思见,适惬素心。惜兄日内小恙,颇仍困顿,想仍不能久谈,拟俟迟日稍愈,再当以山野之服上谒衙斋。知旧好相逢,断不斥其粗野而屏诸门外也。专复,敬请台安。如小兄王之春顿首。廿三日。

十一

子修棣台大人阁下:

顷间枉顾,得以畅叙阔忱,快慰何似。拙拟条陈一孔之见,无当事机,恤纬深心,迫而出此,知不免见笑大方。底稿录呈青鉴,尚乞有以教之,幸甚。手肃,敬请台安。如兄之春再拜。廿三夕。

十二

子修仁棣学使大人阁下:

忆在蓉城,欣联兰楫,谭燕极盍簪之乐,赓酬馀判袂之思。自别旌轺，遽更裘葛，昨奉惠翰，深荷注存。敬审衡鉴已周，襜帷小驻，迪宏才以化雨，早收沧海之鲲鹏；听捷报于秋风，尽属公门之桃李，引詹使节，曷罄颂私。兄谬领岩疆，祇惭叨窃，前在春明，迭蒙召对。本因俄人虎视眈眈，东三省造路屯兵，事机叵测，奉慈谕莅位后，设法筹饷，多练精兵，以备征调。来示谓练兵尤贵选将，将才以廉洁为本，以通知时务为用。凡营习既深、好作虚矫大言、专以自信者，皆不足恃，具征识虑宏远，真洞澈利病之言。湘中旧部［非］尚不乏忠勇诚朴可用之材，初以皖省度支奇绌，止能就现筹之饷先募五营。近则拳民大扰，畿甸时势危迫，不论何项，只可移缓应急，拨济军储，已远近添募七营，期可早日成军，以资援应。拳民虚托仗义之名，实贻召衅之祸。如果起事时即予严惩，何至授人口实，乃一误再误，涓涓不已，遂成江河。兄迭次电请剿办内患，终属游移，嗣复合川、宁、鄂、湘、苏、豫、奉疆帅大人并鉴堂星使联衔电奏，再申前说，几于涕泣以陈。惜大局业经决裂，各国并力大举，沽口已失，虽傅相特承内召，亦恐为时已迟，挽回无及。兄急拟率师入卫，而身膺疆寄，非奉到俞旨，进止未得自由，忧愤填胸，岂言可喻。计执事闻之亦当同深慨叹也。专肃奉覆，敬请轺安，统惟朗照，不具。如小兄王之春顿首启。六月初一日。

附上电旨，并往来电报。阅后望转送乐帅一览，匆匆不及另寄。

十三

子修星使老棣大人阁下：

渝城话别，惘惘解维，适奉手楯，又不啻蓬窗晤对，情深爱我，犹兄之念念不忍去也。惟是期望勖勉之意，令人且愧且悚。自维才识短浅，罔悉韬钤，虽本此血诚，安冀力挽颓局，而士卒之积弱，强敌之方张，世无岳韩张刘其人，欲其操胜算振军威，谈何容易。然而筹饷筹兵，练胆练气，视统将统帅为转移，我之兵精饷足，又得将帅善驭之使，壮其胆，作其气，成败利钝纵不可以逆睹，或者不战而屈人之兵。彼外寇详情，平日窥伺以为进退者往往如是，特未识刍言敷见能见用否，用之而无掣肘者否。执事关怀时局，愿即明以教我。山左杀教士案，又是一广州湾，我不能强，将来杀教之案正恐不少。此练兵所以不容缓也。空拳徒奋，侈口妄谈，知不免智士腾笑。世兄竹报到京，即便袖交，并告乔柯茂盛以为北梓慰。南皮、仲弢晤时，当代达尊意。舟行如驶，瞬及千里，巴山回首，可胜依依。手覆，祇叩台安，不尽拳拳。如小兄王之春顿首。十二月十一日书于万县舟中。

十四

毅孙星使仁棣大人阁下：

别后怀想，与日俱积，日来江行追步，而星轺云拥，总觉瞻之在前，可望而不可即。抵渝走叩，又值校士辛勤，弗获一谭，怅怅而返。奉手示，极承垂注，一日三秋之感，彼此固有同情，并蒙询及眷口细微，纫佩无似。惟相违咫尺，过此即天一方，情话巴山，殊难觊置。[明]本日屙门考经古，士子多而晷影短，自无暇挑灯晤叙。初五日忌辰，或早或晚，能示一准时刻促膝畅谈否。行人无他，惜别而已，或不同本省官绅之应引嫌者。贱辰亦蒙齿及，赠以锦联苏集、酒骰多珍，算甲欧阳，祇（只）增惭悚。而隆情雅谊，却之未免不恭，对使拜嘉，前途观书饮酒，努力加餐，不忘我公之德。舟次婢辈虽不逮樵青煎茶，而温酒之役尚可不负此佳酿。兄曾奉著即来京之谕，应即径赴都门，未便请假。竹报乞即交下，妥为带去。尊经捐款文内四十名舛误，接大移不难更正，此举重在经费，不过带叙名数，颇活动也。罗君病已痊愈，但来年是否留席或别延，兄行时尚未定局。绵竹李令闻止能改休致，非告病开缺所能了事。都门近事，悉见钞报。比来舍弟以兄北上有期，未寄家书，故亦无他新闻，寻询聊叙，一一附上。食用四事，非敢报琼，藉以作别，即希莞存。匆肃，先鸣谢悃，馀容续陈。覆请台安，天气严寒，伏维珍重百一。如小兄王之春再拜。初四日卯刻。

附上另单并折，又密寄上谕一道。

陶濬宣（1849—1915）

原名祖望，字文冲，号心云、心耘，晚号东湖、稷山，浙江会稽人。光绪二年（1876）举人，官候选直隶州知州。曾主讲广东广雅书院，又任职于湖北志书局。晚年归乡建东湖书院，以教授自给。博通经史，深于金石碑版之学。著有《稷山文存》《修初堂集》《通艺堂诗录》《稷山论书诗》《入剡日记》《稷山楼诗文稿》等。见自撰《陶墓塘阡表》（《稷山文》卷二）、《清儒学案》卷一八五、《近世人物志》等。

一

子修仁兄同年撰席：

七日抄因病旋里，昨始来局，一病布惙两月馀矣。现尚未复元，亟图把晤，因骸软尚不良行也。知念先告。孝兰昨有书来，姚方伯招待颇好。前面求太年伯大集，便乞检赐一部，以当模楷。敬承著福，乍凉，千万珍摄。年小弟濬宣顿首。

二

子修吾兄老同年执事：

久别清尘，积抱成痗，春季握手，快逾平生。一昨奉诵损书，敬悉杖履安荣，颐卫多福。邺侯几席暂于湖山，亦为增色矣。弟以棉力籾建学堂，诸事均形竭蹷。承荐教员唐广文，经笥史宬，久所钦佩。前日在藏书楼晤叙，握手言笑，深以得奉教为幸。唯甲班中学教员严君辞退以后，适有族人焕卿自东洋留学假归，即已订定，日后如有更动，再当奉教也。先此布复，不久尚拟西渡，尽再面罄。敬承道履百益。年小弟陶濬宣顿首。

缃斋世兄均致意。

三

昨盛扰,谈燕极快,感谢感谢。绚斋扇亦赶为写起,绚斋笔姿极佳,特为作反左书相贻,此于笔法最著,分豪毕露也。化橘二合,潮箽二枋,并以奉赠,乞视至。敬上子修我兄同年。潘宣顿首。

四

临泽诗及学淮集奉缴。拙诗写竟,来示必欲早观,特送呈乞教误,并乞于首页空纸上书记数行,以志一时鸿爪。(抄书人不须矣。)敬上子修吾兄同年。潘宣顿首。

诗册恳于今日傍晚掷遂还,因晚上越老索观也。

五

昨谈甚快,拙书近刻三种、金石跋一种,奉呈法教,幸是正文字。(胡表并弟代撰,颇似王荆公,乞教误为幸。)后周闰位金石极尠,吾浙古刻尤少,此两种为著录家所未见,前年新访得者,附呈大鉴。馀面。敬上子修我兄同年。潘宣顿首。

晤继卿兄,恳为达前言。

六

惮暑简出,尺只旷绝,忽忽成行,深念良友。前索拙诗,再奉一分,并手书横幅,藉此楮翰以留爪鸿,乞是正之。前于子涵兄处见芍师书《高懿侯》一屏,未知相去尚几何也。端州两诗,附尘郢削,尚未留稿,仍乞掷完。敬上敬疆仁兄同年。弟潘宣顿首。

七

六师谓来稿甚要,而与伟人言破格事,似稍加藻思乃能动人,此言良是。子产有辞四国,赖之修饰之功,是所望于吾兄。求援急于星火,更望速藻,不胜延颈企望之至。两宥。

八

诿书便面,敬缴。唯折扇不便作篆,勉应敦嘱,殊未工也。近日尊候能胜常不。馀走白,不具。子修仁兄同年。弟潏顿首。

九

子修仁兄同年大人侍史:

娄春一别,忽忽两月,即承著祉休胜,餐卫优常,甚忭甚忭。弟月前返里,近以移居郡城一切累费部署,稍迟来省。月前偶成樱花诗十八章,故实羌无,一时寄兴,剑孙同年泊日本陈子德见而赏之,代付劂人,不足当诗家一粲也。唯东瀛佳卉初入中邦,不可无诗以张之。如有清兴,乞赐和章,茅苇居前,自忘其丑。手请撰安,馀面。年小弟潏宣顿首。

十

子修仁兄同年大人阁下:

别后极念,弟此次到局日浅,且体常不适,致未走谒。昨始闻世兄采芹之喜,雀跃何如。豚子财学识字,文郎已喜成才,何羡如之。敬奉菲仪两种,籍申贺,敬乞弥存是幸。《曹娥志图》极精,不减孙用庄之刻,谓长于越图也,藉备清玩。弟明晨度江,腊杪匆匆,不暇书别,手此代面,敬请著安,并叩年禧。年小弟潏宣顿首。

尊体脾胃有湿,然米仁、滑石致耗肾气,不宜常服。兹奉赠陈普洱茶数饼,去胃湿,而兼能运脾,不伤正气,似较胜也。弟潏宣又顿首。

十一

一别忽忽两月,此次到局亦已兼旬,时复小极,未遂走谭。昨梦香归,询知晤面,并得悉近体大安,极为喜慰,稍霁当走罄也。敬上子修老兄同年。弟濬宣顿首。

十二

子修老哥同年撰席:

价回接诵手毕,始知文从实未它出,闻者饰词谢客,怅恨无似。弟因行李过江,不及再候,一罄种切。承示贵郡志事,猥以莲才,谬承延揽,唯深愧谫疏,恐辜盛惜,况此事纷纭变换,深知其难。故梦兄初以见属,弟竭力辞之,迨濒行意极决挚,始勉允其嘱,而尚思面质于老兄。承示筠丈意,主攀留梦兄,为弟添设一席,此议最善。谅梦兄亦当感纫盛意,不至决恝不顾也。虞兄谅无异议,唯昨接虞兄汉上来书,云近晤李公子,尚须偕作合肥之行,约望后月杪方得回里。而维扬近有书来,即促弟成行,弟去既未定,复不宜迟,万不能再游移一月之久,故昨已作书径辞之矣。(梦兄濒行力促,即作函复绝。)冗事稍了,再图面罄。敬叩籑祉,惟倍万保练,不具。小弟濬宣顿首。

十三

子修仁兄同年大人侍史:

前奉手毕,如偾良友,不识近日能大好否,甚念甚念。病魔浘人,是大苦事。弟去年自夏间一病,直至冬初始渐就平,然元气受伤太甚,迄今终未复元。心思竟不能用,故两年以来别无著作,而腰脚亦复不健,三四里外即须命舆。大氐人至中年,气血本未充物,况我辈体气素屡,加以耗心敝精,平日不知节啬,故一遭大病遂不能复元。弟尔来颇潜心于灵素之学,深知庸医治病固属害多利少,[但]况元气耗伤,或病在藏府,乞灵草木,其益几何。惟有静养调摄之一法,初曾无甚明效,久自见功。吾哥以为然否。病中一切不能如意,必易生躁闷,然烦躁郁闷最易伤人,务求善以遣之。一切苦况弟一一亲尝之矣,故言之尤亲切也。长沙师寄来绍郡计廿二分,敬当一一分寄。至奠分，来书谓月内托人携湘，未悉此人是否准在月内成行，抑系邮寄，便乞示悉。各处奠分，恐未能一时集齐也。馀再书白，敬请痊安，诸惟倍万摄练，不具。年小弟姻濬宣顿首。

十四

昨伯庠同年出来时，闻吾兄尚有一开未竟，后完卷尚早否，极深驰系，敬以为问。弟明日有西山之游，当于碧云塔顶听胪唱第一声也。手颂子修我兄同年升喜。小弟濬宣顿首。

杏孙同年均念。

十五

手书敬悉一一。辱垂询石经残字，越中洪文惠曾刻于府署蓬莱阁，石久毁。乾隆间，太守李亨特重得樵本上石，凡八石，系钱梅溪手樵，后李君有考跋。两石今在府学尊经阁，所存者为《尚书·盘庚》《洪范》，《诗·韩风》《唐风》，《仪礼》，《春秋公羊》，《论语·为政》数经，字数则一时记不清矣。复上子修老哥同年。弟濬宣顿首。

陆元鼎(1839—1910)

字春江，号少徐，浙江仁和人。同治十三年(1874)进士，改庶吉士。历任江苏山阳、江宁知县、上海知县、泰州知州、江苏按察使、江苏布政使、漕运总督等职。光绪三十年(1904)，任湖南巡抚，改署江苏巡抚。三十三年(1907)，以三品京堂候补，佐办资政院事。后乞归。著有《退思斋文稿》《诗稿》等。见《清史稿》卷四四九、《清史列传》卷六四、陈豪《三品京堂开缺江苏巡抚陆公行状》(《碑传集补》卷十五)、吴庆坻《诰授光禄大夫候补三品京堂前江苏巡抚陆公神道碑》(《补松庐文稿》卷四)、章梫《陆元鼎传》(《碑传集三编》卷十六)等。

一

子修仁棣太史大人阁下：

九月间惠临敝署，获倾积愫，未及三宿，大旆即行，攀留未能，惆怅无已。然即此偶尔聚首，亦颇足慰频年离索之苦，大可幸也。嗣闻海上勾留，迟之又久，始附轮而北，颇知贤昆季手足情深，重逢难别，盘桓为乐，展缓行期，良有以也。昨接十月廿五日自都门赐书，备悉阁下自航海及到京后一切情形，行旅艰难，较昔尤甚，闻之蹙额。幸伯氏凤恙已瘳，又得同居一宅，姜家大被，重续坠欢，亦乱离后一乐境也。健羡奚似。瑶圃侍郎推贤让能，引荐老弟进政务处，固征特识。然揆诸读书养气之初心，所谓不负君亦不负学者，亦岂回翔词馆、职掌文衡遂足以毕乃事乎。舍彼就此，尤征识力坚定、志趣远大，藉得多见天下章奏，推求利弊得失，以衷于一是，而决其可行。秉政诸公果能凭询谋金同，而后定议，则条陈说帖亦未尝不可以建事功。阅历既深，亦即为老弟将来与闻国政之资望。昨阅报章，知已与左子异京堂同时入直，可喜之至。政务如有心得，能随时示我一二，藉广见闻，尤所盼望，决不至漏泄春光也。鼎供职如恒，苦无善状。筹款固最吃重，支持匪易，而民间米贵钱荒，补救亦乏良策，焦虑万分。此间宝苏局向以土法开铸制钱，嗣以蚀耗太巨，力不能支，祇可暂停。向闻日本新铸铜元颇便民用，粤、闽仿办有效，当经函商闽藩周子迪方伯，取到闽铸铜元式样，创议在江南银元局附铸，解苏使用，商民称便。（于公家亦尚有益。）风气大开，以是宁省司局亦纷纷附铸，局厂赶办不及，解苏之数日少，钱价仍昂，商民交困。现拟由司酌筹款项，派陆守桂星赴邻省考校机炉及一切办法，然后赴沪定购机器，约在明春开局试办。（一面仍铸制钱。）规模未能过大，但期逐渐扩充，以赡民用，而维圜法。此外新政尚多由司立政者，一俟款项筹定，即可陆续举行。刻下时届岁寒，远道怀人，无可将意。兹寄上朱提百两，[其]即前此备送赆仪，而承嘱留存之款，用特补奉，惟希哂纳为幸。手泐，敬请筹安，诸希爱鉴，不宣。如小兄陆元鼎顿首。廿九日。

稚孙蒙奖许，具征关爱之意，倘叨福庇，他年果有成立，益感长者之赏鉴为不虚矣。

二

再启者，子和弟差事先见为中，公牍以比较不能留办，应否更换，详请宪示。兄上院时，未便直揭本意，当将阁下奉谒一层借端提及，渠绝不理会。未几，即换徐直倅接办，好在行文尚无记过停委字样，将来或可设法。总之，令弟事无不留意，须要看机缘何如。此间用人率以资劳为重，倘不以此进言，必被挑剔，是以颇有为难处耳。尚祈谅之。承示各节，具荷关垂，感感。定兴在苏时，公事颇称接洽，连声称赞，心口如一。仁和持节津门，彼时正转漕北上，屡次谒见，颇蒙盼睐。现秉钧衡，言论如何，有落边际。惟前接其公子京堂公自杭来函，知已匆匆回京，彼此略有交情，如老弟晤见时，代达鄙意，请其于趋庭时略提数语，能为我随时留意，他处当无甚格碍。只要意思达到，总算人事已尽，至于事机如何，此中自有命在，断不敢作必然之想。自维年齿就衰，尚有报称之意，无如限于权力，动辄为难，意见不同，措施有碍。此中苦况，去留失据，惟阁下知我最深，当以为然耳。再请台安，名心泐。

此函阅后付丙，至要至要。

三

子修仁棣学使大人阁下：

不通书者累月矣，饥渴莫能名状，伏惟履潭均吉为颂。前闻荣拜提学湘中之命，超迁不次，喜忭无量。继思彼都系文韶旧驻之地，前以养疴辞职，良由校阅太繁，不胜其苦，亦忧新旧水火较他省为甚。君子见几而作，非无故也。兹者奉诏重往，知非尊意所料及。报纸载有阁下告辞之说，初闻之亦尚近情，惟所叙原因令人骇怪，续经细探，均属子虚。近来人心日险，动辄造言生事，不顾损人名誉，其实是非虚实终究水落石出，于人仍无所损，而其情则大可恶也。前冕侪进京，托其代致一切，亦据先入之浮词耳。近闻台从六月启行，由鄂而沪，先放东洋，回即即位，未知确否？果尔，则将来履位之期总在秋杪冬初矣。兄思湘中风气，彼此均经领略，学界以激烈为宗旨由来已久，品类邪正纯肆，究属不一。但使兴学之人立定立意，潜移默化，而不推波助澜，久之亦渐就范。前在湘抚署位，半年中无学堂风潮之案，其见端也。况闻提学系驻省办公，可不按临各属，似较省舟车仆仆劳。劭帅和易近情，亦能守正，与商学务，必能融洽一气，毫无隔阂，此差足为老弟慰者。即虑到位伊始，或有事杂言咙之弊，亦可从容筹画，使之渐归条理，卓见以为何如。兄里间伏处五月，于兹修葺先人敝庐，经营亡室茔地，劳劳琐屑，仍不得闲。地方公事从未干预，非敢漠视，现因介老精神颇好，渠在乡办事有年，实心担任，情形熟悉，官绅通驿，亦所优为。鄙人大可息影杜门，藉藏吾拙，且回籍养疴之人亦复理应如此。若有大利害关系地方，察其情势且将实行者，则又不敢避嫌怨，而必出面一言也。杭州路线，当事者虽定立见，尚未宣示，开工亦无定期。杭属新馀各县颇不安静，现虽稍平，地方已经受累，但望年岁丰稔，或可苟安无事，否则以后真不堪设想矣。吾杭近事又恐大开攻讦之端，介老尤为众矢之的，现在叠次登报，虚词恐吓，亦未可知。总之，世界如此，不特居官难，即居乡亦殊不易，辄唤奈何。雪老、蓝老、介老时常晤面，耆旧晨星，不得不数图良会，稍解寂寥。惟贤者在远，未免有"座无车不乐"之情形耳。昨陈蓉曙观察有书来，并承赠诗序，京尘万斛之中尚得抽闲为此，亦属可感。容后作答，晤时祈代致意。现闻荣发有期，拉杂书此，聊表鄙怀，希垂察焉。风便惠我好音，尤所盼祷。专泐，敬请台安，不备。如小兄陆元鼎顿首。十八日。

令郎炯斋世兄均此。

四

子修仁棣大人史席：

　　前读惠书，以尘冗稽答为歉。正拟裁楮奉复，适接十三日沪寓赐书，得悉台从业经首涂，即日附轮而北。天气渐寒，克期遄征，未免辛苦，瀛眷是否偕行，颇以为念。时事固不可为，而我辈既适逢其会，亦祇能勉力做去。阁下之系恋家山，而不能不出，犹鼎之厌倦风尘，而不能遽退，同一无可如何，惟有勉持初志，各葆岁寒之节而已。鼎到苏后，正值洋务、商务开办之时，虽两局各有专办大员，而以鼎与闻其事，无一可以诿卸，即无一不当推敲。洋务以勘定租界地段为要著，而尤以不近城垣为主脑，无如苏与杭地势不同，杭则中下河有坝阻隔，离城自远，而苏则沿城即往来河道。是以日人颇垂涎于苏阊南濠一带，竭力拒绝，始改议于盘、葑之间为设公共商埠，迄未定局。而日领已去，此事但看总署力量何如以为收束地步。商务则苏垣少巨富之家，全赖二三寓公提倡。现以息借商款当做股本，开设丝纱两厂，官为保护稽核，绝不干预厂事，以清界限。现已办有头绪，未识能否收回利权于万一耳。南漕改折，原为救时要策，初已条陈办法，请南皮核行。嗣因中丞虑时迫误漕，电询农部，准复以此事尚未奏准，且须江浙会办，年内恐难猝办，应仍办本色云云。是以前议暂罢，祇得照章赶办海运，各员亟须遴委，子和弟候久不至，而又未知其现寓何处，不能函催。薇垣屡促开单呈院，势难再迟，已于初九日一律揭晓。如令弟能于二十前到苏，或于无可设法中勉为设法，[或]如委轻赍等差之类，否则万来不及矣。如何如何。陈蓉曙太守是有心世道人，论事能见其大，数与晤谈，敬佩之至。现赴金陵谒见南皮，海运单内亦曾补列其名，上台以新到资浅，不必急委，盖正以大器期之也。知念附陈。承嘱各节，容当随时留意，事繁心扰，书不尽言。风便时惠好音为盼，敬请荣安。如小兄元鼎顿首。十五日。

五

子修仁棣大人阁下：

日前趋访，适台从有岳麓之游，不克晤谈为怅。嗣读先后赐书，藉悉一切，拟即泐复，缘尘冗万状，无片刻闲。而防务尤为棘手，鄂电往还动千馀字，为难情形不可言状，以是神疲意倦，不遑他及，知已谅之。此间学务颇难措手，人人以此差为畏途，虽有办法，举行不易。承嘱请利宾世兄兼办学务处审订科，事无不可，惟再回思，维"兼"之一字恐有窒碍，俟稍暇即当趋前相商，且话别在即，以多见几面为幸也。馀容晤罄，先此奉复，敬请台安。如小兄期陆元鼎顿首。三十日。

六

子修仁棣大人阁下：

叠接手书，以尘冗万状，致稽裁答，歉仄何如，惟知已谅之。辰维潭履均绥，如颂为慰。凉秋已届，台从北行当可定期，未识令郎绚斋世兄是否先行，颇以为念。鼎莅苏后，瞬逾三月，此间公事较前次护篆时加增数倍，而又无一事不劳心，无一事不掣肘，欲求布置妥帖，盖戛戛乎难之矣。况有一二把持局面者，运动其间，更觉荆棘丛生，风潮叠起，几于无法处置，不到此间不知实在情形也。自维暮齿，肩兹重位，天恩难负，臣力已疲，时作乞退之想，苦不得当耳。家乡铁路事亦颇在念，幸内而京师、外而本籍、中而沪上各同乡群策群力，合谋抵制，必有至当办法。鄙人可不与闻，衡山中丞处更无从置喙，彼如定有立见，虽屡言亦无益也。近闻公推蛰仙经办此事，未知如何归宿，便祈示知一二，尤盼。编刊志乘为乡里应办之事，人物、艺文二门文献绝续所系，尤为笃论。先刊前项，二门需费若干，有同志助资否。均祈示知，馀请蔚生观察面陈。复请台安，如小兄陆元鼎顿首。

七

子修仁棣大人阁下：

去岁叠奉手书，以尘冗万状，致稽裁答，良用歉然。近读正月廿五及以后赐函，极承关念，均经感悉。鼎得正廿四日电旨，其时适患感冒甚剧，当即勉强清厘位内各事，初九交卸，即日起行，十四到杭，以严衙衕。敝庐修葺未竣，赁寓方谷园胡氏宅，暂安栖止。初得开缺之信，多方揣测，或云治枭不力，或云练军稍迟。细思去年吴中枭患，尚属平静，新军亦正在筹办，未敢延搁，当不致因此获咎。亦曾想到扬白关事，补咨补奏均与部旨未合。至补奏一层，系由江督电嘱所致，不过为属僚代达下情，未免前后两歧，而鼎则绝无丝毫私意于其间。今承示廿三疏上、廿四旨下，始恍然于获咎之正在此矣。为人受累，夫复何言。惟薄宦三十馀年，竟以此事下台，未免难以为情。继思行年已六十有八，素性又不合时宜，虽事事勉尽心力做去，终恐贻误于末路，是以乞骸之意刻刻在抱。第以时局大难，规避取巧，恐为有识所责备，不免迟回有待。今得立卸仔肩，正如本愿，一切得丧荣辱，均已置之度外，惟憯膺高位，负国厚恩，未免寸心抱疚耳。吴中绅商士民尚不以鄙人为非，执别临歧，颇为恋恋，足以告慰知己者此也。止潜偶中痰患，请假半月，医药颇效，已获就痊。扬白关饬查之件，能在伊位内奏复最好。惟闻晋抚已履位，筱帅莅苏当亦在即，届时祇可托止潜转商办理，能就此完结，方可安然无事。雪老、蓝老、介老幸获时时晤面，足破岑寂，此后跌宕湖山，吸光饮渌，悦亲戚之情话，遣桑榆之晚年，未始非不幸中之大幸也。老弟精力尚可有为，世兄迁转在迩，正可以官为家，幸毋遽作归计，数年后当赋招隐诗，约作空山伴侣耳。老弟以为何如。晤蓉曙乞为致意，不另函矣。公馀获暇时惠数行，尤盼。手此奉复，敬请台安，诸惟爱鉴，不宣。如小兄陆元鼎顿首。初二日。

世兄均此问好。

八

子修仁棣大人阁下：

顷读手书，如获面谈，欣慰之至。诸君遮留饯饮，具见恋恋之意，宜乎阁下临别亦难乎为情也。慈航小轮送差将归，另有顺便拖带来湘之船，闻此刻湖水已浅，恐该轮亦不能回湘，容即电致岳州地方官，嘱其关照。该轮如途中相值，即拖送台从至汉可也。离绪万千，不及缕缕，复请荣安。如小兄期陆元鼎顿首。二十日。

行程如见慈航小轮，可迳令其拖带至汉，即将鄙意转告可也。

陆懋勋（1868—？）

字勉侪，号潜庐，浙江仁和人。光绪十五年（1889）举人，二十四年（1898）进士，改庶吉士，授编修。早年曾充杭州求是书院监院，后任浙江高等学堂监督、江苏候补知府等职。辛亥后，历任浙江巡按使署秘书、署理江苏高等审判厅厅长、江苏高等检察厅检察长等。著有《蠡测类存》《历代户口考略》《钱币考》《不忮求斋诗存》等。见《清代硃卷集成》、《清代官员履历档案全编》、《词林辑略》卷九等。

一

年伯大人尊前：

承假考具，感荷之至。顷奉手谕，拜悉学社捐册既蒙赐募，又荷慨输，代领之馀，曷胜鸣谢。叔通联捷，其重闱之耗侄尚未知，因未得家书已半月也。考期已迫，弥觉战战。虔请钧安。侄懋勋顿首。

二

年伯大人尊前：

前日专诚趋诣，谢步贺节，未获叩首聆教。报到事自当取结亲往，种种关拂，感何可喻。侄自初五晚甚患感冒，卧床数日，昨始较愈，起坐如常，尚甚畏风。厚二先生处，只能礼到而人不到，与之说明，当蒙原谅也。虔请韶安，侄懋勋顿首。

三

年伯大人尊前：

昨承钧教，欣忭奚如，印结稽迟，全在韩君。侄思作函致伊，伊再不复，实所不屑，因遣奴子至沈处一询，据云已移交江处，顷已向江处取得矣。蒙关爱，感甚感甚。培公前请不必提及也。敬请台安。侄懋顿首。十二日。

陆宝忠（1850—1908）

　　原名尔诚，字易门，后字伯葵，号定生，江苏太仓人。光绪元年（1875）举人，二年（1876）进士，改庶吉士，授编修。十一年（1885），任湖南学政，整肃科场，铲除积弊。后历任詹事府詹事、内阁学士兼礼部侍郎、兵部右侍郎、顺天学政、都察院左都御史、礼部尚书等职。谥文慎。著有《陆文慎公奏议》，编订《校经堂初集》《二集》。见《清史列传》卷六十一、自撰《陆文慎公年谱》、唐文治《陆文慎公墓志铭》（《广清碑传集》卷十六）等。

一

子修仁兄大人阁下：

闻台旆即日启行，明后日当专诚趋送。兹送上家信一封，并火腿、洱茶二种，敬求附入行装。到东京后，饬交两小儿为感。再，湖南有所取优贡胡元玉，乃经学世家，品学均纯粹，现在省垣，闻旬老亦深赏之。莅任后务乞垂青，感同身受。专泐，敬请槎安。弟陆宝忠顿首。廿三日。

二

再，碌碌久未奉笺，良深驰系。岁杪拜嘉贶，谢谢。蜀江春早，辰维明镜高悬，使车所至，洋溢颂声为慰。弟重直南斋，朝朝橐笔，近差事甚简，不过与同人闲谈风月而已。缃斋学养益邃，日共进止，相得甚欢，退直时不事征逐，常看有用之书，其见地日臻远大。鄙人幸托苔岑，时以道义相劝勉，近貌益腴体益健，异日必为黑头公。执事之福，非侪辈所能企及也。时局益棘，即管乐复生、瑜亮同朝，恐亦难于著手，吾辈适逢其会，可为太息。专泐鸣谢，再请台安，统祈霭鉴。弟宝忠又顿首。二月初四。

卷十二

陈三立(1853—1937)

字伯严,号散原,江西义宁人。陈宝箴子,陈寅恪父。光绪八年(1882)举人,十五年(1889)进士,授吏部主事。佐其父办湖南新政,提倡新学。戊戌(1898)政变后,父子同遭革职,乃归南昌。二十九年(1903),任三江师范学堂总稽查。三十三年(1907),被推为江西南浔铁路总理,旋退。民国后,寓金陵、杭州,游于沪,与诸遗老往还。民国二十六年(1937),卢沟桥事变,绝食而卒。工诗古文,著有《散原精舍诗》《散原精舍文集》。见吴宗慈《陈三立传略》(《国史馆馆刊》创刊号)、宋慈抱《陈三立传》(《国史馆馆刊》第二卷第一期)、胡思敬《陈三立传》(《戊戌履霜录》卷四)等。

一

补松先生同年:

奉惠教并寄赠诗笺,亲切浑逸,欲摩辋川之垒,此种初写黄庭,无从力追,聊凑四十字,藉博一哂耳。还敝庐后,略温旧籍,文字都废,而太年伯藏幽之文拟尽六、七两月内勉竭鄙思,终恐无以称塞盛意耳。纸尽,不复缕缕。三立再拜。六月三日。

二

补松同年：

寄赠诗笺，和呈大教。

吾侪比疮雁，云海落还飞。空解避弹射，终期宿翠微。月亲谁对语，世隔自忘机。祇忆携穿市，昏敲旧相扉。

三立。

三

补松先生同年惠鉴：

前奉缃斋征双寿启，得悉年嫂夫人七十大庆，公亦与有荣焉。此题极难结构，勉为凑就，以塞缃斋拳拳称觞之意。而凡猥恶劣，殊不足博两老人一笑也。兹寄呈教正，本拟更制一联奉祝，苦不成句，竟无以将微忱。（如能得天然佳句，当再补上，然恐不易易也。涛园自命联语雄一世，与幼蘅同，公能勒令代作否。）惟竢他日抵海上，邀公一醉耳。缃斋何时可南还，并念。手布，敬叩双星大喜，不一一。三立顿首。

四

补松先生同年左右：

三月中旬由南昌上冢，还即发生一似痔非痔之小核，肿痛异常，不便坐卧者已廿馀日矣。（系在乡间连日乘土车看山，为所震伤而起。）今虽渐愈，然犹不能正坐伏案，以故早得惠书，稽延作答，无任疚歉。大著《殉难记》简雅质朴，数长篇尤为精心结撰之作。猥承属作序言，顺循亦同此相督，以无新意，以摆落陈言，恐难敷衍成篇，奈何奈何。病榻中悬纸，忽复，艰于缕述，惟亮鉴，即颂撰安。炯斋兄均此。四月十二日。三立顿首。

大著尚望增寄数册，以顺循急索阅也。

五

　　丙辰九月二十七日，补松同年招游西溪看芦花，遂至交芦庵获观此卷，同游为蒿庵老人及子纯、恪士、仁先、觉先、询先、尚一诸君，凡九人。义宁陈三立。

　　丙辰九月廿七日，义宁陈三立、山阴俞明震、钱塘吴庆坻、蕲水陈恩澍、曾寿、曾任、曾言、邦荣、金坛冯煦同观。煦书，时年七十有四。

六

补松先生同年左右：

　　前晤绚斋兄，悉尊恙少平，近已康复，不复发否。至念至念。新岁多寒雨，候晴暖再走承教论也。有海州知旧远道馈致麦米，据云为南北交沃壤中气所产，颇宜老人颐养。兹分各一囊试佐加餐，幸哂存。期三立顿首。正月廿八日。

七

补松先生同年左右：

　　辱饷名酿，兼诵苍秀出尘之大句，感纫无任。容再趋谢。忽颂颐福，不一一。三立顿首。

八

　　奉诵惠示，于拙稿未蒙删易，反过为奖饰，甚愧甚愧。拍手句诚如公言，恐未妥者殊不止此也。镐仲集非数月后不能印就，他日必当取赠。大著亟思快读。忽复，即颂补松大师同年吟安。期三立顿首。廿日。

九

　　大记谨还呈，惜怱怱未及全读。公固世界之有心人矣。复上补松同年。立留顿首。十二。

　　幼云此文为今日不可少之作，第不识受之者，抑稍有羞愤之念否。

十

补松先生同年惠鉴：

　　索居溪上，一往沈冥，如处穷山中。日稍温旧籍自遣，文字都废，心亦同废井，以故委草太年丈铭墓之文迟久不及报。顷乃勉勉构思成篇，谨录稿寄上。其用笔之陋劣荒芜，极知不足以阐扬名德，尚冀严加绳削，差求不贻笑柄，或更转请乙庵诸公摘抉疵病，使之改定。幸甚幸甚。中秋无雨，一凉至此，沪渎不审何如。公起居想佳胜，暂不还杭居否？尊夫人宿疾亦当除，闶斋疑仍留沪不入都也。怱布，敬颂著安，不一一。三立顿首。

　　友人湘潭罗顺循提学亦有《辛亥死事录》，编成四卷，曾以公所草目录寄之，覆书称多补其所未备，急欲得全稿，用资参证。公此书如已印就，乞见寄数分便转达，如其所请也。仆夏秋间一病几殆，近始渐复常度。涛园则又已矣，吾辈皆衰迟，诚不可不求葆其灵府也。立又及。

十一

　　前夕至湖上，本拟明日游西溪后再访公与庸老，乃早间蒿公至仁先宅，卧起往晤蒿老，已往刘庄，须返时始得见面也。顷奉惠教，正与游踪相合，即当遵照台示办理。但道远似宜稍早发行，候与蒿老酌定之。寿丞未来，同游者只仁先、恪士诸人，闶斋能偕游否？怱复，即颂补松同年先生大安。弟三立顿首。廿五日。

十二

　　花近楼集后，即于次日往西湖。战事起，铁道中断，延至日前始返沪，差幸未闻炮声震耳也。惠示悉，题件容勉图应命。酷暑，候稍迟走访。复上补松同年。立。十六。

十三

日前承惠示及节庵寄件，已转交涛园矣。镐仲集序，拙文顷始从友人觅还，敬呈晒览，务乞教正。所不合并恳闿斋亦有以纠绳之，至幸。即颂补松大师同年著安。三立顿首。十四日。

涛园社题误元为白，止相已改题成七古，弟亦改题，勉作五古交涛园矣。

十四

樊山别诗领到，亦久不作诗，恐无以应也。幼云有将至之说，尚无消息。尊恙可稍求验方治之否。念念。补松同年大师。立顿首。中秋。

十五

补松先生同年左右：

昨承大讣，惊悉年嫂夫人归真之耗，念公皓首偕隐，骤失良俪，何以为怀。惟夫人福德隆备，人世希有，公亦可以无憾者。宏其达观，老人心境尤宜引"哀乐不能入"之恉，自照自卫也。谨布区区，附上联轴，千万为道珍护。年小弟陈三立顿首。九月廿八日。

绷斋贤昆仲均此致唁孝履。

十六

补松先生同年左右：

顷奉复书，猥以拙稿为可用，愧悚无极。文中"以为异"三字系删去，因草稿涂乙未显，抄胥遂沿之耳。其"河防"误"河工"，"来孙"句上漏"元孙四人"，皆仓卒之谬。馀情事不合、语句未妥考者，必尚不可胜原,公与冏斋尽当出己见改定。以我辈之交,定尚如今昔文人存形迹之见耶。诒书来此,邀为西湖之游,惜懒嫚不获从。怱答数语,敬颂道祉。弟三立顿首。八月廿五日。

十七

久别极欲承教论,一豁积抱。本与䌹斋约明日一二钟相访,兹获手教,当改为午前渡湖,但祗可用家风饭,不必兼味也。怱复,敬颂道祉。补松先生同年座下。三立顿首。十六日。

十八

补松先生同年著席:

湖上之游,获谐素赏,此味犹存于寐梦中也。西溪泛棹,同人似各有纪述,公亦不可无一诗以志鸿爪。如成,乞寄示。项由郭君交到赐书及他件,猥以恶劣之文,无能阐扬先烈万一,方滋愧报,乃我辈交谊忽以卖文之李道士见待,虽盛怀可挹,究为踰越法理。谨援议会之某条某条,仍藉郭君璧还,公亦当笑而许我也。怱复,即颂吟安,不一一。三立顿首。冬月廿三日。

公在沪约句留几日,蒿叟未还宝应否。

陈　田(1849—1921)

字松山,贵州贵阳人。同治八年(1869)举人,光绪十二年(1886)进士,改庶吉士,授编修。历官监察御史、户部给事中、掌印给事中,为谏官十四年,风裁严峻,忧国如家。富藏书,所藏明人集尤为多,辑有《明诗纪事》。又著有《听诗斋诗》《周渔璜年谱》等。见罗振玉《掌印给事中贵阳陈公传》(《辽居稿》)、《清代贵州名贤像传》第一集第四卷等。

一

秋室先生联奉上，其直当转付厂肆矣。此覆，即颂子修老姻长同年大人著安。陈田顿首。十八日。

二

书六本奉呈，希鉴入。秋室先生传，列词臣十六，为子封假去。前失迓，歉甚。此颂子修姻长同年大人著安。田顿首。

三

书六册收到。缪刻丛书十六册，借尊使奉上。此颂子修姻长同年纂安。田顿首。

贵上老爷。

四

《黔语》谨收到，当奉为敝乡故实。拙作《明诗纪事》已刊就二十卷，迟当送呈雅教。实生改滇，近来接信不知果否。此上子修姻长同年大人。田顿覆。

借呈贵上老爷。

陈兆葵（1861—1913）

字复心，湖南桂阳人。陈士杰子，王闿运弟子。光绪八年（1882）举人，十二年（1886）进士，改庶吉士，授编修。曾任湖北汉黄道、湖南高等学堂监督等。著有《陈士杰行述》。见《清代官员履历档案全编》、《词林辑略》卷九、《湘雅摭残》卷七等。

一

补松先生道席:

宁苏两上书,想皆鉴及。弟十九日始还黄鹄矶,须莫春方能趋教,知相念,特奉告。猴菌、银耳各一盒,交学堂专丁之便带上。鄂中土产不足言礼,聊以将意,不尽区区。即请台安。年小弟兆葵顿首。廿日夕。

二

子修同年我兄大人阁下:

去岁以勘路之役两涉湘江,春间还武昌,又奉檄榷盐彝陵,音敬久疏,时劳遐想。顷奉九月廿四日手教,快慰无量。执事在蜀,振兴文学,百废具举。芸子同年曾详言之,读示书,益深佩仰。鄂中民教交涉之案,时有谬辖。敝局捐还英德借款,亦典税司牵率,不无棘手之处,幸税收托芘尚旺,聊以自藏拙陋耳。爵帅调抚皖中,日内可以到宜。近闻诏旨敦促北上,恐当量移海畺。时局日艰,强邻交逼,远谟高识能赐示以扩孤陋否。家兄调任崇庆,颇有政声,来书盛称谦待,同所感戢。令阮已饬解饷委员到省探邀,惟薪水歉薄,能否屈就,俟得确信再行电闻。又恐该委员无从访其寓所,请尊处电令来宜,尤为妥协。忝托雅契,无不极力照料也。弟承乏盐务殉已十月,亦思设法整顿,材力短绌,莫副初衷,耿耿之怀,但滋惭怍而已。肃请台安,惟爱照不具。年小弟陈兆葵顿首。腊月初十日。

陈敬第(1876—1966)

字叔通,号云麋,辛亥后以字行,浙江仁和人。陈豪子。光绪二十八年(1902)举人,二十九年(1903)进士,改庶吉士,授编修。三十年(1904)东渡日本,入法政大学学习。宣统二年

（1910），创办浙江私立法政学堂。民国初任资政院议员、众议院议员、政事堂礼制馆编纂等职，后长期任商务印书馆、浙江兴业银行董事。擅画梅花，著有《百梅书屋诗存》。见《清代硃卷集成》、《词林辑略》卷九、《杭州教育志》等。

一

子修老伯大人赐鉴：

　　遨听真除，未伸贺悃，帝心简在，行见开藩，众望喁喁，宁唯私颂。侄奉亲乡里，偶涉外事，苦少秉承，未尝不仰怀道范。春丈老矣，习俗益漓，畴为扶救，所在皆是，浙加甚焉。家严谢绝尘烦，静居自适，时一入肆，随意寻览旧籍或及书画碑刻，湖上往往独游。惟气弱胃减，性不信药，乌鸟之私，喜多惧少，凤荷垂注，敢以详陈。谨恳者，熊润生孝廉湘人也，支学使携来吾浙，曾充学务公所图书科科长，学行交修，与孙和叔姑丈尤为莫逆。此次返湘应试，试竣仍来浙。闻已在珊网之中，途次轮舟遇险，以至愆期。适袁学使受事，已将图书科科长开去，不得已遂复返湘。本出长者门下，属侄介以一言，倘湘中有可录用之处，敢求进而教之，当蒙许为端人也。熊孝廉倚装待发。冒布区区，伏维矜宥，敬请勋安，厉寒万希摄卫。世小侄敬第拜呈。十三日。

二

子修世叔大人钧鉴：

　　不肖等自罹大故，正《礼经》所谓"若驷过隙"，忽忽已届七七之期，哀毁馀生，神思备瞀。迭荷电函唁问，并拜挽幛挽联之赐，昨又由银号交到厚赙长平足纹壹百两，隆施稠叠，谊薄云天，捧书悱恻缠绵，望风感泣，永矢勿谖。先严病状，自别长者后，气益上逆呃作，肢冷且肿，痰聚喉咽间，食下即壅塞。杜子良太守云此为"真阳不足，阴气因以弥漫"，始进麋茸、鹿茸各三分。朱硕甫丈来云，前程丽芬丈为其太伯母诊治，亦同此方，卒获明效，乃如法进，呃竟止，肢亦微和。不肖等以为果效矣。不意十六夜半忽泄泻，呃又作，舌本遽缩，语言不复能如常。十七彻昼夜泻至十馀次，竟不可治，延至十九日子时，遂弃不肖等而长逝矣。呜呼痛哉。不肖等先后归养才及两年，尝静念身世，惟此春晖依恋为人生之真趣，天乃夺我之速，从此触处皆成悲感，万事皆所不要。有时回想，平时侍奉无状，少未习医，尤未能先时调卫，种种悔恨，与天无极。遗命勿作启，勿作行述，惟先人言行未敢失坠，谨就日记残本，证以先妣、先严所谕不肖者。湖北旧友邵丈衡甫佐治应城、蕲水、汉川、随州，于政绩知之最悉，函乞示以概略，亦已邮寄来杭。乃涕泣诠次，仍遵先严为高祖菊叟公撰述行略例，名曰《事略》，别纸录呈诲政，俾永先泽，并求椽笔赐之志铭，感且不朽。不肖等橐笔餬口，多所牵率，不能诣辕陈乞，并罄谢忱，至为歉悚。葬期尚未择拟，即日至先茔相度，早安窀穸，喘息垩庐，以竢负土。专肃鸣谢，敬请勋安，伏维矜鉴。世侄陈制汉、敬第率侄选善稽颡。九月初十日。

再者，诗稿先严已自定正，付钞即梓，并以附陈。

三

子修世叔大人钧鉴：

归来拜受书箴湘管，并承赐王祭酒《地理志》暨尊集二册，谢谢。暇时当展读之。侄本于昨日行，嗣以项兰生兄接家电，亲病革，泣留侄暂代，揆初亦坚以为言。兰生为侄至友，于谊无可却，然杭州亦非有一人归不可。揆初商由家兄一行倘不可得，侄月内外仍南归也。先严传允为属草，世之子孙衔感不忘。班丈处若必欲规劝，似以浑含为是，尊恉云何。专肃，敬叩颐安。侄制敬第拜上。二十四日。

绹斋前辈同此谢谢。

陈曾寿（1878—1949）

　　字仁先，号耐寂、复志、焦庵，别署苍虬，湖北蕲水人。光绪二十八（1902）举人，二十九年（1903）进士。任刑部主事，官至广东道监察御史。民国后，奉母居杭。张勋复辟，出任学部右侍郎。又北上追随溥仪，任伪满执政府近侍处长等职。晚岁居沪。工诗词书画，著有《苍虬阁诗》《续集》，《旧月簃词》等。见陈祖壬《蕲水陈公墓志铭》（《民国人物碑传集》卷十）、陈曾则《苍虬兄家传》（《双桐一桂轩续稿》）等。

一

　　落花诗写上，恶劣不可入目，他日谨再书之。敬请补松年丈大人道安。侄曾寿上。五月二日。

二

　　尊谕敬悉，天寒风厉，自以简出为宜。寿丞于前日返申，尚未来，晤时当代致一切。散叟明岁来送葬，沤尹亦可来。病老近得一女，慰情胜无。或如俗说，先花而后果也。敬颂补松年丈大人颐安。侄曾寿顿首。十七日。

三

　　昨奉覆示，敬悉。送节庵先生寿屏，请于廿三前寄沪。如来不及，则请径寄北京西城鲍家街十八号陈寥志代收。此上补松年丈。曾寿顿首。廿日。

四

补松年丈大人尊前：

　　曾寿由汉返杭，碌碌尚未趋候起居。日来敝斋菊花正开，有旧京佳种数盆,能枉临一赏否,聊温东华影事也。专肃,敬颂著安。侄曾寿谨上。十一月初三日。

绚斋仁兄并候。

五

补松年丈大人尊前:

秋高气爽,敬想福履康强,定符下祝。豚儿抱子,聊慰重闱,乃辱长者祯饰,并赐珍物,感悚交并。是子甫诞,适过高轩,仰托福荫,窃引为至幸也。曾寿前赴析津,系应南开大学国文教习之约,继阅其课程,怪谬太甚,稗官小说以及过激社会主义杂然并授,贻误青年,未知胡底,遂决然舍去。途间略受风寒,小觉不适,尚未趋叩起居。闻散原、古微、病山诸老日内将作杭游,可得畅聚。贱体稍复,即诣谢。专肃,敬颂崇安。侄曾寿再拜。绚斋仁兄并候。九月廿四日。

陈辅相(1884—?)

字无我,别署老上海,浙江钱塘人。南社社员,曾在《太平洋报》任职。著有《临城劫车案纪实》《满丽女郎》等,译有《新再生缘》《死椅》等,编《老上海三十年见闻录》。见周瘦鹃《老上海三十年见闻录序》《南社社友录》等。

十月十一日,年愚侄制陈辅相稽颡书上年伯大人阁下。前月二十七日展读谕函,领到惠颁邛竹杖一支、川冬菜一器,敬呈家祖母,谆属多多道谢。昨日又奉到先发之唁谕,并银券五十两,雪涕谨登,感无涯涘。祗诵两谕中"善事重慈、驯谨读书"等语,尤当敬铭座右,佩之终身。恭维起居康胜,式符下颂。侄抱恨终天,百身莫赎,丧中诸事幸赖各亲长经理。省三家叔今春归自东瀛,禀到江苏已得优差,得覃电,乞假来沪。黄次、幼云家母舅亦先后俱至,暨许竺生家姑丈、秋孙家叔协力襄办。七月十七日黄昏灵柩抵沪,即送回里,安厝于灵隐先茔之侧。承金谨斋世伯在杭代营葬事,择十一月十六日安葬。蒙远近年世戚谊厚致赙仪,仅足敷丧葬之用,度日维艰。渥承沪上诸公出公启集赙约二千金,交顾缉庭年伯存招商局,周息六厘。此款之外,蒙刘乙笙姻伯转恳招商局,每月干修二十两暂不停止,仍旧按送。去年迁居西门内庄家桥,与孙仲玙世伯比邻,兹因家姑母欲少解祖母哀痛,请迁城外,距姑母寓宅较近,得以常相往还。遂于闰八月十九日移居租界北市新马路眉寿里,隘于旧居者三之一,而租直如故。日用一切,较先父在时虽已大减,惟房税不减,每月综计尚需六十金,而所入不及三分之二,究非长策,欲再节省。窃念先父生平俭于自奉,而凡娱亲之用必备必丰,家祖母当此耄年哀痛之时,尤不敢于家计中刻苦太过,致令见之不安于心。惟不能确守量入为出之义,终恐无以自存,重负诸长辈挚情高谊,此则侄所负罪引慝,转辗清夜而无能解免者。长者闻之,幸垂教我也。家祖母、家母近日粗安,惟哀痛未能少释,幸祖母时在姑母寓中,借玩物[景]以塞悲。竺生姑丈属道拳拳。今年曾接尊函,并得赠帖,属办之事业已办妥,复函计可登览。省三家叔假满赴差,朱英甫世伯部选扬州宝应县,已诣江宁禀到,尚难赴任。姚绩臣年伯偶一到沪,回苏时多。沪上五、六、七月讹言四起,徙居他方者纷纷,久而后定。余晋珊观察内镇外交,均臻周善,沪地今幸安谧。侄质本颛蒙,痛兹庭训渺闻,尤恐难期成就,惟有时加惕励,冀收寸进之功。塾师朱勤甫夫子,继时汝陈夫子之后,在家课读,于今三年。去年时文完篇,今以丁艰距考试尚远,改作史论,观《纲鉴易知录》,朱点一通,初毕未熟;接看《御批通鉴辑览》。五经粗完,今读《周礼》,于经义未有所窥,研究陈兰甫先生《东塾读书记》,欲求粗通经书大义。字临柳书《琅琊碑》。近日兼及西文,每引领西望,长者不日锦还,当可匍匐谒见。今审趋赴行在,未定归期,而雒诵谕言,涕零感激,备荷矜怜之意,益循勉勖之加。还望时赐箴规,如亲面命,苟有鲜民之生理,敢忘大德之提携。谨肃谢复,恭请崇安,伏乞垂鉴。侄辅相谨上。侄字砚传。

检先父遗箧中，得在京复年伯大人书，计共七纸，虽未终篇，不忍泯没，谨特寄呈尊览。

陈　维(1845—?)

字芰声、芰生，浙江钱塘人。同治九年(1870)举人。历任户部山东司主稿、广西司郎中、宝泉局监督、广东惠州知府等职。见《清代官员履历档案全编》《清实录》等。

子修世尊兄阁下：

伯英太史旋里，述及承询甚挚，感荷感荷。弟今年八旬，力学辞祝，惟燕许大手笔夙所忻慕。常拟恳赐珠玉，一小横幅，增光蓬荜，窃未敢发。兹冒昧将发一言，未识先生肯赐教否。盼甚盼甚。沪上同里不少，近作何遣怀。弟眠食无恙，家境颇蹇，幸随劬、祐诸君杖履，差足遣日。吾乡自蓝、雪一往，湖山减色，虽虎跑囊游宛然在目，而抚今追昔，不减古人南皮之感也。孝矩近知其消息否，眷属尚在沪滨否。前事有沮弟者，所言不为无见，遂中止，非忘怀也。并以附及。专肃奉布，敬颂时祉。世愚弟陈维顿首。立冬日。

位西先生文集，确系可传之作。

陈遹声(1846—1920)

原名濬，字蓉曙，一字骏公，别号悔门，又自署畸园老人，浙江诸暨人。少从潘祖荫、俞樾学。同治十二年(1873)举人，光绪十二年(1886)进士，改庶吉士，授编修。历官江苏松江知府、财政处提调、政务处总办、重庆关监督、四川川东兵备道等。辛亥后归里。著有《畸庐稗说》《畸园老人诗集》等，辑《玉溪生诗类编》《宋元明逸民诗选》等，纂《(光绪)诸暨县志》。见《清史稿》卷四五二、陈讷等《先府君行述》(《中华历史人物别传集》)、冯煦

《诰授光禄大夫四川川东兵备道陈公墓志铭》(《蒿庵剩稿》卷十五)等。

一

京中削牍,奉候起居,亮登掌史。函恳一节可否料量,近查苏运要十月由粮道开列名单,中丞十一、二月下札,则弟九月到省亦不为迟。示我为幸。弟今日至沪,即日须到省,在沪守候教言,如蒙陆观察许开列上头,可无格碍,否则只得面求芗翁也。又闻江浙海运有折色之议,则此事亦是空着[也]。琐渎乞亮。弟望前到苏住三五天,即儳上金陵见芗翁,偷空回家一次,过杭当面领大教。京中群议泄沓,我辈所望内一虞山、外一南皮耳。其意见又微有参商,恐局面一翻,则清流无噍类矣。元祐绍圣之事不鉴焉,为之奈何。炯丝世兄常见,寿诗亮蒙做就,以京中名流皆有诗,不可无大著也。求交裕春转寄,以便付裱家也。秋寒惟护,不次。子修吾哥同年左右。年小弟通声顿首。

二

修老同年我师:

前两接手谕,病未裁答,歉甚。惟鸿案曼福,嘉庆无量。平老身后,遗憾甚多。弟于前月之二十日接受之函,言地师云松坞可葬,属弟代请一人定晷。廿七、八至郡候迎,甚欢甚欣,延颈以俟,不料越日又接一函,谓二房不允,只得殡沪,且殡沪殡绍无甚出入云云。又言前番葬其祖母多方争执,平老气愤呕血,今番又不知要若何争执,种种离奇,殊不可解。地师既云可葬,一老乡妇、二少年外甥,何以独知其不吉。敝郡堪舆家多以龙穴龙脉沙水向背毫无凭据之说赚人修金,又杂以年神方煞,彼是此非,如枘凿之不相入。舍松坞而别择地,谈何容易。倘因此而茫无葬期,贻痛九原,是谁之过与。殡沪葬绍,两番举动人力经费,何得谓无甚出入。前所葬为平老之母,二房争执,乡人无知,间或有之;今所[丧]葬者乃平老,与二房毫无关系,伊婶如别无他意,何所云而争执。受之如决意殡绍,更不必虑其争执,况殡于租界外之江宁馆,兵戈烽火,大为可虑,何如松坞僻在山中,无种种之虑乎。又云平老出妾其婶招留在家,则又不知其若何存心。弟过郡中,遇一二老辈,俱云平老徽籍,在越无世交,其亲属俱不可信。受之以外姓入继,俱思箝制,弟以耳闻验之目睹,窥其内情。平老夫人似亦一乡妇,无甚知识,听其语气,亦惟知争钱,似不甚以儿女为意。受之人甚长厚,无甚主张,以甥作子,恐亲族排挤,因而避嫌,不敢擅主,[因而]由此叔母、舅太爷、姑太太内外表亲从中唆弄,喧宾夺主。内则大姨太太,外又有已出之三姨太太,彼争此议,七分八派,诛求无已,恐受之兄弟所分区区亦终不可保。不仅要防四姨太太受仆婢唆弄一方面已也,观于大太太之终不肯说以二儿产籍交少桐丈,与弟之言及以汉冶萍与李甥,因二房一言而殡沪停葬,显然可见四姨太太哓哓争论固属非是,然平情论之,儿女皆其所出,孤幼零丁,来日大难,亦可悯也。唯年太轻,[不]未知其可恃与否耳。平老若在,不知若何气愤,可为痛哭。弟受其寄托,只好为其孤儿作日后计。目前程宅家事似在其亲族掌握中,受之于两方面察看亦不甚亲楚,实未便再行干预,已约略告受之并苞定矣。知己闻之,当亦同此感喟也。节庵前辈回沪,务乞费神催恳。拙诗草草涂就,附呈削政,馀不缕缕。敬请双安,天寒,千万珍护。年小弟逷声顿首。阳月青日。

山中土产不便多带,区区腠函,哂纳为幸。

此信早已写好,十二日接读台谕,弟早料其如此。顷承尊恉,又作函两方面劝之,然此人太不能了事,其来信不下十数,皆言词闪烁。平老付托非人,俟先生归杭后当面商,为其幼儿作一善后策。

节庵前辈已回,乞设法恳商为盼。拜托拜托。

此番四姨太太归扬,恐尤不能安心,以管扬家事乃姑太太也。平老于此似未安排妥贴。

三

修老同年我师：

病中接示，敬悉道履康健，亦時有小恙，今当勿药矣。弟自正月杪即想渡江便谒起居，［藉］同作湖山之游，至二月朔而肝疾大作，老年气血已衰，不堪外病磨扰，辗转床第者月馀。至三月初五大危，已饰巾矣，迨儿辈自京赶到，始［已］有奄奄生意，至今月十外，稍有生趣。儿辈去而疾又作，延医治之而渐平，昨日始进粥也。此后未知若何，幸得延息于人间。天气秋凉，或可尚赴前约也。梦华序当日以不知前年杭变时吴某为都督［时］事，求序节略为傅君所草，而梦老遂于序中言及之。后县城少年遂将梦老序中语妄有删改，弟见之，以为此何可令梦老见，当以志一部将原序改刻，（惟删去吴某一节）于今年病中寄兰孙寄去，未知何以尚不到也，乞便中函致梦老，道明缘故为祷。梦老老健，实所羡妒。文慎去世，未能一吊，未致一奠，亦终身憾事也。附上县志一部，乞检入。（当弟见时，志已印数百部，故［遂］呈公之书均未改也。）病不能作字，草草奉答，稍愈再行详闻。谨请颐安，书不万一。年小弟声顿首。

炯斋世台在杭否，均念。佩兄尚在省否，或返东阳。

四

修兄同年阁下：

奉纸一束，敬求写一小额，并乞题跋。《孽海花》便奉，馀俟面谢。恭请著安。年小弟声顿首。

猋斋

宋张行成跋李跨鳌《猋书》曰："《方言》云：'猋，倦也。'丁度谓字当从《上林赋》'穷极倦猋'作'猋'，盖乐其倦游，不希时用也。"杂识草录，备采。又启。

五

修老我师同年执事：

　　前接惠毕，适在病中，至近日始能握管，覆候迟迟，职此之故。改岁发春，维潭祜骈集，起居健佳。病中三接梦老函，云托老哥买地湖上，谋筑小墅；又云明春二月必到武林，约弟作平原十日游。此老精神兴致百倍常人，曷胜健羡。若弟之无日不病，岂止仙凡之别。兹有生后之事二开呈执事，敢以奉托，诚恐一旦溘逝，不及言也。望老兄哀而许之。肃此，敬请颐安，并贺阖第年禧。年小弟陈遹声顿首。儿辈随叩。

　　万一天假以年，脚力稍健，明春二月尚思赴梦老之约，老年兄弟或可会面也。

六

修老同年：

　　前示与节老诗，不忍卒读，今之能知此意者，有几人哉。老病日甚，医方药炉无一刻离身，欲修函通候，辄以手战而止，怅甚歉甚。大庆在迩，谨备幛联，略以具意，伏望哂纳。病在床箦，跬步亦艰，竟不能登堂献觞。甚矣，老人之无用也。明年春融或可渡江，当再图良觌，老年弟兄能有几次会合哉。附上《诸暨县志》，聊以滕函，并求是正。大著犹宋丁特起《孤臣泣血录》也，是天经地义所赖以维系，必传无疑。求将所已刻者检付来价，俾得先睹为快。呵冻草草，遥祝双寿，并请颐安。年小弟陈遹声顿首。十一月廿日。

　　炯斋世兄均此致意。

七

　　示悉。别时贱体粗适，入夏渐渐不佳，至闰月十一而大剧，粒米不入口三十日全。八月初九而气绝，已易箦矣，幸得针砭而获老命，险哉。至今每日进粥三半盂，尚未能起床而写字也。草草复此语，旁一。修老同年吾师。年小弟通顿首。

寄呈榧子四篓，聊以滕函，此乡山独出之果，欣纳为幸。俟稍稍复元，正欲修书相商，一为生后事，一为程雨老家事。梦华昨有信来，亦未能即答也。东海叠来书三次，邀弟至京，一未之答。又拜。

八

修老同年我师：

前月接示后又小病，旬馀始痊。家运不好，妻妾俱病。杭沪绸庄又被店伙欺蚀，弟只二股亏折万数，如此二三次，则无老饭吃矣。世情奸险，可怕可怕。近日不得不至沪一为收拾，路过会垣，自当谒谈。

属题草草涂就，务乞欣削，良晤在即，恕不一一。敬请颐安，诸维珍卫。年小弟通声稽首。三月二十又一日。

九

补松老兄同年我师：

别后沧桑，又见世变益甚，卧病乡曲，负约湖山。草莽遗民，偷生不得，祈死不应，命也何如，恨也何如。今日稍愈行药，林园菊花盛开，有怀君子，赋诗一章，录博公笑。腊月寿辰，倘得精力稍健，自当渡江亲祝，否则南山之约只得待之来春。一衣带江，渺若千里，临函耿耿，无任延伫，扶枕草缄，恕不缕缕。敬请颐安，诸维珍摄。年小弟通声拜手。九月二十又一日。

十

修老同年吾师：

日昨晤谭，畅快。累日在沪，晤子异、瑶圃二老，梦华还宝应，小石往还而不晤，小住十天，尘俗累人。适友人以事相牵率，浮海至鄞，便作天童东山之游，于昨日返舍。南山之约待之中秋，因近日天气渐热也。相违二十天，时局又一变，东海又将入漩涡矣，可为长叹。行在孤露，群议纷纭，迫入危机，深为可忧。世无伯纪、文饶，致社鼠祠狐酿[成]此陆沈，干戈将起，关河渺望。天涯兄弟，聚首为难，流浪溪山，婵媛文字，为消愤怡悦之计，亦所谓溺人必笑也。奈何奈何。草草奉牍，不胜惋缕，鸿羽有便，愿闻良规。敬请颐安。年小弟逎声稽首。四月廿又一日。

十一

修老同年阁下：

顷接赴略，骇悉嫂夫人于本月弃世，曷胜悼叹。惟嫂夫人闺范秩然，深明大义，伤悼国变，偕隐处窘，将来垂名彤史，夫复奚愧。况有封赠，有孙曾，亦可谓福寿兼全。老兄胸襟旷达，必能顺变。惟求谆属炯斋世兄昆仲节哀，勉襄大事，毋过毁伤，以增椿庭戚而已。弟自正月元宵病后，阅九月，至今未能起床，致久缺笺候，饰巾待死，未知今生能再到武林与老兄一会面否。乡僻无物可买，托人于杭城制幛挽又属费事，又病不能撰联，只好备菲仪一函，转求饬纪代办一幛，悬之灵座，以申区区耳。伏望哂收，谨请道安，千万珍护自重。年小弟逎声稽首。

扶病草草，不尽万一。倘蒙天佑，病得少瘥，再当修函奉慰。又拜。

十二

修老同年我师：

前过武林，适逢公事冗未及倾谭。次日，偕朱廉老饮湖楼，又遇雨，旋至海上，淫雨连旬，泥涂阻辙，同人亦皆不晤。住四五天，兴味索然，遂由沪径至江干，宿一夕，渡江而归。抵家已绿树阴浓，花事都了，日益无憀，呼婢汲山泉煮赐茗饮之，觉两腋习习，尘襟为之一清。谨铭嘉惠，草草奉谢。南湖之约，俟诸异日霉暑，善保寝兴，不备。年小弟邇顿首。

东海征诗函，舍间早接到，老孟合传势所必然，俨托辞解脱。并闻。

十三

卷帘不见草萋萋，鹍鸠畏寒对我啼。病久泥妨行药径，春来水涨浣纱溪。篱边卧犬惊花吠，雨外飞鸠觅树栖。遥想孤山残雪里，看梅人在断桥西。

病起寄博修老同年一哂。畸叟初稿。代写。

十四

残年七十叹劳薪，又遇椒花报岁晨。休与世间论得失，祇期身后对君亲。妻孥尚食前朝俸，草木重回故国春。甚矣吾衰存日少，天应许我作完人。

妻饤椒盘妾洗杯，家人报喜烛花开。煮茶试雪频敲竹，得句巡檐欲问梅。守岁筵阑馀冷炙，围炉火烬拨寒灰。柴门近市垂帘坐，爱听儿童唤买呆。

祭神仍用旧头衔，贺岁人来作笑谈。贱寿新年始开八，故乡老友祇馀三。兼谓郦方之茂材、傅晓园郡丞。藏钩社酒连朝醉，祀灶花饧别样甘。父子闭门遵汉腊，吾家二法本无惭。

右除夕拙诗三首，录呈修老同年歌正。

十五

今年我七十，病卧赞公房。八月，余避客养疴于云门显圣寺。君寄樊榭句，劝我进一觞。樊榭好栖遁，税居河渚旁。三月桃花发，夹溪无杂芳。此即避秦地，何必武陵乡。明季诸遗老，衡宇相对望。闻有翁少君，作配胡旅堂。赁园得半亩，鸿案称相庄。待均归故里，偕隐携孟光。交芦庵之侧，法华山之阳。于此营园墅，诛茆开径荒。问津桃源岭，结邻陶家厢。耕馌相随唱，山水供徜徉。强围大荒岁，七十寿而臧。我当戒钵笠，买渡绝钱塘。登堂介君寿，西溪一苇杭。舟停碧漪社，屐响秦亭冈。界牌逃酒税，石坞试茶香。感时怀南渡，徘徊西教场。同坐桃花下，二老鬓如霜。蓬莱叹水浅，东海见尘扬。十年人重到，湖柳色凄凉。追诵少君句，沈吟不能忘。馀杭仙姥酒，麻姑劝君尝。与我相对酌，旧事话沧桑。

修老同年粲政。浣纱溪钓师陈遹声就正稿。

十六

寿松园里百尺松，傲骨棱棱干苍穹。风吹鳞鬣影迷蒙，横空嘘气如白红。嗟哉桑梓蔚沙龙，吴山楼阁劫火红。西湖寥落旧行宫，曾见铜驼卧棘中。老柏南枝瘴雾笼，世家乔木委荒蓁。先生归来自吴淞，不问世事但补松。携镵荷锸呼短童，名园故事得毋同。振绮后人绘图工，终日坐对哦长风。盘桓松下扶短筇，兴趣不减柴桑翁。笑彼丁家恋三公，梦里说梦毋乃惷。昔年簪笔侍九重，裂帛湖边日追从。深夜直庐鼓冬冬，翦烛同听西山钟。蓬莱清浅失旧踪，贞元朝士嗟飘蓬。犹忆万松碧葱茏，万松幛在政务处直庐之西。环绕宫墙瑞霭浓。株株直干无曲躬，故应不受暴秦封。

题补松图，敬呈修老同年弢正。年小弟陈遹声初稿。

卷十三

陈夔龙（1857—1948）

字筱石，晚号庸庵，贵州贵阳人。光绪元年（1875）举人，十二年（1886）进士，授兵部主事。历官内阁侍读学士，顺天府尹，河南布政使，漕运总督，河南、江苏巡抚，四川、湖广总督，直隶总督兼北洋大臣等。民国后居沪，以遗老终。著有《松寿堂诗钞》《花近楼诗存》《梦蕉亭杂记》《抱芬庐存稿》《庸庵尚书奏议》等。见《七十自述诗》、陈昌豫《家严七十寿辰征诗文事略》（《贵阳陈庸庵尚书七袠寿言》），高振霄《清授光禄大夫太子少师故直隶总督北洋大臣陈公墓志铭》（《辛亥人物碑传集》卷十三）等。

一

正封缄间，适奉手简，并读佳章，雅韵深情，令我生感。弟匆促旋申，日昨获晤止相，极以执事起居为念。再同书画，因连日安置一切，尚未检视，当已先备洋五百元，交由止相转交黄年嫂，以资度岁。稍暇，再酌留数件，以了此重公案。本年耗费太多，力与心违，不能多购也。征车甫卸，心绪不灵，容再依韵奉酬，续行录正。手此，敬颂道安。弟龙顿首。十一。

二

子修仁兄同年足下：

顷闻大驾告旋，惟兴居曼福为颂。社诗勉强凑韵，另纸录呈，惧无以颂扬于万一，乞教正。此致，敬请台安。年小弟龙顿首。十六。

三

子修我兄同年大人足下：

日前匆覆一椷，计登签典。近维起居康善，定符颂忱。连日酬应谢客，烦冗殊甚。昨宵不寐，枕上勉酬一律，另纸录正。杭事军中易将，壁垒一新，中央威令既行，地方不起竞争，即是和平之福。适得蒿叟书，附诗一首，兼询近状。兹将原函寄览，仍祈掷还。诗中字有不易辨识者，非公鸿博难窥奥窔，并求示我为幸。手此奉布，敬请道安，祗颂潭福。年愚弟陈夔龙顿首。腊月十九。

四

子修仁兄同年大人阁下：

前诣得聆雅教，广坐不获多谈，飙轮促发，匆匆言别。比奉惠书，祗悉种切，敬维兴居安健，书史清娱，至以为颂。弟碌碌如恒，尚称粗适，迩来气候增肃，不常出门，惟观书破寂而已。蒿叟时相过从，老健可喜，衢公则不常晤面。曩在山庄小住三日，抚今追昔，不无感触，得诗四章，录似郢政。如值清暇，兴到赐和，尤为盼幸。手此，祗请台安，诸维爱照。纲斋兄均候。年愚弟陈夔龙顿首。十三。

适得舍侄京函，曾晤梁髯，病状已十愈七八矣。知念附闻。

五

子修仁兄同年大人足下：

接展大函，并诗屏二件。尊什浑灏流转，一气贯注，想见结构谨严，真力弥满，此寿征也。佩慰之至。拙作不过敷衍场面，极不惬意，勉副雅嘱，另纸录正。时局愈坏，不可收拾。日前宫廷忽遭大火，报纸传来，神魂飞越，刻已烦琴初兼程入都，慰问宸居，兼微有论列。琴初已于今日首途，与温毅甫偕行。知关注念，并以附陈，不足为外人道也。沪上霉雨浃旬,颇难调摄,杭中天气何如,贵体初夏尤宜加意。匆布,敬颂道安。年愚弟陈夔龙顿首。廿五。

六

子修仁兄同年大人阁下:

昨奉环章,知清恙告愈,但须调摄,莫名欣慰。《书画录》昨经邮寄,计已查收。《平①斋笔记》已嘱肖雅早日付梓,惟尚须审订修润,方可饷之同人,然固必传之作也。弟近日心绪恶劣,迄无好怀。前送蒿老回宝应,昨送留垞入燕京,不能无诗以寄感。兹并录正,馀容续布,敬颂颐安。弟龙顿首。十一。

七

子修仁兄同年大人如晤:

展诵赐笺,欣悉清恙大痊,为之大慰。老年颐养,不专恃药品,饮食起居,各得其宜,则百病退处无权矣。蒿老昨已回白田,为嫂氏称祝,约于本月杪回沪。此老神完兴健,非吾辈所可跻及,宜其登大耋享高名。然公与倦知均可作继声,弟则逊谢无能为役也。一昨何小雅交阅其《平斋笔记》二册,详述同、光两朝都门近事、朝章国故、里巷歌谣,收括无遗,的是可传之作。缘其宦京廿载,见闻博洽,笔之于书,无异铸奸禹鼎。为题词六章,录正我公茶馀酒罢作为大鼓词听之,亦却病之一助也。馀续布,敬请颐安。弟龙顿首。初一。

八

子修仁兄同年大人阁下:

夏日初长,兴居安善,为念且颂,清恙始痊,饮食一切尤宜珍摄,至祷。眴届尧衢同年七秩华诞,特援上年散原、蒿庵之例,代为征诗。

---

① 按:"平"原误作"午",今改。

同人均以客春曾经称祝，几难语杜雷同，而尧意颇殷殷也。昨特寄上诗屏两条，计达到。因思贵体初夏恐难构思，如懒于著笔，何妨嘱绹斋代作（清恙闻已大愈），或倩他友代笔，均无不可。缘尧衢之意，如无贤乔梓高咏寿筵，万难增色也。酌之为荷。弟一切如恒，社局阑珊，吟事亦渐废矣。专此奉布，敬颂台安。绹斋兄均候。年愚弟陈夔龙顿首。初九。

<h2 style="text-align:center">九</h2>

子修仁兄同年大人阁下：

一昨小儿回沪，知于湖上获亲光霁，不禁神往。日来炎威甚炽，而公销夏得地，至为欣慰。弟闭门遣暑，无善可述。自蒿庵别后，韵事遂希，乙、倦两公亦不多晤。昨得晒书诗一首，今晨又得怀公诗二绝，急写寄正。如果兴至，并希和之。花近楼拙诗昨已由邮径寄，计收览矣。手此代面，敬请道安，诸维荃照。年愚弟陈夔龙顿上。六月初七。

<h2 style="text-align:center">十</h2>

子修仁兄同年大人足下：

月初游杭，获亲雅教。归后五日，接奉手书，并诵佳什能字韵，本地风光拈来毫不费力，具征妙谛真诠。甚佩甚佩。俗冗尚稽裁答，续奉大简，慰歉交并。一昨重举逸社，苏堪、宽仲均入席，诚为盛会。惟乙庵以家祭不预，而我公亦莫能致，［或］为减欢耳。蒿老振务焦劳，一时难归白田，其和章业已收到。兹成社集诗二律，即用与公唱和韵，另录呈正。匆复，敬请道安。弟龙顿首。十七。

<h2 style="text-align:center">十一</h2>

子修仁兄同年大人阁下：

一昨台旌莅沪，杯酒将意，未足尽欢。比想安抵杭垣，兴居大适，为颂且慰。别后得诗一首，限于险韵，苦不能工，然当日促席情形尚能描出，另录呈政。如公高兴，希赐和章，否亦不敢勉强也。此请道安，诸惟惠照。年小弟夔龙顿首。廿七。

十二

子修仁兄同年大人足下：

昨至金陵，归奉手书，并承和章，低徊绵渺，情溢楮墨，甚钦甚慰。弟在宁句留七日，苦雨未能畅［叙］游，然与散原、涞之无日不聚，诚乐事也。叠韵已至九首，兹将奉怀执事诗寄上（馀诗续寄），祈正和。匆匆奉复，敬请大安。弟龙顿首。廿七。

十三

子修仁兄同年大人足下：

别经半载，如何不思。三月入杭上冢，适避政界酬应，并未入城，以致高山咫尺，弗克仰上，至以为歉。爱我如公，当蒙鉴谅。匆匆返沪，往访止相，讵已先一日作古。追念畴昔，伤何可言。遗疏由弟函托傅相、梁髯为之代递。饰终之典尚优，公谅闻知，可不赘述。渠家拟移葬西湖，闻托公经营丙舍，不知某公代觅之地三处能有一合用否。逸社诸老天各一方，近则又弱一个，如何如何。伯严、尧衢均莅莅歇浦，合之梦、紫二君暨弟，共有五人。公如惠然成一良会，当不减曲江旧游也。附上挽文慎诗四首，乞削正之。（公必有诗，望抄寄。）敬请道安，不具。年小弟夔龙顿首。四月初九。

望前后拟作金焦之游，兼到扬州访六一居士旧居。

十四

子修仁兄同年大人足下：

大示读悉，赐书各种谢谢，容归后浣诵。弟恋恋西湖，未能抛去，又作两日句留，今午则乘车归矣。日前重游西溪，访茭芦庵，遂至秋

雪庵,两岸芦花一白无际,始知前人题咏为不虚。曩岁仅至芦庵,一
无所见,兹来得饱眼福,此行为不虚已。昨展瞿文慎墓,感慨系之,得
诗一首,另录正。承询各节,静安回滇,润甫回赣,均不在苏、沪。逸
社诗尚无印本,以交卷寥寥,难以成卷。(印时,大作当弁之简首。)润
漪同年事容与紫东商之,杨君如得请补谥,与谢黄不朽,窃所祷祀求
之者也。《秋林雅点图》为小坞大令所赠,小坞即绍延之弟,前人并无
题咏,得公数语,宝逾琳琅。所憾者,前在候潮门观潮,小立多时,潮
竟不至,曾有句云"隔岸青山曾识面,长天秋水不生潮",录之以博莞
尔。匆匆奉复,即请道安,诸希珍重。年愚弟期陈夔龙顿首。十六日
巳刻倚装作。

十五

子修仁兄同年大人足下:

日前两奉手笺,领悉一切。尊作《太阳生日歌》,长言咏叹,感慨
悲歌,读之令我增忾。前事已矣,来日大难,不知廿纪后又添几许痛
史留俟后人之凭吊也。"改月"句已遵谕添注,日内拟传观同社诸老,
共赏高吟。蒿叟尚未来申,散原初间到此,匆匆返旆。近日炎威虽
退,而大风又复示虐,社事迄未续举,或俟蒿叟来时,共开良宴。而一
念执事远在西湖,顿增一日三秋之感。舍侄承乏杭关,已令其随时请
谒,赐以教益。弟中秋后来浙,再话别后相思也。手此奉复,敬颂道
安,惟照不具。弟夔龙顿首。七月廿三夕。

十六

子修仁兄同年大人足下:

前奉复函,猥以二先兄之戚,辱承赐唁,感激之至。辰维道履康
颐,潭祺凾豫,定符私颂。二先兄久滞蜀中,一病不起,奔赴道阻,何
以为情。已命侄孙辈一俟川黔道通,即行扶柩归葬。知关垂注,敬以
奉闻。沪上日来炎威尚虐,不知杭地若何,起居何似,至以为念。六

舍侄尚未来沪,浙中当局作何位置,惟有听之。北事仍未能一律妥帖,闽、粤又告警矣。社集暂停,怀人颇切,兹将前集一诗录寄台阅,谅亦同此怦怦也。敬请大安。年小弟期陈夔龙顿首。十一。

十七

子修仁兄同年大人阁下:

春间两次如杭,均即日返沪,匆匆未克趋教,至为歉仄。然相思之忱则与日积也。顷奉惠书,敬承道履康宁,咏游邕适,观花赏鱼之暇,竟发清吟。捧诵大章,如亲麈教,仿佛同游于六桥九松间也,企羡无似。勉酬一律,另纸录政。蒿翁久无书来,心颇念之。蓉曙遽归道山,同谱又弱一个。此间社集,因盛暑暂停,每集虽亦咏诗,不似我公在社时兴会。乙庵、敏斋尚称健者,馀则靡已。弟近体尚顽适,惟数月来两遭期丧,四舍侄病逝秣陵,二家兄撒手蜀郡,每一念及,悲不自胜。日来掩关离索,吟兴亦凋减已。北事恐犹未已,杭中各界当已融和,仅此为完善之区,似不宜再有冲突也。中秋后,当来山庄作十日之留,与公倾吐一切,蒿翁能偕则更妙矣。复请道安,诸维雅照。弟期夔龙顿首。七月初一。

十八

子修仁兄同年大人足下:

献岁发春,维道履康强,著作宏富,为颂为念。蒿叟寄到《元旦试笔步大作见怀天字均》诗,欣悉霓裳队襄,自有云璈,不向牧笛樵歌,一续凡响,既羡且妒。一昨冬清凉寺哭节庵,获晤乙庵,不见忽已三年,追念昔游,各伤老病,爰发重开逸社之议。适开春蒿老书来,约于月杪莅沪,企盼何极。开社拟定二月初旬,特赋小诗一章,藉作缘起。惟执事与散原远在吴越,如荷惠然肯来,定当扫榻以待,否则遥执牛耳,亦可为吾道光。比有自杭中来者,探悉福躬老健,尤适下怀。弟顽钝如常,乏淑可告,偶与乙庵、尧衢两同年藉诗遣闷,亦幸不我弃也。专此奉布,即请道安,兼颂春禧。年愚弟陈夔龙顿首。廿三。

十九

子修仁兄同年大人足下:

秋清日丽,佳善遥祝,久不通函,又怅怅也。弟中秋后即拟来杭,适因齿疾愆期,继又染患足疮,不良于行,以致迟迟未果。老病侵寻,顿现衰象,可笑可叹。社集久辍,月前蒿叟莅沪举觞,适得宋牧仲尚书《红树秋雅图》画幅,旧为济宁迟庵师斋中物,缘即以此征题。弟先成长歌一首,蒿老、尧翁均有题咏,特将拙句录寄削定。回首曲江春宴,同居河汾门下,时移世易,感慨系之。我公旧居绛帷,亲炙尤切,似不可无诗张之,希茶馀饭罢拨冗挥毫,亦风尘扰攘中一段佳话也。刻俟足疾稍愈,即便来浙,与公一倾积素。恐劳锦注,先此奉闻。蒿叟闻亦将入杭扫墓,蓉曙新逝,润漪复作古人,何丙科之寥落如是也。馀容续布,敬请大安。年小弟期陈夔龙顿首。九月初六。

絅斋世仁兄均候。社稿附呈。

二十

子修仁兄同年大人足下:

昨诵环示,前呈俚句藻饰有加,惭荷惭荷。就谂林泉养望,琴歌写怀,载米家两宜之船,访松雪一品之石,翘詹斋景,如挹清芬矣。承寄白叔兄和章,神味渊永,格律老成,捧读击节,尚希代致佩忱。尊作兴到吟成,深薪早示,俾快先睹。弟栗碌如恒,重九日曾携儿辈驰往虎邱登高,近复徇沈冕士诸君之请,将有天平、光福之游,即日启行,特恐无好句为湖山增色耳。匆复,祗请撰安,诸惟爱察。白叔兄均此致候。年愚弟陈夔龙顿首。廿。

二十一

子修仁兄同年大人足下：

久违雅教，思想万分。辰维道履绥和，凡百大吉，为颂且慰。上月止相葬事，本拟入杭一临，缘事未果，致与君迟把晤。嗣后旧疾忽发，来势甚猛，缠绵月馀，近始告痊，而元气尚未能复。衰年多病，如何如何。蒿叟在此为文孙缔姻，甫经就绪，忽有竹林之恸，仓卒挈眷回里。风急冰冻，心颇念之，不知已抵家否。节庵已矣，恤典优渥，九原当可无憾。筱珊则先逝世，逸社旧人所剩无几，言之黯黯。弟有哭节公七言长歌（乙庵有五律六首），容后寄正。兹先寄上奉怀台端二律，希教正之。比闻杭垣奇冷，遥想餐卫咸宜，开岁春日融和，能枉驾沪滨一游否。或孤山梅花开时，弟先访公西泠桥下，亦在意中。手此布臆，祇颂颐安。弟龙顿启。十一月廿九日。

絅斋世兄大人均念。大作缪、梁二公挽诗，已于报纸见之矣。挽梁联录后：

昔同听桥上杜鹃，值大局苍黄，目穷南戒烽烟，君哭我病；

归倘遇垄头鹦鹉，问先皇安否，魂绕西陵松柏，风萧水寒。

二十二

子修仁兄大人同年大鉴：

奉来示，并读挽联，字字翔实，句中有泪，令我心瘔。节翁地下有知，当亦爽然若失。渠饰终各节悉如公言，谕言则未之见，均由琴初函示，当确。惟身后一贫如洗，闻京邸有人倡议集掖相助，值此时局，不知能办到否。拙诗录正，大著仍盼抄示。此请道安。弟龙顿首。腊月初三。

二十三

子修仁兄同年大人足下：

前闻清恙，不敢以函渎神，当命六舍侄走视。顷晤蒿老，出示尊笺，备悉致疾缘由，并知业已渐痊。细读笺语，心思周币，字体谨严，尤[备]觉神完气静，此乃寿者相。善后方剧，尤须留意。绗斋世兄闻亦小有不适，想日来已康复矣。时局更无可言，行路尤切戒心，如何如何。天时凉燠不常，善摄为幸。专布，即请大安，并颂潭福。弟龙顿首。三月廿四。

叶作舟病已愈，能在家作竹叙矣。

二十四

子修仁兄同年大人足下：

前贡一函并诗屏，计早入览。蒿叟早归白田，各处寿诗均陆续交来，拟于望前后寄去。贤乔梓大著想已脱稿，希速藻寄申是盼。又前寄往陈仁先一幅，顷闻其在制中，不便应酬，可否代为函致，请由乃弟出名早日交下。如有不便，亦不相强，即烦将原条寄还可也。乙庵请谥事，虽经琴初在京与当轴力争，而绍、耆颇有坚执，陈、朱亦甚犹疑。闻遗折初三可上，弟等公函适于初二到京，不知能补救万一否。长至日，弟扶病召集诸老在花近楼作消寒第一集，而乙庵新逝，蒿叟亦回白田养疴，台端又远在浙中，感逝伤离，情难自遣，得句二律，另录呈教。匆布，敬请大安，诸惟雅照。年愚弟陈夔龙顿首。初七。

二十五

子修仁兄同年大人足下：

前上一书，计入阅。适作舟交到华笺，并诗屏二幅，领悉种切。大作格韵俱胜，名手自异寻常，佩甚。容即汇齐转寄。乙庵已得优旨，照一品例赐恤，（虽缘公函，而琴初面争之力为多。）赏洋二千元，并赏经被，兼有八字之褒（另匾额一方）。翼日内府奏上予谥，当可邀允，此间又联衔函谆致绍、耆诸君矣。知念附闻。仁先诗条已由聘山函其乃弟，亦已空白交卷。弟疾仍未全愈，祇好带病排遣，别无善状也。此致，即请道安。年愚弟陈夔龙顿首。十二。

二十六

手示聆悉。墓铭今日已辱椽笔，敬谢敬感。芦庵之游，极愿趋陪。弟昨晚外横桥之火距离太近，（幸未延及，托公庇也。）彻夜旁皇，今日颇觉不适，明晨若愈，当即径诣松木场，否则勿劳久候也。先此鸣谢，祇颂子修仁兄同年大人台安。弟期龙顿首。廿六。

蒿叟、散原两公均候。

二十七

子修仁兄同年大人足下：

昨展手示，知清游甫回，未审行囊佳什又添几许，能赐我一读否。蒿老来晤，衔款已商定，另纸呈上，乞酌之。节庵之衔，俟函到再行奉闻。馀续布，敬请道安。蒿函附缴。弟期夔龙顿首。廿五。

二十八

子修同年仁兄大人足下：

昨复计达台览，顷接蒿老函送上，希照改是幸。至某侍御一段，复阅一过，内有"德宗"二字（系宣统时事），想系偶误，似可易"朝廷"二字。此等笔误，似不必再商蒿老，径为改易可也。公谓然否。"将入副枢密"句，不知蒿老复公函时如何改法，弟意易作"群相期以枢密"等字即活动矣，统俟得复再定。种种渎神，容后踵谢，敬请台安。年小弟期夔龙顿首。廿一辰。

铭首三衔，鄙意值此裂冠毁冕时代，尤应藉重诸公台衔，以存衣冠尹姞之遗。第书名籍虽有古例可援，似不必拘定也。公意云何。

二十九

子修仁兄同年大人足下：

手教聆悉。嵩公衔似以书"陆军部侍郎"去"兼提督"三字为宜，仍希酌定。顷又速函节公（恐子展代寄之函迟到），与商托高龚甫兄代书篆额事，并请开示官衔，约一礼拜当有覆书照办。嵩公日内来函，如字句改定，请公大书时将衔名三行先行留出，俟节公函到补书亦不为迟。首行二字，既有所本，自应仍之"赐皇"二字，均顶格平列。尊论极是极佩，屡渎清神，统容诣谢。手此，复请台安。炯斋世兄均候。弟期龙顿首。廿日。

衔名单暂存后缴。

三十

手示聆悉。碑拓本亦阅过，甚好，拟请代为定议。昨爱沧、诒书来，弟附嵩老函，（幛联语有"精卫衔悲"等字，深符内子心事，感荷无暨。）始知已到申江，计前函寄宝应时渠已启程。顷又补寄一函，并附家传稿，请其从速在申撰稿，想不我却。烦公缓一二日代为一催，从旁措词，似不嫌促也。一俟稿到，即计数排比，格子界乌丝线，多备一纸候用，将来拟即在敝宅刊刻，较易促工。石质亦看过数件，须大须小，统俟文到定局，一切不尽之处，容再面商。先此奉复，敬颂子修仁兄同年大人午安。弟期夔龙顿首。

拓本留一件备览，馀奉缴。

三十一

子修仁兄同年有道：

月初入杭上冢，句留湖上三日，因城中政客均系熟人，病后颇畏酬应，未敢干谒致通德门前，亦未一通名剌，歉甚念甚。与公至好，形迹都忘，当蒙鉴谅也。辰惟道履康娱，著作宏富，为颂且慰。弟此次

赴浙与前两次情形迥异，往岁尚有病妻一相存问，今则墓[木]草[拱]
宿矣。感旧伤今，心绪恶劣，竟不成诗，诸友索观，迄无以应，殊笑人
也。蒿叟尚未启行，乙公回禾祭扫，诗坛近日颇形寂寞。春来游兴何
如，倘有新诗，尚祈寄示。专肃鸣歉，敬颂颐安。年愚弟期陈夔龙顿
首。初七。

三十二

子修仁兄同年大人足下：

　　昨枉高轩，快聆伟论，郁怀为之一慰。邹君业将钩本一律上石，日
内即可开镌。此事荷蒿叟撰稿，执事书丹，他时得传不朽，皆出钧赐。
而公以将届古稀之年致劳，呵冻濡毫，写成巨制，铁画银钩，到底不懈，
具征精神强固，而拜受者愈觉踳踬不安。忝在知交，原不计较，惟念台
端此次归来婚嫁之愿粗完，湖山之乐有美，闻时与二三老友登临啸咏，
抒写襟期，弟以期丧在室，未克时陪杖履，至为歉仄。兹谨奉双柏，非
敢云诹墓之金，聊代治游山之具，如随谢公之屐齿，偶分元九之俸钱，
所不伤廉情应邀鉴，戋戋之敬，务希叱存。除已函寄蒿叟外，专肃鸣
谢，祗请道安，诸惟惠照，不备。年愚弟期夔龙顿首。十五。

　　外件附呈。

　　载诵惠笺，祗悉种切。承赐挽联，字字坚凝，语长心重，甚荷甚
荷。（惟奖饰逾量，非所敢承。）谨已悬之内子灵前，藉纫厚谊。再肃
致谢，复颂台祺。弟龙又启。小儿随叩并谢。

　　在璞和鸣，必是珂乡名媛，便中希示。

三十三

子修仁兄同年大人足下：

　　早间趋领教言，旬日积痗为之顿释。送蒿老归白田诗，顷已脱
稿，惟嫌寒虫苦语不及止相之雍容华贵耳。幸公有以教之。微敬敢
援蒿老之例，一再陈请，前函既经曲命，务希哂存，馀容续布。敬请台

安。弟期夔龙顿首。廿三。

外件并诗函，又蒿函附阅，望掷还。

三十四

子修仁兄同年大人阁下：

月前杭中奉访，值高轩远出，匆匆遂归，殊怅然也。尧衢回，询知湖山之游，令我心羡，并知杖履康强，尤为心慰。日昨重九，约诸同年花近楼登高，率赋二诗，特写寄，即希指正，并垂和为幸。草此，敬颂道祺。弟龙拜启。初十。

三十五

子修仁兄同年大人足下：

正怀旧雨，忽奉朵云，浣涌回环，如同握手。并悉道履入秋愈健，甚善甚欣。时局纠纷迷离，至于不可思议，东海虽出，岂是诸葛复生。上年五月之事，讹言至今尤烈，然鄙见测之，仍恐非其时，动必至悔。隐侯迄未晤面，现却高卧海日楼中，并未北去，南海亦仅作莲社之游耳。吾社自止公仙逝，诗事荒凉。蒿叟白田来函，尤极颓丧，昨示叠韵四章索和，但以拈韵窥之，心绪烦冤可想而见。弟勉和四律，连元作一并抄寄台览，能垂和一二否。今岁吟事顿减，缘无良友督责之故，幸贱躯粗适，宿恙亦十减六七，堪以告慰。我公充养有道，然终日杜门不出，似亦非摄身之法。湖上骑驴古人，一半为远嫌，一半乃卫生也。中秋后二日，当来杭小住数日，候公杖履，先此布复，敬颂台祺。年愚弟夔龙顿首，七月廿八。

夏间纪游诗一册，希查入。紫东、尧衢均在申，然不常晤。

三十六

子修仁兄同年大人足下：

正思旧雨，忽奉朵云，并承赐《黔语》各册，开函捧诵，慰我调饥。

敬维道履康颐，百凡顺豫，为颂为念。止相于至日下楼失足，至病腰腿，来势颇剧，幸调治得法，近已霍然。然缠绵已帀月，一昨往祝，尚未能照常送迎，当嘱其安心调摄，勿为酬应所苦。日来彼此以诗消遣，间有和章，容后续录就正。乙庵迄未往晤，亦不愿以长安弈局问之来自长安者也。赐册遵谕转送家兄暨小南、润普、琴初诸君，均附笔致谢。此书探本证讹，足补田、张所未备，甚善甚佩。足征老辈莅官采风问俗，具有深意，非徒以词藻见长也。弟诗笔已颓，本年吟咏较少，重九偕梦华同年往虎坵登高，兼登灵岩、天平，各得诗数首，惜未与公同游为憾事耳。时局愈坏，不可言亦不忍言。残冬酷寒，伏维珍重，珂乡虽屡起风潮，尚系福地。弟近于右台山麓筑屋数椽，春夏间始能竣工，届时来杭落成，敬候道祉。先此布复，祗颂台安，不尽缕缕。年愚弟陈夔龙顿首。十四。

外《亭秋馆哀词》二册，祈查入。

三十七

子修仁兄同年大人阁下：

客腊值公大庆，方以迹羁浦上，未克凫趋，谨具菲物，不足言敬，乃承惠书申谢，令我汗颜。献岁发祥，迩维起居康娱，著作宏富，甚念甚钦。大局日坏，人事天心未审何时厌乱。三日地震，尤十馀年所未有，闻浙中震动尤甚，汕头且已为墟。长安客来，讹言愈夥，真觉迷离扑朔，不可思议。闲与止相以诗唱和，梦老函索寿公诗，亦拟仿制，不识已脱稿径寄否。节庵周甲庆辰，闻在六月初间，迩时气运中兴，必拜孔光灵寿之赐矣。春日和煦，尊体颐养，定臻康胜，念不可言。此上，敬请台安，并祝岁釐。弟龙顿首。小儿附叩。新正八日。

自寿诗望寄示。

三十八

子修仁兄同年大人足下：

久违雅度，时切企思。比以内子冥辰，命儿辈往杭设奠，猥承嘉贶，并荷台驾一再临莅，询注綦殷，高义如云，心感无既。儿辈归来，藉问起居，良纾积系。杭垣风鹤频闻，想坐镇有人，当不至别生枝节也。弟旧疾复发，动作颇觉不便，杭行因之中止，兼以时局扰攘，愈出愈奇，慨正气之不伸，吊孤影以自悼，迩来心绪恶劣，不堪为知己告也。风雨连朝，夏行秋令，尚希因时善卫，载瞻芝宇，无任神驰。专泐鸣谢，祗请台安，诸惟爱照。年愚弟期陈夔龙顿首。小儿随叩。初五辰。

三十九

补松仁兄同年大人足下：

昨奉手书，如亲道范，并承抄寄放翁诗句，回环三复，感慨何可胜言。时局愈演愈奇，水火益深益熬，殆如子野闻歌，辄唤奈何而已。蒿叟月前书来，索居寡欢，无复昔日意兴。善化亦久未谋面，（长水、中江闻尚客北都，逸社从此罢已。）岂湘电之无以自解耶。弟病体初痊，惟与一二乡人闲寻鸡黍之欢，此外勿论何方面人，均一切谢绝不见。长夏如[长]年，安得驾一叶扁舟，访公于西泠桥畔，一吐胸中之恶也。中夜不寐，百端交集，得诗一律，聊以寄怀，另录呈正。手此布臆，敬请大安。年小弟期夔龙顿首。六月十二日。

四十

手示诵悉。内子所患刻延香岩诊治，尚无大效，祗好设法调理。承念至感，尊眷遄回，容再趋候。再同画件，不知乙庵理出头绪否。阳明画像尚未见也。率复，请子修仁兄同年大人午安。弟龙顿首。十四。

四十一

子修仁兄同年大人阁下：

在杭数月，诸承雅谊，关拂有加，内子之丧复劳损惠，感荷弗谖。比因人事纷如，忽遽来沪，竟不克登堂告别，良用歉然，而佩系之忱，靡间昕夕。敬维履祺安燕，潭福绯臻，为念为颂。弟旧寓重来，举目时多感触，又以四舍侄患病，吐血甚剧，近略有转机，尚未平复，心绪亦殊梦杂，差幸近体粗适，藉纾注存。杭事猝起龃龉，出诸意外，近观报载似有由动趣静之机，惟不知究竟如何。起居定多佳胜，甚念甚念。此间气候酷冷，点水成冰，令人意阻。专泐布悃，祗请台安，诸维爱察。年愚弟期陈夔龙顿首。

四十二

子修仁兄同年大人足下：

昨奉复函并附笺均悉，讣书自应以诰封字为正当，前因照他讣钞稿，未及细审。承示，感谢之至。刻成家传一篇，特送原稿，请代削定。弟心绪不佳，恐有未妥之处，专求改正，切勿吝教。本日将稿底寄梦华同年，求作志墓铭，俟稿寄来，拟求老兄橡笔书丹，如荷惠允，亡室为不朽矣。存没之感，何可言喻。弟不知执事近日尚有楷书否耳。此致，敬请台安。外稿件。年小弟期夔龙顿首。八月廿八夕。

顷止相寄来挽联，能道及亡室心事，可感之至。

四十三

子修仁兄同年大人足下：

久违雅教，渴念之至。家兄来沪，知在杭曾经浃洽。昨见蒿叟，并悉远寄寿诗，遥想兴会飙举，动定增佳为慰。长至已过，诸老仍举行消寒会，兹将昨日第三集长句一首寄览。时局想可期和缓，兵气不扬，何止两省之幸。弟痔恙迄未愈，尧衢已可出门，蒿老犹健，盖得天厚也。匆布，即颂颐安。弟龙顿首。腊月初五灯下。

四十四

子修同年仁兄大人足下：

一昨赴杭，得与重阳高会，并蒙宠召，饱我郇香，感谢感谢。归来碌碌，但觉湖光山色犹在眉睫也。伯严诗屏事，已分致诸老先行撰就诗句，纸铺无现成条幅，已令赶办，约日内取回邮寄。蒿庵催作重九诗，兹已草草，特送请正削，句虽不工，留作一段佳话也。公能俯和，尤感。匆匆鸣谢，即颂道安。缃斋世兄均候。弟夔龙顿首。九月十五。

四十五

子修仁兄同年大人足下：

接奉还云，祇聆一切。蒿翁寿言已交冕士承办，闻渠念前后回白田，俟办齐再寄，尽可从容。渠前患病，幸医治得法，可占无咎。曾上楼晤语一次，嘱其勿动肝气，致损天和，曾以病中告别诗见示，五律三首。具佩达观，好在一时用不着也。拟仍援伯严之例，再为征诗，诗轴即日奉寄。乙庵作古，[闻]言之心恻，身后萧条，何以善后。闻讣音到京，圣上极为悼惜，将来遗折奏上，必有恩旨。其折闻由仁先拟稿，弟处迄未寓目。琴初入觐，已奉朝马之锡，藉酬历年抑塞及此番奔走之劳。东海、黄陂各报効二万元，曹锟贡品甚多，吴佩孚七千元，合肥二李共一万元，（伯行、季高非老九也。）陈子砺一万元，其馀均系凑集，截至初八已得廿万以上。东三省地价十二万元，三首领各万元不与焉。上意尽四十万元备用一切，从省外间所传数百万，非实事也。弟近日痔疾又发，不良于坐，倚榻书此，以当面谈。顷接佩葱书并和诗，未谈梦华寿文事，公想已知会之矣。匆匆奉布，敬请道安。外诗一首，并祈正教。年愚弟陈夔龙顿首。十月十四。

缃斋仁世兄均候。

四十六

子修仁兄同年大人阁下：

日前走贺大禧，未晤为歉。比闻台斾不日遄归，老年至好，亟欲一见，所喜蒿叟已到，拟于廿五日早间十二钟奉约驾至同兴楼一叙（在四马路），藉作同年嘉会，（并约冯、余两同年及家兄，共五人，无一他客。）希拨冗惠临为荷。敬请台安。弟龙顿首。廿四。

四十七

子修仁兄同年大人足下：

昨奉还云，敬悉一切。蒿翁诗章并承示我，清简不至如读石鼓籀口，甚荷甚佩。就中"孙卿"二字，或系"孤卿"，昔石勒对乡里某君云："卿曾饱孤老拳，孤亦遭卿毒手。"蒿翁诗料，殆取此欤。腊鼓催人，又将改岁，湖上寻春，知公兴复不浅。弟襮被旋申，苦于酬应，内子墓铭原拓三百分，不为不多，而各处求取者众，刻已无存，尚须付之石印。未审前送尊处之件尚有馀存否。如有，希掷交四五分，以应急需，俟石印出，再行寄览，倘已分送无馀，即著罢议。黄画如四忠遗墨、阳明画像，询之古董家，统值不四百元，姑以八百元售之，但以情论，不以值论也。日来有新诗否。敬请大安，并贺年禧。弟期龙顿首。廿六。

四十八

子修仁兄同年大人足下：

承示消寒唱和诗卷子，捧诵一过，满纸琳琅，跋语尤增感喟。盛筵不再，世变已极沧桑，如何如何。率成一律，另纸录正，不敢书之卷末，恐贻续尾之讥，希雪和为幸。敬请台安。原件附缴。年小弟期陈夔龙顿首。初六。

哀诗一册，先行送阅，尚有颠倒之字，容饬改正，另行分送。

四十九

手示聆悉，具征关爱，盛何可言。灰椁幸已完工，馀工未竣，须雪霁始能兴作。连日大雪，容再走谭。止相所交之件，便中交下可也。弟望前拟回沪，并闻。此复，敬请子修我兄同年大人台安。年小弟夔龙顿首。十二月初五。

五十

来函读悉，拙稿承签示各节，具佩卓识，业已一律遵改。惟公不肯大加改削，殊辜望耳。梦华拟件到时，当先呈阅，书丹一节，容面恳商。此复鸣谢，即颂子修仁兄同年大人刻安。弟期龙顿首。初一。

五十一

子修仁兄同年大人阁下：

节公久无书来，正深焦盼。顷奉来示，并附梁函，备悉种切。志文已辱椽笔书竣，至谢至感。节公名衔即请填入，前行改书番禺，与钱塘、金坛一例，是极是极。刻工邹君既已来杭，即烦致声，约其日内来寓商办一切。且石已磨就，现存寓中，急盼渠来审度钩勒诸事也。为日已迫，能添一人刻篆甚好，即烦代邀。惟敝处饮馔一切恐有不周到处，须渠原谅，求公代婉致之。节公欲阅冯文，容另钞寄。天气陡寒，诸希珍摄，稍迟当踵谢。复请道安。年小弟期夔龙顿首。初三。

节庵致公函奉缴。

五十二

子修仁兄同年大人足下：

弟病本未全愈，缘上冢与视琴初病，力疾而来。讵昨午到杭，先访琴初，一入门即知其夫人委化，为之悼惜。（一切萧然，奉赙二百元，以行箧所藏无多也。）登楼视琴，亦颇委顿，据医云转入疟，虽重不碍，当嘱其加意调理。今辰入山省墓，回城尚早，当即诣访，值公外游，不获把晤为怅。明早湖上随便游行，聊遣佳节（此来种种败兴），晚车即回，明春再图良会。归得小诗，并前诗寄呈前诗记忆不全，容后钞寄，已十三叠览正。倦知腰痛未痊，迄未下楼。蒿叟亦于初七辰回白田，作舟始出门，琴初又病，回忆去年重九之局，曷胜萧索之感，想公亦同此惓惓也。匆布奉复，以当面谈，敬请大安。弟夔龙顿首。初八。

　　绚斋兄均候。

　　伯严昨已晤对语，殊觉难堪。

五十三

子修仁兄同年大人足下：

　　湖上归来，人事牵率，尚稽笺候。前奉手简，并读佳章，俯唱遥吟，知使君兴复不浅，佩慰之至。迩维道履康强，百凡如意，为颂且念。弟碌碌如恒，乏善可告。蒿老既无来申消息，尧衢因病迄未下楼。近闻瞿公子之耗，老怀愈觉难堪，虽间有诗筒往复，意兴殊可想也。杭中近日闻尚平安，谅无怒潮突起。琴初病亦渐瘥，惟调治需时需财，亦殊难摒挡耳。近诗数首，另纸录正。匆匆奉复，敬颂大安。弟龙顿首。九月廿二。

五十四

子修仁兄同年大人足下：

　　昨奉还云，兼诵佳什各律，佩慰之至。登高一首，雅韵高情，尤为低首。寿散原诗别开生面，好句联翩，拙作不能及也。有自秣陵来者，知诸老诗均于生朝先后寄到，足见交非泛常，而散原之为人景仰，此其一端。知注奉闻。琴初已北上，计当抵京。嘉期在迩，用款浩繁，闻有典及累朝法物之事，言之增叹。浙潮想已平伏，公可常作地主，弟亦可再作游人矣。来诗已送尧衢并家孟一阅，均各叹服。弟逐日观北来程郎之剧(尧衢尤醉心)，聊慰枯寂。此君行将入杭奏雅(闻止三日)，法曲飘零，何妨一聆霓咏。沪上寒燠无常，颇难调摄，珂乡天气如何，道体又如何，念甚。匆布，即请道安。弟龙顿首。廿六日。

外诗一首并呈。

五十五

子修仁兄同年大人阁下：

初间入杭祭扫，小住湖庄二日，即由他友约游桐江钓台(汲侯、琴初偕行)，主人殷勤复谆，劝至兰溪一览横山之胜。归途阻风，下水竟难速行，迨至桐庐虔访桐君，饱看两溪山水，为生平目所未到。舟至闸口，本拟句留数日，一诣尊斋，讵在闸口即接沪中要电，不及回至湖庄，遂趁快车于十四夜子正抵申。高踪遥望，未克趋候，至以为歉。展奉初八日惠书，并佳章大篇，排奡之至，妥帖之至，一气舒卷，到底不懈，尤征后福靡穷。蒿叟尚未交卷，容晤催之。弟月杪尚拟来杭(许宅讽经事)，届时当竭诚奉访。过钓台得截句数首，另录呈正，馀俟续布，复请道安。年愚弟陈夔龙顿首。三月十五日。

五十六

子修仁兄同年大人足下：

正月杪接奉大函，并读雪和二章，逸兴遄飞，情韵深远，甚佩甚佩。唐太史议件已由琴初送阅，幸此事业经撤销，大可不滋他议矣。报纸又喧传有谒陵之举，不知果否，恐又增他族注目，奈何奈何。弟日来编校壬戌诗稿，春初有与执事暨蒿、倦诸公酒楼小集，成"五人三百六十八"七言长句一首，各有和作。公诗前为乙庵索阅，迄未交还，拟乞便中再行录寄，俾得编入集中，藉作冠冕。日前往半淞园看兰花，亦得诗一章，特录寄正。清明将届，晤教有期，先此神往，敬请大安，诸惟惠照。年愚弟陈夔龙顿首。二月初七。

五十七

子修仁兄同年大人阁下：

　　句留杭郡，获听清谈，至慰且幸。归后得即事诗十馀首，语虽不工，尚系当时情景，另录呈教。蒿叟昨已把晤（拟出月初十边来杭），大可笔谈，精神意兴均如旧。明辰约同尧衢在同兴楼小集，弥复思君不置矣。匆布，即请颐安。弟龙顿首。廿八午刻。

五十八

子修仁兄同年大人足下：

　　奉手笺，敬悉一一。"行春桥"误作"恒春"，承改正，甚荷甚荷。又添我一重诗料矣，另件呈教。《书画录》已嘱六侄就近在杭检送，计入鉴。连日天气寒冷，风雨连宵，颇碍卫生，起居何似，至念。此复，敬颂道祺。弟龙顿首。初七。

卷十四

陈夔龙

五十九

子修仁兄同年大人足下：

月来感受湿热，宿疾复发，展转床褥，忽忽已两星期。一昨病稍间，接奉手教，仿佛于痛苦尘中忽接法雨慈云，浃旬愁溷为之一涤，甚荷甚荷。散原断弦乃六月杪事，弟于未病前曾有函奉唁，迄未得复，不知何故。梦华老而弥健，令人羡而生妒。珂乡目前尚可苟安，共保和约不知有效否。公近体康适，闻之欣慰，病后元气必伤，交冬似宜服滋补膏剂，以资调摄。弟则久病馀生，委之命运而已。现在已能起坐，调养半月，或可如常。入杭上冢，仍于重阳前启行，届时容诣尊斋，面罄一切。东瀛大灾为亘古所未有，足见天道忌盈，人心思复，然一念及救灾恤邻之意，又爽然若失矣。太夷月初托词赴宁，实则入京求觐，不知造膝所陈究系何事。（渠亲日派也，日又可恃耶，今或破甑不顾已。）渠已旋沪，迄未来访，亦不便干预也。据预言家云，八月以后，尚有六日不见日，为黑暗世界，惟苏杭等处幸而无恙。果尔，诚如天之福也。沪中近开祈祷大会，鉴于日本灾异，笃信尤深，人心或由此太平耶。此请道安。弟龙顿首。七月廿六。

散原处讣文已到。

六十

子修仁兄同年大人阁下：

前复寸笺，并录寿倦知诗句，计早达览。诒书昨自杭回，询知未获瞻道范，至为心系。比维起居大适，定符私祝。上月宫中火警，曾浼琴初北上恭慰圣安，并陈封事，乃荷朱谕褒答，感愧无暨。琴初南回，询知北事一切，又值彼方解纽，或者天意苍茫，剥极必复，静以俟之。近日栗碌，迄无好怀，昨得诗二章，除呈梦老外，特录寄正，不足为他人道也。琴将旋浙，晤时当能道其详。秋风多厉，千万珍摄，至祷。匆布，敬请道安。弟龙顿首。立秋日。

六十一

四月十九日，逸社第三集，出丁巳花朝后《逸社诗存》一编，与诸公同阅，中如止相、筱珊、爱苍、旭庄均作古人，时甫三载，丧我四哲，悲从中来，不能自已，爰成感旧诗一篇，录乞正教。

忆昔丁巳花朝日，荒斋鸡黍乐衡泌。走也首偶柏梁诗，诸老赓和急如律。相公忧国病魔侵，门外不闻车马音。诘朝寄示琼瑶什，想见拥被发清吟。艺风妙擅生花笔，十五咸韵齐拈出。便思馀事作诗人，白首穷年殚著述。隐侯锦字何斑斑，瓣香遥奉苏眉山。同时闽派角才力，太夷石遗相往还。王郎酒酣拔剑起，斫地高歌兴未已。早向云间识二陆，兼谓可庄太守。却从月泉坚壁垒。四君超然思不群，俄顷人天怅袂分。春雨甫投陈氏辖，秋风忽唱鲍家坟。即今感逝空嗟叹，旧游溯洄心曲乱。延年五咏将毋同，兼悼梁节庵。杜老八哀已得半。吾侪幸作怀葛民，岁寒松柏未凋身。但觉痴顽惭后死，等是天涯羁旅人。传闻三海失银瓮，咸阳一炬廿年梦。接世伯宣同年京函，皇室经费支绌，有人奏请索还庚子年钱商四恒旧欠，以此案乃余京尹任内经手事件，寄书详询清理方略。苟活何能补漏天，依斗望京增我恸。歇浦江深四月寒，草堂置酒故情欢。重检旧人好诗卷，茕烛西窗掩泪看。

庸庵初稿。

六十二

重九日，偕少石兄招同蒿庵、紫东、瑶甫、尧衢、雪程、静安诸同年花近楼雅集，纵一席之清谈，值万方之多难，抚时感事，茫茫百端，率成小诗应教，并希正和

荒斋投辖当携筇，小隐叨陪绮皓踪。绿酒未妨今日醉，黄花非复[昔]淡时容。垆边旧雨成新冢，沈爱苍新逝。槛外浮云似远峰。申浦无山。勉与群公酬令节，一樽陶写慰疏慵。

前游回首虎山遥，白首冯公喜见招。昨岁偕蒿庵虎坵登高。此会今年谁更健，他乡羁客意无聊。一枰黑白悲残局，四纪开天话旧期。秋色上楼晴倍好，满城风雨未潇潇。

子修仁兄同年大人足下。庸庵呈稿。

六十三

公然月旦汝南评，展卷茫茫百感并。党祸竟亡唐社稷，玄谭坐误晋公卿。青丝白马谁家种，清酒黄龙故国盟。莫向洞庭张广乐，钧天一梦几时醒。

非关倾国与倾城，歇后犹传郑五名。嬉笑有时兼怒骂，乱离回首忆承平。神拳已遍秦三辅，政变何来鲁两生。不待上方请诛佞，匣中秋水作长鸣。

重帘门锁旧仓琅，说到宣仁话正长。斑竹凄霜秋出狩，九莲赞佛夜焚香。宸章手握三朝玺，同治初元，批答折件，钤"同道堂"印，乃显庙所赐。余往在西川丁文诚幕，于旧日折片中亲见之。上祀心倾万仞墙。孔子升列大祀，乃孝钦特旨。麦饭年年谁记忆，白头野老泪沾裳。

鞅掌北山敢告劳，软红联步各分曹。长安客去棋枰幻，洛下文传纸价高。猛将空怀大羽箭，词人终薄郁轮袍。还山雅望输何点，百尺元龙气未豪。

燕台同宦又姑苏，一卧沧江岁月徂。上巳山阴重补禊，清明河上更成图。五朝长乐羞冯道，四坐猖狂避灌夫。检校陈编谋野获，使君心迹德符符。沈德符《野获编》详载明季事。

各揩［野］老眼阅兴亡，野史亭前草未荒。乱后宫人说天宝，闲来盲女唱中郎。忧心西镐悲离黍，故事东京录梦粱。正是落花好时节，龟年重遇谱霓裳。入春以来，北伶纷纷南下。

右题何肖雅观察弟《平斋笔记》六首，录奉子修仁兄同年大人正句。庸庵初稿。

六十四

庚申二月，重开逸社，柬乙庵、病山、古微、留垞诸老，并约尧衢、一山、家少石兄入社，先期函促蒿叟、补松、散原来沪，即用蒿老除夕见寄韵，得诗一章，聊作喤引，敬乞正和

逸社始甲寅，品流集厨顾。时平各专城，乱离乃相遇。相公执牛耳，诸老韶弦屡。同保岁寒身，宁以淄易素。大国有附庸，走也聊备数。三载翰墨缘，岁月骎骎去。长歌且当哭，险韵不辞步。但适我辈适，罔忌纤儿怒。善化谢宾客，夜游先治具。隐侯挥鲁戈，心苦势失据。吴陈归敝庐，缪沈罢琴御。梁髯独完人，丰碑炳龟趺。蒿叟滞淮表，书来眼揩雾。其馀二三友，零星棋难布。我如失群雁，皇皇安所附。吟坛许再筑，纸堆仍钻故。三湘起［义］异军，兰芷夙工赋。岂绩旧史氏，宫袍不受污。吾家老孟公，联床共宵寤。花时同主盟，为欢慰迟暮。念逝感生存，所喜朱颜驻。谁欤称健者，探骊先得句。

补松仁兄同年大人正疵。庸庵初稿。

六十五

庚申重阳后六日，玉笋峰谒瞿文慎公墓得句，录请子修仁兄同年正削，并希垂和。

宿草荒阡夕照残，秋风激籁杂悲酸。耆英洛下思君实，大事朝中惜吕端。长伴西湖初志遂，重开东阁此才难。孤山鹤子无消息，赖有梅花守墓寒。傅夫人时在杭展墓。

庸庵呈稿。

六十六

辛酉上巳，雨中约梦华、乙庵、瑶甫、尧衢、一山、留垞、家少石兄偕园修禊，迟雪丞、紫东、古微、病山不至，即席赋诗，录乞诸公正句，并希垂和。

黄浦江西一草堂，禊谈见《晋书·王戎传》遥续永和王。群贤怀抱今犹昔，客邸生涯咏与觞。准拟莺花娱上巳，不妨风雨似重阳。偕园宾从东南美，惜少山妻斗酒藏。往与山妻在杭小筑"偕园"，嗣于申浦卜居，亦以偕名园，寓偕老之义，惜下世已数载，"偕园"之名未忍重提。

海日停车上相偕，五年前忆斗诗牌。丁巳上巳，止相与乙庵招饮海日楼修禊，戏斗诗牌。乙庵老健如昔，止相已归道山，悲夫。未浇徐墓云封碣，重醉黄垆雨滴阶。作序谁书飞白字，扫晴先办踏青鞋。盈盈一水虹桥隔，料得甘扉未掩柴。雪丞诸君远居虹口，因雨未至，意者甘园名修禊乎。

庸庵初稿。

六十七

辛酉暮春，重游白下，陈伯严、仇涞之两同年招饮昌园，即席得句，奉酬叠梦华同年喜抱曾孙诗韵，录乞正教，并寄杭州就正子修仁兄同年。

曲江旧宴不知年,白下重逢笑语颠。北斗文章公望重,东山丝竹几人传。涞之精音律。难寻姚魏评黄紫,灵谷寺牡丹已谢。敢与王卢较后先。听雨初堂拼一醉,檐花灯影落春筵。

龙上。时客秣陵,三月廿二日。

六十八

辛酉重阳后五日,奉访子修仁兄同年,得句呈正,三叠答尧衢韵。

才上松颠望眼舒,篮舆重造补松庐。陶潜归去知非昨,张翰几先赋遂初。胜具不忘双屐蜡,旧书常对一灯疏。春前带草经秋绿,绿满窗轩未肯除。一昨与汲侯、琴初同游理安寺,登松颠阁。

庸庵甫稿。

六十九

壬戌初春,蒿叟、补松两同年先后莅申,并约倦知同年、家少石兄共饮酒楼,五人合席,计得三百六十八岁,爰以斯语为起首,各赋一诗,得句呈政

五人三百六十八,老干经霜不可拔。酹酊一笑各问年,不借史监司纠察。蒿叟来自自田村,米价淮南询稻秸。补松已了向平愿,新妇斑彩红锦帕。倦知昨赓偕老曲,庞眉举案工笔札。吾家孟公老更豪,卯饮直欲宵投辖。我年最少亦白首,鹢鶊但叫天眼瞎。揭来萍聚沪江湄,盛会适逢难夏夏。春时买醉酒家楼,似饭伊蒲寻野刹。婴笋登盘味咀甘,晚菘入馔香流滑。不羡党氏美羊羔,岂知域外多貔貐。回忆昔岁曲江宴,兔走乌飞速于鹘。雁塔题名三百辈,剩有尔我岁寒苗。此事莫语少年群,几人好古追轩颉。诗格不与年俱进,惭守愚拙谢巧黠。

补松仁兄同年教和。庸庵初草。

七十

壬戌十月十三日,欣逢盛典,以诗恭纪,录似子修仁兄同年大人正和。

纠缦祥云拥帝城,夜深依斗望神京。倪天作合征麟定,卜世归昌叶凤鸣。日月双扶唐社稷,衣冠再拜汉公卿。三朝盛典崇家法,重见同光致太平。

夔龙呈稿。

七十一

长至日,花近楼消寒第一集,得句呈正

病起逢长至,荒斋喜速宾。能来今旧雨,晓岚、润普新入会。俱是葛怀民。北望思归客,琴初即日南下。南烹乞比邻。每谗客辄烦邻庖治具。沧江惊岁晚,一卧已兼旬。

感逝伤离别,茕茕我未堪。招魂哭长水,飞梦落淮南。捧日心犹庄,堆霜发已鬖。一阳正来复,消息客中探。

子修仁兄同年。庸庵初稿。

七十二

壬戌除夕感事,奉简子修仁兄同年,即希正和,并寄蒿庵、伯严、倦知三同年。

拾樵供火帖书春,百感茫茫岁又陈。乱世奸雄全性命,馀生衰病负君亲。烂柯久作观棋客,问字时来载酒人。往日门下士远道纷纷馈岁。便拟祭诗希岛佛,衹惭下笔不能神。

窗下梅花发几枝,聊将春信报君知。检书烧烛延今夕,赌酒敲诗异旧时。近作消寒会迄少诗酒之兴。客到淮南愁米贵,军嬉瀟上洗兵迟。揽衣枨触中宵起,故国平居杜老思。

庸庵初稿。

七十三

癸亥元旦,北望感事一首,录乞子修同年大人教正,用尧衢除夕韵。

昔岁朝正集上阑,衣冠跄济列躬桓。十传玉玺轻投易,一缺金瓯再补难。残日生春来海上,疏钟摇梦落云端。东皇自有吹嘘力,未觉千门曙色寒。

庸庵呈草。

开岁发祥,兴居康善,敬颂新祺。弟又启

七十四

癸亥仲春,余在杭州西湖行春桥看花,因沿俗误作恒春桥,以诗纪事。子修同年书来,代为辨正,并引《咸淳临安志》及厉樊榭诗为证,兼有免滋他日聚讼之语,博闻雅尚,良可佩也,感谢一首,仍希教正。

熟读临安志,知君长此乡。双声难假借,一字费评量。此日题桥误,他年聚讼忙。行春春未老,樊榭有诗章。

庸庵初稿。

七十五

杭州晤子修仁兄同年,再叠前韵希正。

春夜相思漏转深,朝来命驾骤骎骎。到门先问惊人句,望阙徒殷报国忧。学海狂澜凭孰挽,诗坛大敌已如临。论交君是今和靖,何必孤山去访林。前诗有"来访孤山处士林"句。

庸庵初草。

七十六

癸亥嘉平四日，消寒第三集，少石大兄由杭来沪主席，率赋长句呈正，兼祈同社诸老正和

联床梦觉东方白，海日红射机云宅。才看西湖山外山，忽作歇浦客中客。孟公投辖风义古，昨日为客今日主。传笺治具速众宾，形骸脱略须眉妩。消寒恰际三九期，玉梅花发两三枝。吾宗迦陵擅妙句，乱离遐想熙皞时。促席飞觞日当午，邻寺正打饭堂鼓。一叟生朝守汉腊，蒿老昨日生辰，闭门谢客。几人行迈怆周黍。春间留垞入京，苏戡近复北去。我隐淞滨逾十年，挂冠枨触国门前。花近初筵拼一醉，及陪诸老话开天。万钱买得樊重第，即是瞻由听雨地。新亭风景本无殊，可奈河山举目异。此间乐且十日留，襟酒切莫忆杭州。友生兄弟一楼集，矧有诗篇相唱酬。

子修仁兄同年正和。庸庵呈稿。

七十七

壬戌重阳日，韬光登高，即席赋诗，奉酬同游诸老，即希正和

白云倏忽变苍狗，十年闲却射生手。直把杭州当故乡，又向韬光作重九。冷泉亭下足勾留，宾主东南交臂久。七十古稀矧八秩，鹤发皤皤蒿庵叟。梦华齿最尊。浙中二老真健者，子修年七五、佩葱亦将七十。所惜倦知忽焉后。迟尧衢未至，嗣闻独上北高峰。豁庐老逐少年群，捻断吟髭诗富有。白荄年逾七十，独无须。叶胡并是梁园客，作舟、琴初均中州旧人。更对延陵怀老友。后山尊人为袁浦同事。吾家孟公气豪迈，少石兄偕游。我似王猷竹左右。蜿蜒取径穿高林，翠柏参天松蔽亩。仰瞰北峰云荡胸，俯窥灵隐风生肘。雏僧长大犹识我，一笑相迎问某

某。花木禅房饭伊蒲,谐谑声和蒲牢吼。散斋幸不嘲王播,醵饮差喜挈疏受。子式侄亦预斯会。藏阄射覆醉延醒,卯集未嫌日加酉。坐中有客长太息,落帽风流今在否。去年此日快登临,盛会不堪再回首。迩来浙东苦水潦,怒蛟势挟砂石走。嗷鸿十万集中泽,人祸天灾孰执咎。香市入秋顿销歇,安得白衣人送酒。吾侪同时烂柯人,多难万方祈速朽。聊得酩酊酬佳节,岂有幽情寄林薮。碧翁助美无风雨,山色湖光满户牖。兴阑盍赋归去来,夕阳红挂疏杨柳。天然一幅高会图,祓濯须眉忘老丑。同在冷泉亭写照。纪年六百四十岁,九老香山此其又。"右"字均一作"我与阿咸竹左右"。

子修同年指疵。庸庵呈稿。

七十八

寻梅悔已晚,君讶来何早。握手忽大笑,惊堕林间鸟。平生爱西湖,矧乃就有道。造门刺甫投,降阶屣已倒。坐我斗室中,陡觉天地小。昨夕撼风雨,朝来晴旭杲。暂憩松庐阴,为续草堂稿。人日有诗寄杭。高叟亦来过,貌古气尤浩。长我逾十载,附庸作三老。茗话溯先朝,魂梦觚棱绕。凌夷今何世,挽日剩孤抱。且作半日留,烟霞深处好。午后游烟霞洞,夜回沪。别君无他语,晚节各自保。春晚我重来,花径烦再扫。

燕九后一日,杭州灵峰寺看梅,越日往访子修仁兄同年,临别奉简,即希正和,并简高伯薮中翰同正。庸庵初草。

七十九

春尽前一日,梦华同年以诗告别,赋答二首,即步元韵

暮年开府恋乡关,白发依然旧日颜。薄宦廉泉清在水,扁舟客路饱看山。习闻强饭今如昔,预祝轻装去复还。月杪仍返申江。愁共春归留不得,驿亭烟柳未曾攀。越日往送装,已发矣。

桃花春水讵无情,多难扶持仗友生。远社喜邀陶靖节,黄巾虔拜郑康成。纵无丝竹山阴盛,暮春之初,先后入杭,惜未同到山阴。早有文章[四]海内惊。客里何堪常送客,骊歌断续不成声。

送子勤太史北上

我在申江屡送行,对君尤觉意忏忏。八年白社诗无敌,一醉黄垆酒易醒。不幸杜陵经丧乱,早知庄助恋承明。青蒲朵殿劳清问,为道孤臣鹤发生。

右诗三首,录似子修仁兄同年大人正句。庸庵呈稿。

八十

病中承梦华同年两次过访,余未能迓也,今病小愈,赋此致谢

申江卑湿杂炎凉,一夜秋风漏点长。锢疾适逢如旧雨,浮生虽好是斜阳。睡难寻梦频移枕,病久知医自拟方。卧听车声深巷里,几番存问累公忙。

子修仁兄同年正句。庸庵呈草。

八十一

商邱画轴济宁藏,我昔得之琅琊王。蜷伏尘市苦嚣隘,发箧满纸皆秋光。画中景物何所似,红树几株鸦数行。款题完好真赏鉴,纸尾铃印猩红章。西陂当年擅风雅,诗名伯仲王渔洋。偶然作画通妙理,笔所未到神飞扬。丹青工率不具论,抚时感事心茫茫。丙年通籍识举主,迟庵夫子富缥缃。退食焚香坐小阁,宋缣元帧睫底忙。庙摊厂肆广搜讨,尺幅论价兼金偿。国初四王最衿契,墨井南田珍逾璜。兴来传呼张素壁,更番十日递相望。师斋中小阁悬"四王吴恽"画幅极夥,每十日辄一易。尔时作吏获通谒,丝竹窃欣闻后堂。此图迄未经我眼,匣中神剑韬寒铓。宝山空入付一嚎,仰窥徒叹[数]美富墙。梁木已

坏哲人萎,法物零落之四方。神灵呵护逃劫火,毫端纸背生清凉。摩
桫今喜落吾手,长虹夜夜腾光芒。避地海滨百不有,瞫池壮我客中
装。沧浪图卷夙所秘,诵公佳句浣吟肠。西陂《沧浪话别图》送俓归里,
有诗纪事,为余所旧藏。匹以此图具二美,压箱瑰玮夸行囊。月泉结社
速诸老,传观四座发古香。商邱已逝不可作,济宁若在国之良。身值
丧乱想平世,令我对此增忧伤。春申江上西风急,乌啼叶落暮苍苍。
安得题诗补秋意,执卷请益先生旁。

庚申八月,逸社第五集,题宋牧仲尚书《红树秋鸦图》,旧为孙迟
庵师斋中物,仁和王小坞大令持赠,余先赋此诗乞正,并希同社诸老
作诗张之。庸庵甫稿。

子修老兄同年指疵。重阳前三日。龙寄上。

八十二

茂悦山庄遣兴得句录正

随处寻邱壑,诛茅且住佳。名难称大隐,心早契无怀。碧水门前
绕,丹山闼外排。幽栖多乐事,惜少孟光偕。园居地接赤山埠。

勉副生前约,柴门墓左开。迟君营丙舍,先我赴泉台。问信潮初
落,招魂月下来。留人有丛桂,著意为谁栽。庭中双桂盛开。

领略闲中趣,韬潜劫后身。香花朝礼佛,鸡黍夜留宾。酒价新愁
贵,诗囊自笑贫。不作诗已三月。骑驴景前哲,投老圣湖滨。

客燕新营垒,沙鸥旧缔盟。闻钟知寺近,曳杖喜桥平。访古先寻
碣,逢山总问名。祇缘城市远,不受一尘惊。

绕屋松兼柏,含贞祇自芳。云深迷向背,树古阅兴亡。私祭春秋
祀,天题日月光。客中诸老在,流涕话先皇。

落日平堤上,髯苏去后碑。无缘投宰相,有客吊荒祠。祠中联语
有"平生与宰相无缘"句。气节公无愧,文章我所师。湖山今视昔,莫作
故乡思。

筚篥城边急,东南尚苦兵。难移唐代镇,空忆汉家营。灞棘诚儿戏,触蛮几战争。诛求民力尽,何日罢长征。

灵隐山前寺,韬光最上层。芳樽三老共,白叔、子修两君招饮云林,余与梦华同至韬光望海。旧梦十年曾。十年前曾携内子同游,今墓草已宿。携剑常为客,传灯尚有僧。灵隐新选方丈。秋花栏外著,后会几人凭。

柳下扁舟歇,归来且闭关。惯寻沽酒旆,饱看隔江山。嘘沫鱼知乐,忘机鸟自闲。祇愁灯外月,双照鬓毛斑。

黄叶村前路,生涯一亩宫。吟髭秋后白,邻火夜深红。野戍鸣班马,家书托便鸿。日斜星又上,只在此山中。

庸庵甫草。

八十三

燕九后二日,杭州灵峰寺看梅,归后得句,奉怀子修仁兄同年,录寄乞正。

三载观梅约,三年前与君曾订看梅之约。篮舆半日停。偶乘东阁兴,来乞北山灵。寺在北山。临水弄疏影,到门闻古馨。春融开较早,桃李漫相形。

但觉小藏寺,俄看树绕峰。梵天红雨落,香海绿云封。花气延晴旭,禅心证远宗。寺僧来自峩眉。故人交臂失,折赠几时逢。即日遄归,君近居杭城,未克奉访。

庸庵初稿。

八十四

梁文忠公挽歌

残灯无焰析更止,客梦飞越桑干水。故人握手慰调饥,为道时艰我病矣。接讣之前一日,梦与君相见,谈论极欢。朝来剥啄声到门,讣音凄咽惊心魂。吾侪不死君竟死,浩然正气弥乾坤。禺山苍翠郁人杰,骥足腾骧偶一蹶。宁知根节恃盘错，板荡孤臣忠恋阙。师门峩峩斜街前，识名忆在鼠儿年。君才似舅何无忌，走也难绍河汾传。座主张兰轩先生，君舅氏也。丙子修谒于上斜街番禺馆，即耳君名。文章气节相表里，仗马寒蝉凤所耻。请剑径欲斩安昌，何况莽操干国纪。河山千古几棋枰，太息东南正苦兵。一寸心灰双鬓白，津桥同听杜鹃声。辛亥国变，君访我于北洋官廨，相向饮泣。武昌官柳迷烟雾，焦岩月冷读书处。式微式微胡不归，行迈倭迟感中露。神武衣冠去国臣，披图我愧种松人。承寄《崇陵种松图》。谒陵昔景顾炎武，薪胆年来剧苦辛。葵霜结社联吟地，花近开樽不我弃。一上三天作帝师，丹书金鉴述精义。中兴伟烈期冲皇，周宣殷高夏少康。国难未纾臣力瘁，陟降七宗二祖旁。十年不到曲江曲，万事都归梦华录。佩君风义悼君亡，老病沧江泪簌簌。甘泉犹是汉家宫，寒日萧萧易水风。一代完人谁继武，平生师友两文忠。兼悼荣文忠师，痛邦国之无人也。

　　子修仁兄同年大人正句。庸庵录稿。

八十五

清明日偕琴初、汲侯登严子陵钓台，得诗二截，敬和张魏公浚元韵

　　台前山势陡摩空，台下春流细雨中。不见客星吊皋羽，沧桑身世古今同。

　　尽有风流继巢许，莫将鱼水论君臣。中兴竞说真人谶，谁识先生自有真。

归自兰溪，重过桐江钓台，仍用张韵

　　重见双台倚碧空，留将九鼎一丝中。东台坊额署"留鼎一丝"四字，为明人手笔。扁舟寂寞桐江道，思汉之心几个同。

　　犯座公无惭帝友，怀归我独愧黎臣。云台碑续希文记，风雨摩挲

恐失真。祠中阮太傅碑文绝佳,惜为风雨剥蚀。

　　子修仁兄同年正和。庸庵手稿。

八十六

重九后一日回沪作

　　湖上过重九,匆匆又赋归。菊怜今日瘦,蟹忆去年肥。谓上年韬光登高事。问主惟看平竹,访子修不遇。悼亡怀采薇。孙渊如有悼王采薇诗。晤散原、琴初,均有妻丧。两般败吾兴,随月返荆扉。

重九后八日,金锡侯都护,高云麓、钱自严编修,章一山检讨招饮酒楼,即席赋赠,并呈座上陈瑶圃侍郎、黎露园传胪

　　抡才曾上至公堂,谁向东京录梦梁。廿载夷门放春榜,几人歇浦泛秋觞。读书东观胪鸿早,隐雾南山喜豹藏。国变后,诸君均高尚不仕。更羡吾宗老尧叟,摩挱倦眼阅沧桑。

陶希泉为寿母开筵,座上遇北来诸旧伶,不能无感,率成一律

　　扶病来称寿母觞,陶家菊径未曾荒。当筵岂有空樽孔,入海何来击磬襄。乐府旧人重遇李,伶官佳传藉延唐。诸伶有曾经供奉内廷者。[银]画屏银烛宵归晚,一枕潮声和漏长。("藉延唐"句,一作"待修唐",乞代审定。)

　　近作录奉子修仁兄同年大人正句,并乞雪和。庸庵初稿。

八十七

寄怀子修仁兄同年八叠与蒿叟、乙庵酬唱均

　　至后交三九,祁寒消未消。适成梁月梦,回忆饭钟招。春间入杭,

承招饮云林寺。持世夷兼惠,逃名牧与樵。观书揩老眼,一借古今浇。

大雅今衰落,人亡天实为。郑经悲写定,丙绋慰临危。一月来筱珊、节庵先后逝世。入社曾分席,同舟顿失维。与君称后死,感旧笛横吹。

庸庵初草。

八十八

春日杭州即事十八首

酒痕襟上旧翻新,我与杭州有夙因。莫负三春好时节,恰成两度看花人。月前曾来湖上看梅。

柴扉斜对墓门开,三径云深未扫苔。地隔南湖刚尺咫,一筇扶我过桥来。由湖上泛舟至赤山埠,步行半里即到山庄。

鸟名共命茧同功,地下先留一亩宫。客里怕逢寒食节,杜鹃啼处杜鹃红。寒食日右台山上冢。

广陌车声哄若雷,暖风吹送纸钱灰。竹林小阮今安在,麦饭清明上冢来。是日往北山扫子超侄墓,沿途新筑马路,游客均乘汽车。

恒春桥影落长虹,片片花飞夕照中。可惜十分好颜色,到来才见二分红。恒春桥畔,赵氏、徐氏园林桃花半已凋谢。

春江著色碧玻璃,一线潮头未肯低。欲向青林续高会,芒鞋惜未到云栖。钱唐江著深碧色,向所未见。云栖寺僧藏有《青林高会图》,惜未能走访也。

江山儿女樽中酒,天地扁舟客里桡。老去不因人败兴,春游暮暮又朝朝。月前拟作惠山虎坵之游,因汲侯爽约未果,此次江干小集亦由汲侯倡议,卒以病不至,诗以调之。

红墙倒影绿波平,宫草宫花忆上清。道左喜逢梁孟侣,片时茗话抵班荆。公园为旧日行宫,余往游,遇夏剑丞夫妇,茗谈刻许,渊明所谓"亲戚情话"也。

蓝舆重访补松庐，中有高人老著书。闻说看花吟兴健，比来眠食更何如。子修同年诗兴甚健。

一老婆娑鬓雪堆，六朝烟雨暂徘徊。大雷往岁书频到，底事春时不早来。得宗武金陵书，知蒿叟已抵白门。蒿叟每值清明必来湖上，为妹氏扫墓，极盼其早临也。

故乡云树渺山河，逆旅劳君一再过。差喜草堂新筑就，翠寒留得小行窠。琴初近于湖上买山筑室，颜曰"五峰草堂"，中有茅屋数椽，为翠寒宧。

在昔贤兄标俊望，即今哲弟是通才。我来却少东游兴，羡尔山阴道上回。逆旅中晤高梦旦，甫自兰亭回，极道山阴道上之胜，乃兄子畬为余旧好。

两袖携来蓟树云，廿年门馆怅离群。回灯添酒今宵事，棋局长安不可闻。程干臣自北京来，言近日时事。

凤台弦管日纷纷，不恤闻歌到夜分。六博弹棋儿辈事，老夫聊逐少年群。廿二夜，凤舞台聆女伶度曲，归后与许氏群从暨六侄子式作博塞之戏。

缥缃十万富琅函，风木丁家旧有盦。重检恩科同齿录，读书种子迈江南。北山祭扫后，便至风木盦小憩，盦主丁君立诚为余乙亥同年，藏书甚富，今已下世矣。

马关和议祸苏杭，内地通商计未臧。偶向拱宸桥上立，河桥灯火夜苍凉。拱宸桥虽开商场廛市，不如湖墅江干之盛。

万松高岭倚晴空，碧柳苏堤飏晓风。行过九溪十八涧，满山开遍焰山红。

昵人无赖是杭州，烟景阳春接素秋。好与湖山留后约，观涛叠雪倚高楼。每岁中秋后入杭祭扫，即在候潮门外僧寺叠雪楼观潮。

子修仁兄同年大人正句。庸庵呈草。

八十九

新正人日，接奉子修仁兄同年元旦寄怀大作，适赴古微、病山消寒之约,夜归裁和,敬步元韵寄答,即乞正句。

风雨怀人独夜深,卧闻寒漏转骎骎。《如影》诗:"夕漏转骎骎"。还乡君谢鹣鸾侣,君乞身最早。恋阙余惭蝼蚁忱,来诗有"天语能知笃棐忱"句。新岁题诗人日寄,昔年聚里德星临。十年前,余与君暨梦华、伯严、子封、菊坡、耕荪、静安诸同年同居海上,曾于徐园雅集,绘图纪事。今则天各一方,不无存殁之感。观梅倘泛西泠棹,先访孤山处士林。

庸庵初稿。

九十

上月建福殿灾,曾上封事,荷蒙朱谕褒答,恭纪志感

劫话昆明敢识微,玺书褒勉到柴扉。北门掌钥人犹在,东海扬尘世已非。忍赋黍禾感行迈,未应纯胾炫知几。侧闻一体联宫府,老卧沧江梦琐闱。谕中兼及近日裁撤宫监事。

喜闻琴初阁丞养心殿召对称旨

依然魏阙胜江湖,凤纸传宣礼数殊。重见一骑穿紫禁,遥知五夜对青蒲。挽戈羡尔心犹壮,采药怜余病未苏。领取玉音留问答,君家故事未全无。

近作二律,录奉子修仁兄同年大人正句,并希雪和。庸庵初稿。

九十一

重九后三日,子修学使同年约同白叔内翰、作舟观察招饮意山园,用子修登高诗均,录似正句。庸庵呈草。

能来旧雨兼今雨,喜值朝晴又午晴。湖海论交豪士气,霜天留饮故人情。晚花昵客移栏影,是日午集酉散。雄辩惊筵和杼声。园之别院为纺机室。重检襟痕温昔梦,六街春酒醉南横。京师南横街有浙、黔两省会馆。

九十八

春尽前一日，净慈寺晤子修仁兄同年得句，录希正和。

南屏钟报晚，交臂得良朋。后约犹堪续，初间入杭，未获造访，此来乃成后约。先施愧未能。君闻余至，承先过访。寻碑云外屦，打坐佛前灯。婚嫁喜君了，在家吾亦僧。

庸庵呈草。

九十九

秣陵旅次，有怀子修同年仁兄杭州，三叠前韵就正。

秋月春风怅隔年，雨花回望六和颠。雨后登雨花台。无殊风景河山异，不朽文章父子传。夜泊秦淮容我醉，日观沧海让公先。故人几辈罗鸡黍，重到新亭感旧筵。客秋在杭，承招饮云林僧舍。

庸庵初稿。

一〇〇

朵云忽捧到扉柴，喜入新秋意兴佳。肯向莲池坚戒律，公近三年不作诗，一昨湖上观荷，遂破戒律。偶临鱼沼动吟怀。并至清涟寺观鱼。慰情幸未眠餐损，来书云眠食甚佳。选胜还思笠屐偕。笑我肠如河九曲，才通浙水又通淮。兼忆蒿翁淮上。

孟秋朔日，接子修仁兄同年浙中书，并承以诗寄怀，勉酬一律，即希正句，并寄蒿老求正。庸庵呈草。

一〇一

**将之西湖，先简子修、伯严两同年，并
呈梦华、尧衢同正，三叠前韵，求斧削**

西湖好山水，妆抹淡兼浓。为爱三潭月，兼寻万岭松。钱祠新报赛,杭中官绅近日筹修建钱王祠。岳墓旧传烽。欲上韬光顶,相须二客从。

子修仁兄同年大人大鉴。龙呈稿。

一〇二

湖上晚归,访子修同年不遇,诗以奉寄,即希指正。

秋山晴昵客,湖上晚妆浓。虚负吟攀桂,过满夹栊,桂花已谢。重来访补松。生存留齿录,昨与蒿老数同人生存者,海内不遇廿人。光焰避文烽。君雄于文。便诣倾肝鬲,清游惜未从。

庸庵甫稿。

一〇三

杭州茂悦山庄筑就,诗以落之,越日遂作北高峰之游,示同游朱晓南、廖竺生两君,录似子修仁兄同年正句。

朔风知我行,吹送蓝舆前。吴越一千里,带水清且涟。晨税春申驾,午汛西泠船。丙舍甫落成,万峰环一椽。愧非裴绿野,亦匪李平泉。子荆室苟完,聊以息游焉。喜近山妻墓,祭扫来往便。比邻曲园翁,哦诗耸吟肩。野老爱山居,不知世变迁。庄生齐物论,此意非徒然。

萧萧蓬作门,短短荔为墙。墙隅半亩阴,留种蚕月桑。门外何所有,松柳两三行。门内何所有,桂花发晚香。室中何所有,陈书堆满床。厨下何所有,斗酒三日粮。雷峰挂夕照,倒影入我堂。南屏晚钟鸣,声声到枕旁。壮岁苦行役,老来羁异乡。感此悟禅悦,梦回心清凉。

冯公老倦游,林子北辕去。蒿庵、诒书拟偕来,未果。惟馀二客从,天涯感情素。造我松间庐,拜我生前墓。市远愧盘飧,形忘捐礼数。小作三日留,谈笑失朝暮。斗室藐天下,我思在何处。缅昔贤达人,高蹈宁无故。厕身浊世中,自误苍生误。矧乃四维绝,旭日堕烟雾。

何如素心友,泉石乐真趣。

南北两峰峙,北高峰更高。灵隐在脚底,韬光亘山腰。屐齿昔未到,兹游良足豪。一线指龛赭,汹汹生怒潮。钱江数估帆,奔驶为泉刀。天风撼林木,隔岸越山号。一一挂吾眼,感时首频搔。侧闻朔方兵,闽戍多驿骚。假途幸不扰,此福乃天邀。我辈返初服,安居乐陶陶。

庸庵初稿。冬月十二录呈。

一〇四

怀子修仁兄同年杭州,四叠送蒿叟归白田韵,希正和。

杭州未抛得,每到喜逢君。松补庐听雨,花宜馆论文。苦心填海石,大隐在山云。学劢勤如昔,陶阴惜寸分。

迹疏情〔匪〕不隔,迢递寄书筒。归计嗟何月,怀音慨匪风。寒销吟社里,春在醉乡中。刻与尧衢、雪程诸君重续九九消寒会。记否骑官马,京华踏软红。

庸庵初稿。

一〇五

瞿文慎公挽诗

离南间气作星辰,撒手依然楚水滨。公侨寓申江,旧属楚地。夺席群推书种子,盖棺帝惜老成人。遗疏入,上嗟悼,并有"练达老成"之褒。十年位业僧煨芋,一夜乡心客忆莼。出处如公真落落,岁寒矧是后凋身。

宏景衣冠故国门,朝天梦冷几回温。〔瓣〕晚香公自吟韩圃,息壤余甘让谢墩。公雅爱西湖山水,尤羡余右台营生圹,曾语公曰:"湖上有地数亩,他日公果移家来杭,当分饷也。"不分古稀成谶语,客腊吴子修同年七十正寿,余用少陵"人生七十古来稀"成句,赋辘轳体五首奉祝,公索观,颇称许,并拟赓作。既而不果,报余书曰:"古稀之作,逊谢不敏矣,"享年六九,竟成诗谶。何堪逆旅赋招魂。乱离今甚唐天宝,始信开元相业尊。

沧洲历遍撷珊瑚,不薄雕虫即壮夫。公历掌文衡,尤工应制文字。禁内旁求资颇牧,湘中继起又曾胡。三迁荀羡功名早,一识荆州胆气粗。往在都门,识公于同乡黄再同年处。最是日斜庚子后,治平良策未全无。辛丑岁,公奔赴行在,遂参密勿。

忧时曾赋杜鹃行,我到津桥感亦生。掌钥北门深愧准,延英东阁夙推宏。黄垆重过惟浇酒,绿野全荒正苦兵。湘中兵祸未已。遗像清高谁省识,党牛怨李尚纵横。公有《杜鹃行》七首诗,均忧时伤乱之作也。

子修仁兄同年正句。庸庵录稿。

杨鸿庆

字彦珪,生平不详。

子翁大公祖大人阁下:

久未趋候,伏想台履曼安,至慰颂仰。兹有恳者,省城民立学堂,如广益英文专科,自禀请学务处立案开办以来,办理得法,学生亦甚有进步。惟该校本无常年经费,仅恃学生每名年收学费六十元,以资支持。本年上学期,幸协统张军门筹垫四百金,始得勉强开销。现在下学期,已有岌岌难支之势,校内生徒类多寒畯,未免欲罢不能、求续无力。其监督办事人等已禀请台端,酌拨官费津贴,一切细情并托刘艮生观察转达,计邀洞鉴,无俟弟为赘陈。第念该校学科本系注重英、算,于交涉事宜及路矿实业各项极为切要,其学期程度务在持久,非简易速成科之比,若竟以经费不敷半途中辍,殊为可惜。倘得大公祖优给官款补助而成全之,则裨益于湘中之学界与社会实匪浅鲜。弟既有所闻见,用敢代白一言,以仰赞教思无穷之盛意,伏冀俯察是幸。肃此,敬请台安,不备。治姻教弟杨鸿庆顿首。初三日。

褚成昌（1862—？）

字穉昭，浙江馀杭人。褚成博弟。廪贡。曾肄业杭州紫阳书院。历官陕西陇州知州、华州知州、耀州知州等。民国初曾与淞社。纂《（光绪）华州乡土志》。见《清代官员履历档案全编》、《晚晴簃诗汇》卷一七九等。

手教敬悉，承惠书两种，拜领感谢。《张僧妙碑》（二纸，一纸请代寄炯兄）、艁象三种（一无侧，一一侧，一二侧），前人均未著录，系成昌牧耀时所访得者。彼时适造耀州，学堂落成，艁象即异置其中。僧妙碑，则彼处愚民不肯移动，仍露立荒郊也。又令狐碑一种，渊如诸老均已著录，惟就地民人厌椎拓之烦，用土掩盖，鄙人亲往刨土，督工洗拓，碑虽磨泐不全，而有字处神采焕发，与卫景武、兰陵公主等碑同出一家眷属，犹见初唐规范。惜成昌椎拓后，又为农民土掩，此后更难施工矣。又唐经幢一种，在咸宁县杜曲牛头寺中，一并呈请金石家鉴赏。手此布复，敬叩子修先生暑安。成昌叩上。

彭　述（1854—1912）

字向青，又字耕馀，号砚秋，湖南清泉人。光绪十一年（1885）举人，十二年（1886）进士，改庶吉士，授编修。历充乡试、会试考官，监察御史，吏科给事中，福建延建邵道等职。辛亥后，曾任上海商务印书馆编辑。见《清代硃卷集成》、《清代官员履历档案全编》、《湘雅摭残》卷十六、《词林辑略》卷九等。

子修仁兄同年大人阁下：

昨扰厨珍，谢谢。允惠方竹，乞饬交去足为盼。弟即启行，恕未诣别。手此，敬请留开大安。年愚弟彭述顿首。初十。

《中国近现代稀见史料丛刊》已出书目